suhrkamp taschenbuch 391

W0032071

Howard Phillips Lovecraft wurde am 20. August 1890 in Providence, Rhode Island, geboren. Er führte das Leben eines Sonderlings, der den Kontakt mit der Außenwelt scheute und mit seinen Freunden und gleichgesinnten Autoren fast nur schriftlich verkehrte. Er starb am 15. März 1937, und sein hinterlassenes Werk ist nicht umfangreich. Zu seinen Lebzeiten erschien nur ein einziges Buch, *The Shadow over Innsmouth.* Etwa 40 Kurzgeschichten und 12 längere Erzählungen veröffentlichte er in Magazinen, vor allem in der Zeitschrift »Weird Tales« (Unheimliche Geschichten). Lovecrafts Ruhm als Meister des Makabren ist ständig gewachsen, und seine unheimlichen Geschichten wurden inzwischen in viele Sprachen übersetzt. In dem amerikanischen Verlag für phantastische Literatur, Arkham House, erschienen u. a. *The Outsider and Others* (1939), *Beyond the Wall of Sleep, The Dunwich Horror and Others* (1963), *Dagon and Other Macabre Tales* (1965).

Die beiden Horrorgeschichten des vorliegenden Bandes gehören zum Geschichtenzyklus des Cthulhu-Mythos und haben Neuengland zum Schauplatz. Beide Geschichten haben einen gemeinsamen Zug, der jeweilige Held ist – ohne es zunächst zu wissen – Nachkomme von Leuten, die sich mit vormenschlichen lebensbedrohenden Mächten eingelassen haben. Gerade ein fast wissenschaftliches Streben nach Wahrheit und Genauigkeit verstrickt die Helden immer tiefer in die Schlingen der Vergangenheit. In der Titelgeschichte bemächtigt sich der wiedergängerische Vorfahr des Willens und der äußeren Gestalt seines Urenkels, um sein teuflisches Werk, die Beschwörung der Toten und Dämonen, fortzusetzen. In *Schatten über Innsmouth* wird sich der Held seiner Verwandtschaft zu den Bewohnern der Hafenstadt Innsmouth bewußt, die eine blasphemische Verbindung mit bösen Mächten der Tiefe eingegangen sind. Der Erzähler erlebt in Innsmouth eine angstvolle Nacht und ist Zeuge einer Zeremonie der Anhänger des Fischgottes Dagon und des Cthulhu. *The Shadow over Innsmouth* erschien 1936 in einem kleinen Verlag in beschränkter Auflage. Es war Lovecrafts erstes und einziges Buch, dessen Veröffentlichung er noch miterleben konnte.

H. P. Lovecraft
Der Fall Charles Dexter Ward

Zwei Horrorgeschichten

Mit einem Nachwort von
Marek Wydmuch

Phantastische Bibliothek
Band 8

Suhrkamp

Deutsch von Rudolf Hermstein
Umschlagzeichnung von Hans Ulrich & Ute Osterwalder

suhrkamp taschenbuch 391
Dritte Auflage, 23.–32. Tausend 1980
Copyrightvermerke am Schluß des Bandes
Alle Rechte an der deutschen Ausgabe
Insel Verlag Frankfurt am Main
Lizenzausgabe mit freundlicher Genehmigung des
Insel Verlags Frankfurt am Main
Suhrkamp Taschenbuch Verlag
Satz: IBV Lichtsatz KG, Berlin
Druck: Ebner Ulm · Printed in Germany
Umschlag nach Entwürfen
von Willy Fleckhaus und Rolf Staudt

Inhalt

Der Fall Charles Dexter Ward

I
Ein Resultat und ein Prolog

Die essentiellen Saltze von Thieren können dergestalt präpariret und conserviret werden, daß ein gewitzter Mann die gantze Arche Noah in seiner eigenen Studir-Stube zu haben und die vollkommne Gestalt eines Thieres nach Belieben aus der Asche desselbigen zu erwecken vermag; und vermittelst derselbigen Methode vermag ein Philosoph, ohne jede verbrecherische Necromantie, die Gestalt eines jeden todten Ahnen aus dem Staube zu erwecken, zu welchem sein Cörper zerfallen ist.

BORELLUS

1

Aus einer privaten Irrenanstalt in der Nähe von Providence, Rhode Island, verschwand kürzlich eine höchst sonderbare Person. Der Mann hieß Charles Dexter Ward und war nach langem Zögern von seinem gramgebeugten Vater eingeliefert worden, der mit angesehen hatte, wie die Geistesverwirrung seines Sohnes sich von bloßer Exzentrizität zu dunkler Raserei gesteigert hatte, die sowohl von möglichen mörderischen Tendenzen als auch von einer merkwürdigen Veränderung seiner offenbaren Geistesinhalte begleitet war. Die Ärzte geben zu, daß sie völlig ratlos waren, weil sein Fall ihnen allgemeine physiologische wie auch psychologische Rätsel aufgab.

Zum einen sah der Patient merkwürdigerweise viel älter aus, als man aufgrund seiner sechsundzwanzig Jahre angenommen hätte. Nun ist zwar bekannt, daß Geistesgestörtheit einen rapide altern läßt; aber das Gesicht dieses jungen Mannes hatte einen eigentümlichen Ausdruck angenommen, wie man ihn gemeinhin nur bei sehr alten Menschen beobachten kann. Zum anderen zeigten seine organischen Körperfunktionen eine Unausgewogenheit, die in der Geschichte der Medizin keine Parallele findet. Atmung und Herztätigkeit entbehrten auf verblüffende Weise der Symmetrie, die Stimme war geschwunden, so daß der Patient nur noch flüstern konnte, die Verdauung war auf unglaubliche Weise verlangsamt und auf ein Minimum reduziert, und die nervlichen Reaktionen auf normale Reize waren durchaus verschieden von allem, was man je an gesunden oder kranken Menschen beobachtet hat. Die Haut war auf morbide Art kalt und trocken, und die Zellstruktur des Gewebes schien außerordentlich grob und brüchig. Sogar ein großer, olivgrauer Leberfleck auf seiner rechten Hüfte war verschwunden, wogegen sich auf seiner Brust ein sehr sonderbares Muttermal, ein schwarzer Fleck, gebildet hatte, von dem vorher keine Spur zu sehen gewesen war. Grundsätzlich stimmen die Ärzte alle darin überein, daß sich bei Ward die Stoffwechselvorgänge auf beispiellose Weise verlangsamt hatten.

Auch in psychologischer Hinsicht war Charles Ward ein einmaliger Sonderfall. Seine Geistesverwirrung wies keines der in den neuesten und umfassendsten Darstellungen erwähnten Symptome auf und war von einer Verstandeskraft begleitet, die aus ihm ein Genie oder eine führende Persönlichkeit gemacht hätte, wäre sie nicht zu sonderbaren und grotesken Formen verzerrt worden. Dr. Willett, der Wards Hausarzt war, bestätigt, daß die allgemeinen geistigen Fähigkeiten des Patienten, gemessen an seinen Reaktionen auf Dinge, die außerhalb der Sphäre seiner Umnachtung lagen, seit seiner Einweisung in die Irrenanstalt sich sogar noch gesteigert hatten. Nun war Ward zwar schon immer ein Gelehrter und Altertumsforscher gewesen; aber selbst seine brillantesten frühen Arbeiten offenbarten nicht jene ungeheure Fassungskraft und Einsicht, wie er sie bei den letzten Untersuchungen durch die Nervenärzte an den Tag legte. Es war in der Tat nicht leicht gewesen, die amtliche Einweisung in die Irrenanstalt zu erreichen, so außerordentlich klar schien der Verstand des jungen Mannes zu sein; und nur aufgrund von Zeugenaussagen und der in Anbetracht seiner hohen Intelligenz ungewöhnlichen Wissenslücken wurde er schließlich doch in Verwahrung genommen. Bis zum Augenblick seines Verschwindens hatte er Lesestoff aller Art geradezu verschlungen und sich so ausgiebig mit anderen unterhalten, wie seine schwache Stimme es ihm gestattet hatte; und sorgfältige Beobachter, die nicht an die Möglichkeit eines Ausbruchs dachten, hatten wiederholt vorhergesagt, es würde nicht mehr lange dauern, bis man ihn wieder entlassen würde.

Nur Dr. Willett, der Charles Ward ans Licht der Welt gebracht und seitdem ständig seine körperliche und geistige Entwicklung verfolgt hatte, schien bei dem Gedanken an die zukünftige Freiheit des jungen Mannes zu erschrecken. Er hatte ein grausiges Erlebnis gehabt und eine furchtbare Entdeckung gemacht, über die er nicht mit seinen skeptischen Kollegen sprechen wollte. Willett stellt tatsächlich schon allein für sich ein Geheimnis im Zusammenhang mit diesem Fall dar. Er war der letzte, der den Patienten vor dessen Flucht gesehen hat, und kam von dieser letzten Unterhaltung in einer aus Grauen und Erleichterung gemischten Gemütsverfassung zurück, woran sich mehrere Leute erinnerten, als drei Stunden später Wards Flucht entdeckt wurde. Diese Flucht selbst ist eines der ungelösten Rätsel in Dr. Waites Irrenanstalt. Ein offenes Fenster, volle sechzig Fuß über dem Erdboden, kann wohl kaum als Erklärung dienen, und doch war der junge Mann nach diesem Gespräch mit Willett unbestreitbar verschwunden. Willett selbst hat der Öffentlichkeit keine Erklärung anzubieten, doch er wirkt merkwürdigerweise viel ruhiger als vor dem Ausbruch. In der Tat meinen viele, er würde gerne mehr sagen, wenn er nur damit rechnen könnte, daß eine nennenswerte Anzahl von Leuten ihm Glauben schenken würde. Er hatte Ward noch in seinem Zimmer vorgefunden, aber kurz danach klopften die Wärter vergebens. Als sie die Tür aufmachten, war der Patient verschwunden, und alles, was sie bemerkten, war das offene Fenster, durch das der kalte Aprilwind eine Wolke feinen, blaugrauen Staubes ins Zimmer blies, die ihnen fast den Atem nahm. Zwar hatten die Hunde kurz zuvor gebellt, aber zu diesem Zeitpunkt war Willett noch dagewesen, und sie hatten nichts gefangen und auch später keine Unruhe mehr gezeigt. Wards Vater wurde sofort telefonisch benachrichtigt, aber er schien eher betrübt als überrascht. Als Dr. Waite ihn dann persönlich aufsuchte, hatte Dr. Willett schon mit ihm gesprochen, und sie bestritten beide, etwas mit dem Ausbruch zu tun zu haben. Nur von einigen sehr engen Freunden von Willett und dem alten Ward waren ein paar Hinweise zu bekommen, doch diese sind allzu abenteuerlich und phantastisch, um nicht bei den meisten auf Ungläubigkeit zu stoßen. Als Tatsache bleibt nur bestehen, daß bis zum heutigen Tage keine Spur von dem verschwundenen Irren entdeckt wurde.

Charles Ward hatte von Kindheit an eine Neigung zum Altertümlichen gezeigt, die zweifellos durch die ihn umgebende altehrwürdige Stadt und die Überreste aus der Vergangenheit genährt wurde, mit denen das alte Herrenhaus seiner Eltern an der

Prospect Street auf dem Gipfel des Hügels bis in den letzten Winkel angefüllt war. Mit den Jahren vertiefte sich seine Liebe zu den alten Dingen, so daß Geschichte, Genealogie und die Beschäftigung mit der Architektur, den Möbeln und dem Handwerk der Kolonialzeit schließlich alle anderen Interessen verdrängten. Diese Neigungen muß man bei der Beurteilung seines Wahnsinns berücksichtigen; denn obwohl sie nicht den eigentlichen Kern seiner geistigen Umnachtung darstellen, spielen sie doch als äußere Symptome eine wichtige Rolle. Die von den Nervenärzten festgestellten Wissenslücken bezogen sich alle auf moderne Angelegenheiten und wurden, wie man durch geschickte Fragen herausfand, in jedem Falle durch ein entsprechend tiefes, wenn auch nach außen hin verheimlichtes Wissen um vergangene Dinge ausgeglichen, so daß man beinahe den Eindruck bekommen konnte, der Patient habe sich durch irgendeine dunkle Art von Selbsthypnose buchstäblich in ein vergangenes Zeitalter versetzt. Das Merkwürdige war, daß Ward sich nicht mehr für die Altertümer zu interessieren schien, die er doch so gut kannte. Er hatte, so schien es, seine Vorliebe für diese Dinge verloren, weil er allzu sehr mit ihnen vertraut war, und am Schluß konzentrierte er offenbar all seine Kräfte darauf, jene alltäglichen Dinge der modernen Welt zu meistern, die so vollständig aus seinem Gehirn getilgt worden waren. Daß eine solche umfassende Tilgung stattgefunden hatte, suchte er mit allen Mitteln zu verbergen; aber es war allen, die ihn beobachteten, klar, daß seine gesamte Lektüre und all seine Unterhaltungen von dem verzweifelten Wunsch bestimmt waren, sich jenes Wissen über sein eigenes Leben und den gewöhnlichen praktischen und kulturellen Hintergrund des zwanzigsten Jahrhunderts anzueignen, das man angesichts seiner Geburt im Jahre 1902 und seiner Erziehung in Schulen unserer Zeit von ihm hätte erwarten können. Die Nervenärzte fragen sich jetzt, wie der entwichene Patient in Anbetracht seiner großen Wissenslücken es schafft, sich in der komplizierten Welt von heute zurechtzufinden; die vorherrschende Meinung geht dahin, daß er sich irgendeine erniedrigende, anspruchslose Beschäftigung gesucht habe und sich so lange versteckt halten wolle, bis seine Kenntnis moderner Dinge einen normalen Stand erreicht habe.

Wann Wards geistige Umnachtung begonnen hat, darüber sind die Nervenärzte unterschiedlicher Auffassung. Dr. Lyman, die überragende Kapazität aus Boston, ist der Ansicht, es sei 1919 oder 1920 gewesen, während des letzten Jahres des jungen Ward an der Moses Brown-Schule, als er plötzlich dem Studium der Vergangenheit entsagt und sich dem Studium des Okkulten zugewandt und sich geweigert habe, die Qualifikation für das College zu erwerben, mit der Begründung, er müsse private Forschungen von weit größerer Bedeutung treiben. Für diese Theorie sprechen sicherlich die veränderten Gewohnheiten Wards zu jener Zeit und besonders sein beständiges Herumstöbern in den Stadtarchiven und die Suche nach einem im Jahre 1741 angelegten Grab auf den alten Friedhöfen; es handelte sich um das Grab eines Ahnen namens Joseph Curwen, von dem Ward einige Papiere hinter der Holztäfelung eines uralten Hauses in Olney Court, auf Stampers Hill, gefunden haben wollte, von dem man wußte, daß Curwen es zu seinen Lebzeiten bewohnt hatte.

Nun ist es tatsächlich unbestreitbar, daß sich im Winter 1919-1920 eine auffallende Veränderung mit Ward vollzog; er gab unvermittelt seine allgemeinen Altertumsforschungen auf und betrieb – zu Hause und anderswo – okkulte Studien, die er nur unterbrach, um nach dem Grab seines Vorfahren zu suchen.

Dr. Willett dagegen widerspricht dieser Theorie nachdrücklich; er gründet sein Urteil auf seine enge und seit langem bestehende Bekanntschaft mit dem Patienten sowie auf bestimmte schreckliche Nachforschungen und Entdeckungen in der letzten Zeit. Diese Nachforschungen und Entdeckungen sind nicht spurlos an ihm vorübergegangen; seine Stimme zittert, wenn er darüber spricht, und seine Hand zittert, wenn er darüber zu schreiben versucht. Willett räumt ein, daß die Veränderung der Jahre 1919-1920 gemeinhin als der Beginn eines progressiven Verfalls angesehen werden könnte, der in der furchtbaren, traurigen und unheimlichen Umnachtung des Jahres 1928 gipfelte, ist aber aufgrund persönlicher Beobachtungen der Ansicht, daß eine feinere Unterscheidung gemacht werden müsse. Während er bereitwillig zugibt, daß der Junge immer von unausgeglichenem Temperament und in seinen Reaktionen auf die Erscheinungen seiner Umwelt reizbar und äußerst überschwenglich gewesen sei, will er es auf keinen Fall wahrhaben, daß jene frühe Veränderung den tatsächlichen Übergang von der Verstandesklarheit zum Wahnsinn markiert habe; statt dessen beruft er sich auf Wards eigene Aussage, er habe etwas entdeckt oder wiederentdeckt, dessen Auswirkung auf das menschliche Denken wahrscheinlich wunderbar und tiefgreifend sein werde.

Die eigentliche geistige Umnachtung, davon ist Willett überzeugt, kam mit einer späteren Veränderung; nachdem Curwens Porträt und die alten Papiere entdeckt waren; nachdem eine Fahrt an sonderbare, ferne Orte unternommen worden und bestimmte schreckliche Beschwörungen unter geheimnisvollen Umständen gesungen worden waren; nachdem gewisse *Antworten* auf diese Anrufungen deutlich vernehmbar geworden waren und ein verzweifelter Brief unter quälenden und unerklärlichen Umständen geschrieben worden war; nach der Welle des Vampirismus und den ominösen Gerüchten in Pawtuxet; und nachdem das Gedächtnis des Patienten begonnen hatte, gegenwärtige Bilder auszuschließen, während seine Stimme versagte und seine äußere Erscheinung jene fast unmerklichen Veränderungen durchmachte, die später von so vielen Leuten bemerkt wurden.

Erst um diese Zeit, so versichert Willett mit Nachdruck, hätten sich die nachtmahrhaften Merkmale bei Ward gezeigt, und der Arzt bekennt schaudernd, er sei überzeugt, es gebe genügend handfestes Beweismaterial für die Richtigkeit der Behauptung des jungen Mannes über seine entscheidende Entdeckung. Zum einen sahen zwei intelligente Arbeiter mit eigenen Augen, wie die alten Papiere von Joseph Curwen gefunden wurden. Zum zweiten zeigte ihm der junge Mann einmal diese Papiere sowie eine Seite aus Curwens Tagebuch, und jedes dieser Dokumente wies alle Anzeichen von Echtheit auf. Das Loch, in dem Ward sie gefunden haben wollte, ist sichtbare Wirklichkeit, und Willett konnte einen abschließenden und sehr überzeugenden Blick auf sie werfen, durch eine Fügung, die kaum glaublich ist und vielleicht nie wird bewiesen werden können. Dann waren da die Geheimnisse und die seltsamen Übereinstimmungen in den Briefen von Orne und Hutchinson, das Problem der Handschrift Curwens und das, was die Detektive über Dr. Allen herausfanden; all dies, und außerdem noch die furchtbare Botschaft in mittelalterlicher Minuskelschrift, die in Willetts Tasche gefunden wurde, als er nach seinem schrecklichen Erlebnis das Bewußtsein wiedererlangt hatte.

Und als die schlüssigsten Beweise von allen sind da noch die zwei gräßlichen *Ergebnisse*, die der Doktor bei seinen letzten

Nachforschungen aus zwei Formeln bekam; Ergebnisse, die praktisch die Authentizität der Papiere und ihrer monströsen Bedeutung in demselben Augenblick bewiesen, da diese Papiere für immer menschlichem Zugriff entzogen wurden.

2

Man muß auf Charles Wards früheres Leben zurückblicken wie auf etwas, das der Vergangenheit angehört wie die Altertümer, die er so sehr liebte. Im August 1918 war er mit deutlichen Anzeichen der Begeisterung für die damals üblichen militärischen Erziehungsmethoden in die erste Klasse der Moses Brown-Schule eingetreten, die ganz in der Nähe seines Elternhauses steht. Das alte, im Jahre 1819 errichtete Hauptgebäude hatte schon immer seiner jugendlichen Begeisterung für das Altertümliche entsprochen, und der weitläufige Park, in dem die Akademie gelegen ist, seinem Blick für landschaftliche Schönheit. Sein gesellschaftlicher Umgang war recht begrenzt, und er verbrachte seine Zeit hauptsächlich zu Hause, mit langen, ziellosen Spaziergängen, im Unterricht und beim Exerzieren sowie mit der Suche nach altertumswissenschaftlichen und genealogischen Daten im Rathaus, im Parlamentsgebäude, in der Stadtbibliothek, dem Athenäum, der Historischen Gesellschaft, der John Carter Brown- und der John Hay-Bibliothek der Brown-Universität und der neueröffneten Shepley-Bibliothek in der Benefit Street. Man erinnert sich noch, wie er damals ausgesehen hat; hochgewachsen, schlank und blond, mit wißbegierigen Augen, leicht gebeugt und ein wenig nachlässig gekleidet, ein junger Mann, der eher harmlos und linkisch als attraktiv wirkte.

Seine Spaziergänge waren immer abenteuerliche Ausflüge in die Vergangenheit, auf denen er es fertigbrachte, aus den zahllosen Überbleibseln einer glanzvollen alten Stadt ein zusammenhängendes Bild vergangener Jahrhunderte heraufzubeschwören. Sein Elternhaus war eine große georgianische Villa auf dem Gipfel des beinahe steil zu nennenden Hügels, der sich am östlichen Ufer des Flusses erhebt, und aus den rückwärtigen Fenstern der weitläufigen Seitentrakte konnte er benommen über all das Gewirr von Türmchen, Kuppeln, Dächern und Hochhäusern der tiefer gelegenen Stadtteile bis zu den purpurnen Hügeln der Landschaft jenseits des Stadtrands hinüberschauen. Hier war er geboren, und von der hübschen klassischen Veranda an der zweigiebligen Ziegelfassade aus hatte sein Kindermädchen die ersten Ausfahrten im Kinderwagen mit ihm unternommen; vorbei an dem kleinen weißen Bauernhaus, das vor zweihundert Jahren erbaut und inzwischen längst von der Stadt übernommen worden war, und weiter zu den schattigen Colleges an der stattlichen, prunkvollen Straße, wo die alten, massigen Steinvillen und die kleineren Holzhäuser mit den schmalen, von mächtigen dorischen Säulen umrahmten Veranden solide und exklusiv inmitten ihrer großen Parks und Gärten dahinträumten.

Er war auch durch die lange, verschlafene Congdon Street geschoben worden, eine Reihe weiter unten an dem steilen Abhang des Hügels, vorbei an den vielen nach Osten gelegenen Häusern mit ihren hohen Terrassen. Die kleinen Holzhäuser hier waren im Durchschnitt älter, denn die sich ausdehnende Stadt war nach und nach den Hügel hinaufgeklettert; und auf diesen Ausfahrten hatte er etwas vom Kolorit einer typischen Stadt der Kolonialzeit in sich aufgenommen. Auf der Aussichtsterrasse hielt das Kindermädchen gewöhnlich an, um sich auf eine Bank zu setzen und mit einem Polizisten zu schwatzen; und eine der frühesten Erinnerungen des Kindes war das große, nach Westen sich erstrekkende Meer von diesigen Dächern und Kuppeln und Türmchen und fernen Hügeln, das er eines Winternachmittags von der großen Balustrade aus erblickt hatte, violett und mystisch vor einem fiebrigen, apokalyptischen Sonnenuntergang aus Rot und Gold und Purpur und seltsamen Schattierungen von Grün. Die riesige Marmorkuppel des Parlamentsgebäudes ragte als gewaltige Silhouette empor, und die Statue auf ihrer Spitze bekam eine phantastische Gloriole, als eine der dunklen Schichtwolken aufriß, die den flammenden Himmel verdeckten.

Als er größer war, begannen seine berühmten Spaziergänge; anfangs an der Hand des ungeduldig weitergezogenen Kindermädchens und später allein, in träumerisches Grübeln versunken. Immer weiter den abschüssigen Hügel hinab wagte er sich, und jedesmal erreichte er noch ältere Schichten der alten Stadt. Zaghaft blieb er dann wohl unten an der steilen Jenckes Street stehen, mit ihren Hinterhöfen und den Giebeln im Kolonialstil an der Ecke zur schattigen Benefit Street, wo vor ihm ein altes Holzhaus mit zwei von ionischen Stützpfeilern getragenen Vordächern lag und neben ihm ein noch älteres Walmdachhaus mit Resten eines einstigen Bauernhofes und das große Haus des Richters Durfee mit schwindenden Spuren georgianischer Größe. Irgendwann würde das hier einmal ein Elendsviertel werden; aber die gigantischen Ulmen tauchten den Platz in beschönigenden Schatten, und der Junge schlenderte gewöhnlich in südlicher Richtung weiter, vorbei an den langen Häuserreihen aus der Zeit vor dem Freiheitskrieg mit ihren großen zentralen Kaminen und ihren klassischen Portalen. Auf der Ostseite standen sie auf hohen Fundamenten und hatten doppelte Aufgänge aus Steintreppen mit Geländern, und der junge Charles konnte sich ausmalen, wie sie ausgesehen hatten, als die Straße noch neu gewesen war und rote Sparren und Zahnleisten die Giebel geziert hatten, deren Verfall jetzt so offenkundig geworden war.

Nach Westen hin fiel der Hügel fast so steil ab wie weiter oben, bis hinunter zur alten »Town Street«, die 1636 von den Stadtgründern am Flußufer angelegt worden war. Hier gab es zahllose kleine Gassen mit schiefen, zusammengekauerten Häusern von unermeßlichem Alter; und sosehr sie ihn auch faszinierten, wagte er es doch lange Zeit nicht, diese steilen Gäßchen zu betreten, aus Angst, sie könnten sich als Traumgebilde oder Tor zu unbekannten Schrecken erweisen. Viel weniger schlimm fand er es, die Benefit Street entlang weiterzugehen, vorbei am Eisenzaun des versteckten Friedhofes von St. John, der Rückseite des Colony House aus dem Jahre 1761 und den zerbröckelnden Mauern der Golden Ball Inn, in der Washington einmal abgestiegen war. An der Meeting Street, die früher einmal Goal Lane und dann King Street geheißen hatte, pflegte er in östlicher Richtung nach oben zu schauen, wo die Straße sich gewundener Treppen bedienen mußte, um den Abhang zu erklettern, und in westlicher Richtung nach unten, wo das alte, im Kolonialstil erbaute Schulhaus mit seiner Ziegelfassade über die Straße hinweg dem uralten Haus zu Shakespeares Kopf zulächelt, wo vor dem Freiheitskrieg die *Providence Gazette and Country-Journal* gedruckt worden war. Dann kam die wundervolle First Baptist Church aus dem Jahre 1775, prachtvoll mit ihrem unvergleichlichen Gibbs-Turm und den georgianischen Dächern und Kuppeln. Hier und weiter nach Süden wurde die Umgebung besser, um schließlich in einer herrlichen Gruppe früher Herrenhäuser ihre ganze Schönheit zu entfalten; aber noch immer führten die alten Gäßchen an der Westseite des Hügels herab, gespenstisch in ihrer vieltürmigen Altertümlichkeit, und senkten sich schließlich in einen Wirbel schillernden Verfalls, dort, wo die verkommene Hafengegend von ihren stolzen ostindischen Tagen träumte, inmitten vielsprachigen Lasters und Schmutzes, zerbröckelnder Kais, blindäugiger Schiffsbedarfshandlungen und aus der Vergangenheit übriggebliebener Gassennamen wie Packet, Bullion, Gold, Silver, Coin, Doubloon, Sovereign, Guilder, Dollar, Dime und Cent.

Als er größer und abenteuerlustiger wurde, wagte der junge Ward sich manchmal in diesen Mahlstrom wackliger Häuser, zerbrochener Türbalken, verwitterter Treppen, verbogener Geländer, dunkler Gesichter und unbeschreiblicher Gerüche hinab; dann schlängelte er sich von South Main nach South Water durch, suchte sich die Piers aus, an denen die Küstendampfer noch anlegten, und kehrte dann auf dieser niedrigeren Ebene nach Norden zurück, vorbei an den spitzgiebligen Lagerhäusern aus dem Jahre 1816 und dem weiten Platz an der Großen Brücke, wo die im Jahre 1773 erbaute Markthalle noch immer fest auf ihren alten Bögen ruht. Auf diesem Platz pflegte er stehenzubleiben, um die verwirrende Schönheit der alten Stadt in sich aufzunehmen, wie sie sich, steil ansteigend, nach Osten hin den Hang hinauf erstreckte, verziert mit georgianischen Türmchen und gekrönt von der riesigen Kuppel der neuen Christian-Science-Kirche, wie London gekrönt ist von der Kuppel von St. Paul's. Am liebsten hatte er es, wenn er diese Stelle am Spätnachmittag erreichte, denn dann taucht die tiefstehende Sonne die Markthalle und die uralten Dächer und Türme des Hügels in goldenes Licht und verzaubert die verträumten Kais, wo die Ostindienfahrer aus Providence vor Anker zu liegen pflegten. Lange schaute er dann so, bis er von der schwärmerischen Begeisterung für diese Aussicht ganz benommen war, und dann stieg er in der Dämmerung heimwärts den Hügel hinan, vorbei an der alten weißen Kirche und durch die engen, steilen Gassen, wo gelbe Lichter hinter Fenstern mit kleinen Scheiben und aus Lünetten über doppelten Treppenaufgängen mit eigenartigen schmiedeeisernen Geländern zu leuchten begannen.

Zu anderer Zeit, besonders in späteren Jahren, suchte er dagegen lebhafte Kontraste; dann führte ihn etwa die eine Hälfte seines Spaziergangs durch die verfallenden Viertel aus der Kolonialzeit nordwestlich von seinem Elternhaus, wo der Hügel sich zu der niedrigeren Erhebung des Stampers Hill mit seinem Getto und dem Negerviertel hinabsenkt, rings um den Platz, von dem aus vor dem Freiheitskrieg die Bostoner Postkutsche abfuhr, die andere Hälfte dagegen in die anmutigen südlichen Viertel um die George, Benevolent, Power und Williams Street, wo der Hügelabhang unverändert die schönen alten Herrenhäuser mit ihren ummauerten Gärten und steilen Rasenflächen trägt, in denen so viele duftende Geheimnisse fortleben. Diese Wanderungen und die eifrigen Studien, von denen sie begleitet waren, trugen sicherlich sehr zur Entwicklung jener Vorliebe für das Altertümliche bei, die schließlich die moderne Welt aus Charles Wards Bewußtsein verdrängte; dies war der geistige Boden, auf den in jenem schicksalhaften Winter von 1919-1920 der Samen fiel, der später auf so sonderbare und schreckliche Weise aufgehen sollte.

Dr. Willett ist überzeugt, daß bis zu jenem unseligen Winter der ersten Veränderung Charles Wards Altertümelei nichts Morbides hatte. Friedhöfe erregten sein Interesse höchstens durch die Eigenart ihrer Anlage oder ihre geschichtliche Bedeutung, und Gewalttätigkeit oder wilde Instinkte waren ihm absolut fremd. Doch dann schien sich auf heimtückisch langsame Weise ein Nachspiel zu einem seiner genealogischen Erfolge aus dem Jahr zuvor zu entwickeln; damals hatte er unter seinen Vorfahren mütterlicherseits einen gewissen Joseph Curwen entdeckt, der ein sehr hohes Alter erreicht hatte. Curwen war im März 1692 aus Salem gekommen, und eine Reihe höchst merkwürdiger und beunruhigender Flüstergeschichten rankte sich um seine Person.

Wards Ururgroßvater Welcome Potter hatte im Jahre 1785 eine gewisse »Ann Tillinghast, Tochter der Mrs. Eliza, der Tochter des Kapitäns James Tillinghast« geehelicht, über deren Abkunft väterlicherseits die Familienchronik nichts zu berichten wußte. Gegen Ende 1918 stieß der junge Genealoge bei der Durchsicht einer Originalhandschrift im Stadtarchiv auf eine Eintragung über eine legale Namensänderung, durch die im Jahre 1772 eine Mrs. Eliza Curwen, Witwe des Joseph Curwen, zusammen mit ihrer sieben Jahre alten Tochter Ann wieder ihren Mädchennamen Tillinghast angenommen hatte; die Begründung lautete, daß »der Name ihres Gemahls eine öffentliche Beschimpfung geworden sei, aufgrund dessen, was nach seinem Hinscheiden bekannt wurde; wodurch ein altes Gerücht sich bestätigt habe, welchem ein treues Eheweib jedoch nicht habe Glauben schenken können, bevor es gänzlich zweifelsfrei bewiesen worden sei«. Diese Eintragung entdeckte er, als er zufällig zwei Blätter voneinander trennte, die sorgfältig zusammengeklebt und bei einer Revision der Seitenzahlen als ein Blatt behandelt worden waren.

Charles Ward war augenblicklich überzeugt, daß er tatsächlich einen bisher unbekannten Ururgroßvater gefunden hatte. Diese Entdeckung erregte ihn um so mehr, als er schon früher auf verschwommene Berichte und vereinzelte Anspielungen im Zusammenhang mit diesem Mann gestoßen war, über den es so wenige öffentlich zugängliche Unterlagen gab, abgesehen von jenen, die erst in modernen Zeiten zugänglich wurden, daß es beinahe schien, als sei ein Komplott geschmiedet worden, um sein Andenken gänzlich zu tilgen. Überdies war das, was zutage trat, so außergewöhnlich und herausfordernd, daß man nicht umhinkonnte, sich neugierig zu fragen, was es denn gewesen sein mochte, das die Archivare der Kolonialzeit so ängstlich zu verbergen und zu vergessen gesucht hatten – oder zu argwöhnen, daß sie nur allzu gute Gründe für die Tilgung gehabt hatten.

Bis zu diesem Ereignis hatte Ward sich damit begnügt, müßige Vermutungen über den alten Joseph Curwen anzustellen; als er jedoch seine eigene Verbindung mit dieser offensichtlich »totgeschwiegenen« Gestalt entdeckt hatte, machte er sich daran, so systematisch wie möglich nach allen Hinweisen zu forschen, deren er irgend habhaft werden konnte. Der Erfolg dieser fieberhaften Suche übertraf schließlich seine kühnsten Erwartungen, denn alte Briefe, Tagebücher und Bündel unveröffentlichter Memoiren in verstaubten Bodenkammern in Providence und anderswo enthielten viele aufschlußreiche Passagen, die zu vernichten die Verfasser nicht der Mühe wert erachtet hatten. Ein wichtiger Hinweis kam aus New York, wo im Museum von Fraunces' Tavern Korrespondenz aus dem Rhode Island der Kolonialzeit aufbewahrt wurde. Die wirklich entscheidende Wendung, die nach Dr. Willetts Ansicht die eigentliche Ursache für Wards Geistesverwirrung darstellte, brachten jedoch die Dinge, die im August 1919 hinter der Täfelung des verfallenden Hauses in Olney Court gefunden wurden. Das war es, daran ist kein Zweifel, was jene schwarzen, tiefen Abgründe auftat, tiefer als der Höllenschlund.

II
Ein Vorzeichen und ein Schrecknis

1

Joseph Curwen, so offenbarten die weitschweifigen Legenden, die Ward hörte und aufstöberte, war ein äußerst befremdliches, rätselhaftes und dunkel furchterregendes Individuum gewesen. Er war aus Salem nach Providence geflohen – jenem Zufluchtsort aller Sonderlinge, Freidenker und Nonkonformisten –, als der große Hexenwahn ausgebrochen war, weil er fürchtete, man würde ihn wegen seines Einzelgängertums und seiner sonderbaren chemischen oder alchimistischen Experimente unter Anklage stellen. Er war ein farblos wirkender Mann um die Dreißig und wurde bald für würdig befunden, freier Bürger von Providence zu werden, woraufhin er sich ein Grundstück unmittelbar nördlich vom Anwesen des Gregory Dexter kaufte, ungefähr am unteren Ende der Olney Street. Sein Haus wurde auf dem Stampers Hill westlich der Town Street gebaut, in dem Viertel, das später den Namen Olney Court bekam; im Jahre 1761 ersetzte er es durch ein größeres, auf demselben Grundstück, das noch heute steht.

Was die Leute an Joseph Curwen als erstes merkwürdig fanden, war, daß er seit seiner Ankunft in Providence nicht mehr nennenswert zu altern schien. Er betätigte sich als Schiffskaufmann, erwarb in der Nähe der Mile-End-Bucht Kaianlagen, half im Jahre 1713 die Große Brücke wiederaufbauen und gehörte 1723 zu den Gründern der Kirche der freien Gemeinden auf dem Hügel; doch er behielt immer das undefinierbare Aussehen eines Mannes kaum über Dreißig oder Fünfunddreißig. Als ein Jahrzehnt nach dem anderen verging, erregte diese einzigartige Eigenschaft beträchtliches Aufsehen, aber Curwen erklärte sie stets damit, daß er von robusten Vorfahren abstamme und ein einfaches Leben führe, bei dem er sich nicht abnutze. Wie diese Einfachheit mit dem unerklärlichen Kommen und Gehen des geheimnisvollen Kaufmanns und dem seltsamen Leuchten hinter allen Fenstern seines Hauses die ganze Nacht hindurch in Einklang zu bringen sei, war den Bürgern der Stadt nicht ganz klar; und sie waren geneigt, seine ewige Jugend und sein hohes Alter auf andere Gründe zurückzuführen. Die meisten Leute glaubten, daß Curwens unaufhörliches Mischen und Kochen von Chemikalien viel mit seinem Zustand zu tun habe. Man klatschte über die sonderbaren Substanzen, die er auf seinen Schiffen aus London und von den Westindischen Inseln holte oder in Newport, Boston und New York kaufte; und als der alte Dr. Jabez Browen aus Rehoboth kam und gegenüber der Großen Brücke seinen Apothekerladen mit Einhorn und Mörser auf dem Firmenschild aufmachte, wollte das Gerede über die Drogen, Säuren und Metalle, die der wortkarge Sonderling ständig bei ihm kaufte oder bestellte, kein Ende nehmen. In der Annahme, Curwen besäße wundersame geheime medizinische Fähigkeiten, gingen ihn Leidende mit verschiedenen Gebrechen um Hilfe an; doch obwohl er sie auf unverfängliche Weise in ihrem Glauben zu bestärken schien und ihnen auf ihre Bitten hin immer seltsam gefärbte Tränke verabreichte, bemerkte man, daß die Mittelchen, die er anderen gab, kaum jemals eine Besserung bewirkten. Als schließlich seit der Ankunft des Fremden über fünfzig Jahre vergangen waren, ohne daß er dem Gesicht und dem gesamten Aussehen nach um mehr als fünf Jahre gealtert wäre, fingen die Leute an, über finstere Dinge zu raunen; und sie entsprachen nur allzu bereitwillig seinem Hang zur Isolierung, den er schon immer hatte erkennen lassen.

Private Briefe und Tagebücher aus jener Zeit berichten noch über eine Unmenge anderer Dinge, derentwegen Joseph Curwen bestaunt, gefürchtet und schließlich wie die Pest gemieden wurde. Seine Leidenschaft für Friedhöfe, auf denen man ihn zu jeder Tages- und Nachtzeit und unter allen erdenklichen Umständen beobachtete, war stadtbekannt; allerdings hatte ihn nie jemand bei einer Handlung ertappt, die man als Leichenschändung hätte auslegen können. An der Landstraße nach Pawtuxet hatte er einen Bauernhof, auf dem er gewöhnlich den Sommer über lebte und zu dem man ihn oft zu den merkwürdigsten Tages- und Nachtstunden reiten sehen konnte. Als einzige sichtbare Diener, Landarbeiter oder Verwalter beschäftigte er dort ein mürrisches Indianerpaar vom Stamme der Narragansetts; der Mann war stumm und hatte merkwürdige Narben, und die Frau war von ganz besonders abstoßendem Äußeren, wahrscheinlich wegen einer Beimischung von Negerblut. In einem Anbau dieses Hauses befand sich das Laboratorium, in dem die meisten chemischen Experimente durchgeführt wurden. Neugierige Träger und Fuhrleute, die an der kleinen Hintertür Flaschen, Säcke oder Kisten ablieferten, erzählten sich von den phantastischen Glaskolben, Schmelztiegeln, Öfen und Retorten, die sie in dem niedrigen, mit Regalen vollgestellten Raum gesehen hatten; und sie prophezeiten flüsternd, daß der »Alchemiker« – womit sie *Alchimist* meinten – über kurz oder lang den Stein der Weisen finden werde. Seine nächsten Nachbarn auf diesem Bauernhof – die Fenners, deren Anwesen eine viertel Meile entfernt war – wußten noch seltsamere Geschichten über bestimmte Geräusche zu erzählen, die sie angeblich in der Nacht von Curwens Hof her vernahmen. Manchmal seien es Schreie, so behaupteten sie, und manchmal ein langgezogenes Heulen; auch waren ihnen die großen Viehherden auf der Weide nicht ganz geheuer, denn schließlich wären längst nicht so viele Tiere nötig gewesen, um einen einzelnen Mann und ein paar Dienstboten mit Fleisch, Milch und Wolle zu versorgen. Die Zusammensetzung der Herden änderte sich anscheinend von Woche zu Woche, denn dauernd wurden neue Tiere bei den Bauern in Kingstown gekauft. Besonders unheimlich war schließlich auch noch jenes große steinerne Nebengebäude, das lediglich hohe, schmale Schlitze als Fenster hatte.

Müßiggänger, die immer in der Nähe der Großen Brücke herumlungerten, wußten allerhand von Curwens Stadthaus in Olney Court zu berichten; und zwar weniger über das schöne neue Gebäude, das 1761 errichtet worden war, als der Mann bald hundert Jahre alt gewesen sein mußte, sondern das alte mit dem Walmdach, der fensterlosen Mansarde und den Schindelwänden, bei dessen Abbruch Curwen die ungewöhnliche Vorsichtsmaßnahme ergriffen hatte, alle Holzteile zu verbrennen. Zwar war hier alles nicht ganz so unheimlich; aber die Stunden, zu denen Licht brannte, die Heimlichtuerei der beiden dunkelhäutigen Ausländer, die die einzigen männlichen Dienstboten darstellten, das fürchterlich undeutliche Gemurmel der uralten französischen Wirtschafterin, die großen Mengen von Lebensmitteln, die man durch eine Tür verschwinden sah, hinter der nur vier Leute wohnten, und die *Art* der Stimmen, die man oft zu höchst unchristlicher Zeit in gedämpftem Gespräch vernehmen konnte – all das war im Verein mit dem, was man von dem Bauernhof an der Pawtuxet Road wußte, dazu angetan, das Haus in Verruf zu bringen.

Aber auch in den besseren Kreisen sprach man nicht selten von

Curwens Haus; denn als der Neuankömmling sich nach und nach am kirchlichen und geschäftlichen Leben der Stadt beteiligt hatte, war es nicht ausgeblieben, daß er die Bekanntschaft von besseren Leuten gemacht hatte, deren Anforderungen in bezug auf gesellschaftliche Umgangsformen und Konversation er durchaus gewachsen war. Man wußte, daß er aus einer guten Familie stammte, denn die Curwens oder Carwens aus Salem waren in Neuengland alles andere als unbekannt. Es stellte sich heraus, daß Joseph Curwen als junger Mann viel gereist war, eine Zeitlang in England gelebt und mindestens zwei Reisen in den Orient unternommen hatte; seine Sprache – wenn er sich dazu herabließ, sie zu gebrauchen – war die eines gebildeten und kultivierten Engländers. Doch aus irgendwelchen Gründen legte Curwen keinen Wert auf gesellschaftlichen Umgang. Obwohl er nie einen Besucher wirklich abwies, umgab er sich immer mit einer solchen Mauer der Zurückhaltung, daß nur wenige ihm etwas zu sagen gewußt hätten, was nicht albern geklungen hätte. Sein Verhalten schien auf fast unmerkliche Weise von einer kryptischen, zynischen Arroganz bestimmt zu sein, so als sei er durch den Umgang mit eigenartigeren und mächtigeren Wesen zu dem Schluß gekommen, daß alle menschlichen Wesen langweilig seien. Als der für seinen Scharfsinn und seine Schlagfertigkeit berühmte Dr. Checkley im Jahre 1783 aus Boston kam, um Pfarrherr der King's Church zu werden, versäumte er nicht, den Mann aufzusuchen, von dem er so viel gehört hatte; aber er ging schon bald wieder, weil er in den Äußerungen seines Gastgebers einen unheimlichen Unterton wahrgenommen hatte. Charles Ward sagte einmal zu seinem Vater, als die beiden sich an einem Winterabend über Curwen unterhielten, er würde zu gerne erfahren, was der geheimnisvolle alte Mann zu dem geistsprühenden Kleriker gesagt habe, aber alle Tagebuchschreiber stimmten darin überein, daß Dr. Checkley sich geweigert habe, irgend etwas von dem, was er gehört hatte, zu wiederholen. Der gute Mann hatte einen argen Schock erlitten und konnte fortan nicht an Joseph Curwen denken, ohne sogleich in auffälliger Weise jene fröhliche Urbanität einzubüßen, für die er berühmt war.

Konkreter war dagegen der Grund, weshalb ein anderer Mann von Bildung und Geschmack den hochmütigen Einsiedler mied. Im Jahre 1764 kam Mr. John Merritt, ein ältlicher englischer Gentleman mit literarischen und wissenschaftlichen Neigungen von Newport in die Stadt, die sich immer schneller zu der bedeutenderen von beiden entwickelte, und baute sich einen stattlichen Landsitz am Neck, wo heute das Zentrum der besten Wohngegend liegt. Er lebte stilvoll und komfortabel, hielt sich als erster in der Stadt eine Kutsche und livrierte Diener und war ungemein stolz auf sein Teleskop, sein Mikroskop und seine gutsortierte Bibliothek englischer und lateinischer Werke. Da ihm zu Ohren gekommen war, Curwen besäße die beste Bibliothek in Providence, stattete Mr. Merritt ihm bald einen Besuch ab und wurde mit größerer Herzlichkeit empfangen als die meisten anderen Besucher des Hauses. Seine Bewunderung für die stattlichen Bücherregale seines Gastgebers, die neben den griechischen, lateinischen und englischen Klassikern mit einer bemerkenswerten Batterie philosophischer, mathematischer und wissenschaftlicher Werke bestückt waren, darunter Paracelsus, Agricola, Van Helmont, Sylvius, Glauber, Boyle, Boerhaave, Becher und Stahl, bewog Curwen, einen Besuch auf seinem Bauernhof mit dem Laboratorium vorzuschlagen, wohin er noch nie jemand anderen eingeladen hatte; und die beiden fuhren auf der Stelle in Merritts Kutsche hinaus.

Mr. Merritt hat stets betont, er habe zwar in dem Bauernhaus nichts im eigentlichen Sinne Schreckliches gesehen, aber die Titel der Bücher der Spezialbibliothek über thaumaturgische, alchimische und theologische Themen, die Curwen in einem Vorzimmer untergebracht hatte, hätten schon allein ausgereicht, ihn mit einem bleibenden Grauen zu erfüllen. Vielleicht habe aber auch der Gesichtsausdruck des Besitzers während der Vorführung viel zu diesem Vorurteil beigetragen. Diese bizarre Sammlung umfaßte neben einer langen Reihe von Standardwerken, um die Mr. Merritt seinen Gastgeber trotz seiner Beunruhigung beneidete, nahezu alle der Menschheit bekannten Kabbalisten, Dämonologen und Magier und stellte einen wahren Wissensschatz auf den zweifelhaften Gebieten der Alchimie und Astrologie dar. Hermes Trismegistus in Mesnards Ausgabe, die *Turba Philosophorum,* Gebers *Liber Investigationis* und Artephous' *Stein der Weisheit* – keines dieser Werke fehlte; und dicht neben ihnen standen der kabbalistische *Zohar,* Peter Jamms mehrbändige Ausgabe des *Albertus Magnus,* Raymond Lullys *Ars Magna et Ultima* in Zetsners Ausgabe, Roger Bacons *Thesaurus Chemicus,* Fludds *Clavis Alchimiae* und Trithemius' *De Lapide Philoso-*

phico. Mittelalterliche Juden und Araber waren zahlreich vertreten, und Mr. Merritt wurde blaß, als er einen schönen Band mit der auffälligen Aufschrift *Qanoon-é-Islam* herausnahm und feststellen mußte, daß es sich in Wahrheit um das verbotene *Necronomicon* des verrückten Arabers Abdul Alhazred handelte, über das er die Leute einige Jahre zuvor so monströse Dinge hatte flüstern hören, nach der Aufdeckung namenloser Riten in dem sonderbaren kleinen Fischerdorf Kingsport in der Provinz Massachusetts-Bay.

Merkwürdigerweise fühlte sich der ehrenwerte Gentleman jedoch auf die unerklärlichste Weise durch eine unbedeutende Einzelheit beunruhigt. Auf dem riesigen Mahagonitisch lag mit dem Rücken nach oben ein stark zerlesenes Exemplar von Borellus, das viele kryptische Randbemerkungen und Unterstreichungen in Curwens Handschrift aufwies. Das Buch war ungefähr in der Mitte aufgeschlagen, und in einem Absatz entdeckte Merritt unter den Reihen mystisch-schwarzer Buchstaben so dicke, zittrige Federstriche, daß er nicht der Versuchung widerstehen konnte, ihn zu lesen. Ob es nun der Inhalt der unterstrichenen Passage war oder die fieberhafte Stärke der Unterstreichungen, vermochte er nicht zu sagen; aber irgend etwas an dieser Kombination berührte ihn auf sehr eigenartige und ungute Weise. Er erinnerte sich des Wortlauts bis an sein Lebensende, schrieb ihn aus dem Gedächtnis in ein Tagebuch und versuchte einmal, die Worte seinem guten Freund Dr. Checkley vorzulesen, bis er bemerkte, in welch tiefe Verwirrung sie den urbanen Pfarrherrn stürzten. Der Absatz lautete wie folgt:

»Die essentiellen Saltze von Thieren können dergestalt präpariret und conserviret werden, daß ein gewitzter Mann die gantze Arche Noah in seiner eigenen Studir-Stube zu haben und die vollkommne Gestalt eines Thieres nach Belieben aus der Asche desselbigen zu erwecken vermag; und vermittelst derselbigen Methode vermag ein Philosoph, ohne jede verbrecherische Necromantie, die Gestalt eines jeden todten Ahnen aus dem Staube zu erwecken, zu welchem sein Cörper zerfallen ist.«

Doch die schlimmsten Dinge über Joseph Curwen raunte man sich an den Pieren entlang dem südlichen Teil der Town Street zu. Seeleute sind ein abergläubisches Volk; und die mit allen Wassern gewaschenen Seebären auf den zahllosen Rum-, Sklaven- und Melasse-Schaluppen, die Mannschaften der schnittigen

Kaperschiffe und der großen Briggs der Browns, Crawfords und Tillinghasts machten alle verstohlen irgendwelche magischen Zeichen, wenn sie die schlanke, trügerisch jugendliche Gestalt mit dem gelben Haar und der leicht vornübergebeugten Haltung erblickten, wie sie das Curwensche Lagerhaus in der Doubloon Street betrat oder mit den Kapitänen oder Ladungsaufsehern an dem langen Kai sprach, an dem Curwens Schiffe vor Anker lagen. Curwens eigene Aufseher und Kapitäne haßten und fürchteten ihn, und seine Seeleute waren allesamt Mischlingsgesindel aus Martinique, St. Eustatius, Havanna oder Port Royal. In gewisser Weise war es die Häufigkeit, mit der diese Seeleute ausgewechselt wurden, die den stärksten und greifbarsten Anlaß zu der Furcht lieferte, die diesen Mann umgab. So konnte es vorkommen, daß die Mannschaft in der Stadt für einen Landurlaub von Bord gehen durfte und der eine oder andere vielleicht mit einem Botengang betraut wurde; wenn die Mannschaft sich dann wieder an Bord versammelte, konnte man fast sicher sein, daß einer oder mehrere fehlten. Daß viele dieser Botengänge den Bauernhof an der Pawtuxet Road zum Ziel gehabt hatten und man nur wenige von dort hatte zurückkehren sehen, wurde nicht vergessen; im Laufe der Zeit wurde es deshalb für Curwen äußerst schwierig, seine seltsam zusammengewürfelten Mannschaften zu halten. Fast immer musterten mehrere Leute ab, sobald sie die Hafengerüchte in Providence gehört hatten, und es wurde für den Kaufmann ein immer größeres Problem, entsprechenden Ersatz von den Westindischen Inseln zu beschaffen.

Um das Jahr 1760 war Joseph Curwen praktisch ein Ausgestoßener, den man finsterer Machenschaften und dämonischer Bündnisse verdächtigte, die um so bedrohlicher schienen, als man sie nicht benennen und verstehen oder gar ihre Existenz beweisen konnte. Einen letzten Anstoß mag die Affäre mit den vermißten Soldaten im Jahre 1785 gegeben haben, denn in den Monaten März und April jenes Jahres waren zwei königliche Regimenter auf dem Weg nach Neufrankreich in Providence einquartiert und aus unerklärlichen Gründen weit über die normale Desertionsrate hinaus dezimiert worden. Die Gerüchte beschäftigten sich vor allem damit, wie häufig Curwen angeblich im Gespräch mit den rotröckigen Ausländern gesehen worden sei; und als man dann mehrere von ihnen vermißte, erinnerten sich die Leute an die merkwürdigen Zustände unter seinen eigenen Seeleuten.

Niemand weiß, was geschehen wäre, wenn die Regimenter nicht weiterbeordert worden wären.

Unterdessen gediehen die weltlichen Geschäfte des Kaufmanns aufs vortrefflichste. Für den Handel mit Salpeter, schwarzem Pfeffer und Zimt hatte er praktisch das Monopol in Providence, und mit seinen Importen von Messingwaren, Indigo, Baumwolle, Wollsachen, Salz, Takelwerk, Eisen, Papier und englischen Waren aller Art stellte er alle anderen Reeder mit Ausnahme der Browns weit in den Schatten. Manche Ladenbesitzer, wie beispielsweise James Green – »Zum Elefanten in Cheapside« – die Russells – »Zum Goldenen Adler über der Brücke« – oder Clark und Nightingale – »Zur Bratpfanne und zum Fisch beim neuen Kaffeehaus« – waren fast vollständig auf seine Lieferungen angewiesen; und seine Vereinbarungen mit den örtlichen Brennereien, den Käsern und Pferdezüchtern der Narragansetts und den Kerzenmachern von Newport machten ihn zu einem der führenden Exporteure der Kolonie.

Obwohl er ausgestoßen war, mangelte es ihm nicht an einem gewissen Bürgersinn. Als das Regierungsgebäude abbrannte, beteiligte er sich mit einer hübschen Summe an der Lotterie, mit deren Ertrag der neue Ziegelbau – der noch immer am Ende der Promenade in der alten Hauptstadt steht – im Jahre 1761 errichtet wurde. Im selben Jahr half er auch, die Große Brücke nach dem Sturm im Oktober wiederaufzubauen. Er ersetzte viele der Bücher in der öffentlichen Bibliothek, die beim Brand des Regierungsgebäudes vernichtet worden waren, und kaufte große Mengen von Losen für die Lotterie, mit deren Erlösen die schlammige Marktpromenade und die zerfurchte Town Street mit einem Pflaster aus großen runden Steinen und einem Fußweg in der Mitte versehen wurden. Ungefähr zur selben Zeit baute er auch das einfache, aber gediegene neue Haus, dessen Portal ein Meisterwerk der Bildhauerkunst darstellt. Als die Anhänger von Whitefield sich 1743 von Dr. Cottons Hügelkirche lossagten und auf der anderen Seite des Flusses die Deacon Snow-Kirche bauten, schlug Curwen sich auf ihre Seite; seine Begeisterung erlahmte jedoch bald. Jetzt aber wandte er sich wieder der Frömmigkeit zu, so als wollte er die Schatten zerstreuen, die ihn in die Isolierung gedrängt hatten und bald auch seine geschäftlichen Erfolge zunichte machen würden, wenn er nicht energisch etwas dagegen unternahm.

2

Der Anblick dieses merkwürdigen, blassen Menschen, der dem Anschein nach kaum in den besten Mannesjahren und dennoch nicht weniger als volle hundert Jahre alt war und jetzt endlich versuchte, einer Wolke der Furcht und des Abscheus zu entrinnen, die zu unbestimmt war, als daß man sie hätte näher bezeichnen oder analysieren können, war pathetisch, dramatisch und verachtenswert zugleich. Doch so groß ist die Macht des Reichtums und oberflächlicher Gesten, daß sich tatsächlich ein leichtes Nachlassen der ihm gegenüber gezeigten Abneigung bemerken ließ, zumal neuerdings keiner von seinen Seeleuten mehr verschwand. Ebenso mußte er damit begonnen haben, bei seinen Friedhofsexkursionen äußerste Vorsicht und Heimlichkeit walten zu lassen, denn er wurde nie wieder bei solchen Unternehmungen beobachtet; gleichzeitig wurden die Gerüchte über unheimliche Geräusche und Vorkommnisse auf dem Hof an der Pawtuxet Road immer seltener. Sein Lebensmittelverbrauch und sein Bedarf an Viehherden blieben weiterhin abnorm hoch; aber bis zu dem Zeitpunkt, da Charles Ward in der Shepley-Bibliothek einen Stapel Rechnungen und buchhalterische Unterlagen überprüfte, war niemand – vielleicht mit Ausnahme eines einzigen verbitterten jungen Mannes – auf den Gedanken verfallen, dunkle Vergleiche zu ziehen zwischen der großen Anzahl von Negern aus Guinea, die er bis zum Jahre 1766 importierte, und der verwirrend geringen Anzahl, für die er glaubwürdige Empfangsbestätigungen, sei es von den Sklavenhändlern an der Großen Brücke oder von den Pflanzern im Land der Narragansetts, vorweisen konnte. Offenbar hatte dieser verabscheute Mensch in dem Moment große Schläue und außerordentlichen Erfindungsreichtum entwickelt, als die Umstände ihn dazu zwangen.

Aber natürlich mußte der Erfolg all dieser verspäteten Vorsichtsmaßnahmen gering bleiben. Curwen wurde weiterhin gemieden und mit Mißtrauen betrachtet, was schon durch die eine Tatsache seiner scheinbar ewigen Jugend bei tatsächlich hohem Alter gerechtfertigt gewesen wäre; und er sah voraus, daß seine kaufmännischen Geschicke sich schließlich zum Schlechten wenden würden. Für seine umfangreichen Studien und Experimente, welcher Art sie auch immer gewesen sein mögen, brauchte er offenbar ein sehr hohes Einkommen; und da ein Ortswechsel ihn um die Handelsvorteile gebracht hätte, die er sich verschafft hatte, hätte es sich für ihn nicht ausgezahlt, zu diesem Zeitpunkt noch einmal in einer anderen Gegend von vorne anzufangen. Die Vernunft gebot, daß er seine Beziehungen zu den Bürgern von Providence notdürftig in Ordnung brachte, damit seine Anwesenheit fortan nicht mehr Anlaß zu gedämpften Unterhaltungen, durchsichtigen Ausflüchten und einer allgemeinen Atmosphäre der Bedrückung und des Unbehagens gab. Seine Leute, bei denen es sich jetzt nur noch um arbeitsscheues, mittelloses Gesindel handelte, das nirgendwo anders unterkam, bereiteten ihm ernste Sorgen; und er konnte seine Kapitäne und Maate nur halten, weil er gerissen genug war, sie auf irgendeine Art unter Druck zu setzen – durch eine Hypothek, einen Schuldschein oder dadurch, daß er über Dinge Bescheid wußte, die für ihr Wohlergehen von größter Bedeutung waren. In vielen Fällen, so vermerken die Chronisten mit einer gewissen Scheu, habe Curwen sich geradezu als Hexenmeister in der Aufspürung von Familiengeheimnissen für fragwürdige Zwecke erwiesen. In den letzten fünf Jahren seines Lebens schien es, als hätte er sich nur durch direkten Kontakt mit längst Dahingeschiedenen einige der Informationen verschaffen können, die er dann im rechten Moment ohne Zögern auszuplaudern bereit war.

Ungefähr zu diesem Zeitpunkt stieß der wackere Gelehrte auf einen letzten verzweifelten Ausweg, um sein Ansehen in der Gemeinschaft zurückzugewinnen. Während er bis dahin ganz und gar Einsiedler gewesen war, entschloß er sich nun, eine vorteilhafte Ehe zu schließen und sich als Braut eine junge Dame zu wählen, deren gesellschaftliche Stellung die Ächtung seines Hauses fortan unmöglich machen würde. Es kann sein, daß er außerdem auch tiefere Gründe hatte, eine solche Verbindung anzustreben; Gründe so weit außerhalb der kosmischen Sphäre, daß nur Papiere, die anderthalb Jahrhunderte nach seinem Tode gefunden wurden, jemanden auf ihre Spur bringen konnten; aber darüber wird man nie etwas erfahren. Natürlich war er sich darüber im klaren, mit welchem Entsetzen und welcher Entrüstung man in jeder normalen Familie einem Heiratsbegehren seinerseits begegnen würde, weshalb er nach einer möglichen Kanditatin Ausschau hielt, auf deren Eltern er einen angemessenen Druck würde ausüben können. Aber solche Kandidatinnen waren, das mußte er feststellen, gar nicht leicht zu finden, denn er stellte ganz besondere Anforderungen an Schönheit, Charakter und gesellschaftliche Stellung. Schließlich konzentrierte sich sein Interesse auf das Haus eines seiner besten und ältesten Schiffskapitäne, eines Witwers von untadeliger Abstammung und makellosem Ruf namens Dutie Tillinghast, dessen einzige Tochter Eliza mit allen erdenklichen Vorzügen außer der Aussicht auf eine reiche Erbschaft ausgestattet schien. Kapitän Tillinghast war völlig in Curwens Gewalt und erklärte sich nach einer schrecklichen Unterredung in seinem von einer Kuppel überwölbten Haus auf dem Power's Lane-Hügel bereit, der gotteslästerlichen Verbindung seinen Segen zu geben.

Eliza Tillinghast war damals achtzehn Jahre alt; sie war mit aller in Anbetracht der bescheidenen Mittel ihres Vaters nur möglichen Sorgfalt erzogen worden. Sie hatte die Stephen Jackson-Schule gegenüber dem Gerichtsgebäude besucht und war von ihrer Mutter, bevor diese im Jahre 1757 an den Pocken gestorben war, aufs trefflichste in allen häuslichen Tugenden und Fertigkeiten unterwiesen worden. Ein besticktes Tuch, das sie 1753 im Alter von neun Jahren angefertigt hat, kann noch heute in den Räumen der Historischen Gesellschaft von Rhode Island besichtigt werden. Nach dem Tod ihrer Mutter hatte sie den Haushalt geführt, mit einer alten Negerin als einziger Dienerin. Ihre Auseinandersetzungen mit ihrem Vater über die beabsichtigte Vermählung mit Curwen müssen in der Tat schmerzlich gewesen sein, doch darüber ist nichts erhalten. Sicher ist jedoch, daß ihr Verlöbnis mit dem jungen Ezra Weeden, dem zweiten Maat auf dem Paketboot *Enterprise* der Crawfords, pflichtgemäß aufgelöst und ihre Verbindung mit Joseph Curwen am siebenten März 1763 in der Baptistenkirche vollzogen wurde, in Anwesenheit einer der erlesensten Hochzeitsgesellschaften, deren die Stadt sich rühmen konnte; die Zeremonie wurde von dem jüngeren Samuel Winson vorgenommen. Die *Gazette* brachte einen kurzen Bericht über das Ereignis, und aus den meisten erhaltenen Exemplaren ist der betreffende Artikel offenbar herausgeschnitten oder -gerissen worden. Ward fand nach langem Suchen nur ein einziges vollständiges Exemplar bei einem privaten Sammler typographischer Erzeugnisse, und amüsierte sich über die nichtssagende Urbanität der Sprache:

Am vergangenen Montag abends wurde der Kaufmann Mr. Joseph Curwen, wohnhaft in dieser Stadt, mit Miss Eliza Tillinghast vermählt, der Tochter des Kapitäns Dutie Tillinghast, deren vortrefflicher Charakter und anmutiges Äußeres dem ehelichen Stand zur Zierde gereichen und dieser glückhaften Verbindung Dauer verleihen werden.

Die Sammlung von Durfee-Arnold-Briefen, die von Charles Ward kurz vor dem angeblichen Eintritt seiner geistigen Umnachtung in der Privatsammlung des Melville F. Peters aus der George Street entdeckt wurde und diese sowie die unmittelbar vorhergehende Zeit umfaßt, offenbart auf eindringliche Weise, wie sehr die Öffentlichkeit über diese unselige Verbindung aufgebracht war. Der gesellschaftliche Einfluß der Tillinghasts ließ sich jedoch nicht von der Hand weisen, und Joseph Curwen konnte in seinem Haus wieder Leute empfangen, die er sonst niemals dazu hätte bewegen können, über seine Schwelle zu treten. Er wurde aber keineswegs allgemein akzeptiert, und seine Braut war in gesellschaftlicher Hinsicht die Leidtragende dieser erzwungenen Heirat; immerhin war die Mauer der totalen Ächtung wenigstens teilweise abgetragen worden. Im Umgang mit seiner Ehefrau setzte der sonderbare Bräutigam sowohl sie selbst als auch die Gesellschaft in höchstes Erstaunen, indem er nämlich die größte Güte und Rücksichtnahme an den Tag legte. Das neue Haus in Olney Court war jetzt völlig frei von irgendwelchen unheimlichen Erscheinungen, und obwohl Curwen oft auf seinem Hof bei Pawtuxet war, den seine Frau nie besuchte, erweckte er mehr als je zuvor während der ganzen langen Jahre, seit er in die Stadt gekommen war, den Anschein, ein normaler Bürger zu sein. Nur einer verharrte in unverhohlen feindseliger Haltung zu ihm, nämlich der junge Schiffsoffizier, dessen Verlöbnis mit Eliza Tillinghast so abrupt gelöst worden war. Ezra Weeden hatte in aller Offenheit Rache geschworen und entwickelte jetzt, obwohl er von Natur aus eher ruhig und sanftmütig war, eine haßerfüllte, hartnäckige Zielstrebigkeit, die für den Mann, der ihm seine Braut geraubt hatte, nichts Gutes verhieß.

Am siebenten Mai 1765 wurde Curwens einziges Kind Ann geboren; das Mädchen wurde von Hochwürden John Graves von der King's Church getauft, der beide Eltern kurz nach der Hochzeit beigetreten waren, um einen Kompromiß zwischen ihrer Zugehörigkeit zu den Kongregationalisten respektive den Baptisten zu schließen. Die amtlichen Eintragungen über diese Geburt wie auch über die zwei Jahre zuvor vollzogene Vermählung wurden aus den meisten Exemplaren der Kirchenbücher und Stadtarchive getilgt, in denen sie eigentlich hätten stehen müssen; Charles Ward jedoch hatte beide Eintragungen unter großen Schwierigkeiten ausfindig gemacht, nachdem die Entdeckung der Namensänderung der Witwe ihn über seine persönliche Verbindung aufgeklärt und jenes fieberhafte Interesse hervorgebracht hatte, das schließlich in seinem Wahnsinn gipfelte. Die Geburtseintragung fand er auf recht ungewöhnliche Weise, nämlich durch einen Briefwechsel mit den Erben des Königstreuen Dr. Graves, der eine Kopie des Kirchenbuches mitgenommen hatte, als er seine Pfarrstelle bei Ausbruch des Freiheitskrieges verlassen hatte. Ward hatte es mit dieser Quelle versucht, weil er wußte, daß seine Ururgroßmutter Ann Tillinghast Potter der Episkopalkirche angehört hatte.

Kurz nach der Geburt seiner Tochter beschloß Curwen, sein Porträt malen zu lassen, ein Ereignis, dem er offenbar mit einer Begeisterung entgegensah, die seiner üblichen kühlen Zurückhaltung durchaus zuwiderlief. Er ließ das Bild von einem sehr begabten Schotten namens Cosmo Alexander malen, der damals in Newport lebte und seither als Lehrer des jungen Gilbert Stuart Berühmtheit erlangt hat. Angeblich war das Porträt auf die Täfelung der Bibliothek des Hauses in Olney Court gemalt worden, aber keine der beiden alten Chroniken, die es erwähnten, wußte etwas über seinen endgültigen Aufbewahrungsort zu vermelden. Zu dieser Zeit ließ der exzentrische Gelehrte Anzeichen ungewöhnlicher Geistesabwesenheit erkennen und verbrachte so viel Zeit wie nur irgend möglich auf seinem Hof an der Pawtuxet Road. Er schien, so hieß es, in einem Zustand unterdrückter Spannung oder Erregung, als erwarte er ein außerordentliches Phänomen oder als stünde er dicht vor einer entscheidenden Entdeckung. Chemie oder Alchimie schien dabei eine große Rolle zu spielen, denn er nahm zahlreiche Bücher über solche Themen aus dem Stadthaus auf den Bauernhof mit.

Sein vorgetäuschtes Interesse für die Angelegenheiten der Gemeinde erlahmte nicht, und er ließ keine Gelegenheit vorübergehen, die Stadtväter Stephen Hopkins, Joseph Brown und Benjamin West in ihrem Bemühen zu unterstützen, das kulturelle

Niveau der Stadt zu heben, die zum damaligen Zeitpunkt in der Förderung der freien Künste weit hinter Newport zurückstand. Er unterstützte Daniel Jenckes bei der Gründung seiner Buchhandlung im Jahre 1763 und war von da an sein bester Kunde; auch die um ihre Existenz ringende *Gazette* unterstützte er, die jeden Mittwoch im »Haus zu Shakespeares Kopf« erschien. Auf politischem Gebiet unterstützte er aufs entschiedenste den Gouverneur Hopkins gegen die Ward-Partei, deren Hochburg Newport war, und seine wahrhaft meisterliche Rede im Jahre 1765 in der Hacher's Hall gegen die Erhebung des nördlichen Teils von Providence zur selbständigen Stadt sowie seine Stimmabgabe bei der Generalversammlung zugunsten von Hopkins trugen sehr zum Abbau der Vorurteile gegen ihn bei. Doch Ezra Weeden, der ihn aufmerksam beobachtete, höhnte nur über diese nach außen hin zur Schau getragene Aktivität und schwor in aller Öffentlichkeit, dabei handle es sich nur um eine Maske für Curwens unheimlichen Umgang mit den schwärzesten Abgründen des Tartarus. Der rachedurstige junge Mann fing an, den Mann und sein Verhalten systematisch zu studieren, sooft er im Hafen war; oft wartete er stundenlang des Nachts an den Kais bei seinem kleinen Boot, wenn er Licht in Curwens Lagerhäusern gesehen hatte, und folgte einem jener anderen Boote, die manchmal lautlos vom Kai ablegten und die Bucht hinunterglitten. Aber auch den Hof bei Pawtuxet behielt er, so gut es ging, im Auge, und einmal wurde er ernsthaft von den Hunden gebissen, die das alte Indianerpaar auf ihn losgelassen hatte.

3

Im Jahre 1778 vollzog sich die letzte, entscheidende Veränderung mit Joseph Curwen. Sie trat ganz plötzlich ein und erregte bei dem neugierigen Stadtvolk allerhand Aufsehen; denn der Ausdruck der Spannung und Erwartung fiel von ihm ab wie ein altes Gewand und machte augenblicklich einer nahezu unverhohlenen Verklärung vollkommenen Triumphes Platz. Curwen schien sich kaum davor zurückhalten zu können, öffentliche Ansprachen über das zu halten, was er gefunden oder erfahren oder vollbracht hatte; aber offenbar war die Notwendigkeit der Geheimhaltung stärker als die Sehnsucht, seine Freude mit anderen zu teilen, denn er gab niemandem eine Erklärung. Erst nach dieser Wende, die sich anscheinend Anfang Juli vollzogen hatte, fing der finstre Scholar an, die Leute durch den Besitz von Informationen zu verblüffen, die ihm eigentlich nur deren längst dahingeschiedene Vorfahren übermittelt haben konnten.

Aber Curwens fieberhaft geheimnisvolle Aktivitäten hörten nach dieser Wende keineswegs auf. Im Gegenteil, sie schienen sich eher sogar zu verstärken; schließlich überließ er die Führung seiner Seehandelsgeschäfte mehr und mehr seinen Kapitänen, die er jetzt mit Fesseln der Angst an sich band, die genauso stark waren, wie es früher die des Bankrotts gewesen waren. Den Sklavenhandel gab er ganz auf, angeblich weil er sich immer weniger rentierte. Jeden freien Moment verbrachte er auf seinem Hof; allerdings ging hin und wieder das Gerücht, er sei an Stellen gesehen worden, die zwar nicht direkt in der Nähe von Friedhöfen waren, sich aber doch in einer solchen Lage zu Friedhöfen befanden, daß nachdenkliche Leute sich fragten, wie weit die Änderungen im Verhalten des alten Kaufmanns denn nun wirklich gingen. Die Zeitspannen, in denen Ezra Weeden sich der Spionage widmen konnte, waren natürlich wegen seiner Fahrten zur See nur kurz und durch lange Pausen unterbrochen, aber sein Rachedurst verlieh ihm eine Zähigkeit, die der Mehrzahl der praktisch veranlagten Bürger und Bauern fehlte; und er unterzog Curwens Angelegenheiten einer so gründlichen Prüfung, wie es vor ihm noch keiner getan hatte.

Bei vielen der ungewöhnlichen Manöver der Schiffe des sonderbaren Kaufmanns hatte man bis dahin keinen Argwohn gehegt, denn in diesen unruhigen Zeiten schien jeder Kolonist entschlossen, die Vorschriften des Zuckergesetzes zu umgehen, die einem regen Handel im Wege standen. Schmuggel und andere illegale Praktiken waren an der Narragansett Bay an der Tagesordnung, und das heimliche Löschen unverzollter Ladungen bei Nacht und Nebel war gang und gäbe. Aber Weeden, der Nacht für Nacht den Leichtern oder kleinen Schaluppen folgte, die sich von Curwens Lagerhäusern an den Town-Street-Kais davonstahlen, kam bald zu der Überzeugung, daß es nicht nur die bewaffneten Schiffe Seiner Majestät waren, denen der finstere Kaufmann auf keinen Fall begegnen wollte. Bis zu der Veränderung im Jahre 1766 waren auf diesen Schiffen meist in Ketten gelegte Neger gewesen, die an der Küste entlang und über die Bai geschafft und an einer abgelegenen Stelle an der Küste nicht weit nördlich von Pawtuxet an Land gebracht wurden; sodann waren sie die Steilküsten hinauf und querfeldein zu Curwens Bauernhof transportiert worden, wo man sie in jenes riesige steinerne Nebengebäude eingesperrt hatte, das anstelle von Fenstern nur schmale hohe Schlitze hatte. Nach dieser Wende jedoch wurde das ganze Programm geändert. Die Einfuhr von Sklaven hörte von einem Tag auf den anderen auf, und Curwen unterließ eine Zeitlang seine mitternächtlichen Fahrten. Dann jedoch, im Frühjahr 1767, schien Curwen eine neue Politik zu verfolgen. Jetzt legten die Leichter wieder von den dunklen, stillen Kais ab, aber sie fuhren ein Stück die Bai hinab, etwa bis auf die Höhe von Nanquit Point, wo sie mit seltsamen Schiffen von beträchtlicher Größe und unterschiedlichem Aussehen zusammentrafen und Ladung von ihnen übernahmen. Curwens Seeleute pflegten dann diese Ladung an der gewohnten Stelle der Küste an Land zu bringen und sie über Land zu seinem Bauernhof zu transportieren; die Waren wurden dann in dasselbe kryptische Steingebäude gebracht, das früher die Neger aufgenommen hatte. Die Ladung bestand fast immer aus Schachteln und Kisten, von denen viele länglich waren und auf unheimliche Weise an Särge erinnerten.

Weeden beobachtete den Bauernhof mit unermüdlicher Ausdauer, stattete ihm lange Zeit hindurch allnächtlich einen Besuch ab und ließ ansonsten nur selten eine Woche verstreichen, ohne wenigstens einmal dort gewesen zu sein, außer wenn es geschneit hatte und seine Fußspuren ihn verraten hätten. Aber selbst dann schlich er sich oft auf der Straße oder dem zugefrorenen Fluß so nahe wie möglich an das Haus heran, um zu sehen, was für Spuren vielleicht andere Leute hinterlassen hatten. Da er seine Nachtwachen wegen seiner seemännischen Pflichten nur sehr unregelmäßig ausüben konnte, bezahlte er einen Zechkameraden namens Eleazar Smith dafür, daß er in seiner Abwesenheit die Beobachtung übernahm; und die beiden hätten ein paar ganz außergewöhnliche Gerüchte in Umlauf setzen können. Sie taten es jedoch nicht, weil sie wußten, daß durch solches Gerede in der Öffentlichkeit ihr Opfer gewarnt und weitere Fortschritte unmöglich gemacht würden. Sie aber wollten etwas Entscheidendes in Erfahrung bringen, bevor sie irgend etwas unternahmen. Was sie in Erfahrung brachten, muß denn auch wahrhaft erstaunlich gewesen sein, denn Charles Ward sprach oft mit seinen Eltern darüber, wie schade es sei, daß Weeden später seine Notizbücher verbrannt habe. Alles, was man über ihre Entdeckungen weiß, sind Eleazar Smith' reichlich unzusammenhängende Tagebuchnotizen, ergänzt durch das, was andere Tagebuch- und Briefschreiber furchtsam über die Angaben berichtet haben, die die beiden schließlich gemacht haben – und denen zufolge das Bauernhaus nur die äußere Schale einer ungeheuren, abscheuerregenden Bedrohung gewesen sei, einer Bedrohung von so unermeßlichem Umfang und so unfaßbarer Tiefe, daß man nur schattenhafte Vermutungen darüber anstellen konnte.

Man nimmt an, daß Weeden und Smith schon bald zu der Überzeugung kamen, daß unter dem Bauernhaus ein weitverzweigtes Netz von Tunneln und Katakomben lag, das von einer ganzen Reihe weiterer dienstbarer Geister neben dem alten Indianer und seiner Frau bewohnt wurde. Das Haus selbst war ein altes, spitzgiebliges Überbleibsel aus der Mitte des siebzehnten Jahrhunderts, mit einem riesigen Kamin und vergitterten Fenstern mit rautenförmigen Fensterscheiben, und das Laboratorium befand sich in einem Anbau auf der Nordseite, wo das Dach fast bis auf den Erdboden reichte. Dieses Gebäude stand allein auf weiter Flur, doch nach den verschiedenen Stimmen zu urteilen, die zu sonderbaren Zeiten in diesem Haus vernommen wurden, muß es durch unterirdische Geheimgänge zugänglich gewesen sein. Vor 1766 handelte es sich bei diesen Stimmen um bloßes Gemurmel, das Geflüster von Negern, wahnsinnige Schreie sowie absonderliche Gesänge und Anrufungen. Nach dieser Zeit jedoch wurden sie immer einzigartiger und schrecklicher und umfaßten die ganze Skala vom Dröhnen dumpfen Einverständnisses über rasende Wutausbrüche, gemurmelte Gespräche und weinerliches Flehen bis hin zu erregtem Stöhnen und Protestschreien. Offenbar wurde in mehreren Sprachen gesprochen, die Curwen alle beherrschte, denn es war oft zu hören, wie er mit seiner rauhen Stimme antwortete, tadelte oder drohte.

Manchmal schien es so, als befänden sich mehrere Personen in dem Haus; Curwen, irgendwelche Gefangene und die Wächter dieser Gefangenen. Es gab Sprachen, wie sie Weeden und Smith noch in keinem der vielen fremden Häfen, in denen sie schon gewesen waren, gehört hatten, und wieder andere, die sie anscheinend der einen oder anderen Nationalität zuordnen konnten. Ihrer Art nach schienen die Gespräche stets Verhören ähnlich, so als versuche Curwen, furchtsamen oder aufsässigen Gefangenen irgendwelche Aussagen abzupressen.

Weeden hatte in seinem Notizbuch zahlreiche wörtliche Berichte über belauschte Gesprächsfetzen, denn oft wurden Englisch, Französisch und Spanisch verwendet, und diese Sprachen beherrschte er, aber davon ist nichts erhalten geblieben. Er äußerte jedoch einmal, daß, abgesehen von einigen unheimlichen Dialogen, in denen es um die Vergangenheit bestimmter Familien aus Providence ging, die meisten verständlichen Fragen historischer oder wissenschaftlicher Art gewesen seien; hin und wieder hätten sie sich auf sehr ferne Orte oder Zeitalter bezogen. Einmal zum Beispiel sei ein abwechselnd wütender und wortkarger Mann auf französisch über das Massaker des Schwarzen Prinzen in Limoges im Jahre 1370 befragt worden, als gäbe es dafür einen geheimen Grund, über den er Bescheid wissen müsse. Curwen fragte den Gefangenen – wenn es ein Gefangener war –, ob der Befehl für die Metzelei gegeben worden sei, weil auf dem Altar in der alten römischen Krypta das Zeichen der Ziege gefunden worden sei oder weil der Dunkle Mann vom Konvent Haute Vienne die Drei Worte gesprochen habe. Als er keine Antwort bekam, griff der Inquisitor offenbar zu extremen Mitteln; denn es ertönte ein entsetzlicher Schrei, dem Stille, Gemurmel und ein dumpfes Geräusch folgten.

Bei keinem dieser Gespräche konnte Weeden jemals einen Blick auf die Beteiligten erhaschen, denn die Fenster waren immer dick verhängt. Einmal sah er jedoch während eines Gesprächs in einer unbekannten Sprache auf dem Vorhang einen Schatten, der ihn zu Tode erschreckte; er erinnerte ihn an eine der Figuren in einem Puppentheater, das er im Herbst des Jahres 1764 in der Hacher's Hall gesehen hatte; ein Mann aus Germantown, Pennsylvania, hatte das sinnreiche, mechanische Puppenspiel aufgeführt, das er wie folgt angekündigt hatte; »Ansicht der berühmten Stadt Jerusalem, in welcher Jerusalem, der Tempel des Salomon, sein Königsthron, die berühmten Türme und Hügel zu sehen sind; gleichermaßen die Leiden unseres Heilands vom Garten Gethsemane bis zum Kreuz auf dem Hügel von Golgatha; ein höchst kunstreiches Schauspiel, würdig, von allen Neugierigen betrachtet zu werden.« Bei diesem Anblick war der Lauscher, der sich dicht an das Fenster des vorderen Zimmers herangeschlichen hatte, aus dem die Stimmen kamen, so zusammengefahren, daß das alte Indianerpaar ihn bemerkt und die Hunde auf ihn losgelassen hatte. Von da an waren nie wieder Gespräche in dem Haus zu hören gewesen, und Weeden und Smith hatten daraus geschlossen, daß Curwen den Ort seiner Handlungen in tiefere Regionen verlegt hatte.

Daß diese Regionen tatsächlich existierten, dafür gab es zahlreiche recht eindeutige Hinweise. Ab und zu ließen sich schwache Schreie und Seufzer deutlich aus dem scheinbar festen Erdboden vernehmen, an Stellen, die weitab von jedem Gebäude lagen; im dichten Gebüsch am Flußufer hinter dem Haus aber, wo das Gelände steil zum Tal des Pawtuxet abfiel, entdeckte man eine überwölbte Tür aus Eichenholz in einem massiv gemauerten Rahmen, die offensichtlich den Eingang zu einer Höhle in dem Hügel darstellte. Wann und wie diese Katakomben angelegt worden sein konnten, darüber wußte Weeden nichts zu sagen; er wies aber häufig darauf hin, wie leicht es für die Gruppe von Arbeitern sei, diese Stelle vom Fluß her zu erreichen. Joseph Curwen setzte wahrhaftig seine Mischlings-Seeleute für die unterschiedlichsten Aufgaben ein! Während der starken Regenfälle im Frühjahr 1769 beobachteten die beiden Männer ständig das steile Flußufer, um festzustellen, ob irgendwelche unterirdischen Geheimnisse ans Licht des Tages gespült würden, und sie wurden durch den Anblick großer Mengen von Menschen- und Tierknochen belohnt, an Stellen, wo das Wasser tiefe Rinnen in die Uferböschung gegraben hatte. Natürlich hätte man für diese Dinge in der Umgebung eines Bauernhofes mit Viehzucht, wo überdies noch viele alte Indianerfriedhöfe lagen, auch normale Erklärungen finden können, aber Weeden und Smith zogen ihre eigenen Schlüsse.

Im Januar 1770, als Weeden und Smith noch immer vergeblich darüber debattierten, was von der ganzen höchst befremdlichen Angelegenheit zu halten sei, ereignete sich dann der Zwischenfall mit der *Fortaleza.* Erbost über die Verbrennung der Zollschaluppe *Liberty* im Sommer des Vorjahres in Newport, hatte die Zollflotte unter Admiral Wallace auffällige Schiffe mit erhöhter Wachsamkeit beobachtet. So kam es, daß Seiner Majestät bewaffneter Schoner *Cygnet* unter Kapitän Harry Leshe eines Tages im Morgengrauen nach kurzer Verfolgung die *Brigg Fortaleza* aus Barcelona, Spanien, kaperte, die gemäß ihrem Logbuch unter ihrem Kapitän Manuel Arruda von Groß-Kairo, Ägypten, nach Providence unterwegs war. Als man das Schiff auf Schmuggelware untersuchte, machte man die verblüffende Entdeckung, daß die Ladung ausschließlich aus ägyptischen Mumien bestand, die laut Aufschrift für den »Seemann A.B.C.« bestimmt waren, der die Ladung unmittelbar vor Nanquit Point in einem Leichter übernehmen würde und dessen Identität zu offenbaren Kapitän Arruda nicht mit seiner Ehre vereinbaren zu können glaubte. Der Gerichtshof der Vizeadmiralität in Newport war unschlüssig, was zu tun sei, da einerseits die Ladung nicht aus Schmuggelware bestand, das Schiff jedoch andererseits illegal in die Hoheitsgewässer eingedrungen war, erkannte dann aber auf Empfehlung des obersten Zollbeamten Robinson auf einen Kompromiß, dem zufolge das Schiff unter der Bedingung freigegeben wurde, daß es keinen Hafen Rhode Islands anlaufen würde. Später tauchten Gerüchte auf, das Schiff sei vor Boston gesichtet worden, obwohl es nie offiziell in den Hafen von Boston eingelaufen war.

Dieser außergewöhnliche Zwischenfall erregte in Providence beträchtliches Aufsehen, und nur wenige zweifelten daran, daß zwischen der Ladung Mumien und dem finstren Joseph Curwen irgendein Zusammenhang bestand. Seine exotischen Studien und seine merkwürdigen Chemikalien-Einfuhren waren allgemein bekannt, und seine Vorliebe für Friedhöfe erregte allgemein Argwohn; es bedurfte keiner allzu großen Phantasie, ihn mit einer so makabren Schiffsladung in Verbindung zu bringen, die mit Sicherheit für keinen anderen Bürger der Stadt bestimmt gewesen war. Als sei er sich über diese naheliegende Vermutung im klaren, unterzog Curwen sich der Mühe, bei mehreren Anlässen beiläufig über den chemischen Wert der Balsame zu sprechen, die man in Mumien fände. Vielleicht glaubte er, die Angelegenheit damit in ein weniger unnatürliches Licht rücken zu können; trotzdem gab er nie zu, etwas damit zu tun zu haben. Weeden und Smith dagegen hegten natürlich keinerlei Zweifel an der Bedeutung der Angelegenheit und ergingen sich in den abenteuerlichsten Spekulationen über Curwen und seine monströsen Unternehmungen.

Das folgende Frühjahr brachte abermals heftige Regenfälle; und die Beobachter behielten das Flußufer hinter Curwens Bauernhof sorgfältig im Auge. Große Teile des Ufers wurden weggespült, und eine gewisse Anzahl von Knochen war zu sehen; irgendwelche unterirdischen Kammern oder Gänge wurden jedoch nicht freigelegt. Allerdings machten im Dorf Pawtuxet, ungefähr eine Meile flußabwärts, sonderbare Gerüchte die Runde; an dieser Stelle ergießt sich der Fluß in Kaskaden über Felsenterrassen, um dann in die ruhige, von Land umschlossene Bucht einzumünden. Dort, wo von der rustikalen Brücke aus eigentümliche alte Hütten sich den Hügel hinaufzogen und Fischerkähne an ihren verschlafenen Anlegeplätzen vor Anker lagen, erzählte man sich unsicher von Dingen, die den Fluß hinunterschwammen und für eine Minute sichtbar wurden, während sie die Wasserfälle hinunterstürzten. Natürlich ist der Pawtuxet ein langer Fluß, der sich durch viele besiedelte Gegenden schlängelt, in denen es zahlreiche Friedhöfe gibt, und natürlich waren die Regenfälle sehr stark gewesen; aber den Fischersleuten, die in der Nähe der Brücke wohnten, hatte es gar nicht gefallen, wie eines dieser Dinger wild um sich blickte, als es in das ruhige Wasser hinabschoß, oder wie ein anderes halb aufgeschrien hatte, obwohl es den Zustand, in dem Lebewesen noch aufschreien können, schon weit hinter sich gelassen hatte. Auf dieses Gerücht hin begab sich Smith – denn Weeden war gerade auf See – eiligst ans Flußufer hinter dem Bauernhof, wo er denn auch prompt die Spuren eines ausgedehnten Erdeinsturzes entdeckte. Er fand jedoch kein Anzeichen für einen Zugang zum Innern des Steilufers, denn der kleine Erdrutsch hatte einen massiven Wall aus Erdreich und entwurzelten Büschen aufgehäuft. Smith ging so weit, versuchsweise zu graben, gab aber auf, als er keinen Erfolg hatte – oder vielleicht auch deshalb, weil er sich vor einem Erfolg fürchtete. Es ist interessant, sich auszumalen, was der zu allem entschlossene, rachedurstige Weeden unternommen hätte, wäre er zu der Zeit an Land gewesen.

4

Im Herbst 1770 entschied Weeden, es sei an der Zeit, andere in seine Entdeckungen einzuweihen; denn er hatte eine lange Reihe von Tatsachen, die er miteinander verknüpfen konnte, und einen zweiten Augenzeugen, der den möglichen Vorwurf widerlegen konnte, Eifersucht und Rachedurst hätten seine Phantasie beflügelt. Als erstem wollte er sich dem Kapitän der *Enterprise,* James Mathewson, anvertrauen, der ihn einerseits gut genug kannte, um nicht an seiner Aufrichtigkeit zu zweifeln, und andererseits genügend Einfluß in der Stadt hatte, um seinerseits ernst genommen zu werden. Die Unterredung fand in einem Zimmer im ersten Stock von Sabins Taverne nahe bei den Kais statt, und Smith war dabei, um praktisch jede Behauptung Weedens zu bestätigen; es war nicht zu übersehen, daß Kapitän Mathewson ungeheuer beeindruckt war. Wie fast jedermann in der Stadt, hegte er selbst einen dunklen Verdacht gegen Joseph Curwen, weshalb es nur dieser Bestätigung und der Aufzählung weiterer Fakten bedurfte, um ihn vollends zu überzeugen. Am Schluß der Zusammenkunft war er sehr ernst und trug den beiden jüngeren Männern absolute Verschwiegenheit auf. Er würde, so sagte er, die Informationen den ungefähr zehn gebildetsten und prominentesten Bürgern von Providence unterbreiten, und zwar jedem einzeln, würde diese Persönlichkeiten um ihre Meinung fragen und ihre Ratschläge befolgen. Verschwiegenheit würde wahrscheinlich in jedem Fall von entscheidender Bedeutung sein, denn dies sei keine Angelegenheit, die man der städtischen Gendarmerie oder der Miliz übertragen könne. Vor allem aber dürfe der erregbare Pöbel nichts davon erfahren, damit sich nicht in diesen ohnehin schon unruhigen Zeiten jener Massenwahn wiederhole, der vor weniger als einem Jahrhundert Curwen aus Salem vertrieben und in diese Stadt gebracht hatte.

Die richtigen Leute würden seiner Meinung nach sein: Dr. Benjamin West, der durch seine Schrift über den letzten Durchgang der Venus bewiesen habe, daß er ein Gelehrter und scharfsinniger Denker sei; Hochwürden James Manning, der Präsident des Colleges, der gerade erst aus Warren zugezogen war und vorübergehend im neuen Schulhaus an der King Street wohnte, bis sein eigenes Haus über der Presbyterian Lane fertig sein würde; der Exgouverneur Stephen Hopkins, der Mitglied der Philosophischen Gesellschaft von Newport gewesen sei und einen weiten geistigen Horizont habe; John Carter, der Herausgeber der *Gazette;* die vier Brüder Brown – John, Joseph, Nicholas und Moses – die anerkanntermaßen einflußreichsten Bürger der Stadt, von denen einer, Joseph, außerdem noch ein fähiger Amateurwissenschaftler sei; der alte Dr. Jabez Bowen, dessen Belesenheit bemerkenswert sei und der aus erster Hand sehr gut über Curwens sonderbare Einkäufe Bescheid wisse, sowie Kapitän Abraham Whipple, ein Kaperer von phänomenaler Kühnheit, auf den man als Anführer bei allen aktiven Unternehmungen zählen konnte, die sich als nötig erweisen mochten. Diese Männer könne man, falls sie grundsätzlich geneigt sein würden, schließlich vielleicht dazu bringen, gemeinschaftliche Überlegungen anzustellen; und von ihrer Entscheidung würde es abhängen, ob man den Gouverneur der Kolonie, Joseph Wanton aus Newport, informieren würde, bevor etwas unternommen würde.

Der Erfolg der Mission von Kapitän Mathewson übertraf seine kühnsten Hoffnungen; denn obwohl er feststellen mußte, daß einer oder zwei der auserwählten Mitwisser im Hinblick auf die übernatürliche Seite von Weedens Geschichte etwas skeptisch waren, hielt es doch jeder einzelne für nötig, zu irgendwelchen geheimen und gut abgestimmten Taten zu schreiten. Curwen, soviel war klar, stellte eine vage potentielle Bedrohung für das Wohlergehen der Stadt und der Kolonie dar und mußte um jeden Preis ausgeschaltet werden. Gegen Ende Dezember 1770 versammelte sich eine Gruppe prominenter Bürger im Hause von Stephen Hopkins und diskutierte über vorläufige Maßnahmen. Weedens Aufzeichnungen, die er Kapitän Mathewson gegeben hatte, wurden sorgfältig studiert; und er und Smith wurden zitiert, um Einzelheiten zu bestätigen. Ein Gefühl, das nicht weit von Angst entfernt war, beschlich die ganze Versammlung, bevor noch das Treffen beendet war, doch in dieser Angst lag auch eine grimmige Entschlossenheit, die am besten durch Kapitän Whipples barsche und lautstarke Profanität gekennzeichnet wurde. Den Gouverneur würde man nicht unterrichten, denn mehr als der normale Weg des Gesetzes schien notwendig. Da er offensichtlich über geheime Kräfte unbekannten Ausmaßes verfügte, war Curwen kein Mann, den man gefahrlos hätte davor warnen können, noch länger in der Stadt zu bleiben. Unsagbare Repressalien hätten die Folge sein können, und selbst wenn die finstre Kreatur sich gefügt hätte, wäre dies nur einer Verlagerung dieser unreinen Bürde an einen anderen Ort gleichgekommen. Man lebte in einer gesetzlosen Zeit, und die Männer, die jahrelang die Zollbeamten des Königs verhöhnt hatten, würden auch vor schlimmeren Dingen nicht zurückschrecken, wenn die Pflicht es gebot. Curwen mußte auf seinem Bauernhof an der Pawtuxet Road durch ein großes Aufgebot erfahrener Kaperer überrascht werden und eine einzige, entscheidende Chance bekommen, alles zu erklären. Erwies er sich als Verrückter, der sich mit imaginären Gesprächen mit verstellter Stimme amüsierte, so würde er, wie es sich gehörte, in Verwahrung genommen. Sollten aber ernstere Dinge ans Licht kommen und die unterirdischen Schrecknisse wirklich existieren, so mußte er mit all seinen Helfershelfern sterben. Das konnte in aller Stille geschehen, sogar ohne daß man seine Witwe und deren Vater davon unterrichtete, wie es dazu gekommen war.

Während man diese ernsten Maßnahmen erwog, ereignete sich in der Stadt ein so gräßlicher und unerklärlicher Vorfall, daß eine Zeitlang in der ganzen Gegend kaum über etwas anderes gesprochen wurde. In einer mondhellen Januarnacht, als die Erde unter einer tiefen Schneedecke lag, gellte über den Fluß und den Hügel hinauf eine schreckliche Folge von Schreien, die hinter jedem Fenster schläfrige Gesichter auftauchen ließ; und die Leute, die in der Nähe von Weybosset Point wohnten, sahen ein großes weißes Ding, das sich wie rasend einen Weg über den schlecht geräumten Platz vor dem »Türkenkopf« bahnte. In der Ferne ließ sich Hundegebell vernehmen, doch es legte sich, als der Lärm der aufgestörten Stadt hörbar wurde. Gruppen von Männern mit Laternen und Musketen eilten hinaus, um zu sehen, was es gäbe, aber ihre Suche blieb ergebnislos. Am nächsten Morgen aber fand man einen riesigen, muskulösen Leichnam splitternackt auf dem Eisstau rund um die Kais der Großen Brücke, dort wo der Lange Kai sich neben Abbotts Brennerei erstreckte, und die Identität dieses Leichnams war sogleich Gegenstand endloser Spekulationen und Gerüchte. Es waren nicht so sehr die jüngeren, sondern vielmehr die alten Leute, die flüsternd darüber sprachen, denn nur bei den Patriarchen weckte dieses starre Gesicht mit den vor Entsetzen geweiteten Augen eine vage Erinnerung. Zitternd standen sie beisammen und flüsterten verstohlen miteinander, und Staunen und Furcht standen ihnen ins Gesicht geschrieben; denn diese starren, gräßlichen Züge wiesen eine so erstaunliche Ähnlichkeit auf, daß man schon fast von einer Identität sprechen konnte – eine Ähnlichkeit mit einem Mann, der schon volle fünfzig Jahre tot war.

Ezra Weeden war zugegen, als man den Leichnam fand; und als er sich an das Hundegebell in der Nacht erinnerte, ging er die Weybosset Street entlang und über die Muddy Dock-Brücke, denn von dorther waren die Geräusche gekommen. Er erwartete, daß er etwas ganze Bestimmtes finden würde, und war nicht überrascht, als er am Rande der besiedelten Viertel, dort, wo die Straße in die Pawtuxet Road mündete, auf ein paar sehr merkwürdige Spuren im Schnee stieß. Der nackte Riese war von Hunden und vielen Männern in Stiefeln verfolgt worden, und die Spuren der zurückkehrenden Hunde und ihrer Herren waren deutlich zu sehen. Sie hatten die Jagd aufgegeben, als sie zu nahe an die Stadt herangekommen waren. Weeden lächelte grimmig und verfolgte sicherheitshalber die Spuren bis zu ihrem Ursprung zurück. Wie er nur allzu richtig vermutet hatte, war es Joseph Curwens Bauernhof an der Pawtuxet Road; und er hätte viel darum gegeben, wenn der Schnee im Hof nicht so viele wirre Spuren aufgewiesen hätte. So aber wagte er nicht, am hellichten Tage allzu viel Interesse zu zeigen. Dr. Bowen, den Weeden sofort über seine Beobachtungen unterrichtete, nahm an dem merkwürdigen Leichnam eine Autopsie vor und entdeckte Einzelheiten, die ihn im höchsten Grade verblüfften. Der Verdauungstrakt des riesigen Mannes schien niemals gearbeitet zu haben, und die Haut war von einer rauhen, brüchigen Beschaffenheit, die er sich beim besten Willen nicht erklären konnte. Beeindruckt von dem Geraune der alten Männer über die Ähnlichkeit dieses Leichnams mit dem längst verstorbenen Schmied Daniel Green, dessen Urenkel Aaron Hoppin als Ladungsaufseher in Curwens Diensten arbeitete, stellte Weeden beiläufig ein paar Fragen, bis er herausbekommen hatte, wo Green begraben lag. In der folgenden Nacht gingen zehn Mann zum Nordfriedhof gegenüber von Herrenden's Lane und öffneten ein Grab. Sie fanden es leer, genau wie sie es erwartet hatten.

Unterdessen hatte man die Postreiter instruiert, daß Curwens Post abgefangen werden sollte, und kurz vor dem Zwischenfall mit dem nackten Leichnam hatte man einen Brief von einem Jedediah Orne aus Salem gefunden, der den zusammenarbeitenden Bürgern sehr zu denken gab. Ein Teil davon, kopiert und in den Privatarchiven der Familie aufbewahrt, wo Charles Ward ihn gefunden hatte, lautete wie folgt:

»Ich freue mich, daß Ihr fortfahret, auf Eure Weise an die Alten Stoffe zu kommen, und ich glaube nicht, daß bey Mr. Hutchinson im Dorfe Salem Besseres vollbracht wurde. Fürwahr, es lag nichts denn schieres Entsetzen in dem, was H. aus jenem erwecket, wovon wir nur Theile ahnen konnten. Was Ihr sandtet, funktionirte nicht, sei es, weil irgend etwas fehlte, oder weil Eure Worte nicht recht waren, von meinem Sprechen oder Eurem Abschreiben. Alleine kan ich mir nicht helfen. Ich besitze nicht Euren chymischen Verstand, um Borellus zu folgen, und gestehe meine Verwirrung ob des VII. Buches des *Necronomicon,* welches Ihr empfehlet. Aber ich wünschte, Ihr würdet dessen eingedenk sein, was uns gesaget wurde – wir sollten uns in Acht nehmen, wen wir ruffen, denn Ihr wisset, was Mr. Mather in den Magnalia von – – – – – geschrieben hat, und könnet ermessen, wie getreulich das schreckliche Ding abgeschildert ist. Ich sage Euch abermals, erwecket Keinen, welchen Ihr nicht auszutreiben vermöget; will sagen, Keinen, welcher etwas gegen Euch erwecken kan, wogegen Eure mächtigste Zauberey nichts ausrichten könnte. Ruffet nach dem Niedrigen, auf daß nicht das Höhere Euch antworte und Macht über Euch gewinne. Furcht ergriff mich, als ich las, Ihr wüßtet, was Ben Zaristnatmik in seiner Elfenbeinschachtel hatte, denn ich wußte wohl, wer Euch davon Kunde gethan haben muß. Abermals bitte ich, daß Ihr mir als Jedediah und nicht als Simon schreiben möget. In dieser Gemeinde kan ein Mann nicht allzu lange leben, und Ihr wisset um meinen Plan, durch den ich zurückkam als mein Sohn. Ich bin begierig, daß Ihr mich in das einweihet, was der Schwartze Mann von Sylvanus Cocidius in dem Gewölbe erfahren, unter der Römischen Mauer, und wäre Euch für das Manuscriptum dankbar, von dem Ihr sprechet.« Ein weiterer Brief, der keinen Absender trug, kam aus Philadelphia und stimmte die Männer genauso nachdenklich, insbesondere wegen der folgenden Passage:

»Ich werde befolgen, was Ihr saget in Bezug darauf, daß ich die Rechnungen nur mit Euren Schiffen schicken solle, indessen kan ich nicht stets sicher seyn, wann ich sie erwarten soll. Bey der in Rede stehenden Sache benötige ich nur noch einen Gegenstand; allein ich möchte sicher seyn, Euch genau zu verstehen. Ihr informiret mich, daß kein Theil fehlen dürfe, wenn die feinsten Effecte erzielt werden sollen, allein Ihr habet sicherlich gemerckt, wie schwierig es sey, sicher zu seyn. Es scheinet eine groß Gefahr und Bürde, die gantze Schachtel wegzunehmen, und in der Stadt (d. i. St. Peter, St. Paul, St. Mary oder Christ Church) lässet es sich kaum vollbringen. Allein ich weiß, welche Mängel jener hatte, welcher im October letzten Jahres erwecket wurde, und wie viele lebende Exemplare Ihr einsetzen mußtet, bevor Ihr anno 1766 die richtige Art und Weise fandet; so werde ich mich in allen Dingen von Euch leiten lassen. Ich harre ungeduldig Eurer Brigg und erkundige mich täglich an Mr. Briddles Kai.«

Ein dritter verdächtiger Brief war in einer unbekannten Sprache und sogar einem unbekannten Alphabet abgefaßt. In Smith' Tagebuch, das Charles Ward fand, war nur eine einzige, oft wiederholte Kombination von Schriftzeichen mit ungelenker Hand kopiert; und Gelehrte der Brown-Universität haben erklärt, es handle sich um das amharische oder abessinische Alphabet, obwohl sie das Wort nicht entziffern konnten. Keiner dieser Briefe erreichte jemals Curwen, doch das bald darauf festgestellte Verschwinden von Jedediah Orne aus Salem bewies, daß die Männer aus Providence in aller Stille gewisse Schritte unternahmen. Im Besitz der Historischen Gesellschaft von Pennsylvanien befinden sich auch einige merkwürdige Briefe an Dr. Shippen, in denen von einem seltsamen Individum in Philadelphia die Rede ist. Aber es lagen einschneidendere Maßnahmen in der Luft, und wir müssen die wichtigsten Ergebnisse von Weedens Enthüllungen in jenen geheimen Zusammenkünften eingeschworener und erprobter Seeleute und treuer alter Kaperer suchen, die bei Nacht und Nebel in den Lagerhäusern der Browns abgehalten wurden. Langsam, aber sicher reifte ein Plan für eine Kampagne heran, die keine Spur von Joseph Curwens unheilvollen Geheimnissen übriglassen würde.

Curwen spürte offenbar trotz aller Vorsichtsmaßnahmen, daß sich etwas zusammenbraute; denn es fiel auf, wie besorgt er neuerdings aussah. Seine Kutsche tauchte zu allen Tageszeiten in der Stadt und auf der Pawtuxet Road auf, und nach und nach verlor sich das übertrieben freundliche Gebaren, mit dem er in der letzten Zeit versucht hatte, die Bedenken der Stadtbevölkerung zu zerstreuen. Seine nächsten Nachbarn auf dem Bauernhof, die Fenners, beobachteten eines Nachts einen starken Lichtstrahl, der aus einer Öffnung im Dach jenes kryptischen Steingebäudes mit den hohen, außerordentlich schmalen Fenstern zum Himmel aufschoß; sie meldeten das Ereignis sofort John Brown in Providence. Mr. Brown war der mit allen Vollzugsgewalten ausgestattete Führer der auserwählten Gruppe geworden, die sich Curwens Beseitigung zum Ziel gesetzt hatte, und hatte die Fenners davon unterrichtet, daß man etwas unternehmen würde. Er hatte dies für notwendig erachtet, weil es unmöglich war, daß sie von dem abschließenden Überfall nichts merken würden; und er erklärte sein Vorgehen damit, daß man wisse, daß Curwen ein Spion der Zollbeamten in Newport sei und jeder Schiffer, Kaufmann und Bauer aus Providence ihm öffentlich oder im geheimen Rache geschworen habe. Ob die Nachbarn ihm das wirklich glaubten, da sie doch so viele merkwürdige Dinge gesehen hatten, ist nicht sicher, doch auf alle Fälle waren die Fenners geneigt, einem Mann von so seltsamem Gebaren auch das Schlimmste zuzutrauen. Mr. Brown hatte sie beauftragt, Curwens Bauernhaus ständig zu beobachten und regelmäßig über alle Vorfälle, die sich dort abspielten, Bericht zu erstatten.

5

Die Wahrscheinlichkeit, daß Curwen auf der Hut war und zu ungewöhnlichen Mitteln greifen würde, wofür der sonderbare Lichtstrahl sprach, führte schließlich zur überstürzten Durchführung der Maßnahmen, die von der Gruppe angesehener Bürger so sorgfältig geplant worden waren. Laut Smith' Tagebuch trafen sich am Freitag, dem zwölften April 1771, abends zehn Uhr, etwa hundert Männer im großen Zimmer von Thurstons Taverne zum Goldenen Löwen am Weybosset Point auf der anderen Seite der Brücke. Aus der leitenden Gruppe prominenter Bürger waren neben dem Führer John Brown noch die folgenden Herren anwesend: Dr. Bowen mit seinem Koffer voll chirurgischer Instrumente, Präsident Manning, ohne die große Perücke (die größte in den ganzen Kolonien), für die er berühmt war, Gouverneur Hopkins, in seinen schwarzen Umhang gekleidet und begleitet von seinem zur See fahrenden Bruder, den er im letzten Moment mit Zustimmung der anderen eingeführt hatte, John Carter, Kapitän Mathewson und Kapitän Whipple, der die eigentliche Strafexpedition leiten sollte. Diese Oberhäupter konferierten für sich in einem Hinterzimmer, und dann kam Kapitän Whipple in das große Zimmer, vereidigte die versammelten Seeleute und gab ihnen letzte Instruktionen. Eleazar Smith saß bei den Anführern im Hinterzimmer, während sie auf die Ankunft Ezra Weedens warteten, dessen Aufgabe es war, Curwen im Auge zu behalten und die Abfahrt seiner Kutsche zum Bauernhof zu melden.

Gegen halb elf ließ sich ein lautes Poltern auf der Großen Brücke vernehmen, und danach hörte man eine Kutsche auf der Straße draußen vorbeifahren; und zu dieser Stunde brauchte man nicht mehr auf Weeden zu warten, um zu wissen, daß der Verdammte zum letztenmal zu seiner unseligen nächtlichen Hexerei aufgebrochen war. Einen Augenblick später, als die sich entfernende Kutsche mit leisem Rattern über die Muddy Dock Bridge fuhr, tauchte Weeden auf; und die Seeleute stellten sich schweigend auf der Straße in militärischer Marschordnung auf und schulterten die mitgebrachten Musketen, Schrotflinten oder Walfangharpunen. Weeden und Smith waren mit von der Partie, und von den prominenten Bürgern waren als aktive Teilnehmer Kapitän Whipple – der Anführer –, Kapitän Eseh Hopkins, John Carter, Präsident Manning, Kapitän Mathewson und Dr. Bowen dabei; außerdem Moses Brown, der gegen elf Uhr gekommen war, obwohl er an der vorher abgehaltenen Zusammenkunft in der Taverne nicht teilgenommen hatte. Alle diese freien Bürger und ihre hundert Seeleute machten sich unverzüglich auf den Marsch, grimmig entschlossen und ein klein wenig beklommen, als sie den Muddy Dock hinter sich ließen und die sanft ansteigende Broad Street hinauf in Richtung auf die Pawtuxet Road gingen.

Kurz hinter der Elder Snow's Church drehten sich einige der Männer um und warfen einen Abschiedsblick auf Providence zurück, das ruhig unter dem Frühjahrs-Sternenhimmel dalag. Türmchen und Giebel zeichneten sich dunkel und malerisch ab, und salzige Brisen strichen sanft von der Bucht nördlich der Brücke herüber. Wega ging über dem großen Hügel jenseits des Wassers auf, auf dessen baumbestandenem Gipfel die Umrisse des unvollendeten College-Gebäudes zu sehen waren. Am Fuße dieses Hügels und entlang den engen, ansteigenden Gassen an seiner Flanke träumte die alte Stadt; Alt-Providence, um dessen Sicherheit und Wohlergehen willen jene monströse, kolossale Blasphemie vom Angesicht der Erde getilgt werden sollte.

Eineinviertel Stunden später trafen die Leute wie vereinbart auf dem Hof der Fenners ein, wo sie einen letzten Bericht über ihr erklärtes Opfer hörten. Er war vor einer halben Stunde auf seinem Hof eingetroffen, und der sonderbare Lichtstrahl war kurz darauf einmal zum Himmel aufgeschossen, doch die sichtbaren Fenster waren alle ohne Licht. Das war in letzter Zeit immer so gewesen. Noch während man diese Neuigkeit erfuhr, flammte im Süden abermals die gewaltige Lichtsäule auf, und den Männern wurde klar, daß sie sich tatsächlich ganz dicht vor dem Schauplatz unheimlicher und unnatürlicher Wunder befanden. Kapitän Whipple befahl jetzt seinen Leuten, sich in drei Gruppen aufzuteilen; die eine sollte mit zwanzig Mann unter Eleazar Smith zur Küste vorstoßen, die Landestelle gegen mögliche Verstärkungen für Curwen bewachen und nur im äußersten Notfall von einem Boten zu Hilfe geholt werden; die zweite Abteilung von zwanzig

Mann sollte sich unter Kapitän Eseh Hopkins ins Flußtal hinter Curwens Bauernhof hinabschleichen und mit Äxten oder Schießpulver die eichene Tür in der hohen, steilen Uferböschung zerstören; die dritte Abteilung schließlich sollte das Haus und die Nebengebäude selbst umzingeln. Ein Drittel dieser Abteilung sollte von Kapitän Mathewson zu dem kryptischen Steingebäude mit den hohen, schmalen Fenstern geführt werden, ein weiteres Drittel Kapitän Whipple selbst zum Hauptgebäude folgen und das letzte Drittel einen Kreis um den ganzen Gebäudekomplex bilden und nur auf ein Notsignal hin eingreifen.

Die Flußabteilung würde auf einen einzigen Pfiff hin die Tür in der Uferböschung aufbrechen, warten und alles gefangennehmen, was aus den unterirdischen Räumen hervorkommen mochte. Beim Ertönen eines zweiten Pfiffes würde sie durch die Öffnung eindringen, um sich dem Feind entgegenzustellen oder sich mit dem übrigen Kontingent zu vereinigen. Die Abteilung an dem Steingebäude würde in analoger Weise auf die Pfeifsignale reagieren, sich also zunächst den Zutritt zu dem Gebäude erzwingen und beim zweiten Pfiff auf jedem Weg, der sich bieten würde, nach unten vordringen und sich an dem allgemeinen oder auf bestimmte Stellen konzentrierten Kampf beteiligen, von dem man glaubte, daß er sich in den Höhlen abspielen würde. Ein drittes Signal, das Notsignal, das aus drei Pfiffen bestehen würde, sollte die Reserveeinheit, die bis dahin rings um die Gebäude Wache halten würde, herbeirufen; die zwanzig Mann sollten sich in zwei Hälften aufteilen und sowohl durch das Bauernhaus als auch durch das Steingebäude in die unbekannten Tiefen vordringen. Kapitän Whipples Glaube an die Existenz von Katakomben war uneingeschränkt, und er zog bei der Aufstellung seines Planes keine Alternative in Erwägung. Er hatte eine sehr laute, schrille Pfeife bei sich und befürchtete nicht, daß die Signale überhört oder mißverstanden werden könnten. Die letzte Reserve an der Landungsstelle war natürlich beinahe außerhalb der Reichweite der Pfeife, und ein besonderer Bote würde nötig sein, um sie zu Hilfe zu holen. Moses Brown und John Carter gingen mit Kapitän Hopkins zum Flußufer, während Präsident Manning mit Kapitän Mathewson für das Steingebäude eingeteilt wurde. Dr. Bowen blieb mit Ezra Weeden in Kapitän Whipples Abteilung, die das Bauernhaus selbst stürmen sollte. Der Angriff sollte beginnen, sobald ein Bote von Kapitän Hopkins den Kapitän

Whipple informiert haben würde, daß die Abteilung am Fluß bereit sei. Dann würde der Anführer das erste laute Pfeifsignal geben, und die verschiedenen Sturmtrupps würden an den drei verschiedenen Stellen gleichzeitig losschlagen. Kurz vor ein Uhr verließen die drei Abteilungen den Hof der Fenners; die eine, um die Landestelle zu bewachen, die andere, um das Flußufer und die Eichentür zu suchen, und die dritte, um sich zu teilen und sich die Gebäude von Curwens Hof selbst vorzunehmen.

Eleazar Smith, der mit der Küstenwache mitging, berichtet in seinem Tagebuch von einem ereignislosen Marsch und einer langen Wartezeit auf der Steilküste über der Bucht; die Stille sei nur einmal durch ein kaum wahrnehmbares, fernes Pfeifsignal und später noch einmal durch ein merkwürdig gedämpftes Dröhnen und Schreien und eine Pulverexplosion unterbrochen worden, wobei all diese Geräusche anscheinend aus derselben Richtung gekommen seien. Später glaubte einer der Männer, ferne Flintenschüsse zu hören, und wieder später fühlte Smith selbst, wie die oberen Luftschichten vom Widerhall titanischer, donnernder Worte erbebten. Kurz vor Tagesanbruch erschien schließlich ein einzelner, verstörter Bote mit wildem Blick und einem abscheulichen, unbekannten Gestank in den Kleidern und wies die Männer an, unauffällig in ihre Häuser zurückzukehren und nie wieder von den Geschehnissen der Nacht oder von jenem zu sprechen, der einmal Joseph Curwen gewesen sei. Irgend etwas im Aussehen des Boten hatte eine Überzeugungskraft, wie bloße Worte sie niemals hätten vermitteln können, denn obwohl er ein Seemann war, den viele von ihnen kannten, schien seiner Seele irgend etwas auf unbegreifliche Weise verlorengegangen oder hinzugefügt worden zu sein, das ihn ein für allemal zum Außenseiter stempelte. Dasselbe Gefühl hatten sie später, als sie andere alte Kameraden wiedersahen, die sich in die Zone des Schreckens gewagt hatten. Die meisten von ihnen hatten etwas Unwägbares und Unbeschreibliches verloren oder dazubekommen. Sie hatten etwas gesehen oder gehört oder gespürt, das nicht für menschliche Wesen bestimmt war, und konnten es nicht vergessen. Keiner von ihnen hat auch nur das geringste ausgeplaudert, denn selbst für die gemeinsten Instinkte der Sterblichen gibt es furchtbare Grenzen. Und beim Anblick jenes einzelnen Boten beschlich die Angehörigen der Abteilung an der Küste ein namenloses Grauen, das ihnen beinahe für immer die Lippen verschloß. Ganz spärlich nur waren die Gerüchte, die jemals von einem dieser Männer in Umlauf gesetzt wurden, und Eleazar Smith's Tagebuch ist der einzige erhaltene schriftliche Bericht über die Expedition, die beim Goldenen Löwen unter den Sternen aufgebrochen war.

Charles Ward entdeckte jedoch noch einen anderen verschwommenen Hinweis in einigen Briefen der Fenners, die er in New London fand, wo, wie er wußte, eine andere Seitenlinie der Familie gelebt hatte. Es scheint, daß die Fenners, von deren Haus aus man den verfluchten Bauernhof in der Ferne sehen konnte, die heimkehrenden Kolonnen der Rächer gesehen und sehr deutlich das wütende Bellen von Curwens Hunden und danach den ersten schrillen Pfiff gehört hatten, der die Attacke einleitete. Diesem ersten Pfiff war abermals eine hohe Lichtsäule aus dem Steingebäude gefolgt, und einen Moment später, nach dem kurzen Aufschrillen des zweiten, zum allgemeinen Angriff rufenden Signals, hatte man gedämpftes Musketengeknatter und gleich darauf einen furchtbaren, dröhnenden Schrei gehört, den der Briefschreiber, Luke Fenner, mit den Buchstaben »Waaaahrrrr-Ruaaahrrr« wiedergegeben hatte. Dieser Schrei war jedoch von einer Art gewesen, wie man sie niemals schriftlich schildern könnte, und der Briefschreiber erwähnt, seine Mutter sei bei diesem Geräusch in eine tiefe Ohnmacht gefallen. Später ließ er sich noch einmal weniger laut vernehmen, und dann folgten weitere, aber diesmal stärker gedämpfte Geräusche von abgefeuerten Musketen sowie eine laute Pulverexplosion vom Fluß her. Etwa eine Stunde später begannen alle Hunde wie rasend zu bellen, und die Erde zitterte so stark, daß die Kerzen auf dem Kaminsims umfielen. Starker Schwefelgeruch machte sich bemerkbar, und Luke Fenners Vater behauptete, er habe das dritte Signal, also das Notsignal, gehört, wogegen die anderen nichts davon gemerkt hatten. Wieder ertönten gedämpfte Schüsse, und dann ein tiefer Schrei, der weniger durchdringend, aber sogar noch schrecklicher war als die vorausgegangenen; es war eine Art kehliges, widerliches weiches Husten oder Gurgeln, das sich mehr wegen seiner Dauer als seines tatsächlichen akustischen Werts wie ein Schrei anhörte.

Dann flammte die Lichterscheinung wieder auf, an der Stelle, wo Curwens Hof liegen mußte, und Schreie verzweifelter, entsetzter Männer ließen sich vernehmen. Mündungsfeuer blitzten auf, Musketen krachten, und dann fiel die Flammensäule in sich zusammen. Ein zweites flammendes Ding erschien, und deutlich war ein kreischender Schrei eines Menschen zu hören. Fenner schrieb, er habe sogar ein paar der wie rasend hervorgestoßenen Worte verstehen können: »Allmächtiger, beschütze dein Lamm!« Dann ertönten weitere Schüsse, und das zweite Flammending fiel zusammen. Danach war es ungefähr drei viertel Stunden lang still, bis der kleine Arthur Fenner, Lukes Bruder, ausrief, er habe gesehen, wie ein »roter Nebel« von dem fluchbeladenen Hof in der Ferne zu den Sternen aufgestiegen sei. Niemand außer dem Kind konnte dies bezeugen, doch Luke erwähnt immerhin, daß seltsamerweise genau in demselben Moment die drei Katzen, die im Zimmer waren, in panischer, beinahe konvulsivischer Furcht einen Buckel machten und ihr Fell sich sträubte.

Fünf Minuten später kam ein eisiger Wind auf, und die Luft füllte sich mit einem so entsetzlichen Gestank, daß nur der frische Seewind verhindert haben kann, daß ihn auch die Leute an der Küste oder die wachenden Bewohner des Dorfes Pawtuxet wahrnahmen. Dieser Gestank war etwas, das die Fenners nie zuvor erlebt hatten, und er erzeugte eine würgende, namenlose Angst, schlimmer als die vor dem Grab oder dem Leichenhaus. Gleich danach kam jene schreckliche Stimme, die keiner der unglücklichen Ohrenzeugen zeit seines Lebens vergessen konnte. Donnernd erdröhnte sie vom Himmel herab wie ein Fluch, und die Fensterscheiben klirrten, als sie in der Ferne verhallte. Sie war tief und melodiös, kräftig wie das Baßregister der Orgel, aber böse wie die verbotenen Bücher der Araber. Was sie sagte, konnte niemand erklären, denn sie sprach in einer unbekannten Sprache, doch dies sind die Buchstaben, die Luke Fenner zu Papier brachte, um die dämonischen Laute zu beschreiben: »DEESMEES – JESHET – BONEDOSEFEDUVEMA – ENTTEMOSS.« Bis zum Jahre 1919 brachte keine Menschenseele diese unbeholfene Lautschrift irgendwie mit dem Wissen der Sterblichen in Verbindung, doch Charles Ward erbleichte, als er erkannte, was Mirandola schaudernd als den äußersten Schrecken unter den Beschwörungen der Schwarzen Magie enthüllt hatte.

Ein unverkennbar menschlicher Ruf oder ein tiefer Schrei aus vielen Kehlen schien diesem bösartigen Wunder von Curwens

Bauernhof her zu antworten, und zugleich mischte sich dem unbekannten Gestank noch ein weiterer, ebenso unerträglicher Geruch bei. Ein Jammern, ganz unähnlich dem Schrei, brach jetzt aus, das in ein langgezogenes, krampfartiges Geheul von wechselnder Tonhöhe überging. Hin und wieder schien es beinahe artikuliert, doch keiner der Ohrenzeugen vermochte ein bestimmtes Wort zu unterscheiden; und an einem Punkt hatte man den Eindruck, als wollte es im nächsten Augenblick in hysterisches, diabolisches Gelächter umschlagen. Dann drang ein Schrei äußerster, entsetzlichster Furcht und schieren Wahnsinns aus zahlreichen menschlichen Kehlen, ein Schrei, der laut und deutlich zu hören war, obwohl er aus unterirdischen Tiefen heraufdringen mußte; danach herrschte nur noch Stille und Finsternis. Spiralen beißenden Rauches stiegen auf und verdunkelten die Sterne, obwohl keine Flammen sich zeigten und am folgenden Tage nichts davon zu sehen war, daß eines der Gebäude zerstört oder beschädigt worden wäre.

Gegen Morgen pochten zwei völlig verstörte Boten in Kleidern, die von monströsen, unbestimmbaren Gerüchen gesättigt waren, an die Tür der Fenners und baten um ein Fäßchen Rum, bei dessen Bezahlung sie sich weiß Gott nicht lumpen ließen. Einer von ihnen sagte den Fenners, die Affäre Joseph Curwen sei vorbei, und die Ereignisse der Nacht dürften nie wieder erwähnt werden. So anmaßend dieser Befehl erschien, das Aussehen des Mannes, der ihn aussprach, ließ keinen Groll aufkommen und verlieh seinen Worten eine schreckliche Autorität; so kam es, daß nur diese heimlichen Briefe von Luke Fenner, die zu vernichten er seinen Verwandten in Connecticut beschwor, geblieben sind, um zu vermelden, was gehört und gesehen wurde. Nur dadurch, daß der Verwandte der Bitte nicht entsprach, blieben die Briefe schließlich doch erhalten und wurde die ganze Angelegenheit davor bewahrt, barmherziger Vergessenheit anheimzufallen. Charles Ward brachte noch eine weitere Einzelheit in Erfahrung, als er sich die Mühe machte, die Bewohner von Pawtuxet einen nach dem anderen über die Überlieferung ihrer Vorfahren zu befragen. Der alte Charles Slocum, der in diesem Dorf wohnte, wußte zu berichten, seinem Großvater sei ein merkwürdiges Gerücht in Erinnerung gewesen über einen verkohlten, verstümmelten Leichnam, der eine Woche nach der Nachricht vom Tode Joseph Curwens auf einem Acker gefunden worden sei. Was das Gerede über diesen Fund nicht verstummen ließ, war die Tatsache, daß dieser Körper, soweit man dies angesichts seines verkohlten und verstümmelten Zustands noch feststellen konnte, weder menschlich noch auch der Kadaver irgendeines Tieres gewesen sein könne, das die Leute in Pawtuxet jemals zu Gesicht bekommen hatten.

6

Nicht einer der Männer, die an diesem furchtbaren Überfall teilgenommen hatten, ließ sich jemals dazu bewegen, ein Sterbenswörtchen darüber verlauten zu lassen, und jede kleinste Einzelheit in den verschwommenen Angaben, die sich erhalten haben, stammt von Leuten, die nicht bei jenem letzten Gefecht dabeigewesen waren. Die Sorgfalt, mit der diese Kämpfer alles vernichteten, was auch nur den geringsten Hinweis auf die ganze Angelegenheit enthielt, hat etwas Erschreckendes.

Acht Seeleute waren getötet worden, aber obwohl ihre Leichen nicht geborgen wurden, gaben sich ihre Familien mit der Auskunft zufrieden, es habe ein Zusammenstoß mit Zollbeamten stattgefunden. Dieselbe Erklärung wurde für die zahlreichen Verwundungen angeführt, die allesamt ausschließlich von Dr. Jabez Bowen verbunden und behandelt wurden, der an dem Kampf teilgenommen hatte. Am schwersten war der unsägliche Gestank zu erklären, der allen Kämpfern anhaftete, eine Tatsache, über die wochenlang diskutiert wurde. Von den prominenten Bürgern waren Kapitän Whipple und Moses Brown am stärksten verwundet, und Briefe ihrer Frauen bezeugen, welche Verwirrung die Männer durch ihre Zurückhaltung und Wachsamkeit im Zusammenhang mit den Verbänden stifteten. In seelischer Hinsicht war jeder einzelne Kämpfer gealtert, ernüchtert und erschüttert. Glücklicherweise waren sie allesamt robuste Männer der Tat und einfache orthodoxe Gläubige, denn hätten sie über eine verfeinerte Phantasie und komplexe Geistesgaben verfügt, so wäre es ihnen bei Gott schlimm ergangen. Präsident Manning litt am meisten, aber selbst er befreite sich von den dunkelsten Schatten und erstickte seine Erinnerungen im Gebet. Jeder dieser führenden Männer hatte in den folgenden Jahren eine wichtige Rolle zu spielen, und sie konnten vielleicht von Glück sagen, daß dem so war. Kaum mehr als zwölf Monate danach führte Kapitän Whipple den Pöbelhaufen an, der das Zollschiff *Gaspee* in Brand steckte, und in dieser ruchlosen Tat könnte man den Versuch erblicken, bedrückende Erinnerungen auszulöschen.

Der Witwe Joseph Curwens wurde ein versiegelter Bleisarg von merkwürdiger Form übergeben, der offenbar schon bereitgestanden hatte, als man ihn brauchte. In diesem Sarg, so sagte man ihr, läge der Leichnam ihres Mannes. Er sei, so wurde erklärt, in einem Kampf mit Zöllnern getötet worden, über den aus politischen Rücksichten keine weiteren Einzelheiten verlauten dürften. Mehr als dies hat nie ein Sterblicher über den Tod Joseph Curwens verraten, und Charles Ward fand nur einen einzigen Hinweis, auf dem er eine Theorie aufbauen konnte. Auch dieser Hinweis war undeutlich genug – eine zittrige Unterstreichung unter einer Passage in Jedediah Ornes konfisziertem Brief an Joseph Curwen, teilweise abgeschrieben in Ezra Weedens Handschrift. Die Abschrift fand sich im Besitz von Smith' Nachkommen; und wir müssen selbst entscheiden, ob Weeden sie seinem Gehilfen gegeben hat, nachdem alles vorüber war, sozusagen als stummen Hinweis auf die abnormen Dinge, die vorgefallen waren, oder ob, und das ist das Wahrscheinlichere, Smith die Abschrift schon vorher besessen und die Unterstreichung selbst vorgenommen hatte, nachdem er durch kluges Kombinieren und geschickte Fragen doch das eine oder andere aus seinem Freund herausbekommen hatte. Bei dem unterstrichenen Absatz handelte es sich lediglich um folgende Zeilen:

»Ich sage Euch abermals, erwecket Keinen, welchen Ihr nicht auszutreiben vermöget; will sagen, Keinen, welcher etwas gegen Euch erwecken kann, wogegen Eure mächtigste Zauberey nichts ausrichten könnte.«

Aufgrund dieser Passage sowie der Überlegung, welche letzten unnennbaren Bundesgenossen ein geschlagener Mann in der höchsten Not anrufen könnte, mag Charles Ward sich wohl gefragt haben, ob irgendein Bürger von Providence Joseph Curwen getötet hatte.

Die vorsätzliche Tilgung jedes Andenkens an den Toten aus dem Leben und den Annalen von Providence wurde durch den Einfluß der prominenten Bürger, die an dem Überfall teilgenommen hatten, sehr erleichtert. Sie hatten zunächst nicht vorgehabt, so gründliche Arbeit zu leisten, und hatten die Witwe, deren Vater und das Kind im unklaren über die wahren Verhältnisse gelassen; aber Kapitän Tillinghast war ein kluger Kopf und brachte bald so viel in Erfahrung, daß er zutiefst entsetzt war und seine Tochter und Enkeltochter veranlaßte, ihren Namen zu ändern, die Bibliothek und die übriggebliebenen Schriftstücke zu verbrennen und die Inschrift auf dem schiefernen Grabstein Joseph Curwens tilgen zu lassen. Er kannte den Kapitän Whipple gut und entlockte dem barschen Seebären wahrscheinlich mehr Hinweise auf das Ende des fluchbeladenen Hexenmeisters, als je ein anderer in Erfahrung bringen konnte.

Von dieser Zeit an wurde das Schweigen über Curwen immer eisiger und erstreckte sich schließlich nach allgemeiner Übereinkunft sogar auf die städtischen Chroniken und die Archive der *Gazette*. Man kann es der Art nach nur damit vergleichen, wie Oscar Wildes Name ein Jahrzehnt lang totgeschwiegen wurde, nachdem er in Ungnade gefallen war, und dem Umfang nach nur mit dem Schicksal jenes sündigen Königs von Runagur in Lord Dunsanys Erzählung, der nach dem Willen der Götter nicht nur aufhören mußte zu existieren, sondern den es auch nie gegeben haben durfte.

Mrs. Tillinghast, wie die Witwe sich nach 1772 nannte, verkaufte das Haus in Olney Court und wohnte bis zu ihrem Tode im Jahre 1817 im Haus ihres Vaters an der Power's Lane. Den Bauernhof bei Pawtuxet, von jeder lebenden Seele gemieden, ließ man vermodern, und er schien im Laufe der Jahre mit unerklärlicher Schnelligkeit zu verfallen. Im Jahre 1780 standen nur noch die Stein- und Ziegelmauern, und bis zur Jahrhundertwende waren selbst diese zu formlosen Trümmerhaufen eingestürzt. Niemand wagte es, das dichte Gestrüpp am Flußufer zu durchdringen, hinter dem vielleicht die große Tür lag, noch unternahm irgend jemand den Versuch, sich ein Bild von den Szenen zu machen, inmitten derer Joseph Curwen aus den Greueln abgerufen wurde, die er selbst heraufbeschworen hatte.

Nur den robusten Kapitän hörten aufmerksame Leute hin und wieder vor sich hin murmeln: »Die Pest über diesen – – – – –, was mußte der Kerl auch lachen, während er schrie. Man hätt' fast glauben können, der verdammte – – – – – hätt' noch was auf Lager gehabt. Für 'ne halbe Krone würd' ich sein – – – – – Haus anstecken.«

III
Eine Suche und eine Anrufung

1

Charles Ward entdeckte, wie wir gesehen haben, erst im Jahre 1918, daß er von Joseph Curwen abstammte. Daß er sich auf der Stelle intensiv für alles zu interessieren begann, was mit dem vergangenen Geheimnis zu tun hatte, braucht uns nicht zu wundern; denn jedes vage Gerücht, das er über Curwen gehört hatte, war plötzlich von größter Bedeutung für ihn selbst, in dessen Adern Curwens Blut floß. Kein begeisterter und phantasiebegabter Genealoge hätte etwas anderes getan, als unverzüglich damit zu beginnen, sich mit größtem Eifer dem Sammeln von Fakten über diesen Mann zu widmen.

Bei seinen ersten Nachforschungen machte Ward keinerlei Anstalten, etwas geheimzuhalten, so daß sogar Dr. Lyman zögert, den Beginn der geistigen Umnachtung des jungen Mannes zu irgendeinem Zeitpunkt vor dem Jahresende 1919 anzusetzen. Er sprach offen mit seiner Familie – obwohl seine Mutter nicht gerade erfreut darüber war, einen Vorfahren wie Curwen zu haben – und mit den Angestellten verschiedener Museen und Bibliotheken, die er aufsuchte. Wenn er Privatfamilien um die Überlassung von Unterlagen bat, von denen er glaubte, sie befänden sich in ihrem Besitz, machte er aus seinen Absichten keinen Hehl und teilte die leicht amüsierte Skepsis, mit der man die Berichte der alten Tagebuch- und Briefschreiber betrachtete. Er bekannte oft, daß er zu gerne gewußt hätte, was sich vor anderthalb Jahrhunderten auf jenem Bauernhof bei Pawtuxet wirklich abgespielt hatte, dessen Lage er vergeblich zu ermitteln versucht hatte, und was Joseph Curwen wirklich gewesen war.

Als er auf Smith' Tagebuch und Archiv stieß und den Brief von Jedediah Orne fand, beschloß er, nach Salem zu fahren und dort Nachforschungen über Curwens frühe Aktivitäten und Verbindungen anzustellen, was er in den Osterferien 1919 tat. Im Essex-Institut, das er von früheren Besuchen in der glanzvollen alten Stadt verfallender puritanischer Giebel und dichtgedrängter Walmdächer her gut kannte, wurde er sehr freundlich empfangen und grub eine ganze Menge Unterlagen über Curwen aus. Er fand heraus, daß sein Vorfahr am 18. Februar (alten Stils) 1662-3 im Dorf Salem, dem heutigen Danvers, sieben Meilen von der Stadt, geboren war und daß er im Alter von fünfzehn Jahren von zu Hause fortgelaufen und zur See gefahren war, um erst neun Jahre später mit der Kleidung, der Sprache und dem Gebaren eines gebürtigen Engländers wiederaufzutauchen und sich in Salem selbst niederzulassen. Damals befaßte er sich kaum mit seiner Familie, sondern verbrachte die meiste Zeit mit den seltsamen Büchern, die er aus Europa mitgebracht hatte, und den sonderbaren Chemikalien, die für ihn auf Schiffen aus England, Frankreich und Holland kamen. Mit seinen Fahrten aufs Land erregte er die Neugier der Einheimischen, die sie flüsternd mit vagen Gerüchten über nächtliche Feuer auf den Hügeln in Verbindung brachten.

Curwens einzige engen Freunde waren ein Edward Hutchinson aus dem Dorf Salem und ein Simon Orne aus Salem gewesen. Mit diesen Männern sah man ihn sich oft in der Öffentlichkeit unterhalten, und gegenseitige Besuche waren keineswegs selten. Hutchinson hatte ziemlich weit draußen vor den Wäldern ein Haus, das wegen der Geräusche, die dort des Nachts zu hören waren, sensibleren Naturen nicht ganz geheuer war. Man sagte, er empfange sonderbare Besucher, und das Licht hinter seinen Fenstern sei nicht immer von derselben Farbe. Sein Wissen um längst verstorbene Personen und längst vergessene Ereignisse empfand man als ausgesprochen unheimlich; er verschwand um die Zeit, als der Hexenwahn begann, und wurde nie mehr gesehen. Zur selben Zeit zog auch Joseph Curwen fort, aber man erfuhr bald, daß er sich in Providence niedergelassen hatte. Simon Orne lebte in Salem bis zum Jahre 1720; von da an erregte er Aufsehen, weil er äußerlich nicht zu altern schien. Deshalb verschwand er aus der Stadt, doch dreißig Jahre später tauchte ein Mann auf, der ihm wie aus dem Gesicht geschnitten schien, nach eigenen Angaben sein Sohn war und Anspruch auf die Besitztümer seines Vaters erhob. Man entsprach seinem Begehren aufgrund von Dokumenten in Simon Ornes bekannter Handschrift, und Jedidiah Orne lebte noch bis 1771 in Salem; in diesem Jahr erfuhr man aus Briefen von Bürgern der Stadt Providence an Hochwürden Thomas Barnard und andere, er sei in aller Stille in unbekannte Gegenden verzogen.

Im Essex-Institut, im Gerichtsarchiv und im Handelsregister fanden sich Dokumente über all diese sonderbaren Angelegenheiten, darunter harmlose Geschäftsurkunden wie Grundstücks-

und allgemeine Kaufverträge, aber auch geheime Schriftstücke, die zu allerlei Spekulationen Anlaß gaben. In den Protokollen der Hexenprozesse waren vier oder fünf unmißverständliche Anspielungen enthalten; so hatte zum Beispiel ein Hepzibah Lawson am zehnten Juli 1692 vor dem Gericht von Oyer und Terminen unter Richter Hathorne beeidet, daß »vierzig Hexen und Schwarze Männer regelmäßig in den Wäldern hinter Mr. Hutchinsons Haus zusammenkommen«, und ein gewisser Amity How erklärte in einer Verhandlung am achten August vor Richter Gedney, »Mr. G. B. (George Burroughs) hat jenes Nachts Bridget S., Jonathan A., *Simon O.*, Deliverance W., *Joseph C.*, Susan P., Mehitable C. und Deborah B. mit dem Teufel seinem Zeichen gebranntmarket«. Weiterhin war da ein Katalog von Hutchinsons unheimlicher Bibliothek, wie sie nach seinem Verschwinden vorgefunden worden war, sowie ein unvollendetes Manuskript in seiner Handschrift, abgefaßt in einer Geheimschrift, die niemand lesen konnte. Ward ließ sich eine Photokopie von diesem Manuskript anfertigen und begann, nebenbei an der Entzifferung der Schriftzeichen zu arbeiten, sobald er die Kopie in Händen hatte. Vom folgenden August an bemühte er sich intensiv und fieberhaft um die Dechiffrierung der Geheimschrift, und es besteht Grund dafür, aus seinen Aussagen und seinem Verhalten zu schließen, daß er noch vor Oktober oder November den Schlüssel fand. Er verriet jedoch nie, ob er Erfolg gehabt hatte oder nicht.

Von größtem unmittelbarem Interesse war jedoch das Material über Orne. Ward brauchte nur kurze Zeit, um aufgrund von Schriftvergleichen etwas nachzuweisen, was er schon anhand des Textes des Briefes an Curwen für sicher gehalten hatte, nämlich daß Simon Orne und sein vermeintlicher Sohn ein und dieselbe Person gewesen seien. Wie Orne seinem Briefpartner anvertraut hatte, war es ziemlich unsicher, in Salem zu lange zu leben, weshalb er auf den Ausweg verfiel, sich dreißig Jahre im Ausland aufzuhalten und als Vertreter einer neuen Generation zurückzukehren, um wieder Anspruch auf seinen Grund und Boden zu erheben. Orne hatte offenbar vorsichtshalber den größten Teil seiner Korrespondenz vernichtet, aber die Bürger, die im Jahre 1771 zur Tat schritten, fanden und bewahrten ein paar Briefe, die ihnen viel zu denken gaben. Da waren kryptische Formeln und Diagramme in seiner und anderen Handschriften, die Ward jetzt entweder kopierte oder photographieren ließ, sowie ein in höchstem Maße mysteriöser Brief in einer Schrift, die der Forscher anhand von Eintragungen im Handelsregister eindeutig als Joseph Curwens Handschrift identifizierte.

Obwohl Curwens Brief keine Jahresangabe trug, war es offensichtlich nicht der, auf den Orne jene konfiszierte Nachricht als Antwort abgeschickt hatte. Aufgrund seines Inhalts glaubte Ward, er könne nicht viel später als 1750 entstanden sein. Es mag nicht unangebracht sein, den Text hier wörtlich wiederzugeben, als Beispiel für den Stil eines Mannes, dessen Lebensgeschichte so dunkel und schrecklich war. Der Empfänger wird als »Simon« bezeichnet, doch das Wort war durchgestrichen worden – ob von Curwen oder Orne, wußte Ward nicht zu sagen.

Providence, 1. Mai

Bruder:

Mein alter Freund, geziemenden Respeckt und ehrfürchtige Wünsche Ihm, welchem wir zu Seinem ewigen Ruhme dienen. Ich bin soeben auf jenes gestoßen, was Ihr wissen müßtet, bezüglich jener letzten und äußersten Angelegenheit, und was im Hinblick darauf zu thun sey. Ich bin nicht in der Lage, Eurem Rathe zu folgen, in Ansehen meines hohen Alters wegzugehen, denn in Providence pfleget man ungewöhnliche Dinge nicht mit derselbigen Schärffe zu verfolgen und vor Gericht zu stellen wie andernorts. Ich bin mit meinen Schiffen und Waren beschäfftiget und könnte nicht thun, was Ihr gethan, auch weil das, welches unter meinem Bauernhof sich befindet und Euch bekannt ist, nicht meiner Rückkunfft als ein Anderer harren würde.

Aber ich bin nicht unvorbereitet für ein hartes Los, wie ich Euch schon gesagt habe, und habe lange Zeit daran gearbeitet, wie eine Rückkunfft nach einer Katastrophe zu bewerckstelligen sey. Letzte Nacht stieß ich auf jene Worte, welche YOGGE-SOTHOTHE erwecken, und sahe zum ersten Mahle jenes Gesicht, von welchem Ibn Schacabac in dem – – – – – spricht. Und Es sagte, daß der III. Psalm in dem Liber Damnatus den Schlüssel berge. Mit der Sonne im V. Hause, Saturn im Gedrittschein, zeichnet das Pentagramm des Feuers und saget den neunten Vers dreymahl. Diesen Vers wiederholet sowohl am Tage der Kreuzerhöhung als auch an Allerheiligen, und das Ding wird in den Äußeren Sphären erscheinen. *Und aus dem Samen des Alten wird*

Einer geboren werden, welcher zurückschauen wird, ohne zu wissen, wonach er suchet.

Dennoch wird alles nichts fruchten, wenn es keinen Erben giebt, und wenn die Saltze oder die Art und Weise, die Saltze zu präpariren, ihm nicht zur Hand seyn. Und hier muß ich gestehen, daß ich nicht die nöthigen Schritte gethan und nicht viel erfunden habe. Der Prozeß ist äußerst complizirt und man brauchet dafür so viele Exemplare, daß ich Mühe habe, genügend zu bekommen, trotz der Seeleute, welche ich von den Westindischen Inseln habe. Die Leute hier herumb werden neubegierig, allein ich vermag sie fernzuhalten. Die Edelleute sind ärger als das gemeine Volk, weil sie in ihren Berichten genauer sind und man ihnen eher glaubet. Jener Pastor und Mr. Merritt haben etliches erzählet, wovon mir Angst wird, allein bisher ist es nicht gefährlich. Die chymischen Substanzen sind leicht zu bekommen, denn es giebt in der Stadt gute Apotheker, Dr. Bowen und Sam Carew. Ich befolge, was Borellus saget, und habe eine Hilfe in Abdool Al-Hazreds VII. Buche. Was auch immer ich finden mag, Ihr sollet es bekommen. Und inzwischen versäumet nicht, Nutzen aus den Worten zu ziehen, welche Ihr hier findet; es sind die Richtigen, doch wenn Ihr Ihn zu sehen wünschet, so schreibet auf das Stück – – – –, welches Ihr in diesem Päckchen findet. Saget die Verse an jedem Tage der Kreuzerhöhung und jedem Allerheiligentage; und wenn Ihr nicht ablasset, *so wird in Jahren Einer kommen, der zurückblicken wird und jene Saltze oder Stoffe für Saltze verwenden, welche Ihr Ihm hinterlassen werdet.* Hiob XIV. XIV.

Ich freue mich, daß Ihr wieder in Salem seid, und hoffe, Euch in Bälde wiederzusehen. Ich habe einen guten Hengst und denke daran, eine Kutsche zu kaufen, da es bereits eine (Mr. Merritts) in Providence giebt, wiewohl die Straßen schlecht sind. So Ihr bereit seid, zu reysen, so kommet bey mir vorbey. Nehmet von Boston die Poststraße durch Dedham, Wrentham und Attleborough, in welchen Städten es überall gute Herbergen giebt. Steiget in Mr. Bolcoms Hause in Wrentham ab, wo die Betten besser sind als in Mr. Hatchs, doch esset in dem anderen Hause, denn deren Koch ist besser. Fahret an den Pantucket-Fällen vorbey nach Providence, auf der Straße, an der Mr. Sayles' Taverne lieget. Mein Haus befindet sich gegenüber Mr. Epenetus Olneys Taverne an der Town Street, das erste auf der Nordseite von Olney Court. Entfernung von Boston an XLIV Meilen.

Mein Herr, ich bin Euer alter und getreuer Freund und Diener in Almonsin-Metraton

Josephus C.

An Mr. Simon Orne,
William's Lane, Salem.

Merkwürdigerweise erfuhr Ward erst durch diesen Brief, an welcher Stelle genau Curwens Haus in Providence gestanden hatte, denn keine der Unterlagen, auf die er bis dahin gestoßen war, hatte darüber genaue Angaben enthalten. Die Entdeckung war doppelt aufregend, weil sie als das neuere Haus Curwens, das im Jahre 1761 an derselben Stelle wie das alte errichtet worden war, ein heruntergekommenes Gebäude auswies, das noch immer in Olney Court stand und Ward von seinen Streifzügen über Stampers Hill her vertraut war. Das Haus war in der Tat nur ein paar Blöcke von seinem Elternhaus weiter oben auf dem Hügel entfernt und wurde jetzt von einer Negerfamilie bewohnt, die allgemein beliebt war und gerne zu gelegentlichen Dienstleistungen wie Wäschewaschen, Hausputz und Ofenreinigung herangezogen wurde. Daß er im fernen Salem so plötzlich einen Beweis für die Bedeutung einer so vertrauten Elendsunterkunft entdeckt hatte, beeindruckte Ward aufs tiefste, und er beschloß, sich das Haus sofort nach seiner Rückkehr näher anzusehen. Die mystischeren Passagen des Briefes, die er für eine extravagante Art von Symbolismus hielt, setzten ihn in blankes Erstaunen; doch er vermerkte mit neugieriger Erregung, daß es sich bei dem erwähnten Bibelzitat – Hiob 14, 14 – um den bekannten Vers »Wird ein toter Mensch wieder leben? Alle Tage meines Streites wollte ich harren, bis daß meine Veränderung komme!« handelte.

2

Der junge Ward kam in freudiger Erregung nach Hause und brachte den folgenden Samstag damit zu, das Haus in Olney Court lange und gründlich zu durchsuchen. Das Gebäude, jetzt vom Alter gezeichnet, war nie eine Villa gewesen; es war vielmehr ein bescheidenes, zweieinhalbstöckiges Holzhaus im vertrauten Kolonialstil von Providence, mit einem einfachen, spitzgiebligen Dach, einem großen Kamin in der Mitte und einem kunstvollen Portal mit einer strahlenförmigen Lünette, einem dreieckigen Giebelfeld und schmucken dorischen Säulen. Äußerlich hatte es kaum gelitten, und Ward spürte, daß er etwas vor sich hatte, was den finstren Objekten seiner Nachforschungen sehr nahestand.

Die derzeitigen Bewohner kannten ihn, und der alte Asa und seine stämmige Frau Hannah geleiteten ihn höflich ins Hausinnere. Hier hatte sich mehr verändert, als von außen zu sehen war, und Ward sah mit Bedauern, daß die geschmackvolle, eine Urne und eine Schriftrolle darstellende Stuckverzierung über dem Kaminsims und das Schnitzwerk an den Schränken mehr als zur Hälfte verschwunden waren, während ein großer Teil der schönen Wandtäfelung und des Leistenwerks zerschrammt, durchlöchert, abgerissen oder mit billigen Tapeten überklebt war. Alles in allem erbrachte die Untersuchung nicht so viel, wie Ward sich versprochen hatte; doch war es immerhin aufregend, innerhalb der uralten Mauern zu stehen, die einmal einen solch schrecklichen Mann wie Joseph Curwen beherbergt hatten. Mit leisem Schaudern sah er, daß von dem alten messingnen Türklopfer sorgsam ein Monogramm entfernt worden war.

Von da an bis nach Beendigung seiner Schulzeit befaßte sich Ward mit der Photokopie von Hutchinsons Geheimschrift und der Sammlung weiterer Fakten über Curwen. Das Manuskript widerstand noch immer seinen Bemühungen, doch Fakten über Curwen entdeckte er so viele, daß die darin enthaltenen Hinweise auf weiteres Material an anderen Orten ihn veranlaßten, eine Reise nach New London und New York zu machen, um die alten Briefe zu studieren, die sich an diesen Orten befinden sollten. Diese Reise war sehr ertragreich, denn sie verschaffte ihm die Fenner-Briefe mit der furchtbaren Beschreibung des Überfalls auf den Bauernhof an der Pawtuxet Road sowie die Nightingale-Talbot-Briefe, aus denen er von dem Porträt erfuhr, das auf eine Wandtäfelung in Curwens Bibliothek gemalt worden war. Die Sache mit diesem Porträt interessierte ihn ganz besonders, denn er würde viel darum gegeben haben, zu erfahren, wie Joseph Curwen ausgesehen hatte; und er beschloß, in dem Haus in Olney Court nochmals Nachforschungen anzustellen, um herauszufinden, ob nicht vielleicht eine Spur des alten Gemäldes unter abblätternden Schichten später aufgetragener Farbe oder muffigen Tapeten zu entdecken sein würde.

Diese zweite Durchsuchung fand Anfang August statt, und Ward klopfte sorgfältig die Wände in jedem Raum ab, der groß genug war, um auch nur mit einiger Wahrscheinlichkeit dem unseligen Erbauer einmal als Bibliothek gedient zu haben. Besondere Aufmerksamkeit widmete er den großen Paneelen derjenigen Verzierungen über den Kaminsimsen, die noch erhalten waren; und äußerste Erregung bemächtigte sich seiner, als er nach ungefähr einer Stunde auf einem großen Wandstück über der Feuerstelle in einem geräumigen Zimmer im Erdgeschoß nach dem Abkratzen mehrerer Farbschichten auf eine Oberfläche stieß, die ohne Zweifel merklich dunkler war als jeder normale Innenanstrich oder das Holz, unter dem sich dieser wahrscheinlich einmal befunden hatte. Nach ein paar weiteren vorsichtigen Proben mit einem Messerchen hatte er die Gewißheit, daß er auf ein ausgedehntes Ölgemälde gestoßen war. Mit der Zurückhaltung eines wahren Gelehrten wagte er nicht, den Schaden zu riskieren, den der Versuch, das verborgene Bild auf der Stelle mit dem Messer freizulegen, hätte anrichten können, sondern zog sich vom Schauplatz seiner Entdeckung zurück, um sich der Mithilfe eines Experten zu versichern. Drei Tage später kam er mit einem erfahrenen Künstler wieder, nämlich mit Mr. Walter Dwight, dessen Atelier sich am Fuße des College Hill befindet; und dieser befähigte Restaurator ging sogleich mit den entsprechenden Methoden und chemischen Substanzen ans Werk. Der alte Asa und seine Frau wunderten sich gehörig über die sonderbaren Besucher und wurden für diese Störung ihrer häuslichen Ruhe angemessen entschädigt.

Während die Restaurierungsarbeiten Tag für Tag Fortschritte machten, sah Charles Ward mit wachsendem Interesse zu, wie die Linien und Farben, die so lange verborgen gewesen, nach und nach entschleiert wurden. Dwight hatte am unteren Bildrand begonnen; da es sich um ein Kniestück handelte, kam deshalb das Gesicht zunächst noch nicht zum Vorschein. Unterdessen sah man aber bereits, daß das Modell ein schlanker Mann von guter Figur, mit dunkelblauem Rock, Stickweste, schwarzen Seidenkniehosen und weißen Seidenstrümpfen war, der in einem geschnitzten Sessel vor einem Fenster saß, das den Blick auf Kaianlagen und Schiffe freigab. Als der Kopf hervortrat, stellte sich heraus, daß der Mann eine schmucke Albemarle-Perücke trug und schmale, ruhige, unauffällige Gesichtszüge hatte, die sowohl Ward als auch dem Künstler irgendwie bekannt vorkamen. Doch erst im allerletzten Augenblick hielten der Restaurator und sein

Klient beim Anblick der Einzelheiten dieses hageren, bleichen Gesichtes erschrocken den Atem an und erkannten mit ehrfürchtigem Staunen, welch dramatischen Scherz die Vererbung sich hier geleistet hatte. Denn erst nach dem letzten Ölbad und dem letzten Strich mit dem feinen Schabmesser wurde der Gesichtsausdruck, den Jahrhunderte verborgen hatten, voll erkennbar; und erst in diesem Moment erkannte der verblüffte Charles Dexter Ward, Bewohner der Vergangenheit, daß er sein getreues Abbild in der Gestalt seines schrecklichen Ururgroßvaters vor sich hatte.

Ward holte seine Eltern, um ihnen das Wunder zu zeigen, das er aufgedeckt hatte, und sein Vater beschloß auf der Stelle, das Bild zu erwerben, obwohl es auf die stationäre Täfelung gemalt war. Die Ähnlichkeit mit dem jungen Mann war trotz des unverkennbar höheren Alters phantastisch; und es war nicht zu übersehen, daß durch einen launischen Atavismus die äußeren Züge des Joseph Curwen nach anderthalb Jahrhunderten ihr getreues Gegenstück erhalten hatten. Dagegen war Mrs. Wards Ähnlichkeit mit ihrem Vorfahren keineswegs genauso ausgeprägt, obschon sie sich an Verwandte erinnern konnte, die einige der Merkmale aufgewiesen hatten, die ihrem Sohn und dem verblichenen Joseph Curwen gemeinsam waren. Sie konnte der Entdeckung nicht recht froh werden und sagte ihrem Mann, er solle das Bild lieber verbrennen, anstatt es nach Hause zu schaffen. Sie behauptete, es sei ihr unheimlich, nicht nur das Bild als solches, sondern auch wegen der Ähnlichkeit mit Charles. Mr. Ward aber war ein praktisch veranlagter und einflußreicher Geschäftsmann – Baumwolltuchfabrikant mit einer ansehnlichen Weberei in Riverpoint im Tal des Pawtuxet – und somit nicht der Mann, der auf weibliche Einwände gehört hätte. Das Bild beeindruckte ihn sehr durch die Ähnlichkeit mit seinem Sohn, und er glaubte, sein Sohn habe es als Geschenk verdient. Dieser Meinung schloß Charles Ward sich natürlich bereitwilligst an, und ein paar Tage später hatte Mr. Ward den Besitzer des Hauses ausfindig gemacht, einen kleinen Menschen mit dem Aussehen eines Nagetieres und einem gutturalen Akzent – und erwarb den ganzen Kaminsims einschließlich der Täfelung darüber zu einem kurzerhand abgemachten Preis, ohne es erst zu dem zu erwartenden schmierigen Gefeilsche kommen zu lassen.

Nun mußte nur noch die Täfelung abgenommen und in das Haus

der Wards transportiert werden, wo man Vorbereitungen für die endgültige Restaurierung des Bildes und seine Anbringung über einem elektrischen Kamin in Charles' Arbeitsbibliothek im dritten Stock getroffen hatte. Die Aufgabe, den Transport zu überwachen, fiel Charles zu, und am achtundzwanzigsten August begleitete er zwei fachkundige Arbeiter der Dekorationsfirma Crooker zu dem Haus in Olney Court, wo der Kaminsims und die darüber befindliche Täfelung mit dem Porträt mit großer Sorgfalt abgenommen und zum Transport auf den firmeneigenen Lastwagen verladen wurden. Zurück blieb eine kahle Mauerfläche, die den Verlauf des Kamins markierte, und in dieser entdeckte der junge Ward eine würfelförmige Vertiefung von ungefähr einem Fuß im Quadrat, die direkt hinter dem Kopf des Porträts gelegen haben mußte. Neugierig, was eine solche Nische wohl bedeuten oder enthalten mochte, trat der junge Mann näher und schaute hinein; und unter der dicken Staub- und Rußschicht fand er ein paar lose, vergilbte Blätter, ein ungeschlachtes, dickes Notizbuch und ein paar vermodernde Textilfetzen, die vielleicht einmal das Band gewesen waren, das die übrigen Dinge zusammengehalten hatte. Nachdem er den gröbsten Staub weggeblasen hatte, nahm er das Buch heraus und betrachtete die deutliche Aufschrift auf dem Deckel. Diese war in einer Handschrift geschrieben, die er im Essex-Institut kennengelernt hatte, und lautete: »Tagebuch und Notizen des ehrenwerten Jos. Curwen, aus Providence-Plantations, weiland Salem.«

Durch seine Entdeckung aufs äußerste erregt, zeigte Ward das Buch den beiden neugierig neben ihm stehenden Arbeitern. Ihr Zeugnis in bezug auf die Art und die Echtheit des Fundes ist unanfechtbar, und auf sie stützt Dr. Willett vor allem seine Theorie, daß der junge Mann noch nicht wahnsinnig war, als er wahrhaft exzentrisch zu werden begann. Auch alle die anderen Papiere trugen Curwens Handschrift, und eines davon schien wegen seiner Aufschrift besonders unheilverkündend: *»An Ihn, welcher danach kommen wird, und wie Er über die Zeit und die Sphären hinaus gelangen kann.«* Ein weiteres war in einer Geheimschrift abgefaßt, derselben, so hoffte Ward, wie Hutchinsons Chiffre, die er noch immer nicht entziffert hatte. Ein drittes – und hier frohlockte der Forscher – schien ein Schlüssel zu der Geheimschrift zu sein, während das vierte und fünfte an »Edw.: Hutchinson, Wappenträger« respektive »Jedediah Orne, Edelmann«, »oder deren Erbe oder Erben oder deren Repräsentanten« gerichtet waren. Auf dem sechsten und letzten stand zu lesen: *»Joseph Curwen, sein Leben und Reisen von anno 1678 bis anno 1687: wohin er gereiset, wo er geweilet, wen er gesehen und was er gelernet.«*

3

Wir sind nun an dem Punkt angelangt, von dem an die Nervenärzte der akademischeren Richtung den Beginn von Charles Wards geistiger Umnachtung datieren. Nach seiner Entdeckung hatte der junge Mann sofort einen Blick auf einige Seiten des Buches und der Manuskripte geworfen und offenbar etwas gesehen, was ihn zutiefst beeindruckt hatte. Ja, die Arbeiter hatten sogar den Eindruck gehabt, daß er, als er ihnen die Titel zeigte, den Text selbst sorgfältig vor ihnen verbarg und daß er unter einer Verwirrung litt, die sich kaum durch die antiquarische und genealogische Bedeutung seines Fundes erklären ließ. Nach Hause zurückgekehrt, wirkte er beinahe verlegen, als er die Neuigkeit verkündete, so als wollte er die anderen von der überragenden Bedeutung seines Fundes überzeugen, ohne das Beweismaterial selbst vorlegen zu müssen. Er zeigte seinen Eltern nicht einmal die Titelseiten, sondern sagte ihnen lediglich, er habe einige Dokumente in Joseph Curwens Handschrift gefunden, »überwiegend in Geheimschrift«, die er sehr sorgfältig würde studieren müssen, um ihre wahre Bedeutung herauszufinden. Es ist unwahrscheinlich, daß er den Arbeitern überhaupt etwas gezeigt hätte, wäre nicht deren unverhohlene Neugierde gewesen. So aber wollte er zweifellos den Eindruck übertriebener Geheimnistuerei vermeiden, denn dadurch hätte er ihre Neugierde nur noch mehr angestachelt.

Die ganze Nacht saß Charles Ward in seinem Zimmer wach und las in dem neuentdeckten Buch und den Manuskripten, und auch als der Tag anbrach ließ er noch nicht ab. Nachdem seine Mutter hinaufgegangen war, um zu sehen, ob etwas nicht in Ordnung war, wurden ihm seine Mahlzeiten auf seine dringende Bitte hin aufs Zimmer gebracht; und am Nachmittag tauchte er nur kurz auf, als die Arbeiter kamen, um das Porträt von Curwen und den Kaminsims zu installieren. In der folgenden Nacht schlief er ab und zu kurze Zeit in den Kleidern und arbeitete zwischendurch fieberhaft an der Entschlüsselung des chiffrierten Manuskriptes.

Am Morgen sah seine Mutter, daß er über der Photokopie der Geheimschrift Hutchinsons saß, die er ihr vorher schon oft gezeigt hatte, aber auf ihre Frage gab er zur Antwort, der Schlüssel von Curwen ließe sich darauf nicht anwenden. An diesem Nachmittag ließ er seine Arbeit liegen, um fasziniert den Arbeitern zuzuschauen, wie sie das Porträt mit den dazugehörigen Paneelen endgültig über einem täuschend echten elektrischen Kaminfeuer anbrachten; Kaminsims und Täfelung wurden so installiert, daß sie ein wenig über die Nordwand erhaben waren und der Eindruck entstand, daß wirklich ein Kamin vorhanden sei, und die Seiten wurden mit Paneelen aus demselben Holz wie die Täfelung des Zimmers verkleidet. Das vordere Paneel, auf dem das Bild sich befand, wurde herausgesägt und mit Scharnieren versehen, so daß dahinter Schrankraum geschaffen wurde. Als die Arbeiter gegangen waren, holte er die Sachen ins Arbeitszimmer, setzte sich davor, und schaute abwechselnd auf die Geheimschrift und auf das Porträt, das ihn anstarrte wie ein altmachender, Jahrhunderte überbrückender Spiegel. Seine Eltern wußten, wenn sie an sein damaliges Verhalten zurückdachten, interessante Einzelheiten über seine Vorsichtsmaßnahmen zu berichten. Vor den Dienstboten verbarg er kaum jemals eines der Schriftstücke, an denen er gerade arbeiten mochte, weil er mit Recht annahm, daß Curwens verschnörkelte, altmodische Handschrift für sie unleserlich sei. Bei seinen Eltern jedoch ließ er größere Umsicht walten. Wenn das in Frage stehende Manuskript nicht gerade in Geheimschrift abgefaßt war oder eine bloße Anhäufung kryptischer Symbole und unbekannter Ideogramme darstellte (was bei jenem mit dem Titel »*An Ihn, welcher danach kommen wird*« usw. der Fall zu sein schien), pflegte er es mit irgendeinem belanglosen Blatt Papier zuzudecken, bis sein Besucher gegangen war. Nachts hielt er die Papiere in einem antiken Schränkchen unter Verschluß, wo er sie auch stets deponierte, wenn er tagsüber das Zimmer verließ. Er nahm bald wieder seinen gewohnten Lebensrhythmus auf, außer daß seine langen Spaziergänge und anderen Unternehmungen außer Haus aufzuhören schienen. Der Beginn der Schulzeit und damit seines letzten Schuljahres schien ihm außerordentlich ungelegen zu kommen, und er bekräftigte wiederholt, er sei entschlossen, sich nie mit dem Besuch des Colleges abzugeben. Er müsse, so behauptete er, spezielle Nachforschungen anstellen, die ihm mehr Wege zur Weisheit und den humanistischen Wissenschaften ebnen würden als die beste Universität, deren die Welt sich rühmen könne.

Natürlich konnte nur einer, der immer mehr oder weniger gelehrtenhaft, exzentrisch und einzelgängerisch gewesen war, sich tagelang so merkwürdig verhalten, ohne Aufsehen zu erregen. Ward aber war von der Veranlagung her ein Gelehrter und Einsiedler; seine Eltern waren deshalb weniger überrascht als betrübt über seine selbst auferlegte Abgeschiedenheit und seine Geheimnistuerei. Gleichzeitig empfanden es sowohl sein Vater als auch seine Mutter als merkwürdig, daß er ihnen auch nicht das kleinste Stückchen von seinem Schatz zeigte und auch keinen zusammenhängenden Bericht über die Einzelheiten abgab, die er entziffert hatte. Diese Zurückhaltung versuchte er damit zu erklären, daß er warten wolle, bis er eine zusammenhängende Enthüllung vorweisen könne, doch als die Wochen ohne weitere Erklärungen vergingen, begann sich zwischen dem jungen Mann und seinen Eltern ein gespanntes Verhältnis zu entwickeln, das im Falle seiner Mutter noch dadurch verschärft wurde, daß sie die ganzen Nachforschungen über Curwen unverhohlen mißbilligte.

Im Oktober begann Ward wieder die Bibliotheken aufzusuchen, aber nicht um derselben Dinge willen wie früher. Hexerei und Magie, Okkultismus und Dämonologie waren die Gebiete, um die es ihm jetzt zu tun war; und wenn die Quellen in Providence sich als unergiebig erwiesen, setzte er sich in den Zug nach Boston und bediente sich der reichen Bestände der großen Bibliothek am Copley Square, der Widener-Bibliothek in Harvard oder der Zion-Forschungsbibliothek in Brookline, die manches seltene Werk über biblische Themen besitzt. Er kaufte in großem Umfang Bücher und stellte in seinem Arbeitszimmer ein ganzes neues Regal für die neuerworbenen Bücher über unheimliche Themen auf; während der Weihnachtsferien aber unternahm er mehrere Reisen in umliegende Städte, unter anderen auch nach Salem, um bestimmte Unterlagen im Essex-Institut zu konsultieren.

Gegen Mitte Januar 1920 war dann Wards Verhalten plötzlich durch ein Triumphgefühl gekennzeichnet, das er nicht erklärte, und man sah ihn nicht mehr an der Entzifferung von Hutchinsons Geheimschrift arbeiten. Statt dessen verteilte er seine Zeit jetzt gleichmäßig auf chemische Experimente und das Stöbern in alten Archiven; für die ersteren richtete er in dem leerstehenden

Dachgeschoß des Elternhauses ein Laboratorium ein, und das letztere erstreckte sich auf alle alten Schriften, die in Providence zu finden waren. Die örtlichen Händler für Drogen und wissenschaftliche Geräte lieferten, als sie später befragt wurden, verblüffend sonderbare und unzusammenhängende Kataloge der Substanzen und Instrumente, die er bei ihnen gekauft hatte; doch die Angestellten im Regierungsgebäude, im Rathaus und in den verschiedenen Bibliotheken äußerten sich einmütig über das unverkennbare Ziel seiner Forschungen auf seinem zweiten Interessengebiet: Er suchte intensiv und fieberhaft nach Joseph Curwens Grab, von dessen schiefernem Grabstein eine ältere Generation in weiser Voraussicht den Namen entfernt hatte.

Ganz allmählich bildete sich in Wards Familie die Überzeugung heraus, daß irgend etwas nicht in Ordnung sei. Charles hatte zwar auch vorher schon Launen und schwankendes Interesse für bestimmte kleinere Gebiete gezeigt, doch seine wachsende Verschwiegenheit und Beschäftigung mit abseitigen Dingen war selbst bei ihm etwas völlig Neues. Seine Schularbeiten machte er nur, um wenigstens halbwegs den Schein zu wahren, und obwohl er alle Prüfungen bestand, war nicht zu übersehen, daß sein einstiger Lerneifer völlig verflogen war. Er hatte jetzt andere Interessen; und wenn er einmal nicht in seinem Laboratorium mit den Unmengen alter Folianten über Alchimie war, konnte man ihn entweder unten in der Stadt über alten Kirchenbüchern brüten sehen oder in seinem Arbeitszimmer in seine Bücher über dunkle Geheimwissenschaften vergraben finden, wo das Antlitz Joseph Curwens, das ihm so erstaunlich – und man hatte fast den Eindruck, zunehmend – ähnelte, ihn von der Täfelung über dem Kamin an der Nordseite herab unverwandt anstarrte.

Gegen Ende März ergänzte Ward sein Stöbern in den Archiven noch durch eine unheimliche Serie von Gängen zu den verschiedenen alten Friedhöfen der Stadt. Der Grund wurde später bekannt, als man von Rathausangestellten erfuhr, daß er wahrscheinlich einen wichtigen Hinweis entdeckt habe. Seine Wißbegier hatte sich unvermittelt vom Grab Joseph Curwens auf das eines gewissen Naphtali Field verlagert, und dieser Wechsel wurde verständlich, als man bei Durchsicht der Bücher, mit denen er sich befaßt hatte, tatsächlich eine unvollständige Eintragung über Curwens Begräbnis entdeckte, die der allgemeinen Tilgung entgangen war; sie besagte, daß der sonderbare Bleisarg »10 Fuß s.

und 5 Fuß w. vom Grab des Naphtali Field auf dem – – – –« beerdigt worden sei. Die Suche wurde durch die fehlende Angabe über den Friedhof sehr erschwert, und Naphtali Fields Grab schien ebenso unauffindbar wie das des Joseph Curwen; doch in diesem Falle hatte niemand versucht, alle Hinweise zu vernichten, und man konnte mit Recht hoffen, den Grabstein selbst zu finden, selbst wenn alle sonstigen Anhaltspunkte verschwunden waren. Daher diese Friedhofsgänge – von denen der Kirchhof von St. John's (früher King's Church) und der alte Friedhof der freien Gemeinden in der Mitte des Swan Point-Friedhofes ausgeschlossen waren, weil andere Unterlagen ergeben hatten, daß der einzige Naphtali Field (ob. 1729), dessen Grab gemeint sein konnte, Baptist gewesen war.

4

Es war Mai geworden, als Dr. Willett auf Bitten des älteren Ward und ausgerüstet mit allen Fakten über Curwen, die die Familie in jenen Momenten erfahren hatte, in denen Charles nicht ganz so zugeknöpft gewesen war, mit dem jungen Mann sprach. Die Unterredung führte zu keinem brauchbaren oder schlüssigen Ergebnis, weil Willett in jedem Augenblick spürte, daß Charles vollkommen Herr seiner selbst und mit Dingen von wirklicher Bedeutung in Kontakt war; aber immerhin wurde der junge Mann dadurch gezwungen, eine plausible Erklärung für sein Verhalten in der letzten Zeit abzugeben. Ward war ein farbloser, leidenschaftsloser Typ, der nicht leicht in Verlegenheit zu bringen war, und schien durchaus bereit, über seine Arbeiten zu sprechen, ohne jedoch deren Ziel zu verraten. Er erklärte, die Schriftstücke seines Vorfahren hätten bemerkenswerte Geheimnisse früher Wissenschaften enthalten, größtenteils in Geheimschrift, die offenbar in ihrer Tragweite nur mit den Entdeckungen von Friar und Bacon zu vergleichen seien, ja diese vielleicht sogar noch überträfen. Sie seien jedoch bedeutungslos, wenn man sie nicht zu einem heute völlig veralteten Wissensgebiet in Beziehung setze, so daß sie, würde man sie unverzüglich einer nur mit der modernen Wissenschaft vertrauten Welt vorlegen, all ihrer dramatischen Bedeutung beraubt würden. Um den ihnen gebührenden Platz in der Geschichte des menschlichen Denkens einnehmen zu können, müßten sie erst von einem Kundigen in eine Korrelation mit dem Hintergrund gebracht werden, aus dem sie sich entwickelt hatten, und dieser Aufgabe widme er sich zur Zeit. Er versuche, sich so schnell wie möglich jene vergessenen Fertigkeiten der Alten anzueignen, die ein getreuer Deuter der Fakten über Curwen besitzen müsse, und er hoffe, zu gegebener Zeit umfassendes Material vorlegen zu können, das für die Menschheit und die Geistesgeschichte von höchstem Interesse sein würde. Nicht einmal Einstein, so behauptete er, könne die herrschenden Ansichten über die Dinge tiefgreifender revolutionieren.

Zu seinen Nachforschungen auf den Friedhöfen, deren Zweck er freimütig eingestand, über deren Fortschreiten er sich jedoch nicht näher ausließ, sagte er, er habe Grund zu der Annahme, daß Joseph Curwens verstümmelte Grabinschrift bestimmte mystische Symbole enthalte – eingemeißelt in Ausführung seines letzten Willens und unwissentlich verschont von jenen, die den Namen getilgt hatten –, die für die letzte Lösung seines kryptischen Systems absolut unerläßlich seien. Curwen, so glaube er, habe sein Geheimnis sorgsam bewahren wollen und deshalb die einzelnen Daten auf äußerst sonderbare Weise verstreut. Als Dr. Willett die mystischen Dokumente zu sehen begehrte, zeigte sich Ward äußerst abgeneigt und versuchte, ihn mit Dingen wie den Photokopien der Geheimschrift von Hutchinson und der Formel und den Diagrammen Ornes abzuspeisen; doch schließlich zeigte er ihm wenigstens von außen einige der echten Curwen-Funde – sein »Tagebuch«, die Geheimschrift (Titel ebenfalls in Geheimschrift) und die mit Formeln angefüllte Botschaft *»An Ihn, welcher danach kommen wird«* – und ließ ihn auch in diejenigen Schriftstücke hineinschauen, die in obskuren Buchstaben geschrieben waren.

Auch schlug er das Tagebuch an einer Stelle auf, die er mit Vorbedacht wegen ihrer Harmlosigkeit ausgesucht hatte, und ließ Willett einen Blick auf Curwens zusammenhängende Handschrift in englischer Sprache werfen. Der Doktor besah sich sehr aufmerksam die krakeligen, verschnörkelten Buchstaben, und ihm fiel auf, daß sowohl die Schriftzüge als auch der Stil typisch für das siebzehnte Jahrhundert waren, obwohl der Verfasser bis ins achtzehnte Jahrhundert hinein gelebt hatte; er war schnell überzeugt, daß das Dokument echt war. Der Text selbst war verhältnismäßig belanglos, und Willett konnte sich nur an ein Fragment erinnern:

»Mittw. 16. Okt. 1754. Meine Schaluppe *Wahefal* lief heute aus London ein, mit XX neuen Mannen von den Westindischen Inseln, Spanier aus Martineco und Niederländer aus Surinam. Die Niederländer werden wohl dersertiren, da sie gehört haben, es sey etwas Böses an diesen Abenteuern, doch ich will sie zu halten suchen. Für Mr. Knight Dexter, Zum Lorbeer mit dem Buche, 120 Ballen Kamelott, 100 Ballen sort. Kamelott-Imitation, 20 Ballen blauen Düffel, 100 Ballen Schalaune, 50 Ballen Kalmank, je 300 Ballen Sehndsoy- und Humhum-Tuch. Für Mr. Green, Zum Elefanten, 50 Gallonen-Kessel, 20 Pfannen, 15 Backformen, 10 Paar Kohlenzangen. Für Mr. Perrigo 1 Satz Pfrieme. Für Mr. Nightingale 50 Ries bestes Propatria. Sagte letzte Nacht dreymahl das SABA-OTH, aber keiner erschien. Ich muß von Mr. H. in Transsilvania hören, wiewohl es schwer ist, ihn zu erreichen, und merckwürdig, daß er mir nicht sagen kann, wie das zu gebrauchen sey, welches er hundert Jahre lang so klug gebrauchet. Simon hat die V. Woche nicht geschrieben, doch ich hoffe, in Bälde von ihm zu hören.«

Als er an dieser Stelle angelangt war, blätterte Dr. Willett um, doch Ward griff sofort ein und riß ihm das Buch beinahe aus der Hand. Alles, was der Doktor auf den neu aufgeschlagenen Seiten sehen konnte, waren zwei kurze Sätze; doch merkwürdigerweise blieben ihm diese hartnäckig im Gedächtnis. Sie lauteten: »Wenn der Vers aus Liber Damnatus V Tage der Kreuzerhöhung und IV Allerheiligenabende gesprochen wird, vertraue ich darauf, daß jenes Ding außerhalb der Sphären erscheinet. Es wird Einen ziehen, welcher kommen wird, so ich es vollbringen kann, daß er seyn wird, und er wird an vergangene Dinge denken und zurückblicken auf alle die Jahre, gegen welche ich die Saltze bereit haben muß oder jenes, aus welchem sie zu fertigen seyn.«

Mehr konnte Willett nicht lesen, doch irgendwie verlieh dieser kurze Blick den gemalten Zügen Joseph Curwens, die unverwandt von der Täfelung über dem Kamin herabstarrten, eine neue, vage Schrecklichkeit. Und seither konnte er sich nicht von der sonderbaren Vorstellung losmachen – die seine medizinische Bildung ihn natürlich als bloße Einbildung verwerfen ließ –, daß die Augen des Mannes auf dem Porträt den Wunsch, wenn auch nicht gerade die eindeutige Tendenz hatten, dem jungen Charles nachzuschauen, wenn er sich im Zimmer hin und her bewegte. Bevor er das Arbeitszimmer verließ, blieb er stehen, um das Bild genau zu betrachten, und er staunte über die Ähnlichkeit mit Charles und prägte sich jede winzige Einzelheit des kryptischen, farblosen Antlitzes ein, bis hin zu einer kleinen Narbe auf der glatten Stirn über dem rechten Auge. Cosmo Alexander, so entschied er bei sich, war als Künstler ein würdiger Sohn jenes Schottland gewesen, das Raeburn hervorgebracht hatte, und ein würdiger Lehrer seines berühmten Schülers Gilbert Stuart.

Nachdem der Doktor ihnen versichert hatte, daß Charles' geistige Gesundheit nicht in Gefahr war und er im Gegenteil sich mit Forschungen befaßte, die sich als wirklich bedeutungsvoll erweisen konnten, waren die Wards nachsichtiger, als sie es sonst vielleicht gewesen wären, als der junge Mann sich im Juni strikt weigerte, sich am College einzuschreiben. Er müsse sich, so erklärte er, Studien von weit größerer Bedeutung widmen, und teilte seinen Eltern mit, er wolle im nächsten Jahr ins Ausland gehen, um sich Zugang zu Informationsquellen zu verschaffen, die in Amerika nicht vorhanden seien. Ward senior schlug ihm zwar diesen letzteren Wunsch ab, weil er für einen erst achtzehnjährigen Jungen absurd sei, gab aber in der Frage des Universitätsstudiums nach, so daß für den jungen Charles auf den nicht gerade brillanten Abschluß an der Moses Brown-Schule drei Jahre intensiver okkulter Studien und ausgedehnter Friedhofsbesichtigungen folgten. Es sprach sich herum, daß er ein Exzentriker sei, und die Freunde der Familie verloren ihn noch mehr aus den Augen, als es bisher schon der Fall gewesen war. Er widmete sich ausschließlich seiner Arbeit und unternahm nur hin und wieder Fahrten in andere Städte, um obskure alte Archive zu durchstöbern. Einmal fuhr er in den Süden, um sich mit einem sonderbaren alten Mulatten zu unterhalten, der in einem Sumpf lebte und über den eine Zeitung einen merkwürdigen Artikel gebracht hatte. Ein andermal suchte er ein kleines Dorf in den Adirondacks auf, aus dem Berichte über merkwürdige Zeremonien gekommen waren. Aber immer noch gestatteten ihm die Eltern nicht jene Reise in die Alte Welt, die er sich wünschte.

Nachdem er im April 1923 volljährig geworden war, entschloß sich Ward, da er schon vorher ein kleines Vermögen von seinem Großvater mütterlicherseits geerbt hatte, endlich die Reise nach Europa anzutreten, die man ihm so lange verweigert hatte. Wohin er überall fahren würde, sagte er nicht, außer daß seine Studien den Besuch vieler verschiedener Orte erforderlich machen würden; er versprach jedoch, seinen Eltern regelmäßig und ausführlich zu schreiben. Als sie sahen, daß er nicht von seinem Vorhaben abzubringen war, gaben sie allen Widerstand auf und halfen ihm, so gut sie konnten; im Juni bestieg der junge Mann dann ein Schiff nach Liverpool, begleitet von den guten Wünschen seines Vaters und seiner Mutter, die ihn nach Boston brachten und ihm vom White Star Pier in Charlestown aus zuwinkten, bis das Schiff außer Sicht war. Seine Briefe berichteten bald danach, er sei gut angekommen, habe eine gute Unterkunft in der Great Russell Street in London gefunden, wo er zu bleiben beabsichtige, ohne irgendwelche Freunde der Familie aufzusuchen, bis er die Möglichkeiten des Britischen Museums in einer bestimmten Richtung ausgeschöpft habe. Über seinen Tageslauf schrieb er nur wenig, denn darüber gab es wenig zu berichten. Studium und Experimente beanspruchten seine ganze Zeit, und er erwähnte einmal ein Laboratorium, das er sich in einem seiner Zimmer eingerichtet habe. Daß er nichts über Wanderungen durch die alten Teile der glanzvollen Stadt mit ihrer faszinierenden Silhouette alter Kuppeln und Türme und ihrem Gewirr von Straßen und Gassen schrieb, deren geheimnisvolle Windungen und unvermittelten Aussichten gleichzeitig verlocken und überraschen, nahmen die Eltern als ein gutes Zeichen dafür, daß seine neuen Interessengebiete jetzt seine ganze Aufmerksamkeit beanspruchten.

Im Juni 1924 kam eine kurze Nachricht über seine Abreise nach Paris, wo er schon vorher ein oder zweimal für ganz kurze Zeit gewesen war, um sich Material aus der Nationalbibliothek zu besorgen. In den folgenden drei Monaten schickte er nur Postkarten, auf denen er seine Adresse in der Rue St. Jacques angab und einmal von besonderen Nachforschungen in alten Manuskripten in der Bibliothek eines ungenannten Privatsammlers sprach. Er ging Bekanntschaften aus dem Wege, und keine Touristen konnten berichten, daß sie ihn getroffen hätten. Dann ließ er lange nichts hören, und im Oktober erhielten die Wards eine Postkarte aus Prag, aus der sie erfuhren, daß Charles sich in dieser alten Stadt aufhielt, um mit einem hochbetagten Mann zusammenzutreffen, der angeblich der letzte lebende Mensch sei, der über irgendeine äußerst merkwürdige Information aus dem Mittelalter verfüge. Er nannte eine Adresse in der Neustadt und schrieb, er würde bis zum folgenden Januar dort bleiben. In diesem Monat kamen dann auch mehrere Postkarten aus Wien, auf denen er erzählte, er sei auf der Durchreise zu einer weiter östlich gelegenen Region, wohin ihn einer seiner Briefpartner und Kollegen auf dem Gebiet okkulter Studien eingeladen habe.

Die nächste Karte kam aus Klausenburg in Transsilvanien und berichtete davon, daß er sich seinem Ziel nähere. Er würde einen Baron Ferenczy besuchen, dessen Gut in den Bergen östlich von Rakus liege, und man solle ihm seine Post per Adresse dieses Adligen schicken. Eine weitere Karte, die eine Woche später in Rakus abgeschickt worden war und berichtete, er sei mit der Kutsche seines Gastgebers abgeholt worden und befände sich auf dem Weg in die Berge, war seine letzte Nachricht für einen längeren Zeitraum; er beantwortete nicht einmal die zahlreichen Briefe seiner Eltern, bis er dann im Mai schrieb, um seine Mutter von dem Vorhaben abzubringen, sich mit ihm im Sommer in London, Paris oder Rom zu treffen; um diese Zeit wollten die älteren Wards eine Europareise machen. Seine Nachforschungen, so schrieb er, seien so geartet, daß er seinen derzeitigen Aufenthaltsort nicht verlassen könne, das Schloß des Barons Ferenczy aber sei wegen seiner Lage für Besuche nicht geeignet. Es stünde auf einem Felsen in den dunklen bewaldeten Bergen, und die Gegend werde von den Einheimischen in der Weise gemieden, daß normale Leute sich dort unweigerlich unbehaglich fühlten. Überdies sei der Baron kein Typ, der aufrechten und konservativen Bürgern Neuenglands zusagen würde. Er sei von eigentümlichem Aussehen und Gebaren und von beunruhigend hohem Alter. Es wäre besser, so meinte Charles, wenn seine Eltern bis zu seiner Rückkehr nach Providence warten würden, die nicht mehr in allzu ferner Zukunft läge.

Doch diese Rückkehr fand erst im Mai 1925 statt, als der junge Weltenbummler nach einigen das Ereignis ankündigenden Postkarten in aller Stille auf der *Homeric* in New York eintraf und die lange Strecke bis nach Providence im Autobus zurücklegte; wie im Traum nahm er den Anblick der grünen, welligen Hügel, der duftenden, blühenden Gärten und der weißen, von Türmen überragten Städte des frühlingshaft erstrahlenden Connecticut in sich auf – den ersten Vorgeschmack auf Neuengland nach fast vier Jahren. Als der Bus den Pawcatuck überquerte und im feenhaften Gold eines Spätnachmittags im Frühling nach Rhode Island hineinfuhr, begann sein Herz schneller zu schlagen, und die Ankunft in Providence, entlang der Reservoir- und Elmwood-

Allee, war ein atemberaubendes, wunderbares Erlebnis, trotz der Tiefen verbotener Geheimwissenschaften, in die er vorgedrungen war. Auf dem hohen Platz, wo die Weybosset und die Empire Street zusammentreffen, sah er vor und unter sich im Feuer des Sonnenunterganges die anmutigen und vertrauten Häuser und Kuppeln und Türmchen der alten Stadt liegen; und ihm wurde ganz benommen zumute, als das Fahrzeug zu der Haltestelle hinter dem Biltmore hinabrollte und die große Kuppel und die weichen, von Dächern unterbrochenen Grünflächen der alten Hügel jenseits des Flusses auftauchten und der im Kolonialstil erbaute Turm der First Baptist Church sich im magischen Abendlicht rosa vor dem frischen Grün des steilen Hügels im Hintergrund abzeichnete.

Gutes, altes Providence! Diese Stadt und die geheimnisvollen Kräfte ihrer langen, kontinuierlichen Geschichte hatten ihn hervorgebracht und ihn zurückgerufen zu Wundern und Geheimnissen, deren Grenzen kein Prophet festsetzen konnte. Hier lagen die Arkana, mochten sie wunderbar oder schrecklich sein, auf die all seine Wander- und Studienjahre ihn vorbereitet hatten. Ein Taxi brachte ihn im Nu über den Postplatz, mit dem kurzen Ausblick auf den Fluß, die alte Markthalle und den Anfang der Bucht, und die steile Waterman Street hinauf zur Prospect Street, wo die gewaltige, glänzende Kuppel und die von der Abendsonne geröteten ionischen Säulen der Christian Science Church von Norden herüberschauten. Dann noch acht Blöcke weiter, vorbei an den alten Villen, die ihm von Kindheit auf vertraut waren, und den eigentümlichen Ziegeltrottoirs, über die er in seinen Jugendjahren so oft gegangen war. Und schließlich dann das kleine, weiß angestrichene Bauernhaus zur Rechten, und zur Linken die klassische Adam-Veranda und die imposante Fachwerkfassade des großen, massiv gebauten Hauses, in dem er geboren war. Es dämmerte, und Charles Dexter Ward war heimgekehrt.

5

Eine etwas weniger akademische Schule von Nervenärzten als die des Dr. Lyman vertritt die Auffassung, der eigentliche Wahnsinn sei bei Ward während seiner Europareise ausgebrochen. Sie räumen ein, daß er normal war, als er losfuhr, glauben aber, sein Verhalten nach seiner Rückkehr lasse auf eine katastrophale Veränderung schließen. Aber selbst dieser Theorie vermag Dr.

Willett nicht zuzustimmen. Er beharrt darauf, es sei da später noch etwas gewesen; und das absonderliche Gebaren des jungen Mannes nach seiner Rückkehr führt er auf die Ausübung von Ritualen zurück, die er in der Fremde kennengelernt habe – recht abseitige Dinge, gewiß, aber keineswegs von solcher Art, daß sie gleich geistige Umnachtung des Zelebranten vermuten ließen. Ward selbst, obzwar sichtlich gealtert und verhärtet, zeigte im allgemeinen noch völlig normale Reaktionen; und in mehreren Unterredungen mit Willett legte er eine Ausgeglichenheit an den Tag, wie sie kein Wahnsinniger – nicht einmal im Frühstadium – längere Zeit hindurch würde vortäuschen können. Was den Verdacht des Wahnsinns in jener Periode nährte, waren die *Geräusche,* die zu allen Tages- und Nachtstunden aus Wards Labor im Dachgeschoß zu hören waren, in dem er sich die meiste Zeit über aufhielt. Man vernahm Gesänge und endlose Wiederholungen sowie dröhnende Deklamationen in unheimlichen Rhythmen; und obwohl es sich immer um Wards eigene Stimme handelte, lag etwas im Klang dieser Stimme und im Akzent der Formeln, die sie aussprach, das jedem Zuhörer unweigerlich das Blut in den Adern gerinnen ließ. Auch konnte man beobachten, daß Nig, der majestätische schwarze Kater, der den Wards ans Herz gewachsen war, unruhig hin und her lief und einen Buckel machte, wenn manche dieser Töne durch das Haus schallten.

Auch die Gerüche, die gelegentlich aus dem Laboratorium drangen, waren äußerst merkwürdig. Manchmal waren sie beißend und giftig, meist jedoch aromatisch, geisterhafte, unbestimmbare Düfte, die die Macht zu besitzen schienen, phantastische Trugbilder hervorzurufen. Leute, die diese Gerüche wahrnahmen, hatten oft für einen flüchtigen Augenblick Visionen von überwältigenden Landschaften mit sonderbaren Gebirgen oder langen, von Sphinxen oder Hippogryphen gesäumten Straßen, die sich in unendliche Fernen erstreckten. Ward nahm seine früheren Spaziergänge nicht wieder auf, sondern widmete sich eifrig den seltsamen Büchern, die er mitgebracht hatte, und nicht weniger seltsamen Experimenten in seinen Zimmern; und er erklärte, das in Europa gefundene Material habe die Möglichkeiten seiner Arbeit beträchtlich erweitert und verspreche große Enthüllungen in den folgenden Jahren. Sein älteres Aussehen verstärkte in erstaunlichem Maße die Ähnlichkeit mit Curwens Porträt in der Bibliothek, und Dr. Willett blieb oft nach einem

Besuch vor dem Bild stehen und staunte über die praktisch vollkommene Identität, wobei er überlegte, daß jetzt nur die kleine Narbe über dem rechten Auge den längst verblichenen Hexenmeister von seinem lebendigen Spiegelbild unterschied. Diese Besuche Willetts, die auf Bitten der alten Wards stattfanden, waren ein kurioses Geschäft. Ward wies den Doktor nie ab, doch dieser spürte, daß das Innenleben des jungen Mannes ihm verschlossen blieb. Oft bemerkte er sonderbare Dinge; kleine Wachsfiguren von grotesker Gestalt auf den Bücherborden oder Tischen und die halb verwischten Spuren von Kreisen, Dreiecken und Pentagrammen in Kreide oder Holzkohle auf dem leeren Fußboden in der Mitte des großen Raumes. Und unablässig dröhnten des Nachts jene Rhythmen und Zaubergesänge durch das Haus, bis es fast unmöglich wurde, Dienstboten zu halten und verstohlenes Geraune über Charles' Wahnsinn zu verhindern.

Im Januar 1927 ereignete sich ein sonderbarer Vorfall. Eines Nachts gegen Mitternacht, als Charles einen rituellen Gesang zelebrierte, dessen geisterhafte Kadenzen unheimlich durch das Haus hallten, erhob sich plötzlich ein böiger, eiskalter Wind von der Bucht her, begleitet von einem leichten Erdbeben, das jeder in der ganzen Umgebung bemerkte. Gleichzeitig ließ der Kater Anzeichen entsetzlicher Furcht erkennen, und im Umkreis von nicht weniger als einer Meile bellten die Hunde. Das war das Vorspiel zu einem schweren Gewitter, das für diese Jahreszeit ungewöhnlich war und in einem solchen Donnerschlag gipfelte, daß Mr. und Mrs. Ward glaubten, der Blitz habe in ihr Haus eingeschlagen. Sie rannten nach oben, um zu sehen, was für ein Schaden angerichtet worden sei, doch Charles erwartete sie an der Tür zum Dachgeschoß; bleich, entschlossen und unheimlich, mit einer beinahe furchterregenden Mischung aus Triumph und tiefem Ernst auf dem Gesicht. Er versicherte ihnen, es habe nicht eingeschlagen und das Gewitter würde bald vorüber sein. Sie hielten inne, schauten aus dem Fenster und sahen, daß er recht hatte; denn die Blitze entfernten sich immer weiter, und die Bäume bogen sich nicht mehr unter eisigen Windstößen vom Wasser her. Der Donner sank zu einem dumpf grollenden Gemurmel ab und verebbte schließlich ganz. Die Sterne kamen heraus, und der Triumph auf Charles Wards Antlitz verdichtete sich zu einem höchst einzigartigen Ausdruck.

In den auf diesen Vorfall folgenden zwei Monaten vergrub sich

Ward nicht so häufig wie sonst in seinem Laboratorium. Er zeigte ein merkwürdiges Interesse für das Wetter und stellte kuriose Untersuchungen an, um herauszufinden, wann im Frühjahr der Erdboden auftauen würde. Eines Nachts gegen Ende März ging er nach Mitternacht aus dem Haus und kehrte erst kurz vor Tagesanbruch zurück; zu dieser Stunde hörte seine Mutter, die nicht mehr schlafen konnte, wie ein Auto mit ratterndem Motor vor der Einfahrt hielt. Gedämpfte Flüche ließen sich vernehmen, und als Mrs. Ward sich erhob und ans Fenster trat, sah sie vier dunkle Gestalten, die eine lange, schwere Kiste nach Charles' Anweisungen von einem Lastwagen abluden und durch die Seitentür ins Haus trugen. Sie hörte angestrengtes Keuchen und schwere Fußtritte auf der Treppe und schließlich einen dumpfen Schlag vom Dachgeschoß her; danach kamen die Fußtritte wieder die Treppe herunter, die vier Männer tauchten draußen auf und fuhren in ihrem Lastwagen davon. Am folgenden Tag zog sich Charles wieder in sein Labor im Dachgeschoß zurück, ließ die dunklen Jalousien vor den Fenstern herunter und arbeitete offenbar an irgendeinem Metallgegenstand. Er öffnete keinem und wies standhaft alles Essen zurück, das man ihm anbot. Gegen Mittag waren ein Reißgeräusch, ein gräßlicher Schrei und das Fallen eines schweren Gegenstands zu hören, aber als Mrs. Ward an die Tür pochte, antwortete ihr Sohn nach einer Weile mit schwacher Stimme, es sei nichts passiert. Der widerwärtige und unbeschreibliche Geruch, der sich jetzt ausbreitete, sei völlig harmlos und leider unvermeidlich. Das wichtigste sei jetzt, daß er allein bleibe, und er würde später zum Abendessen herunterkommen. Nachdem hinter der Tür mehrmals merkwürdige Zischgeräusche ertönt und endlich verstummt waren, kam er am Nachmittag schließlich heraus; er sah völlig verstört aus und verbot jedem einzelnen, unter welchem Vorwand auch immer das Laboratorium zu betreten. Das erwies sich als der Beginn einer neuen Geheimhaltungspolitik, denn von diesem Tage an erlaubte er niemandem mehr, das mysteriöse Arbeitszimmer oder den daran anschließenden Lagerraum zu betreten, den er reinigte, behelfsmäßig möblierte und seinem geheiligten Privatbezirk als Schlafzimmer angliederte. Hier lebte er, mit den Büchern, die er aus seiner Bibliothek heraufholte, bis er den Bungalow in Pawtuxet kaufte und alle seine wissenschaftlichen Geräte und Hilfsmittel dorthin schaffte.

Am Abend desselben Tages nahm Charles die Zeitung an sich und vernichtete einen Teil davon, scheinbar durch bloße Unachtsamkeit. Dr. Willett stellte später durch Befragung mehrerer Mitglieder des Haushalts das genaue Datum fest, ließ sich im Büro des *Journal* eine vollständige Nummer vorlegen und entdeckte, daß in dem von Charles beseitigten Teil der folgende Artikel gestanden hatte:

Nächtliche Ruhestörung auf dem Nordfriedhof

Robert Hart, Nachtwächter auf dem Nordfriedhof, bemerkte heute in den frühen Morgenstunden eine Gruppe von mehreren Männern mit einem Lastwagen im ältesten Teil des Friedhofes, schlug sie aber offenbar durch sein Auftauchen in die Flucht, bevor sie ihr Vorhaben ausführen konnten.

Hart entdeckte die Männer ungefähr gegen vier Uhr, als ihm das Geräusch eines Lastkraftwagens nicht weit von seinem Unterstand auffiel. Er ging dem Geräusch nach und sah einen großen Lastwagen auf dem Hauptweg stehen, mehrere Ruten entfernt; er konnte ihn jedoch nicht mehr erreichen, da offenbar seine Tritte auf dem Kiesweg die Männer auf ihn aufmerksam gemacht hatten. Die Unbekannten luden eilig eine große Kiste auf den Lastwagen und fuhren in Richtung auf die Straße davon, bevor Hart sie einholen konnte. Da kein Grab angetastet wurde, glaubt Hart, bei dieser Kiste habe es sich um einen Gegenstand gehandelt, den die Männer vergraben wollten.

Die Unbekannten mußten schon eine ganze Weile am Werk gewesen sein, als sie überrascht wurden, denn Hart fand ein riesiges Loch, das in beträchtlicher Entfernung vom Hauptweg auf der Parzelle von Amosa Field gegraben worden war, wo früher alte Grabsteine gestanden haben, die jedoch inzwischen längst entfernt wurden. Das Loch, so groß und tief wie ein Grab, war leer. Seine Lage entsprach keiner der in den Kirchenbüchern erwähnten Grabstätten.

Sergeant Riley vom Zweiten Revier nahm die Stelle in Augenschein und äußerte die Ansicht, das Loch sei von Schmugglern gegraben worden, die den äußerst makabren Einfall gehabt hätten, diesen ruhigen Ort als sicheres Versteck für Spirituosen zu mißbrauchen. Auf entsprechende Fragen gab Hart an, er glaube, der Lastwagen sei in die Rochambeau Avenue eingebogen, doch sei er sich dessen nicht sicher.

Während der folgenden fünf Tage bekamen die Wards von Charles nicht viel zu sehen. Nachdem er sich im Dachgeschoß auch eine Schlafstelle eingerichtet hatte, blieb er dort oben ganz für sich und gab Anweisung, man solle sein Essen vor die Tür stellen, wo er es sich erst holte, wenn der Dienstbote gegangen war. Das Dröhnen monotoner Formeln und die Rhythmen bizarrer Gesänge waren hin und wieder zu vernehmen, während man zu anderen Zeiten Geräusche wie von klirrendem Glas, zischenden Chemikalien, laufendem Wasser und fauchenden Gasflammen hören konnte. Gerüche völlig unbestimmbarer Art, wie sie nie zuvor jemand wahrgenommen hatte, drangen zuzeiten durch die Tür; und die innerliche Spannung, die man dem jungen Einsiedler ansehen konnte, wenn er sich einmal kurz herauswagte, gab Anlaß zu den absonderlichsten Spekulationen. Einmal begab er sich in aller Eile zum Athenäum, um sich ein bestimmtes Buch zu beschaffen, und ein andermal mietete er einen Boten, der ihm einen höchst obskuren Band aus Boston holen mußte. Spannung hing bedrohlich über der ganzen Situation, und sowohl die Eltern als auch Dr. Willett mußten sich eingestehen, daß sie völlig ratlos waren, was davon zu halten sei oder was man unternehmen könne.

6

Dann aber trat am fünften April eine bemerkenswerte Wende ein. Zwar vollzog sich offenbar keine grundsätzliche Veränderung, doch war eine furchtbare Steigerung in der Intensität nicht zu übersehen; und Dr. Willett mißt dieser Veränderung irgendwie eine große Bedeutung bei. Es geschah an einem Karfreitag, ein Umstand, von dem die Dienstboten viel Aufhebens machten, während andere ihn natürlich als einen bloßen Zufall abtaten. Am Spätnachmittag fing der junge Ward an, eine bestimmte Formel mit ungewöhnlich lauter Stimme immer wieder aufzusagen, wobei er irgendeine so beißende Substanz verbrannte, daß der Rauch sich im ganzen Haus ausbreitete. Die Formel war im Flur außerhalb der abgeschlossenen Tür so deutlich zu verstehen, daß Mrs. Ward sie sich unwillkürlich einprägte, als sie angstvoll lauschend wartete, und sie später auf Dr. Willetts Verlangen aufschrieb. Sie lautete wie folgt, und Experten haben Dr. Willett darüber aufgeklärt, daß sich eine ganz ähnliche Formel in den mystischen Schriften des »Eliphas Levi« fände, jener kryptischen

Seele, die durch einen Spalt in der verbotenen Tür kroch und einen Blick auf die schrecklichen Abgründe auf der anderen Seite erhaschte:

»Per Adonai Eloim, Adonai Jehova,
Adonai Sabaoth, Metraton Ou Agla Methon,
verbum pythonicum, mysterium salamandrae,
cenventus sylvorum, antra gnomorum,
daemonia Coeli God, Almonsin, Gibor,
Jehosua, Evam, Zariathnatmik, Veni, veni, veni.«

Diesen Spruch hatte Ward zwei Stunden lang unverändert und ohne Unterbrechung rezitiert, als plötzlich in der ganzen Nachbarschaft ein pandämonisches Hundegeheul einsetzte. Das Ausmaß dieses Geheuls mag man daran ermessen, wieviel Raum ihm tags darauf in den Zeitungen gewidmet wurde, aber für die Menschen im Haus der Wards wurde es von dem Geruch überschattet, der sich unmittelbar darauf ausbreitete. Ein widerwärtiger, alles durchdringender Gestank, den keiner von ihnen je zuvor noch jemals danach gerochen hat. Mitten in dieser memphitischen Flut flammte ein Lichtstrahl von der Helligkeit eines Blitzes auf, der höchst eindrucksvoll gewesen wäre und die Augen geblendet hätte, wäre es nicht taghell gewesen; und dann ließ sich die *Stimme* vernehmen, die keiner von denen, die sie hörten, je vergessen wird, so donnernd laut und doch entfernt, so unglaublich tief und so unheimlich anders als Charles' Stimme war sie. Sie erschütterte das Haus und wurde von mindestens zwei Nachbarn deutlich wahrgenommen, trotz des Hundegeheuls. Mrs. Ward, die verzweifelt vor der Tür des verschlossenen Laboratoriums ihres Sohnes gelauscht hatte, schauderte, als sie die höllische Bedeutung dieser Stimme erkannte; denn Charles hatte ihr von deren unheilvollem Ruf in dunklen Büchern erzählt, und auch davon, wie sie, wenn man den Fenner-Briefen glauben konnte, donnernd über dem Bauernhof bei Pawtuxet ertönt war, in der Nacht von Joseph Curwens Vernichtung. Es konnte kein Zweifel über diesen nachtmahrhaften Spruch geben, denn Charles hatte ihn allzu lebhaft beschrieben, damals, als er noch freimütig von seinen Nachforschungen über Curwen erzählt hatte. Und doch war es nur dieses Fragment in einer archaischen und vergessenen Sprache: »DIES MIES JESCHET BOENE DOESEF DOUVEMA ENITEMAUS.«

Unmittelbar nach diesem Donner verdunkelte sich für einen Moment das Licht des Tages, obwohl es bis zum Sonnenuntergang noch eine Stunde war, und dann quoll ein neuer Gestank auf, anders als der erste, doch ebenso unbekannt und unerträglich. Charles hatte jetzt seinen Singsang wiederaufgenommen, und seine Mutter konnte Silben verstehen, die etwa wie folgt lauteten »Yi-nash-Yog-Sothoth-helglb-fi-throdag« und in einem »Yah!« endeten, dessen irrwitzige Lautstärke zu einem ohrenbetäubenden Crescendo anschwoll. Eine Sekunde später wurden alle bisherigen Eindrücke ausgelöscht durch den wimmernden Schrei, der mit rasender Explosivität ausbrach und sich nach und nach zu einem krampfhaften, diabolischen und hysterischen Gelächter wandelte. Hin und her gerissen zwischen Furcht und dem verzweifelten Mut einer Mutter, trat Mrs. Ward ein paar Schritte vor und klopfte zaghaft an die alles verbergende Holztür, doch sie erhielt keine Antwort. Wieder klopfte sie, hielt aber entnervt inne, als ein zweiter Schrei sich erhob, diesmal unverkennbar in der vertrauten Stimme ihres Sohnes, *und im Gleichklang mit dem noch immer andauernden Gekecker jener anderen Stimme ertönte.* Im nächsten Augenblick fiel sie in Ohnmacht, doch bis heute weiß sie nicht zu sagen, was der eigentliche und unmittelbare Anlaß dafür war. Das Gedächtnis versagt uns manchmal auf wohltätige Weise den Dienst.

Mr. Ward kam Viertel vor sechs aus dem Industriegebiet nach Hause, und als er seine Frau unten nicht fand, erfuhr er von den verschüchterten Dienstboten, sie beobachte wahrscheinlich Charles' Tür, hinter der seltsamere Geräusche als je zuvor ertönt seien. Er eilte unverzüglich die Treppe hinauf und fand Mrs. Ward der Länge nach auf dem Fußboden des Korridors vor dem Laboratorium liegen. Er folgerte sogleich, daß sie in Ohnmacht gefallen sei, und holte schnell ein Glas Wasser aus einem Krug, der in einer Nische des Korridors stand. Er schüttete ihr die kalte Flüssigkeit ins Gesicht und bemerkte zu seiner Freude, daß sie sofort reagierte; während er aber noch zusah, wie sie erstaunt die Augen öffnete, durchfuhr ihn ein Schreck, der ihn beinahe in jenen Zustand versetzt hätte, aus dem seine Frau eben aufgewacht war. Denn das scheinbar stille Laboratorium war keineswegs so still, wie er zunächst gedacht hatte, sondern von den gedämpften Lauten einer gespannten Unterredung erfüllt, die zu leise war, als daß man etwas verstehen konnte, aber doch von einer Art, die einen in tiefster Seele beunruhigen konnte.

Nun war es natürlich nichts Neues, daß Charles irgendwelche Formeln murmelte; doch dieses Gemurmel war entschieden anders geartet. Es war so eindeutig ein Dialog oder doch die Imitation eines Gespräches mit Frage und Antwort, Rede und Gegenrede. Eine Stimme war eindeutig die von Charles, doch die andere war von einer Tiefe und Hohlheit, wie der junge Mann sie bei seinen erfolgreichsten zeremoniellen Imitationsversuchen kaum jemals erreicht hatte. Sie hatte etwas Grauenerregendes, Blasphemisches, Abnormes, und hätte ihn nicht ein Ausruf seiner zu sich kommenden Frau aufgestört und seine schützenden Instinkte wachgerufen, so hätte sich Theodore Howland Ward wohl kaum noch fast ein weiteres Jahr rühmen können, in seinem ganzen Leben noch nie in Ohnmacht gefallen zu sein. So aber nahm er seine Frau auf die Arme und trug sie eilends die Treppe hinunter, bevor auch sie die Geräusche hörte, die ihn so aus der Fassung gebracht hatten. Dennoch war er nicht schnell genug, um nicht noch selbst etwas zu hören, was ihn gefährlich mit seiner Last stolpern ließ. Denn Mrs. Wards Ausruf war offensichtlich außer von ihm auch noch von anderen gehört worden, und als Antwort darauf waren aus dem Raum hinter der verschlossenen Tür die ersten vernehmlichen Worte dieses schrecklichen Gespräches nach draußen gedrungen. Es war nichts als eine aufgeregte Warnung in Charles' eigener Stimme, doch die Folgerungen daraus versetzten den Vater, der sie vernahm, in namenlosen Schrecken. Was er gehört hatte, war nicht mehr als dies: »Pssst! Schreibt!«

Mr. und Mrs. Ward hatten nach dem Dinner eine längere Unterredung, und Mr. Ward beschloß, Charles ernstlich und unnachsichtig ins Gebet zu nehmen. Wie wichtig die Angelegenheit auch sein mochte, ein solches Gebaren konnte nicht länger geduldet werden; denn diese neuesten Entwicklungen überschritten jede Grenze der Vernunft und stellten eine Bedrohung für die Ordnung im Haus und den Seelenfrieden seiner Bewohner dar. Der junge Mann mußte wirklich den Verstand verloren haben, denn nur schierer Wahnsinn konnte zu den wilden Schreien und imaginären Gesprächen mit verstellter Stimme geführt haben, die dieser Tag gebracht hatte. All das mußte jetzt aufhören, sonst würde Mrs. Ward noch vollends krank und die Beschäftigung von Hausangestellten unmöglich werden.

Mr. Ward erhob sich vom Tisch und machte sich auf den Weg

nach oben in Charles' Laboratorium. Doch im dritten Stock hielt er inne, als er die Geräusche vernahm, die jetzt aus der unbenützten Bibliothek seines Sohnes kamen. Offenbar warf jemand mit Büchern herum und raschelte mit Papieren, und als er an die Tür trat, erblickte Mr. Ward den jungen Mann, wie er sich in höchster Aufregung einen ganzen Stapel verschiedenster Bücher und Schriften auf den Arm lud. Charles sah sehr mitgenommen und verstört aus und ließ mit einem unterdrückten Aufschrei seine ganze Last fallen, als er die Stimme seines Vaters hörte. Auf dessen Weisung hin setzte er sich und hörte sich eine Zeitlang die Ermahnungen an, die er schon längst verdient hatte. Es kam zu keinem Streit. Als die Strafpredigt beendet war, räumte er ein, daß sein Vater recht habe und daß seine Stimme, sein Gemurmel, seine Beschwörungen und chemischen Gerüche in der Tat eine unentschuldbare Belästigung darstellten. Er erklärte sich bereit, sich fortan ruhiger zu verhalten, bestand aber darauf, auch in Zukunft völlig ungestört weiterarbeiten zu können. Ein Großteil seiner zukünftigen Arbeit, so sagte er, würde ohnehin aus rein theoretischer Forschung bestehen, und für alle rituellen Gesänge, die zu einem späteren Zeitpunkt notwendig werden mochten, könne er sich ohne weiteres andere Räumlichkeiten beschaffen. Über die Angst und die Ohnmacht seiner Mutter zeigte er sich zutiefst zerknirscht, und er erklärte, daß die Unterredung, die anschließend zu hören gewesen sei, Teil eines komplizierten Symbolismus gewesen sei, der eine bestimmte geistig-seelische Atmosphäre habe schaffen sollen. Die abstrusen chemischen Fachausdrücke, die er gebrauchte, verwirrten Mr. Ward ein bißchen, doch der entscheidende Eindruck war, daß Charles völlig normal und Herr seiner selbst sei, trotz einer mysteriösen, im höchsten Grade besorgniserregenden Spannung. Die Unterredung verlief im Grunde ziemlich ergebnislos, und als Charles seine Bücher und Schriften aufsammelte und das Zimmer verließ, wußte Mr. Ward kaum, was er von der ganzen Angelegenheit halten sollte. Sie war genauso mysteriös wie der Tod des armen alten Nig, dessen steifer Kadaver mit aufgerissenen Augen und angstverzerrtem Maul eine Stunde zuvor im Keller gefunden worden war.

Einem vagen detektivischen Instinkt folgend, musterte der Vater jetzt neugierig die leeren Bücherborde, um festzustellen, was sein Sohn in die Dachkammer mitgenommen hatte. Die Bibliothek des jungen Mannes war streng und übersichtlich geordnet, so daß man auf einen Blick sagen konnte, welche Bücher oder zumindest welche Arten von Büchern entnommen worden waren. Zu seinem größten Erstaunen bemerkte Mr. Ward, daß keines der Bücher über Okkultismus und Altertumsforschung, abgesehen von denen, die schon vorher entfernt worden waren, fehlte. Die neu entnommenen Bücher betrafen ausnahmslos moderne Wissengebiete; historische Werke, wissenschaftliche Abhandlungen, Geographiebücher, Literatur-Handbücher, philosophische Werke und einige zeitgenössische Zeitungen und Zeitschriften. Das war eine höchst merkwürdige Veränderung gegenüber Charles' Lektüre in der letzten Zeit, und der Vater hielt plötzlich inne, weil ein immer stärker werdendes Gefühl würgender Unruhe und Befremdung ihn beschlich. Dieses Gefühl wurde immer bedrückender und nahm ihm fast den Atem, während er sich verzweifelt bemühte, die Ursache seiner Unruhe ausfindig zu machen. Irgend etwas stimmte nicht, dessen war er sicher, und zwar in materieller ebenso wie in spiritueller Hinsicht. Seit er diesen Raum betreten hatte, hatte er gespürt, daß irgend etwas nicht stimmte, und schließlich dämmerte ihm, was es war.

An der Nordwand erhob sich noch immer über dem Kamin die geschnitzte Täfelung aus dem Haus in Olney Court, doch das brüchige, in mühsamer Arbeit restaurierte Ölportät war vom Schicksal ereilt worden. Die Zeit und die ungleichmäßige Heizung hatten zu guter Letzt ihre Wirkung getan, und irgendwann nach dem letzten Saubermachen in dem Zimmer mußte es passiert sein. Von der Holzunterlage sich abschälend, enger und enger sich zusammenrollend und schließlich – und offenbar mit bösartig lautloser Plötzlichkeit – in kleine Stückchen zerbrökkelnd, hatte das Porträt des Joseph Curwen für immer seinen Posten als unverwandt blickender Beobachter des jungen Mannes, dem es auf so merkwürdige Weise glich, aufgegeben und lag jetzt verstreut auf dem Boden als eine dünne Schicht feinen, blaugrauen Staubes.

IV
Eine Mutation und ein Fall von Wahnsinn

1

In der Woche, die jenem denkwürdigen Karfreitag folgte, sah man Charles Ward öfter als sonst; er trug unablässig Bücher zwischen seiner Bibliothek und dem Labor im Dachgeschoß hin und her. Seine Bewegungen waren gemessen und vernünftig, doch er wirkte gehetzt und verstohlen, was seiner Mutter gar nicht gefiel, und er legte – nach seinen Anforderungen an die Köchin zu urteilen – einen wahren Heißhunger an den Tag.

Dr. Willett war über die Geräusche und Ereignisse jenes Freitags unterrichtet worden und führte am folgenden Dienstag in der Bibliothek, wo das Bild nicht mehr von der Wand herabstarrte, ein längeres Gespräch mit dem jungen Mann. Es verlief wie immer ergebnislos; doch Willett ist noch immer bereit zu beschwören, daß der junge Mann zu diesem Zeitpunkt noch normal und Herr seiner selbst gewesen sei. Charles stellte baldige Enthüllungen in Aussicht und sprach davon, daß er sich anderswo ein Labor würde einrichten müssen. Über den Verlust des Bildes war er in Anbetracht seiner anfänglichen Begeisterung recht wenig betrübt und schien im Gegenteil dem plötzlichen Zerfall des Gemäldes sogar eine heitere Seite abzugewinnen.

Von der zweiten Woche an war Charles Ward wiederholt längere Zeit nicht zu Hause, und eines Tages, als die gute alte Hannah kam, um beim Frühjahrsputz zu helfen, erwähnte sie seine häufigen Besuche in dem alten Haus in Olney Court, wo er immer mit einem großen Koffer auftauche und im Keller herumstöbere. Er sei immer sehr großzügig zu ihr und dem alten Asa, scheine aber unruhiger als sonst, worüber sie sehr betrübt sei, denn sie kenne ihn ja von seiner Geburt an.

Ein weiterer Bericht über seine Unternehmungen kam aus Pawtuxet, wo ihn Freunde der Familie erstaunlich oft aus der Ferne gesehen hatten. Er schien sich häufig im Strandbad und am Bootshaus von Rhodes-on-the-Pawtuxet zu schaffen zu machen, und spätere Nachforschungen Dr. Willetts in diesem Ort ergaben, daß es dabei offenbar stets sein Ziel war, sich Zugang zu dem dicht mit Büschen bewachsenen Flußufer zu verschaffen, an dem entlang er dann in nördlicher Richtung verschwand, um meistens für längere Zeit nicht mehr aufzutauchen.

Gegen Ende Mai waren eines Tages wieder rituelle Geräusche aus dem Labor unter dem Dach zu hören, was Charles einen strengen Tadel von Mr. Ward einbrachte, woraufhin er ein wenig zerstreut Besserung gelobte. Es geschah am Vormittag, und die Geräusche schienen eine Fortsetzung jener imaginären Unterredung darzustellen, die an jenem turbulenten Karfreitag stattgefunden hatte. Der junge Mann schien mit sich selbst zu streiten oder sich laute Vorwürfe zu machen, denn ganz plötzlich ertönte, deutlich vernehmbar, ein lauter Wortwechsel in zwei verschiedenen Stimmen, von denen die eine hartnäckig etwas zu fordern und die andere ebenso beständig abzulehnen schien, und Mrs. Ward rannte die Treppe hinauf, um an der Tür zu lauschen. Sie hörte aber nur ein Bruchstück, dessen einzige verständliche Worte »müssen es für drei Monate rot haben« lauteten, und auf ihr Klopfen hin wurde es sofort still. Als Charles später von seinem Vater zur Rede gestellt wurde, sagte er, es gebe gewisse Konflikte der Bewußtseinssphären, die man nur mit größter Umsicht vermeiden könne, die er aber in andere Regionen verlagern würde.

Ungefähr Mitte Juni ereignete sich ein sonderbarer nächtlicher Vorfall. Am frühen Abend hatte man im Labor im Dachgeschoß polternde Geräusche gehört, und Mr. Ward wollte gerade nachsehen gehen, als es wieder ruhig war. Um Mitternacht, als die Wards sich zur Ruhe begeben hatten, schloß der Butler gerade die Haustür für die Nacht zu, als nach seiner Aussage Charles wie aus Versehen und ziemlich unsicher am Fuß der Treppe auftauchte und ihm durch ein Zeichen zu verstehen gab, daß er ihn hinauslassen solle. Der junge Mann sagte kein Wort, aber der ehrenwerte Mann aus Yorkshire sah für einen Augenblick seine fiebrigen Augen, und ein grundloses Zittern überfiel ihn. Er öffnete die Tür, und der junge Ward ging hinaus, doch am Morgen überbrachte er Mrs. Ward seine Kündigung. Es habe, so sagte er, etwas Unheimliches in dem Blick gelegen, mit dem Charles ihn fixiert habe. Es sei keine Art für einen jungen Mann, eine ehrliche Person auf diese Weise anzuschauen, und er sehe sich außerstande, noch eine weitere Nacht unter diesem Dach zu verbringen. Mrs. Ward ließ den Mann gehen, maß aber seiner Aussage nicht sonderlich viel Bedeutung bei. Sich vorzustellen, Charles habe sich in dieser Nacht in einem so aggressiven Zustand befunden, war ziemlich lächerlich, denn solange sie wachgelegen hatte, waren aus dem Labor schwache Geräusche zu hören gewesen; ein leises Schluchzen, ruhelos auf und ab gehende Schritte und ein Seufzen, das nur von tiefster Verzweiflung zeugte. Mrs. Ward hatte es sich zur Gewohnheit gemacht, in der Nacht Geräuschen im Haus zu lauschen, denn das Geheimnis ihres Sohnes verdrängte in wachsendem Maße alle anderen Dinge aus ihrem Bewußtsein.

Wie schon an jenem anderen Abend vor nahezu drei Monaten, holte sich Charles auch am folgenden Abend als erster die Zeitung und verlegte den Hauptteil. Daran erinnerten sich die Wards erst später, als Dr. Willett anfing, Zusammenhänge aufzuspüren und hier und da nach fehlenden Gliedern zu suchen. Im Archiv des *Journal* fand er den Teil, den Charles beseitigt hatte, und entdeckte zwei Artikel, die möglicherweise bedeutsam waren. Sie hatten den folgenden Wortlaut:

Wieder Friedhofsschänder am Werk

Heute morgen bemerkte Robert Hart, Nachtwächter auf dem Nordfriedhof, daß abermals Grabplünderer im alten Teil des Friedhofes ihr Unwesen trieben. Das Grab von Ezra Weeden, der 1740 geboren wurde und gemäß der Inschrift seines umgestürzten und völlig zertrümmerten Schiefer-Grabsteins im Jahre 1824 starb, war geöffnet und geplündert worden, offensichtlich mit Hilfe eines Spatens, der vorher aus einem nahegelegenen Geräteschuppen entwendet worden war.

Was immer sich nach über einem Jahrhundert noch in dem Grab befunden haben mag, war bis auf ein paar verrottete Holzreste verschwunden. Es wurden keine Radspuren gefunden, doch die Polizei hat ein einzelnes Paar Fußabdrücke vermessen, die in der Nähe des Grabes entdeckt wurden und offenbar von den Stiefeln eines wohlhabenden Mannes stammten.

Hart neigt zu der Auffassung, daß ein Zusammenhang zwischen dieser Grabschändung und dem Vorfall im März besteht; damals hatte er eine Gruppe von Unbekannten mit einem Lastwagen verscheucht, nachdem die Männer ein tiefes Loch gegraben hatten. Sergeant Riley vom Zweiten Revier dagegen hält diese Theorie für unzutreffend und verweist auf grundlegende Unterschiede in den beiden Fällen. Im März war an einer Stelle gegraben worden, wo sich kein Grab befand; diesmal wurde dagegen ein deutlich erkennbares und gepflegtes Grab offenbar mit voller Absicht geplündert. Wie rücksichtslos die Plünderer vorgegangen seien, könne man auch daran ermessen, daß der Grabstein zerstört wurde, der bis zum Tag zuvor noch völlig intakt gewesen sei.

Mitglieder der Familie Weeden äußerten ihr Erstaunen und ihre Trauer, als ihnen die Nachricht von der Plünderung überbracht wurde; sie sahen sich völlig außerstande, Angaben darüber zu machen, wer einen Grund gehabt haben könnte, das Grab ihres Vorfahren zu schänden. Hazard Weeden aus der Angell Street Nr. 598 erinnert sich an eine Familienlegende, nach der Ezra Weeden kurz vor dem Freiheitskrieg eine – für ihn jedoch nicht ehrenrührige – Rolle bei irgendwelchen Vorkommnissen gespielt haben soll; von einer Fehde oder einem Geheimnis aus jüngerer Zeit weiß er jedoch nichts. Inspektor Cunningham wurde mit der Klärung des Falls beauftragt und hofft, schon bald einige wichtige Anhaltspunkte zu entdecken.

Nächtliches Hundegebell in Pawtuxet

Die Einwohner von Pawtuxet wurden heute nacht gegen drei Uhr durch außergewöhnlich lautes Hundegebell aus dem Schlaf geschreckt, dessen Zentrum am Fluß unmittelbar nördlich von Rhodes-on-the-Pawtuxet zu liegen schien. Nach Aussage der meisten Ohrenzeugen war das Geheul der Hunde nach Art und Lautstärke höchst merkwürdig. Fred Lemdin, Nachtwächter in Rhodes, berichtet, er habe gleichzeitig Geräusche vernommen, die sich ganz wie gräßliche Angst- oder Todesschreie eines Menschen angehört hätten. Ein heftiges und sehr kurzes Gewitter, das anscheinend in der Nähe des Flußufers niederging, setzte der Ruhestörung ein Ende. Der Vorfall wird allgemein mit sonderbaren und unangenehmen Gerüchen in Verbindung gebracht, die wahrscheinlich durch die Öltanks entlang der Bucht verursacht werden und zur Beunruhigung der Hunde beigetragen haben könnten.

Charles' Aussehen wurde jetzt immer abgezehrter und gehetzter, und rückblickend stimmen fast alle darin überein, daß er damals vielleicht den Wunsch hatte, eine Erklärung abzugeben oder ein Geständnis zu machen, wovon ihn nur blankes Entsetzen abgehalten habe. Seine Mutter fand auf ihrem makabren nächtlichen Horchposten heraus, daß er oft im Schutz der Dunkelheit das Haus verließ, und die orthodoxeren Nervenspezialisten schreiben ihm heute einhellig die widerwärtigen Fälle von Vampirismus zu, über die damals die Zeitungen in Sensationsmeldungen berichteten, für die aber bis heute noch kein Schuldiger gefunden wurde. Diese Fälle, die erst so kurz zurückliegen und so viel Aufsehen erregten, daß es sich erübrigt, sie im einzelnen zu schildern, betrafen Opfer jedes Alters und jeder Herkunft und schienen in zwei Gegenden gehäuft aufzutreten – in dem Wohngebiet auf dem Hügel und im Norden, also in der Nähe des Hauses der Wards, und in den Vorstadtvierteln bei Pawtuxet. Sowohl Leute, die spät in der Nacht noch unterwegs waren, als auch solche, die bei offenem Fenster schliefen, wurden angefallen, und diejenigen von ihnen, die überlebten, berichteten übereinstimmend von einem mageren, geschmeidigen, springenden Ungeheuer mit brennenden Augen, das seine Zähne in den Hals oder den Oberarm schlug und gierig zu saugen begann.

Dr. Willett, der sich weigert, den Beginn von Charles Wards geistiger Umnachtung auf einen so frühen Zeitpunkt zu legen, ist nicht so schnell mit einer Erklärung für diese grausigen Vorfälle bei der Hand. Er habe, so behauptet er, seine eigenen Theorien, und schränkt seine positiven Erklärungen durch eine eigentümliche Negation ein. »Ich habe nicht die Absicht«, sagt er, »mich darüber zu äußern, wer oder was meiner Meinung nach diese Überfälle und Morde beging, aber ich erkläre, daß Charles Ward unschuldig war. Ich habe Grund zu der sicheren Annahme, daß er den Geschmack von Blut nicht kannte, was ja auch durch seine fortschreitende Anämie und Blässe deutlicher als durch alle Worte belegt wird. Ward hatte sich auf schreckliche Dinge eingelassen, aber er hat dafür bezahlt, und er war nie ein Ungeheuer oder ein Schurke. Wie es jetzt um ihn steht, darüber denke ich lieber nicht nach. Eine Veränderung vollzog sich, und ich bin geneigt anzunehmen, daß damit der alte Charles Ward starb. Zumindest starb seine Seele, denn jener irrsinnige Körper, der aus Waites Irrenanstalt verschwand, hatte eine andere.«

Willetts Wort hat Gewicht, denn er war oft im Hause der Wards, um nach Mrs. Ward zu sehen, deren Nerven allmählich unter der starken Belastung versagten. Ihr nächtliches Lauschen hatte zu gewissen makabren Halluzinationen geführt, die sie zaghaft dem Doktor anvertraute; Willett zog diese Dinge ihr gegenüber ins Lächerliche, obwohl sie ihm viel zu denken gaben, wenn er allein war. Diese Einbildungen betrafen stets die schwachen Geräusche, die sie in dem Labor und dem Schlafzimmer im Dachgeschoß zu hören meinte, und sie beharrte darauf, es handle sich um gedämpftes Seufzen und Schluchzen zu den unmöglichsten Zeiten. Anfang Juli verschrieb Dr. Willett Mrs. Ward einen Erholungsaufenthalt von unbestimmter Dauer in Atlantic City und schärfte sowohl Mr. Ward als auch dem verstörten und scheuen Charles ein, ihr nur aufmunternde Briefe zu schreiben. Wahrscheinlich verdankt sie es dieser unfreiwilligen Flucht, daß sie noch am Leben und bei klarem Verstande ist.

2

Nicht lange nach der Abreise seiner Mutter begann Charles mit den Verhandlungen über den Kauf des Bungalows bei Pawtuxet. Es war ein schmutziges, kleines Holzhaus mit einer Betongarage, hoch auf dem dünn besiedelten Flußufer etwas oberhalb von Rhodes, doch aus irgendeinem unerfindlichen Grunde wollte der junge Mann dies und nichts anderes. Er ließ den Immobilienmaklern so lange keine Ruhe, bis einer von ihnen das Haus zu einem exorbitanten Preis für ihn von dem etwas widerstrebenden Besitzer gekauft hatte, und sobald es geräumt war, zog er unter dem Schutze der Nacht ein, wobei er in einem großen, geschlossenen Lieferwagen die gesamte Einrichtung seines Labors hinüberschaffte, einschließlich der Bücher über okkulte wie auch moderne Themen, die er aus seiner Bibliothek entfernt hatte. Er ließ den Lieferwagen in den Stunden nach Mitternacht beladen, und sein Vater erinnert sich nur, in jener Nacht im Halbschlaf unterdrückte Flüche und schwere Tritte gehört zu haben. Danach bezog Charles wieder seine Räume im dritten Stock und hielt sich nie mehr in den Dachkammern auf.

Den Bungalow bei Pawtuxet umgab Charles mit derselben Heimlichtuerei wie früher die Räume im Dachgeschoß, nur schien er jetzt zwei Leute in seine Geheimnisse eingeweiht zu haben; einen verschlagen aussehenden portugiesischen Mischling aus dem Hafenviertel an der South Main Street, der als Diener fungierte, sowie einen mageren, gelehrtenhaften Fremden mit dunkler Brille und einem struppigen und offenbar gefärbten Vollbart, bei dem es sich anscheinend um einen Kollegen handelte. Die Nachbarn versuchten vergeblich, mit diesen beiden sonderbaren Menschen ins Gespräch zu kommen. Der Mulatte Gomes sprach nur sehr wenig Englisch, und der Bärtige, der sich

Dr. Allen nannte, folgte seinem Beispiel. Ward selbst gab sich Mühe, umgänglicher zu erscheinen, erregte aber nur Neugier durch seine weitschweifigen Berichte über chemische Forschungen. Es dauerte nicht lange, und die Leute begannen darüber zu reden, daß in dem Bungalow die ganze Nacht hindurch Licht brannte; und etwas später, als die Fenster in der Nacht plötzlich dunkel blieben, machten noch seltsamere Gerüchte die Runde – über unverhältnismäßig hohe Fleischkäufe beim Metzger und über das gedämpfte Rufen, Deklamieren und die rhythmischen Gesänge und Schreie, die aus einem sehr tiefen Keller unter dem Haus heraufzudringen schienen. Den größten Unwillen und Abscheu erregte der neue und sonderbare Haushalt bei den ehrsamen Bürgern in der Nachbarschaft, und es ist nicht verwunderlich, daß dunkle Vermutungen über einen Zusammenhang zwischen dem verhaßten Anwesen und den um sich greifenden vampirischen Überfällen und Morden angestellt wurden, zumal die Vorfälle sich jetzt ganz auf Pawtuxet und die angrenzenden Straßen von Edgewood beschränkten.

Ward verbrachte die meiste Zeit in dem Bungalow, übernachtete aber gelegentlich in seinem Elternhaus und wurde noch immer als Mitglied des Haushalts angesehen. Zweimal verließ er die Stadt, um auf wochenlange Reisen zu gehen, deren Bestimmungsorte bis heute unbekannt geblieben sind. Er wurde zusehends bleicher und hagerer als je zuvor und wirkte nicht mehr so selbstsicher, als er Dr. Willett wieder einmal dieselbe uralte Geschichte von bedeutsamen Forschungen und zukünftigen Enthüllungen erzählte. Willett fing ihn oft im Hause seines Vaters ab, denn der ältere Ward war zutiefst beunruhigt und verwirrt und wünschte, daß sein Sohn unter so strenge Aufsicht genommen würde, wie es sich bei einem so verschlossenen und unabhängigen Erwachsenen irgend bewerkstelligen ließ. Der Doktor beharrt noch immer darauf, daß der junge Mann selbst zu diesem späten Zeitpunkt noch geistig normal gewesen sei, und führt zum Beweis dieser Behauptung zahlreiche Gespräche an.

Im Laufe des Septembers ließ der Vampirismus nach, aber im darauffolgenden Januar wäre Ward beinahe in ernstliche Schwierigkeiten geraten. Schon seit einiger Zeit hatte man über die nächtliche Ankunft und Abfahrt von Lastkraftwagen bei dem Bungalow Vermutungen angestellt, als durch eine unvorhergesehene Störung wenigstens in einem Fall bekannt wurde, welche

Art Fracht diese Lastwagen beförderten. An einer einsamen Stelle in der Nähe von Hope Valley hatte sich einer der häufigen Überfälle durch Straßenräuber ereignet, die in dem Lastwagen Spirituosen zu finden hofften, aber diesmal sollten die Wegelagerer selbst die böseste Überraschung erleben, denn als sie die erbeuteten langen Kisten aufbrachen, machten sie eine grausige Entdeckung; so grausig war der Inhalt, daß die Angelegenheit in der Unterwelt die Runde machte. Die Räuber hatten ihren Fund in aller Eile verscharrt, aber als die Staatspolizei Wind davon bekam, lief eine gründliche Untersuchung an. Ein kurz zuvor festgenommener Landstreicher, dem man Straffreiheit für alle anderen Vergehen zusicherte, erklärte sich schließlich bereit, eine Gruppe berittener Polizisten an die fragliche Stelle zu führen; und was man dort in dem notdürftigen Versteck fand, war im höchsten Grade entsetzlich und schändlich. Es würde allen nationalen – ja sogar internationalen – Geboten der Schicklichkeit hohnsprechen, wollte man an die Öffentlichkeit dringen lassen, was diese fassungslosen Männer ausgruben. Es gab keinen Zweifel, nicht einmal für diese alles andere als gebildeten Polizisten; und in fieberhafter Aufregung wurde ein Telegramm nach dem anderen nach Washington geschickt.

Die Kisten waren an Charles Ward in seinem Bungalow in Pawtuxet adressiert, und Beamte der Staats- und Bundespolizei unterzogen ihn unverzüglich einem unnachsichtigen und ernsten Verhör. Sie fanden ihn bleich und verstört mit seinen beiden Gefährten und bekamen von ihm anscheinend eine plausible Erklärung, die sie von seiner Unschuld überzeugte. Er habe bestimmte anatomische Versuchsobjekte für ein Forschungsprogramm benötigt, dessen Wichtigkeit und Ernsthaftigkeit jeder bezeugen könne, der ihn in den letzten zehn Jahren gekannt habe, und habe die erforderliche Anzahl geeigneter Objekte bei Agenten bestellt, wobei er so legal gehandelt zu haben glaube wie nach den Umständen überhaupt möglich. Von der *Identität* der Objekte habe er keine Ahnung gehabt, und er zeigte sich entsprechend schockiert, als die Inspektoren andeuteten, welch grauenhafte Folgen sich für die Öffentlichkeit und das Ansehen des Landes ergeben hätten, wäre die Sache ruchbar geworden. Seine Aussagen wurden von seinem bärtigen Kollegen Dr. Allen uneingeschränkt bestätigt, dessen merkwürdig hohle Stimme noch überzeugender klang als sein eigenes nervöses Gestammel. Zu guter

Letzt blieb den Beamten nichts anderes übrig, als sich die New Yorker Adresse zu notieren, die Charles ihnen angab, aber die darauf sich gründende Untersuchung verlief ergebnislos. Der Ordnung halber soll nicht unerwähnt bleiben, daß die Objekte eiligst und in aller Stille an ihren gebührenden Platz zurückgebracht wurden und die Öffentlichkeit nie von der blasphemischen Schändung erfahren wird.

Am 9. Februar 1928 erhielt Dr. Willett einen Brief von Charles Ward, dem er außerordentlich viel Bedeutung beimißt und über den er oft mit Dr. Lyman gestritten hat. Dr. Lyman glaubt, der Brief enthalte schlüssige Beweise für einen fortgeschrittenen Fall von *Dementia praecox*, Willett dagegen sieht in ihm die letzte völlig normale Äußerung des unglückseligen jungen Mannes. Er hebt besonders den normalen Stil hervor, der zwar Hinweise auf eine Nervenzerrüttung enthält, trotzdem aber eindeutig Wards eigener Stil ist. Der Brief hatte folgenden Wortlaut:

Providence, R. I.,
100 Prospect St.,
8. März 1928

Lieber Dr. Willett!
Ich glaube, die Zeit ist reif für die Enthüllungen, die ich Ihnen so oft versprochen habe und auf die Sie so oft gedrängt haben. Für die Geduld, mit der Sie gewartet, und das Vertrauen, das Sie in meinen Geisteszustand und meine Rechtschaffenheit gesetzt haben, werde ich Ihnen zeit meines Lebens dankbar sein.

Und nun, da ich sprechen kann, muß ich demütig eingestehen, daß mir niemals der Triumph zuteil werden wird, von dem ich geträumt habe. Anstelle eines Triumphes bleibt mir nur Entsetzen, und ich schreibe Ihnen nicht, um mich eines Sieges zu rühmen, sondern um Sie inständig zu bitten, mir Rat und Hilfe zu gewähren, damit ich mich und die ganze Welt vor einem Schrecken jenseits aller menschlichen Vorstellungskraft retten kann. Sie erinnern sich, was in den Fenner-Briefen über jene Strafexpedition nach Pawtuxet gestanden hat. All das muß sich jetzt wiederholen, und zwar so schnell wie möglich. Von uns hängt mehr ab, als man in Worte fassen kann – die gesamte Zivilisation, das gesamte Naturgesetz, vielleicht sogar das Schicksal des Sonnensystems und des Universums. Ich habe eine ungeheuerliche Abnormität ans Licht gebracht, aber ich tat es im Interesse der Wissenschaft. Im

Interesse allen Lebens und aller Natur müssen Sie mir jetzt helfen, diese Ungeheuerlichkeit wieder in die Finsternis zurückzustoßen.

Ich habe den Bungalow bei Pawtuxet für immer verlassen, und wir müssen alles ausrotten, was sich dort befindet, sei es lebendig oder tot. Ich werde nie mehr dort hingehen, und Sie dürfen es nicht glauben, wenn Sie jemals hören sollten, ich sei dort. Warum ich dies sage, werden Sie erfahren, wenn ich Sie sehe. Ich bin für immer nach Hause zurückgekehrt, und möchte, daß Sie mich so bald wie irgend möglich besuchen und sich fünf oder sechs Stunden hintereinander anhören, was ich zu sagen habe. So lange wird es dauern – und bitte glauben Sie mir, wenn ich Ihnen sage, daß Sie nie eine ernstere berufliche Pflicht gehabt haben. Mein Leben und mein Verstand sind nur die allergeringsten Dinge, die auf dem Spiel stehen.

Ich wage nicht, meinen Vater ins Vertrauen zu ziehen, denn er würde das alles nicht begreifen. Aber ich habe ihm erzählt, in welcher Gefahr ich mich befinde, und er läßt das Haus durch vier Leute von einem Detektivbüro bewachen. Ich weiß nicht, was sie ausrichten können, denn sie haben Mächte gegen sich, die sogar Sie sich kaum vorstellen können. Kommen Sie deshalb schnell, wenn Sie mich noch lebend antreffen wollen, und hören Sie, wie Sie mir helfen können, den Kosmos vor dem schieren Inferno zu retten.

Sie können kommen, wann Sie wollen – ich werde nicht aus dem Haus gehen. Rufen Sie nicht vorher an, denn wer weiß, wer oder was versuchen könnte, Sie abzuhören. Und lassen Sie uns beten, zu welchen Göttern auch immer, daß nichts dieses Treffen verhindern möge.

In tiefster Verzweiflung,

Ihr Charles Dexter Ward

P.S. Erschießen Sie Dr. Allen sofort, falls Sie ihn sehen, *und lösen Sie seinen Körper in Säure auf. Verbrennen Sie ihn nicht!*

Dr. Willett erhielt diese Nachricht gegen halb elf Uhr vormittags und traf sofort die nötigen Vorbereitungen, um sich den ganzen Spätnachmittag und Abend für das wichtige Gespräch freizuhalten, so daß es notfalls auch bis tief in die Nacht hinein würde dauern können. Er wollte gegen vier dort sein, und während der noch verbleibenden Stunden war er so sehr in alle Arten abenteuerlicher Spekulationen versunken, daß er die meisten seiner Arbeiten rein mechanisch erledigte. So wahnsinnig der Brief auch einem Fremden erschienen wäre, Willett kannte Charles Wards exzentrisches Wesen zu gut, um ihn als das Geschreibsel eines Irren abzutun. Daß irgend etwas äußerst Unfaßbares, Altes, Schreckliches in der Luft lag, dessen war er ganz sicher, und der Auftrag im Hinblick auf Dr. Allen war fast verständlich angesichts der Gerüchte, die in Pawtuxet über Wards rätselhaften Kollegen in Umlauf waren. Willett hatte den Mann nie gesehen, aber viel über sein Aussehen und Gebaren gehört, und er fragte sich unwillkürlich, was für Augen diese vieldiskutierten Brillengläser wohl verbergen mochten.

Pünktlich um vier Uhr stellte sich Willett vor dem Haus der Wards ein, mußte jedoch zu seinem Verdruß erfahren, daß Charles nicht seinem Entschluß treu geblieben war, das Haus nicht zu verlassen. Die Wächter waren da, aber sie sagten, der junge Mann habe anscheinend einen Teil seiner Scheu verloren. Am Vormittag habe er, wie einer der Detektive berichtete, längere Zeit am Telefon mit jemanden gestritten und offenbar angstvoll gegen etwas protestiert und dem unbekannten Anrufer mit Sätzen wie den folgenden geantwortet: »Ich bin sehr müde und muß mich eine Weile ausruhen«, »Ich kann eine Zeitlang niemanden empfangen, Sie müssen mich entschuldigen«, »Bitte schieben Sie wichtige Maßnahmen auf, bis wir zu irgendeinem Kompromiß gelangt sind« oder »Es tut mir sehr leid, aber ich muß erst mal Urlaub von alldem nehmen; wir sprechen uns später«. Danach habe er offenbar nachgedacht und neuen Mut geschöpft, denn er habe heimlich das Haus verlassen, ohne daß jemand ihn gesehen oder gewußt hätte, daß er nicht mehr im Hause war, bis er dann gegen ein Uhr zurückgekommen und wortlos hineingegangen sei. Er sei nach oben gegangen, aber dort habe er es offenbar wieder mit der Angst zu tun bekommen, denn beim Betreten der Bibliothek habe er laut und entsetzt aufgeschrien, doch der Schrei sei bald zu einem erstickten Röcheln abgesunken. Als der Butler jedoch hinaufgegangen sei, um nach dem Rechten zu sehen, sei er mit durchaus entschlossener Miene an die Tür gekommen und habe dem Mann schweigend bedeutet, er solle sich entfernen, und zwar mit einer Gebärde, die den Butler merkwürdigerweise in Furcht und Schrecken versetzt habe. Danach habe er offenbar seine Bücherregale geordnet, denn man habe laute Geräusche wie von fallenden Büchern und knarrenden Dielen gehört; dann sei er wieder herausgekommen und habe sich unverzüglich entfernt. Willett fragte, ob er ihm eine Nachricht hinterlassen habe, wurde aber abschlägig beschieden. Der Butler schien über irgend etwas in Charles' Aussehen und Benehmen merkwürdig beunruhigt zu sein und fragte bekümmert, ob denn viel Hoffnung auf eine Heilung seiner überreizten Nerven bestünde.

Fast zwei Stunden wartete Dr. Willett vergebens in Charles Wards Bibliothek, betrachtete die staubigen Bücherborde mit den großen Lücken, wo Bücher herausgenommen worden waren, und lächelte grimmig zu der Vertäfelung über dem Kamin hinüber, von wo ein Jahr zuvor noch die verbindlichen Züge des Joseph Curwen milde herabgeschaut hatten. Nach einer Weile zogen die Schatten der Dämmerung herauf, und die Heiterkeit des Sonnenuntergangs wich einem vagen, wachsenden Grauen, das schattengleich vor der Nacht einherflog. Schließlich kam Mr. Ward nach Hause und zeigte sich überrascht und verärgert über die Abwesenheit seines Sohnes, obwohl er soviel unternommen hatte, um ihn bewachen zu lassen. Er hatte nichts von Charles' Verabredung gewußt und versprach Willett, ihn zu benachrichtigen, sobald sein Sohn heimkam. Bevor er dem Doktor gute Nacht wünschte, brachte er seine tiefe Besorgnis über den Zustand seines Sohnes zum Ausdruck und beschwor seinen Besucher, alles zu tun, um dem Jungen sein seelisches Gleichgewicht wiederzugeben. Willett war froh, endlich dieser Bibliothek entronnen zu sein, denn irgend etwas Schreckliches, Unheimliches schien dort umzugehen, als habe das verschwundene Bild ein böses Vermächtnis hinterlassen. Er hatte das Bild nie gemocht; und selbst jetzt noch beschlich ihn beim Anblick der leeren Täfelung trotz seiner starken Nerven ein Gefühl, das ihn den dringlichen Wunsch verspüren ließ, auf dem schnellsten Weg hinaus an die frische Luft zu kommen.

3

Am folgenden Morgen erhielt Willett eine Nachricht von Mr. Ward, daß Charles noch immer nicht zu Hause sei. Mr. Ward erwähnte auch, daß Dr. Allen ihn angerufen und ihm mitgeteilt habe, daß Charles für einige Zeit in Pawtuxet bleiben würde und nicht gestört werden dürfe. Dies sei notwendig geworden, weil er, Allen, plötzlich für unbestimmte Zeit verreisen müsse und die

Forschungsarbeiten unter Charles' ständiger Aufsicht wissen wolle. Charles lasse grüßen, und es täte ihm leid, falls er durch seine abrupte Sinnesänderung irgendwelche Ungelegenheiten verursacht habe. Bei diesem Telefongespräch hörte Mr. Ward zum erstenmal Dr. Allens Stimme, die ihm irgendwie bekannt vorkam, ohne daß er sie hätte einordnen können, und ihn so verwirrte, daß er beinahe so etwas wie Angst in sich aufsteigen fühlte. Angesichts dieser verblüffenden, einander widersprechenden Gerüchte war Dr. Willett ratlos. Der furchtbare Ernst von Charles' Brief war nicht zu übersehen, aber was sollte man davon halten, daß der Schreiber unmittelbar danach seinen erklärten Vorsätzen zuwidergehandelt hatte? Der junge Ward hatte geschrieben, daß seine Forschungen blasphemisch und bedrohlich geworden seien, die Unterlagen sowie sein bärtiger Kollege um jeden Preis vernichtet werden müßten und er selbst nie wieder an den letzten Schauplatz dieser Unternehmungen zurückkehren würde; doch nun sah es so aus, als habe er all dies vergessen und sei mitten ins Zentrum der Geheimnisse zurückgekehrt. Der gesunde Menschenverstand gebot einem, den jungen Mann seinen Launen zu überlassen, aber ein tieferer Instinkt verhinderte, daß der Eindruck, den der verzweifelte Brief hinterlassen hatte, verwischt wurde. Willett las ihn noch einmal durch, aber der Inhalt wollte ihm nicht so leer und irrsinnig vorkommen, wie man sowohl aufgrund der bombastischen Ausdrucksweise als auch infolge der nicht eingetretenen Verwirklichung hätte annehmen können. Das Grauen, das in ihm lag, war zu tief und zu real und erweckte im Verein mit dem, was der Doktor schon wußte, allzu lebhafte Vorstellungen von Ungeheuerlichkeiten jenseits von Raum und Zeit, als daß man alles mit einer zynischen Erklärung hätte abtun können. Namenlose Schrecknisse waren entfesselt, und mochte man auch noch so wenig gegen sie ausrichten, man mußte bereit sein, um zu jeder Zeit in jeder Richtung aktiv werden zu können.

Über eine Woche grübelte Dr. Willett über das Dilemma nach, in dem er sich befand, und neigte nach und nach immer mehr dazu, Charles in seinem Bungalow einen Besuch abzustatten. Keiner von Charles' Jugendfreunden hatte es je gewagt, diesen geheimen Schlupfwinkel zu betreten, und selbst sein Vater kannte ihn nur aus gelegentlichen beiläufigen Bemerkungen seines Sohnes; doch Dr. Willett war überzeugt, daß ein direktes Gespräch mit seinem Patienten notwendig war. Mr. Ward hatte kurze, unverbindliche, mit der Maschine geschriebene Nachrichten von seinem Sohn bekommen und erzählt, daß auch seine Frau in Atlantic City nicht mehr erfahren habe. Deshalb entschloß der Doktor sich schließlich zum Handeln und machte sich trotz eines unguten Gefühls aufgrund der alten Legenden um Joseph Curwen und der Warnungen und Enthüllungen Charles Wards unerschrocken auf den Weg zu dem Bungalow auf dem Steilufer über dem Fluß.

Willett war schon vorher einmal aus reiner Neugierde dort draußen gewesen, natürlich ohne das Haus zu betreten oder seine Anwesenheit kundzutun, und kannte deshalb den Weg genau. Als er nun eines Frühnachmittags gegen Ende Februar in seinem kleinen Auto die Broad Street hinausfuhr, kam ihm merkwürdigerweise jene Gruppe entschlossener Männer in den Sinn, die vor 175 Jahren genau dieselbe Straße entlanggegangen waren, mit einem schrecklichen Auftrag, den vielleicht nie jemand verstehen würde.

Die Fahrt durch die verfallenden Außenbezirke der Stadt war kurz, und bald tauchten vor ihm das schmucke Edgewood und das verschlafene Pawtuxet auf. Willett bog rechts in die Lockwood Street ein und fuhr mit seinem Auto auf dieser ländlichen Straße so weit, wie es ging, stieg aus und ging zu Fuß nach Norden weiter, wo das Steilufer über den anmutigen Schleifen des Flusses und der weiten, dunstigen Ebene auf der anderen Seite aufragte. Die Häuser standen hier noch immer recht vereinzelt, und der isolierte Bungalow war nicht zu übersehen, mit seiner Betongarage auf einer Bodenerhebung links vom Hauptgebäude. Er ging mit schnellen Schritten über den verwahrlosten Kiesweg auf das Haus zu, pochte mit kräftiger Faust an die Tür und sprach beherzt mit dem verschlagenen portugiesischen Mulatten, der die Tür einen Spalt breit geöffnet hatte.

Er müsse, sagte er, sofort Charles Ward in einer äußerst wichtigen Angelegenheit sprechen. Er würde keine Ausflüchte akzeptieren, und sollte man ihn zurückweisen, so würde er nur dem älteren Ward ausführlich Bericht erstatten. Der Mulatte zögerte noch und stemmte sich gegen die Tür, als Willett sie zu öffnen versuchte, doch der Doktor brachte erneut sein Anliegen vor, diesmal mit lauterer Stimme. Dann kam aus dem Dunkel im Innern ein heiseres Flüstern, das den Doktor bis ins Mark schaudern ließ, obwohl er nicht wußte, weshalb es ihm so furchterregend schien. »Laß ihn rein, Tony«, sagte die Stimme, »wir können genauso gut jetzt miteinander reden.« Aber so verwirrend das Flüstern war, fürchterlicher noch war, was unmittelbar darauf folgte. Die Dielen knarrten, und der Sprecher tauchte aus dem Dunkel auf – und Dr. Willett sah, daß der Besitzer dieser sonderbaren, krächzenden Stimme kein anderer war als Charles Dexter Ward.

Die Genauigkeit, mit der Dr. Willett das Gespräch dieses Nachmittags beschrieben hat, läßt sich auf die große Bedeutung zurückführen, die er diesem Abschnitt in Charles' Entwicklung beimißt. Denn nun endlich räumte er ein, daß eine einschneidende Veränderung in Charles Dexter Wards geistiger Verfassung sich vollzogen habe, und er glaubt, daß die Worte des jungen Mannes jetzt einem Gehirn entsprangen, das nichts mehr mit jenem Gehirn gemeinsam hatte, dessen Entwicklung er sechsundzwanzig Jahre hindurch verfolgt hatte. Die Kontroverse mit Dr. Lyman hat ihn gezwungen, sich genau festzulegen, und er erklärt nunmehr endgültig, daß nach seiner Meinung der Beginn von Charles Wards geistiger Umnachtung in jene Zeit fiel, da er anfing, seinen Eltern maschinengeschriebene Mitteilungen zu schicken. Diese Mitteilungen sind nicht in Wards normalem Stil abgefaßt, nicht einmal im Stil jenes letzten, verzweifelten Briefes an Dr. Willett. Statt dessen sind sie sonderbar altertümelnd, so als habe die plötzliche Geistesverwirrung des Schreibers eine Flut von Neigungen und Eindrücken ausgelöst, die er unbewußt durch die Altertumsforschungen in seiner Jugend in sich aufgenommen hatte. Das Bemühen, modern zu erscheinen, ist nicht zu übersehen, aber der Geist und gelegentlich auch die Sprache sind die der Vergangenheit.

Die Vergangenheit sprach auch aus jeder Äußerung und jeder Geste von Charles Ward, als er den Doktor in dem düsteren Bungalow empfing. Er verbeugte sich, bedeutete Willett, Platz zu nehmen, und begann unvermittelt in jenem sonderbaren Flüsterton zu sprechen, den er gleich zu Anfang zu erklären versuchte.

»Ich bekomme allmählich die Schwindsucht«, begann er. »Daran ist diese vermaledeite Luft am Fluß schuld. Sie müssen meine Sprache entschuldigen. Ich nehme an, Sie kommen von meinem Vater, um zu sehen, was mir fehlt, und ich hoffe, Sie werden ihm nichts sagen, was ihn beunruhigen könnte.«

Willett studierte mit größter Aufmerksamkeit die krächzenden Töne, aber noch genauer beobachtete er das Gesicht seines Gesprächspartners. Irgend etwas war nicht in Ordnung, das spürte er; und er dachte daran, was die Familie ihm über den Butler aus Yorkshire erzählt hatte, der es eines Nachts plötzlich mit der Angst zu tun bekommen hatte. Er wünschte, es wäre nicht so dunkel gewesen, verlangte aber nicht, daß einer der Fensterläden geöffnet würde. Statt dessen fragte er Ward nur, warum er so eindeutig seinem verzweifelten Brief von vor weniger als einer Woche zuwiderhandle.

»Es mußte einmal so weit kommen«, erwiderte sein Gastgeber. »Sie müssen wissen, ich bin in schlimmer nervlicher Verfassung und tue und sage sonderbare Dinge, die ich mir hinterher nicht erklären kann. Wie ich Ihnen schon oft sagte, bin ich großen Dingen auf der Spur, und deren Größe läßt mich irgendwie unbesonnen werden. Wohl jeder würde vor dem zurückschrecken, was ich gefunden habe, aber ich lasse mich nicht für längere Zeit abhalten. Es war töricht von mir, mich bewachen zu lassen und zu Hause zu bleiben; denn da ich nun einmal so weit gegangen bin, ist dies hier mein Platz. Meine neugierigen Nachbarn berichten nichts Gutes über mich, und vielleicht habe ich mich durch meine Schwäche verleiten lassen, selbst zu glauben, was sie von mir sagen. Aber es ist nichts Böses an allem, was ich tue, solange ich es richtig tue. Seien Sie so nett und warten Sie noch sechs Monate, und ich werde Ihnen etwas zeigen, das ihre Geduld reichlich lohnen wird.

Sie werden wahrscheinlich auch wissen, daß ich eine Technik entwickelt habe, durch die ich aus Dingen mehr über die Vergangenheit erfahre als auch Büchern, und ich überlasse Ihnen das Urteil darüber, wie sehr ich die Geschichtswissenschaft, die Philosophie und die Künste durch die Möglichkeiten bereichern kann, die mir offenstehen. Mein Vorfahr hatte dies alles, als diese hirnlosen Schnüffler kamen und ihn ermordeten. Ich habe es jetzt wieder, oder habe doch zumindest auf sehr unzulängliche Weise Anteil daran. Diesmal darf nichts geschehen, schon gar nicht deshalb, weil irgendein Tor sich vor mir fürchtet. Ich beschwöre Sie, Herr Doktor, vergessen Sie alles, was ich Ihnen schrieb, und fürchten Sie sich nicht vor diesem Haus oder irgendwelchen Dingen, die es birgt. Dr. Allen ist ein äußerst fähiger Mann, und ich muß mich bei ihm für alles Schlechte entschuldigen, das ich über ihn gesagt habe. Ich wollte, ich wäre nicht gezwungen, im Augenblick auf seine Dienste zu verzichten, doch er mußte wichtigen Pflichten an einem anderen Ort nachkommen. Sein Eifer in all diesen Dingen ist dem meinen ebenbürtig, und ich glaube, als ich vorübergehend Angst vor der Arbeit hatte, hatte ich auch Angst vor ihm als meiner größten Hilfe bei dieser Arbeit.«

Ward machte eine Pause, und der Doktor wußte nicht, was er sagen oder denken sollte. Er kam sich beinahe töricht vor angesichts dieser ruhigen Widerlegung des Briefes; dennoch blieb die Tatsache bestehen, daß das eben Gehörte sonderbar, fremd und zweifellos dem Wahnsinn entsprungen war, wogegen der Brief auf tragische Weise natürlich und für den Charles Ward charakteristisch gewesen war, den er kannte. Willett versuchte jetzt, das Gespräch auf frühere Begebenheiten zu lenken und dem jungen Mann einige vergangene Ereignisse ins Gedächtnis zu rufen, um die gewohnt vertraute Atmosphäre zwischen ihnen beiden wiederherzustellen; doch damit erzielte er nur höchst groteske Ergebnisse. Genauso erging es später allen Nervenärzten. Wichtige Bereiche seiner Erinnerung, hauptsächlich solche, die die Gegenwart und sein persönliches Leben betrafen, waren auf unerklärliche Weise ausgelöscht worden; dagegen war all das in den Jugendjahren angesammelte Wissen über vergangene Dinge aus einem tiefen Unterbewußtsein heraufgequollen und hatte das Zeitgenössische und Individuelle verdrängt. Es war unnormal und unheimlich, wie gut der junge Mann über längst vergangene Dinge Bescheid wußte, und er gab sich alle Mühe, dieses Wissen zu verbergen. Wenn Willett auf irgendein Lieblingsthema der Forschungen seiner Jugendzeit zu sprechen kam, verriet Charles oft durch puren Zufall ein Detailwissen, wie es eigentlich kein Sterblicher besitzen konnte, und der Doktor schauderte jedesmal, wenn er eine dieser Anspielungen ganz beiläufig einflocht.

Es konnte nicht mit rechten Dingen zugehen, wenn jemand so genau darüber Bescheid wußte, wie dem fetten Sheriff die Perücke herunterfiel, als er sich über die Rampe beugte, bei der Theateraufführung in Mr. Douglass' Histrionick Academy in der King Street, am elften Februar 1762, der auf einen Donnerstag fiel; oder darüber, wie die Schauspieler den Text von Steeles »Schüchternem Liebhaber« so stark verstümmelt hatten, daß man fast froh war, als die von den Baptisten beherrschte Stadtverwaltung das Theater vierzehn Tage später schloß. Daß Thomas Sabins Kutsche nach Boston »verdammt unbequem« war, konnte man sicherlich alten Briefen entnehmen; aber welcher normale Altertumsforscher hätte wissen können, daß das Quietschen von Epenetus Olneys neuem Aushängeschild (das mit der prunkvollen Krone, das er sich zulegte, nachdem er seine Taverne in »Kaffeehaus zur Krone« umbenannt hatte) aufs Haar den ersten Noten des neuen Jazz-Stückes glich, das sämtliche Radios in Pawtuxet spielten?

Ward ließ sich jedoch nicht lange auf diese Art ausfragen. Moderne und persönliche Gesprächsthemen wischte er in Bausch und Bogen vom Tisch, während er sich im Hinblick auf vergangene Ereignisse bald höchst gelangweilt zeigte. Es war ihm deutlich genug anzumerken, daß er lediglich seinen Besucher so weit zufriedenstellen wollte, daß dieser gehen und ihn fortan in Ruhe lassen würde. Deshalb bot er auch Willett an, ihm das ganze Haus zu zeigen, und erhob sich sogleich, um den Doktor durch alle Zimmer vom Keller bis zum Boden zu führen. Willett sah sich gründlich um, stellte aber fest, daß die wenigen und überdies trivialen Bücher, die zu sehen waren, niemals dieselben sein konnten, die Charles aus seinen Regalen entfernt hatte, und daß das spärlich eingerichtete angebliche »Laboratorium« ein Bluff von der primitivsten Sorte war. Offensichtlich befanden sich Labor und Bibliothek in anderen Räumen, doch wo diese lagen, konnte Willett sich nicht vorstellen. In dem Bewußtsein, daß seine Suche nach Dingen, die er nicht näher bezeichnen konnte, im Grunde erfolglos verlaufen war, kehrte Willett noch vor Anbruch der Nacht zurück und erzählte dem älteren Ward alles, was sich abgespielt hatte. Sie stimmten darin überein, daß der junge Mann eindeutig seinen Verstand verloren habe, beschlossen aber, vorderhand keine drastischen Schritte zu unternehmen. Vor allem durfte Mrs. Ward auf keinen Fall mehr erfahren, als sie ohnehin aus den getippten Mitteilungen ihres Sohnes entnehmen würde. Mr. Ward entschloß sich nun, selbst seinen Sohn zu besuchen, und zwar ohne jede Ankündigung. Dr. Willett fuhr ihn eines Abends in seinem Wagen hinaus, begleitete ihn bis in Sichtweite des Bungalows und wartete geduldig auf seine Rückkehr. Die Unterredung dauerte lange, und der Vater war sehr besorgt und verwirrt, als er schließlich zurückkam. Sein Empfang hatte sich ganz ähnlich abgespielt wie der Willetts, außer daß es sehr lange gedauert hatte, bis Charles sich zeigte, nachdem der Besucher sich den Eintritt in den Vorraum erzwungen und den Portugiesen in gebieterischem Ton fortgeschickt hatte, und im Verhalten seines veränderten Sohnes hatte er keine Spur familiärer Zuneigung entdeckt. Das Licht war schwach gewesen, aber der junge Mann hatte trotzdem behauptet, es blende ihn fürchterlich. Er hatte überhaupt nicht laut gesprochen, angeblich weil es ihm sehr schlecht ging; aber sein heiseres Geflüster war auf so vage Art beunruhigend gewesen, daß Mr. Ward ständig daran denken mußte.

Nunmehr endgültig entschlossen, gemeinsam alles für die Rettung von Charles' geistiger Gesundheit zu tun, machten sich Mr. Ward und Dr. Willett daran, alle Auskünfte über den Fall einzuholen, deren sie irgend habhaft werden konnten. Die in Pawtuxet umlaufenden Gerüchte waren das erste, was sie unter die Lupe nahmen, und dabei stießen sie kaum auf Schwierigkeiten, weil sie beide Freunde in dieser Gegend hatten. Dr. Willett brachte am meisten in Erfahrung, weil die Leute mit ihm offener sprachen als mit dem Vater der zentralen Figur, und allem, was er hörte, konnte er entnehmen, daß das Leben des jungen Ward tatsächlich sehr merkwürdig geworden war. Die Leute ließen sich nicht davon abbringen, daß ein Zusammenhang zwischen seinem Haushalt und dem Vampirismus im vergangenen Sommer bestünde, und die in tiefer Nacht ankommenden und abfahrenden Lastwagen trugen das Ihre zum Entstehen finsterer Spekulationen bei. Die Kaufleute des Ortes sprachen von den sonderbaren Bestellungen, die ihnen der verschlagene Mulatte brachte, und besonders von den außergewöhnlichen Mengen von Fleisch und frischem Blut, die Ward in den beiden Fleischereien in seiner unmittelbaren Nachbarschaft holen ließ. Für einen Haushalt von drei Leuten waren diese Mengen völlig absurd.

Dann war da die Geschichte mit den Geräuschen unter der Erde. Klare Aussagen über diese Dinge zu bekommen war nicht ganz einfach, aber alle vagen Andeutungen stimmten in einigen grundlegenden Punkten überein. Geräusche ritueller Art traten mit Sicherheit auf, manchmal auch dann, wenn im Bungalow kein Licht brannte. Sie hätten natürlich aus dem Keller kommen können, von dessen Existenz man wußte; doch es hielt sich hartnäckig das Gerücht, es gebe noch tiefere und ausgedehntere Krypten. Da sie sich an die alten Geschichten von Joseph Curwens Katakomben erinnerten und von der Annahme ausgingen, daß Charles gerade diesen Bungalow gewählt habe, weil er, wie er aus einem der hinter dem Bild entdeckten Dokumente wissen mochte, auf dem ehemaligen Grund Joseph Curwens lag, schenkten Willett und Mr. Ward diesen Gerüchten große Aufmerksamkeit; und sie suchten oft vergeblich nach der Tür in der Uferböschung, die in den alten Manuskripten erwähnt war. Bezüglich der öffentlichen Meinung über die Bewohner des Bungalows stellte sich bald heraus, daß Gomes, der Portugiese, verabscheut, der bärtige Brillenträger gefürchtet und der bleiche junge Gelehrte mit tiefem Mißtrauen betrachtet wurde. Während der letzten ein oder zwei Wochen hatte Ward sich offenbar sehr verändert, alle Versuche, umgänglich zu erscheinen, aufgegeben und bei den wenigen Gelegenheiten, da er sich außer Haus gewagt hatte, nur in heiseren, aber seltsam abstoßenden Flüstertönen gesprochen.

Das waren die bruchstückhaften Hinweise, die Mr. Ward und Dr. Willett hier und dort bekamen, und sie diskutierten viel und ernsthaft darüber. Sie bemühten sich, Deduktion, Induktion und schöpferische Phantasie bis an die Grenzen des Möglichen einzusetzen und Beziehungen zwischen allen bekannten Tatsachen aus Charles' letzten Lebensjahren, einschließlich des verzweifelten Briefes, den der Doktor inzwischen dem Vater gezeigt hatte, und den spärlichen Unterlagen über den alten Joseph Curwen, herzustellen. Sie hätten viel darum gegeben, einen Blick in die Schriftstücke werfen zu können, die Charles gefunden hatte, denn der Schlüssel zum Wahnsinn des jungen Mannes lag zweifellos in dem, was er über den alten Hexenmeister und seine Umtriebe erfahren hatte.

4

Aber trotz alledem waren es nicht die Bemühungen von Mr. Ward und Dr. Willett, die den nächsten Stein ins Rollen brachten. Der Vater und der Arzt hatten, verwirrt und genarrt von einem Schatten, der zu formlos und ungreifbar war, als daß man gegen ihn kämpfen konnte, notgedrungen eine Pause eingelegt, während die maschinengeschriebenen Mitteilungen des jungen Ward an seine Eltern immer seltener wurden. Dann kam der Monatserste mit den üblichen finanziellen Abrechnungen, und die Angestellten einiger Banken begannen, ratlos die Köpfe zu schütteln und sich gegenseitig anzurufen. Beamte, die Charles Ward vom Sehen kannten, suchten ihn in seinem Bungalow auf und fragten ihn, warum alle seine Schecks aus den letzten Wochen plumpe Fälschungen seien, und sie gaben sich nur widerstrebend mit den heiseren Erklärungen des jungen Mannes zufrieden, seine Hand sei vor einiger Zeit durch einen Nervenschock derart in Mitleidenschaft gezogen worden, daß er nicht mehr normal schreiben könne. Nur unter größten Schwierigkeiten, so behauptete er, könne er überhaupt halbwegs erkennbare Buchstaben schreiben; als Beweis führte er an, daß er in letzter Zeit gezwungen sei, all seine Briefe mit der Maschine zu schreiben, selbst die an seinen Vater und seine Mutter, die das bestätigen könnten.

Aber nicht allein deswegen waren die Beamten fassungslos, denn dabei handelte es sich nicht um einen allzu ungewöhnlichen oder von vornherein verdächtigen Umstand; und auch nicht wegen der in Pawtuxet umlaufenden Gerüchte, die einem oder zweien von ihnen zu Ohren gekommen waren. Es waren vielmehr die verworrenen Äußerungen des jungen Mannes, die sie so verblüfften, denn diesen war zu entnehmen, daß er sich praktisch überhaupt nicht mehr an seine wichtigen Geldgeschäfte erinnern konnte, deren Einzelheiten er noch vor einem oder zwei Monaten jederzeit parat gehabt hatte. Irgend etwas war nicht in Ordnung, denn trotz all seiner scheinbar zusammenhängenden und rationalen Äußerungen war für diese nur notdürftig bemäntelten Gedächtnislücken in wichtigen Angelegenheiten keine normale Erklärung denkbar. Überdies blieb den Männern, obzwar keiner von ihnen Ward besonders gut kannte, die Veränderung seiner Sprache und seines Verhaltens nicht verborgen. Sie hatten gehört, daß er Altertumsforscher war, aber selbst die hoffnungslosesten unter diesen Wissenschaftlern bedienten sich keiner urgroßväterlichen Ausdrucksweisen und Gesten. All diese Symptome zusammengenommen – die Heiserkeit, die gelähmten Hände, das schlechte Gedächtnis, die Änderungen in Sprache und Gestik – deuteten auf eine wirklich ernste Störung oder Krankheit hin, die zweifellos Anlaß zu den sonderbaren Gerüchten der letzten Zeit gegeben hatte; und nachdem sie gegangen waren, kamen die Bankbeamten zu dem Schluß, daß man die Angelegenheit unbedingt mit dem alten Ward besprechen müsse. So fand denn am sechsten März 1928 in Mr. Wards Büro eine lange und ernste Konferenz statt, an deren Ende der bestürzte Vater in einer Art hilfloser Resignation Dr. Willett kommen ließ. Willett besah sich die unbeholfenen und krakeligen Unterschriften auf den Schecks und verglich sie im Geiste mit der Schrift jenes letzten, verzweifelten Briefes. Gewiß, die Veränderung war tiefgreifend, und doch kam ihm die neue Handschrift unheimlich bekannt vor. Sie wies altertümliche Schnörkelelemente auf, die überhaupt nicht zu dem Schriftzug des jungen Ward paßten. Es war merkwürdig – aber wo hatte er diese Schrift schon einmal gesehen? Alles in allem bestand kein Zweifel, daß Charles geistesgestört war. Und da es unwahrscheinlich schien, daß er noch lange in der Lage sein würde, seinen Besitz zu verwalten oder mit anderen Menschen zu verkehren, mußte schnell etwas unternommen werden, um ihn unter Aufsicht zu stellen und womöglich zu heilen. An diesem Punkt wurden die Nervenärzte hinzugezogen – die Doktoren Peck und Waite aus Providence und Dr. Lyman aus Boston –, denen Mr. Ward und Dr. Willett den Fall so ausführlich wie möglich darlegten und die lange in der nunmehr unbenutzten Bibliothek ihres jungen Patienten konferierten und sich anhand der übriggebliebenen Bücher und Schriften zusätzlich ein Bild von seinen geistigen Neigungen zu machen versuchten. Nachdem sie dieses Material durchgesehen und Charles' Brief an Willett geprüft hatten, stimmten sie alle darin überein, daß die Studien des jungen Mannes ausgereicht hätten, um jeden normalen Verstand aus den Angeln zu heben oder zumindest zu verwirren, und brannten darauf, auch seine sorgsam gehüteten anderen Bücher und Dokumente in Augenschein zu nehmen; doch sie wußten, daß sie dies letztere bestenfalls nach einem Besuch in dem Bungalow selbst tun konnten. Willett untersuchte jetzt den ganzen Fall noch einmal mit fieberhafter Energie; im Verlauf dieser Untersuchungen befragte er die Arbeiter, die dabeigewesen waren, als Charles Joseph Curwens Dokumente entdeckt hatte, und kam den Vorfällen mit den beseitigten Zeitungsartikeln auf die Spur, indem er die betreffenden Nummern im Archiv des *Journal* durchsah.

Am Donnerstag, dem achten März, machten die Doktoren Willett, Peck, Lyman und Waite in Begleitung von Mr. Ward, ihren Überraschungsbesuch bei dem jungen Mann; sie machten kein Hehl aus ihren Absichten und stellten dem Patienten – denn als solchen betrachteten sie ihn jetzt alle – eindringliche und unnachsichtige Fragen. Obwohl Charles lange nicht auf das Klopfen an der Tür reagierte und von einer Wolke sonderbarer und abscheuerregender Laborgerüche umgeben war, als er endlich aufgeregt an die Tür kam, zeigte er sich in keiner Weise widerspenstig und gab freimütig zu, daß sein Gedächtnis und sein seelisches Gleichgewicht durch die dauernde Beschäftigung mit abstrusen Studien etwas gelitten hätten. Er widersprach nicht, als man darauf bestand, ihn an einen anderen Ort zu bringen, und schien, abgesehen von dem Gedächtnisschwund, bei völlig klarem Verstande zu sein. Sein Auftreten hätte die Besucher in ungläubigem Staunen den Rückzug antreten lassen, hätten nicht seine auffällig altertümliche Redeweise und die unverkennbare Verdrängung moderner Ideen durch alte in seinem Bewußtsein ihn eindeutig als nicht mehr normal abgestempelt. Über seine Arbeit verriet er den Doktoren nicht mehr, als er früher seiner Familie und Dr. Willett gesagt hatte, und seinen verzweifelten Brief vom Vormonat tat er als reine Nervensache und Hysterie ab. Er beharrte darauf, es gebe in seinem düsteren Bungalow keine Bibliothek und kein Labor außer den sichtbaren, und verwickelte sich in Widersprüche, als er erklären sollte, weshalb man im Haus keinen der Gerüche wahrnahm, mit denen seine Kleider gesättigt waren. Den Klatsch der Nachbarn tat er als billige Erfindung unbefriedigter Neugierde ab. Er sagte, er sei nicht befugt, nähere Angaben über den Verbleib Dr. Allens zu machen, versicherte aber seinen Besuchern, daß der bärtige Brillenträger zurückkommen würde, wenn es notwendig werden sollte. Während er dem mürrischen Mulatten, der den Besuchern keinerlei Fragen beantwortet hatte, seinen Lohn auszahlte und den Bungalow abschloß, der noch immer finstere Geheimnisse zu bergen schien, ließ Ward keinerlei Anzeichen von Nervosität erkennen, abgesehen von einer kaum merklichen Tendenz, ab und zu innezuhalten, als lausche er einem sehr schwachen Geräusch. Offenbar nahm er dies alles mit einem resignierten, philosophischen Gleichmut hin, so als wäre sein erzwungener Umzug lediglich ein vorübergehender Zwischenfall, der ihm die geringsten Ungelegenheiten machen würde, wenn er sich fügte und die Angelegenheit ein für allemal hinter sich brachte. Zweifellos verließ er sich darauf, daß die ungebrochene Schärfe seines Intellekts ihm über alle Schwierigkeiten hinweghelfen würde, in die er durch seinen Gedächtnisschwund, den Verlust der Sprache und der Handschrift und sein heimlichtuerisches und exzentrisches Verhalten geraten war. Man kam überein, daß seine Mutter nicht von der Änderung unterrichtet werden sollte; sein Vater sollte ihr in Charles' Namen maschinengeschriebene Mitteilungen schicken. Charles Ward wurde in das ruhige und malerisch gelegene Privatsanatorium des Dr. Waite auf der Insel Conanicut in der Bucht gebracht und von allen mit seinem Fall befaßten Ärzten aufs sorgfältigste untersucht und ausgefragt. Dabei wurden dann die merkwürdigen physischen Veränderungen entdeckt; der verlangsamte Stoffwechsel, die veränderte Haut und die unnormalen nervlichen Reaktionen. Dr. Willett war von allen untersuchenden Ärzten am meisten beunruhigt, denn er hatte Charles von Kindheit an beobachtet und übersah mit schrecklicher Deutlichkeit das Ausmaß seiner physischen Desorganisation. Sogar das vertraute olivgraue Mal auf seiner Hüfte war verschwunden, während sich auf seiner Brust jetzt ein großer schwarzer Leberfleck befand, der früher nicht dagewesen war, so daß Willett sich fragte, ob Charles wohl irgendwann einmal an einer jener unheimlichen nächtlichen Zusammenkünfte an wilden, einsamen Orten teilgenommen hatte, bei denen der Sage nach die Anwesenden mit einem »Hexenmal« gebrandmarkt wurden. Dem Doktor wollte nicht die Abschrift jenes Protokolls eines Hexenprozesses in Salem aus dem Sinn, die Charles ihm vor langer Zeit einmal gezeigt hatte und die folgendermaßen lautete: »Mr. G. B. hat jenes Nachts Bridget S., Jonathan A., Simon O., Deliverance W., Joseph C., Susan P., Mehitable C. und Deborah B. mit dem Teufel seinem Zeichen gebranntmarcket.« Auch Wards Gesicht beunruhigte ihn zutiefst, bis ihm schließlich aufging, was daran so schrecklich war. Über dem rechten Auge des jungen Mannes war etwas, das er nie zuvor bemerkt hatte – eine kleine Narbe oder Vertiefung, genau wie die auf dem inzwischen zu Staub zerfallenen Porträt des alten Joseph Curwen, vielleicht ein Überbleibsel von irgendeiner gräßlichen rituellen Impfung, der sich beide auf einer bestimmten Stufe ihrer okkulten Entwicklung unterzogen hatten.

Während Ward selbst allen Ärzten der Heilanstalt Rätsel aufgab, zensierte man streng die gesamte Post, die an ihn oder an Dr. Allen adressiert war; Dr. Allens Post wurde auf Wards Wunsch ebenfalls ins Haus seiner Eltern zugestellt. Willett hatte vorhergesagt, daß man kaum etwas finden würde, weil alle wichtigen Nachrichten bisher wahrscheinlich durch Boten überbracht worden waren; doch gegen Ende März traf ein Brief für Dr. Allen aus Prag ein, der sowohl dem Doktor als auch dem Vater viel zu denken gab. Er war in einer sehr verschnörkelten, altertümlichen

Handschrift abgefaßt, und obwohl der Absender mit Sicherheit kein Ausländer war, wies der Text fast dieselben einzigartigen Abweichungen vom modernen Sprachgebrauch auf wie die Sprache des jungen Ward selbst. Der Brief lautete folgendermaßen:

11. Februar 1928
Kleinstraße 11
Prag, Altstadt

Bruder in Almonsin-Metraton!
Am heutigen Tage erhielt ich Euren Bericht darüber, was aus den Saltzen kam, welche ich Euch gesandt hatte. Es war falsch, und das bedeutet ohne Zweifel, daß die Grabsteine vertauscht worden waren, als Barnabus mir das Objekt verschaffte. Solches trägt sich oft zu, was Euch sicher bekannt ist. Denket nur an jenes Ding, welches Ihr anno 1769 vom King's Chapell-Friedhof bekommen habet, oder jenes aus dem Alten Kirchhof anno 1690. Ich bekam ein solches Ding aus Ägypten vor 75 Jahren, von welchem die Narbe herrühret, die der Junge an mir anno 1924 gesehen hat. Wie ich Euch schon vor langer Zeit sagte, erwecket nichts, was Ihr nicht austreiben könnet, sei es aus todten Saltzen oder aus den äußeren Sphären. Haltet die Worte des Gegenzaubers allzeit bereit und stehet nicht an, Euch zu vergewissern, so Ihr zweifelt, Wen Ihr habet. Die Steine sind heutigentags in neun von zehn Friedhöfen alle vertauscht. Man ist nie sicher, bevor man nicht die Frage gestellt hat. Ich habe heute von H. gehört, welcher durch die Soldaten in Bedrängniß geraten ist. Er ist wahrscheinlich betrübt darüber, daß Transsilvania von Ungarn an Rumänien übergegangen ist, und würde seinen Sitz wechseln, wäre das Schloß nicht voll der Dinge, welche wir kennen. Doch davon hat er Euch sicherlich geschrieben. In meiner nächsten Sendung wird sich etwas aus einem Hügelgrab im Osten befinden, worüber Ihr sehr frohlocken werdet. Mittlerweile vergesset nicht, daß ich B. F. haben möchte, soferne Ihr ihn irgend für mich beschaffen könnet. Ihr kennet G. in Philadelphia besser als ich. Holet ihn Euch zuerst, wenn Ihr wollet, doch behandelt ihn nicht so hart, daß er danach schwierig ist, denn ich muß am Ende zu ihm sprechen.

Yogg-Sothoth Neblod Zin
Simon O.

An Mr. J. C. in
Providence

Mr. Ward und Dr. Willett hielten in äußerster Bestürzung inne, als sie dieses offenkundige Zeugnis schieren Wahnsinns zu Gesicht bekamen. Nur ganz allmählich dämmerte ihnen, was der Brief wirklich bedeutete. Der abwesende Dr. Allen – und nicht Charles Ward – war also mittlerweile der führende Geist in Pawtuxet geworden? Das mußte die Erklärung für die wilde Entschlossenheit in dem letzten, verzweifelten Brief des jungen Mannes sein. Und wieso wurde der bärtige Fremde mit der Brille in der Adresse als »Mr. J. C.« bezeichnet? Die logische Schlußfolgerung lag auf der Hand, doch irgendwo hatte jede Monstrosität ihre Grenze! War »Simon O.« der alte Mann, den Ward vier Jahre zuvor in Prag besucht hatte? Vielleicht, aber in vergangenen Jahrhunderten hatte es schon einmal einen Simon O. gegeben – Simon Orne, alias Jedediah, der 1771 aus Salem verschwand *und dessen charakteristische Handschrift Willett jetzt unzweifelhaft wiedererkannte, als er sich an die Photokopien der Orneschen Formeln erinnerte, die Charles Ward ihm einmal gezeigt hatte.* Was für Schreckbilder und Mysterien, was für Widersprüche und Launen der Natur waren nach anderthalb Jahrhunderten wiedergekommen, um das alte Providence mit seinen dichtgedrängten Türmchen und Kuppeln abermals heimzusuchen?

Der Vater und der alte Arzt, die beim besten Willen nicht wußten, was sie von alledem halten sollten, besuchten Charles in der Anstalt und befragten ihn so vorsichtig wie möglich über Dr. Allen, seinen Besuch in Prag und das, was er über Simon oder Jedediah Orne aus Salem in Erfahrung gebracht habe. Auf alle diese Fragen antwortete der junge Mann höflich, aber unverbindlich; er stieß lediglich mit seiner heiseren Flüsterstimme hervor, er habe herausgefunden, daß Dr. Allen in einer bemerkenswerten geistigen Beziehung zu bestimmten Seelen aus der Vergangenheit stünde und daß jeder Briefpartner, den der bärtige Mann in Prag haben mochte, wahrscheinlich über ähnliche Fähigkeiten verfüge. Als sie wieder gingen, wurde Mr. Ward und Dr. Willett zu ihrem Kummer klar, daß in Wirklichkeit sie beide die Ausgefragten waren und der junge Mann ihnen, ohne selbst irgend etwas Wichtiges zu verraten, praktisch den ganzen Inhalt des Briefes aus Prag entlockt hatte.

Die Doktoren Peck, Waite und Lyman waren nicht geneigt, der sonderbaren Korrespondenz von Charles' Kollegen große Bedeutung beizumessen, denn sie kannten die Vorliebe seelenverwandter Exzentriker und Monomanen, sich zusammenzutun, und vertraten die Ansicht, daß Charles oder Allen lediglich einen expatriierten Gesinnungsgenossen ausfindig gemacht hatte – vielleicht einen, der Ornes Handschrift einmal gesehen und seine Handschrift kopiert hatte, um sich als Reinkarnation jener Gestalt aus der Vergangenheit aufzuspielen. Allen selbst war vielleicht ein ähnlicher Fall und hatte womöglich den jungen Mann dazu überredet, ihn als Avatar des längst verstorbenen Joseph Curwen anzuerkennen. Solche Dinge hatte es schon früher gegeben, und mit denselben Argumenten schoben die nüchternen Doktoren Willetts wachsende Beunruhigung über Charles Wards derzeitige Handschrift beiseite, die er ohne Wissen des jungen Mannes anhand einiger Schriftproben studierte. Willett glaubte, endlich herausgefunden zu haben, weshalb ihm diese Schrift so merkwürdig bekannt vorkam – sie ähnelte ein wenig der Handschrift von keinem anderen als dem alten Joseph Curwen. Die anderen Ärzte sahen darin jedoch nur eine Phase des Nachahmungstriebes, die bei einer solchen Manie zu erwarten sei, und weigerten sich, dieser Tatsache irgendeine positive oder negative Bedeutung beizumessen. Als er sah, wie phantasielos seine Kollegen waren, riet Dr. Willett Mr. Ward, den Brief bei sich zu behalten, der am zweiten April für Dr. Allen aus Rakus in Transsilvanien eingetroffen war und dessen Aufschrift so sehr der Geheimschrift von Hutchinson glich, daß die beiden Männer beklommen innehielten, bevor sie das Siegel erbrachen. Der Brief hatte folgenden Wortlaut:

7. März 1928
Schloß Ferenczy

Lieber C. –
Ein Trupp von 20 Milizsoldaten war bey mir, um mich über jene Dinge auszufragen, von welchen das Landvolk schwatzt. Muß tiefer graben, damit weniger zu hören sey. Diese Rumänen belästigen einen ohn Unterlaß; sie sind correct und diensteifrig, wo man sich einen Madjaren mit einer ordentlichen Mahlzeit kauffen könnte. Letzten Monat brachte M. mir den Sarcophagus der Fünf Sphinxes von der Akropolis, woselbst jener, welchen ich erwekket, gesagt hatte, daß er sich befinden würde, und ich habe drey Gespräche *mit dem gehabt,* welcher darinnen begraben war. Es

wird direkt an S. O. in Prag und von dorthen zu Euch gesandt werden. Es ist widerspenstig, doch Ihr wisset, was dagegen zu thun sey. Ihr handelt weise, daß Ihr nicht so viele halthet wie ehedem; denn es war nicht nothwendig, die Wächter in ihrer Gestalt zu lassen, so daß sie sich die Köpfe abfraßen, denn man geräth in arge Bedrängniß, so man mit ihnen betroffen wird, wie Ihr wohl wisset. Nunmehr könnet ihr nothfalls fliehen und an einem anderen Orte arbeiten, ohne Euch mit Töten aufzuhalten, wiewohl ich hoffe, daß in nächster Zukunft nichts Euch zwingen möge, einen so beschwerlichen Weg einzuschlagen. Ich bin erfreut, daß Ihr nicht so viel mit *Jenen Äußeren* verkehret, denn es lag immer eine tödtliche Gefahr darinnen, und Ihr wisset wohl, was es that, als Ihr Schutz von einem begehrtet, welches nicht willens war, ihn Euch zu gewähren. Ihr übertreffet mich in der Beschaffung der Formeln, in der Weise, daß *ein anderer* sie mit Erfolg sprechen kann, aber Borellus muthmaßte, daß dem so sein würde, fände man nur die rechten Worte. Wendet der Knabe sie oft an? Es thut mir leid, daß er zimperlich wird, wie ich es schon befürchtet, als ich ihn für beinahe fünfzehn Monate hier hatte, aber ich vertraue darauf, daß Ihr wisset, wie Ihr ihn behandeln müsset. Ihr könnet ihn nicht mit den Formeln bezwingen, denn diese sind nur gegen jene anderen wirksam, welche die anderen Formeln aus den Saltzen erwecket haben; doch Ihr nennet noch immer starke Hände und ein Messer und ein Pistol Euer eigen, und Gräber sind nicht schwer zu graben noch mangelt es an Säuren zum Verbrennen. O. sagt, Ihr hättet ihm B. F. versprochen. Danach muß ich ihn haben. B. wird Euch bald aufsuchen, und möge er Euch geben, was Ihr begehret von jenem Dunklen Ding unter Memphis. Lasset bei Euren Erweckungen Vorsicht walten und hütet Euch vor dem Jungen. Übers Jahr wird alles bereit sein, um die Legionen aus der Unterwelt heraufzuholen, und dann wird uns Unermeßliches zutheil werden. Vertrauet auf das, was ich sage, denn ich kenne O. und ich habe 150 Jahre mehr als Ihr gehabt, um diese Dinge zu erforschen.

Nephreu-Ka nai Hadoth
Edw: H.

An Herrn Joseph Curwen
Providence

Wenn aber Willett und Mr. Ward davon absahen, diesen Brief den Nervenärzten zu zeigen, so unterließen sie es doch keineswegs, selbst zur Tat zu schreiten. Keine noch so gelehrte Sophisterei konnte die Tatsache wegdiskutieren, daß der seltsame bärtige Brillenträger Dr. Allen, den Charles in seinem verzweifelten Brief eine furchtbare Bedrohung genannt hatte, in enger und sinistrer Korrespondenz mit zwei sonderbaren Kreaturen stand, die Ward auf seinen Reisen besucht hatte und die sich unverhohlen als Reinkarnationen oder Avatare von Curwens einstigen Kollegen aus Salem ausgaben, und daß er selbst sich als Reinkarnation des Joseph Curwen betrachtete und gegen einen »Knaben«, bei dem es sich kaum um jemand anderen als Ward handeln konnte, Mordabsichten hegte – oder zumindest zu dessen Ermordung aufgefordert wurde. Organisierter Terror war im Gange, und gleichgültig, wer damit angefangen hatte, der verschwundene Allen steckte auf jeden Fall dahinter. Mr. Ward dankte deshalb dem Himmel, daß Charles jetzt sicher in der Anstalt untergebracht war, und engagierte unverzüglich Detektive, die soviel wie möglich über den geheimnisvollen bärtigen Doktor in Erfahrung bringen sollten; sie sollten feststellen, woher er gekommen war und was man in Pawtuxet über ihn wußte, und nach Möglichkeit seinen jetzigen Aufenthaltsort ausfindig machen. Er übergab den Männern einen der Schlüssel zu dem Bungalow, den Charles hatte aufgeben müssen, und bat sie eindringlich, Dr. Allens unbewohntes Zimmer zu untersuchen, das man bei der Abholung von Charles' Sachen identifiziert hatte, und zu sehen, ob er irgendwelche Gegenstände zurückgelassen hatte, die einen Hinweis liefern konnten. Mr. Ward sprach mit den Detektiven in der alten Bibliothek seines Sohnes, und die Männer verspürten eine deutliche Erleichterung, als sie den Raum verließen; denn irgendwie schien die Bibliothek von einer vagen unheilvollen Atmosphäre erfüllt. Vielleicht war es das, was sie über den unseligen alten Hexenmeister gehört hatten, dessen Bild einst von der Täfelung über dem Kamin herabgestarrt hatte, oder vielleicht war es auch etwas anderes, Unbedeutendes; auf jeden Fall hatten sie alle irgendwie ein unfaßbares Miasma gespürt, das sich um dieses geschnitzte Überbleibsel aus einem älteren Haus konzentrierte und sich hin und wieder beinahe zu der Intensität einer materiellen Emanation verdichtete.

V

Ein Nachtmahr und ein Desaster

1

Und nun folgte bald jenes schreckliche Erlebnis, das sich unauslöschlich in die Seele des Marinus Bicknell Willett eingeprägt hat und einen Mann, dessen Jugendzeit auch vorher schon lange zurückgelegen hatte, um ein volles Jahrzehnt altern ließ. Dr. Willett hatte lange mit Mr. Ward konferiert und mit ihm Übereinstimmung über einige Punkte erzielt, die nach ihrer beider Auffassung die Nervenärzte nur ins Lächerliche gezogen hätten. Die beiden Männer mußten sich eingestehen, daß sich auf der Welt eine schreckliche Bewegung erhalten hatte, deren direkte Verbindung mit einer Nekromantie, die noch älter war als die Hexerei von Salem, außer Zweifel stand. Und daß zumindest zwei lebende Männer – und noch ein weiterer, an den sie nicht zu denken wagten – absolute Gewalt über Seelen oder Persönlichkeiten hatten, die vor langer Zeit, um 1690 oder noch früher, lebendig gewesen waren, das war ebenfalls beinahe unwiderleglich bewiesen, selbst angesichts aller bekannten Naturgesetze. Was diese schrecklichen Kreaturen – und auch Charles Ward – taten oder zu tun versuchten, ging ziemlich klar aus ihren Briefen sowie aus allen alten wie neuen Einzelheiten hervor, die ein wenig Licht in den Fall gebracht hatten. Diese Leute plünderten die Gräber aller Zeitalter, einschließlich der weisesten und größten Männer der Welt, in der Hoffnung, aus der Asche der Vergänglichkeit eine Spur des Bewußtseins und des Wissens wiedergewinnen zu können, die einstmals diese Männer beseelt und erleuchtet hatten.

Diese Nachtmahrghulen trieben einen entsetzlichen Handel, tauschten untereinander die Gebeine berühmter Persönlichkeiten mit der kühlen Berechnung von Schuljungen, die Bücher austauschen; und was sie aus diesem jahrhundertealten Staub herauspreßten, verlieh ihnen mehr Macht und Weisheit, als sie der Kosmos je in einem einzelnen Menschen oder einer Gruppe konzentriert gesehen hat. Sie hatten unselige Mittel und Wege gefunden, um ihre Gehirne lebendig zu erhalten, entweder in demselben oder in verschiedenen Körpern, und offenbar auch eine Methode ersonnen, um das Bewußtsein der Toten anzuzapfen, die sie sich beschafften. Es schien, daß der alte Borellus doch nicht ganz unrecht gehabt hatte, als er schrieb, daß man selbst aus den ältesten sterblichen Überresten gewisse »essentielle Saltze« gewinnen und aus diesen den Schatten eines längst gestorbenen Lebewesens erwecken könne. Es gab eine Formel, um einen solchen Schatten heraufzubeschwören, und eine andere, um ihn wieder in die Versenkung zurückzuschicken; und das Verfahren war jetzt so weit vervollkommnet, daß es mit Erfolg von anderen erlernt werden konnte. Man mußte bei den Anrufungen Vorsicht walten lassen, denn alte Gräber sind nicht immer richtig bezeichnet.

Willett und Mr. Ward schauderten, während sie zu immer neuen Schlußfolgerungen gelangten. Irgendwelche Dinge – Erscheinungen oder Stimmen – konnten aus unbekannten Regionen wie auch aus dem Grabe heraufgeholt werden, und auch bei diesem Vorgang mußte man vorsichtig sein. Joseph Curwen hatte zweifellos viele verbotene Dinge erweckt, und was Charles betraf – was sollte man von ihm denken? Welche Kräfte von »außerhalb der Sphären« hatten ihn aus der Zeit Joseph Curwens erreicht und seinen Sinn auf vergessene Dinge gelenkt? Er war so geführt worden, daß er auf bestimmten Anweisungen stieß, und er hatte von ihnen Gebrauch gemacht. Er hatte mit dem Mann des Schreckens in Prag gesprochen und sich lange bei jener Kreatur in den transsilvanischen Bergen aufgehalten. Und er mußte zu guter Letzt Joseph Curwens Grab gefunden haben. Jener Zeitungsartikel und die Geräusche, die seine Mutter in der Nacht gehört hatte, waren zu bedeutsam, als daß man sie hätte übersehen können. Dann hatte er etwas gerufen, und es mußte tatsächlich erschienen sein. Diese machtvolle Stimme in der Höhe an jenem Karfreitag und diese *anderen* Geräusche in dem verschlossenen Laboratorium. Woran erinnerten diese dunklen, dröhnenden Töne? Waren sie nicht schreckliche Vorboten des gefürchteten Fremden Dr. Allen mit seinem gespenstischen Baß gewesen? Ja, *das* war es, was Mr. Ward mit vagem Grauen bei seinem einzigen Gespräch über das Telefon mit diesem Menschen – wenn es ein Mensch gewesen war – gespürt hatte.

Welcher höllische Geist oder welche Stimme, welch morbider Schatten oder welche Erscheinung war als Antwort auf Charles Wards geheime Riten hinter jener verschlossenen Tür gekommen? Die im Streit belauschten Stimmen – »müssen es für drei Monate rot haben« – großer Gott! War das nicht unmittelbar vor dem Ausbruch des Vampirismus gewesen? Die Plünderung des uraltten Grabes von Ezra Weeden, und später die Schreie in Pawtuxet – wessen Geist hatte die Rache geplant und den ängstlich gemiedenen Sitz alter Lästerungen wiederentdeckt? Und dann der Bungalow und der bärtige Fremde, und der Klatsch, und die Angst. Die endgültige Geistesverwirrung von Charles konnte weder der Vater noch der Doktor zu erklären versuchen, aber sie waren sicher, daß der Geist des Joseph Curwen wieder auf die Erde zurückgekehrt war und seine einstigen morbiden Untaten fortsetzte. Konnte ein Mensch tatsächlich von Dämonen besessen sein? Allen hatte etwas damit zu tun, und die Detektive mußten mehr über diesen Mann herausfinden, dessen Existenz das Leben des jungen Mannes bedrohte. Da die Existenz irgendeiner ungeheuren Krypta unter dem Bungalow praktisch nicht mehr bezweifelt werden konnte, mußte in der Zwischenzeit etwas unternommen werden, um sie zu finden. In Anbetracht der skeptischen Haltung der Nervenärzte beschlossen Willett und Mr. Ward bei ihrer abschließenden Unterredung, gemeinsam eine Untersuchung von beispielloser Gründlichkeit durchzuführen; sie kamen überein, sich am folgenden Morgen am Bungalow zu treffen, ausgerüstet mit Koffern und bestimmten Werkzeugen und Hilfsmitteln für die Suche in dem Gebäude unter der Erde.

Der Morgen des sechsten April zog klar herauf, und die beiden Männer waren um zehn Uhr vor dem Bungalow zur Stelle. Mr. Ward hatte den Schlüssel, und nachdem er aufgeschlossen hatte, wurden die Räume zunächst einer flüchtigen Musterung unterzogen. Die Unordnung in Dr. Allens Zimmer ließ darauf schließen, daß die Detektive schon dagewesen waren, und es stand zu hoffen, daß sie ein paar Hinweise entdeckt hatten, die sich als brauchbar erweisen würden. Das Wichtigste war natürlich der Keller, in den Dr. Willett und Mr. Ward deshalb unverzüglich hinabstiegen; wieder machten sie den Rundgang, der schon damals in Gegenwart des geistesgestörten jungen Hausherrn ergebnislos verlaufen war. Eine Zeitlang schien alles vergeblich, denn jeder Zoll des Fußbodens und der Steinwände sah so massiv und unverdächtig aus, daß von einer klaffenden Öffnung kaum ein Gedanke sein konnte. Willett überlegte, daß ja der ursprüngliche Keller ohne Wissen um die darunterliegenden Katakomben angelegt worden war und daß deshalb der Einstieg zu dem unterirdischen Gang nur von dem jungen Ward und seinen Gefährten mit modernen Mitteln geschaffen worden sein konnte und an einer Stelle liegen mußte, wo sie nach den uralten Gewölben gesucht hatten, von denen sie auf keinem normalen Wege Kunde erhalten hatten.

Der Doktor versuchte sich in Charles hineinzuversetzen, um herauszufinden, wie dieser die Sache wohl angepackt hätte, aber diese Methode half ihm auch nicht weiter. Deshalb wechselte er die Taktik und untersuchte mit größter Sorgfalt die gesamten Flächen der unterirdischen Räume, senkrechte und waagrechte, wobei er jeden Quadratzoll abtastete. Bald hatte er fast alles abgesucht, und zum Schluß blieb ihm nur noch die kleine Plattform vor den Waschzubern, die er schon einmal vergebens untersucht hatte. Nun aber probierte er auf jede erdenkliche Weise und mit verdoppeltem Kraftaufwand daran herum und fand schließlich heraus, daß der Oberteil sich tatsächlich um einen Zapfen in der Ecke drehen und horizontal wegschieben ließ. Darunter lag eine glatte Betonfläche mit einem eisernen Schachtdeckel, auf den Mr. Ward sofort mit neuerwachtem Eifer losging. Der Deckel ließ sich ohne sonderliche Mühe bewegen, und der Vater hatte ihn kaum hochgehoben, als Willett bemerkte, wie sonderbar er plötzlich aussah. Er schwankte und taumelte benommen, und der Doktor erkannte sogleich, daß die Ursache in dem Schwall giftiger Luft zu suchen sei, der aus dem dunklen Loch emporquoll.

Einen Augenblick später hatte Willett seinen Begleiter nach oben gebracht und versuchte, mit kaltem Wasser seine Lebensgeister zu wecken. Mr. Ward reagierte schwach, aber es war zu sehen, daß der Pesthauch aus der memphischen Krypta ihm arg zugesetzt hatte. Da er nichts riskieren wollte, hastete Willett hinaus, um auf der Broad Street ein Taxi anzuhalten, und bald darauf befand sich der Patient trotz seiner schwachen Proteste auf dem Heimweg; sodann holte Willett eine Taschenlampe hervor, bedeckte seine Nase mit einem sterilen Gazebausch und stieg abermals in den Keller hinunter, um in die neuentdeckten Tiefen hinabzuspähen. Der faulig riechende Luftstrom hatte jetzt etwas nachgelassen, und Willett konnte einen Lichtstrahl in das stygische Loch hinabschicken. Er sah, daß es bis in eine Tiefe von ungefähr zehn Fuß ein senkrechter zylindrischer Schacht mit Betonwänden und einer eisernen Leiter war; in dieser Höhe schien der Schacht auf eine alte Steintreppe zu stoßen, die ursprünglich etwas südlich von dem derzeitigen Gebäude an die Erdoberfläche gekommen sein mußte.

2

Willet gibt freimütig zu, daß ihn der Gedanke an die alten Legenden um Curwen einen Augenblick davon abhielt, allein in diesen übelriechenden Abgrund hinunterzusteigen. Er mußte an das denken, was Luke Fenner über jene letzte schaurige Nacht berichtet hatte. Doch dann gewann sein Pflichtgefühl die Oberhand, und er begann den Abstieg, in der Hand einen Koffer, für den Fall, daß er irgendwelche Papiere von höchster Bedeutung finden sollte. Langsam, wie es einem Mann seines Alters anstand, kletterte er die Leiter hinunter und erreichte die glitschigen Treppenstufen. Das war uraltes Mauerwerk, wie er im Licht der Taschenlampe feststellte, und an den triefenden Mauern sah er das muffige Moos von Jahrhunderten. Tief und tiefer wand die Treppe sich hinab, nicht in Spiralen, sondern in drei abrupten Krümmungen. So eng war der Durchlaß, daß zwei Menschen kaum aneinander vorbeigekommen wären. Er hatte etwa dreißig Stufen gezählt, als ein sehr schwaches Geräusch an sein Ohr drang; und von da an fühlte er sich nicht mehr in der Lage weiterzuzählen.

Es war ein gottloses Geräusch; einer jener tiefen, tückischen Ausbrüche der Natur, die nicht sein sollen. Ihn ein dumpfes Wimmern, ein verzweifeltes Heulen, ein hoffnungsloses Jaulen vielstimmiger Qual und geschundenen, geistlosen Fleisches zu nennen, würde bedeuten, seine kennzeichnende Abscheulichkeit und seine seelenverwirrenden Obertöne zu unterschlagen. War es das, worauf Ward an dem Tag, da man ihn fortschaffte, gelauscht hatte? Das Geräusch war das fürchterlichste, das Willett je vernommen hatte, und es ertönte immer wieder, aus keiner bestimmten Richtung, als der Doktor den Fuß der Treppe erreicht hatte und den Lichtstrahl seiner Taschenlampe über hohe Korridorwände gleiten ließ, die zyklopisch überwölbt und von zahllosen schwarzen Bogengängen durchbrochen waren. Die Halle, in der er stand, war bis zum Scheitelpunkt des Gewölbes vielleicht vierzehn Fuß hoch und zehn oder zwölf Fuß breit. Der Fußboden bestand aus großen, unregelmäßig gebrochenen Steinplatten, Wände und Decke aus behauenen Quadern. Die Länge der Halle konnte er nicht ermessen, denn sie erstreckte sich vor ihm endlos in die Finsternis. Manche Bogengänge hatten Türen im alte Kolonialstil, mit sechs Paneelen, andere waren türlos.

Die Furcht niederkämpfend, die der Gestank und das Geheul

ihm einflößten, begann Willett, diese Bogengänge einen nach dem anderen zu untersuchen; dahinter lagen Räume mit gemauerten Kreuzgewölben, alle von mittlerer Größe und offenbar bizarrem Verwendungszweck; in den meisten befanden sich Feuerstellen, und es wäre eine interessante Aufgabe für einen Ingenieur gewesen, die Abzugsschächte für diese Kamine zu suchen. Nie zuvor oder danach hatte Willett solche Instrumente oder Andeutungen von Instrumenten erblickt, wie sie hier, unter dem alles bedeckenden Staub und den Spinnweben von anderthalb Jahrhunderten verborgen, allenthalben herumlagen, in vielen Fällen offenbar zerstört, möglicherweise bei jenem lange zurückliegenden Überfall. Denn viele der Kammern schien nie der Fuß eines modernen Menschen betreten zu haben, und sie stammten offenbar aus den frühesten Phasen der Experimente von Joseph Curwen. Schließlich gelangte er in einen Raum, der anscheinend in jüngerer Zeit eingerichtet oder doch zumindest noch vor kurzem bewohnt worden war. Hier gab es Ölöfen, Bücherregale und Tische, Stühle und Schränkchen, und einen Schreibtisch, auf dem hohe Stapel antiker und auch zeitgenössischer Schriften lagen. Kerzen und Öllampen standen an mehreren Stellen, und als er eine Schachtel Zündhölzer fand, zündete Willett einige davon an.

In dem helleren Lichtschein schien es ihm, als handle es sich bei diesem Raum um nichts anderes als das letzte Arbeits- oder Bibliothekszimmer von Charles Ward. Viele der Bücher hatte der Doktor schon einmal gesehen, und ein Großteil des Mobiliars stammte offensichtlich aus dem Elternhaus in der Prospect Street. Hier und da sah er einen Gegenstand, den er gut kannte, und dieses Gefühl der Vertrautheit wurde so stark, daß er fast den Gestank und das Geheul vergessen hätte, obwohl beides hier noch deutlicher war als am Fuß der Treppe. Seine erste Aufgabe war es, das stand fest, alle Papiere zu suchen und an sich zu nehmen, die von entscheidender Bedeutung sein konnten; besonders jene monströsen Dokumente, die Charles vor so langer Zeit hinter dem Bild in Olney Court gefunden hatte. Während er suchte, ging ihm auf, was für eine ungeheure Arbeit die endgültige Entschlüsselung dieses Materials sein würde; denn Ordner um Ordner war prall mit Schriftstücken in sonderbaren Handschriften und mit sonderbaren Zeichen gefüllt, so daß man wahrscheinlich Monate oder sogar Jahre brauchen würde, um all das vollständig zu entziffern und herauszugeben. Einmal fand er große Bündel von Briefen mit Poststempeln aus Prag und Rakus und in Handschriften, die eindeutig als die von Orne und Hutchinson zu erkennen waren; die Briefe nahm er alle an sich und legte sie auf den Stapel, den er in seinem Koffer mit nach oben nehmen wollte.

Schließlich fand er dann in einem verschlossenen Mahagonischränkchen, das früher einmal das Wardsche Elternhaus geziert hatte, das Bündel alter Papiere von Joseph Curven, die er wiedererkannte, obwohl Charles ihn damals nur widerwillig einen kurzen Blick darauf hatte werfen lassen. Der junge Mann hatte sie offenbar weitgehend so beieinander gelassen, wie er sie entdeckt hatte, denn Willett fand alle Titel, an die die Arbeiter sich erinnerten, mit Ausnahme der an Orne und Hutchinson adressierten Schriftstücke sowie der Geheimschrift einschließlich des Schlüssels. Willett legte das ganze Bündel in den Koffer und durchsuchte weiter die Ordner. Da der augenblickliche Zustand des jungen Ward das vordringlichste Problem war, suchte er am sorgfältigsten unter dem Material, das offenkundig aus jüngerer Zeit stammte; und an den in großer Menge vorhandenen Manuskripten aus der letzten Zeit fiel Willett etwas sehr Merkwürdiges auf, nämlich die spärliche Anzahl von Schriftstücken in Charles' normaler Handschrift, von denen überdies keines weniger als zwei Monate alt war. Dagegen fand er buchstäblich ganze Stapel von Symbolen und Formeln, historischen Abhandlungen, geschrieben in einer verschnörkelten Handschrift, die absolut identisch mit der Schrift des alten Joseph Curwen war, obwohl die Dokumente unzweifelhaft aus jüngster Zeit stammten. Offenbar hatte in den letzten Wochen Charles' Arbeitsprogramm zum Teil in der beharrlichen Nachahmung der Handschrift des alten Hexenmeisters bestanden, worin er es anscheinend zu erstaunlicher Meisterschaft gebracht hatte. Von einer dritten Handschrift, bei der es sich um die Allens hätte handeln können, war keine Spur zu finden. Wenn dieser Mann in der letzten Zeit wirklich die führende Rolle gespielt hatte, so mußte er Ward gezwungen haben, ihm als Sekretär zu dienen.

In diesem neuen Material kehrte eine mystische Formel, oder besser gesagt ein Formelpaar, so oft wieder, daß Willett den Wortlaut auswendig konnte, bevor er seine Suche auch nur halb zu Ende gebracht hatte. Es waren zwei nebeneinanderstehende Kolumnen; über der linken stand das archaische Symbol des

»Drachenkopfes«, das in Kalendern zur Bezeichnung des aufsteigenden Knotens verwendet wird, und über der rechten ein entsprechendes Zeichen für den »Drachenschwanz« oder absteigenden Knoten. Das Ganze sah ungefähr so aus, und beinahe unbewußt bemerkte der Doktor, daß es sich bei der zweiten Kolumne um nichts anderes als den Text der ersten handelte, jedoch silbenweise rückwärts geschrieben, mit Ausnahme der beiden letzten einsilbigen Wörter und des sonderbaren Namens *Yog-Sothoth,* den er im Laufe seiner Nachforschungen in dieser schrecklichen Angelegenheit schon mehrmals – wenn auch in wechselnder Schreibweise – gelesen hatte. Die Formeln lauteten wie folgt – und zwar *buchstabengetreu,* wie Willett mehr als ausreichend zu belegen vermag –, und die erste weckte eine unangenehme, latente Erinnerung in seinem Gehirn, deren Bedeutung ihm erst später aufging, als er die Ereignisse jenes schrecklichen Karfreitags des Vorjahres rekapitulierte.

Y'AI'NG'NGAH,	OGTHROD AI'F
YOG-SOTHOTH	GEB'L-EE'H
H'EE-L'GEB	*YOG-SOTHOTH*
F'AI THRODOG	'NGAH'NG'AI'Y
UAAAH	*ZHRO*

Diese Formeln waren so faszinierend, und der Doktor stieß so oft auf sie, daß er sie alsbald halb unbewußt vor sich hinmurmelte. Schließlich hatte er jedoch das Gefühl, daß er alle Schriftstücke sichergestellt hatte, die er fürs erste mit Gewinn auswerten konnte; deshalb beschloß er, die Suche zunächst abzubrechen, bis er die skeptischen Nervenärzte allesamt zur Teilnahme an einer gründlichen und systematischeren Durchsuchung des Kellers würde bewegen können. Er mußte noch das geheime Laboratorium ausfindig machen, weshalb er den Koffer in dem erleuchteten Raum zurückließ und sich wieder in den übelriechenden, finstren Korridor hinaus begab, dessen Gewölbe unaufhörlich von jenem gräßlichen, dumpfen Geheul widerhallten. Die nächsten paar Räume, die er inspizierte, waren alle leer oder enthielten nichts als vermodernde Kisten und ominöse Bleisärge, aber sie vermittelten ihm einen eindrucksvollen Begriff vom Umfang der ursprünglichen Aktivitäten Joseph Curwens. Er dachte an die Sklaven und Seeleute, die verschwunden, an die Gräber, die in allen Teilen der Welt geplündert worden waren, und daran, was die Männer bei jener letzten Razzia gesehen haben mußten; und dann entschied er, daß es am besten sei, nicht mehr daran zu denken. Einmal führte zu seiner Rechten eine große Steintreppe nach oben, und er folgerte, daß es sich dabei um den Zugang zu einem der Curwenschen Nebengebäude handeln mußte – vielleicht dem berühmten Steinbunker mit den schlitzartigen Fenstern –, falls die Treppe, die er hinabgestiegen war, sich damals unter dem spitzgiebligen Bauernhaus befunden hatte. Plötzlich schienen vor ihm die Wände auseinanderzufallen, und der Gestank und das Geheul wurden stärker. Willett sah, daß er in einem riesigen offenen Raum angelangt war, von so gewaltigen Ausmaßen, daß das Licht seiner Taschenlampe ihn nicht zu erhellen vermochte, und im Weitergehen traf er hin und wieder auf massive Säulen, die das Deckengewölbe trugen.

Nach einer Weile erreichte er einen Kreis von Säulen, die wie die Monolithen von Stonehenge angeordnet waren, mit einem großen, aus Stein gehauenen Altar auf einem Sockel mit drei Stufen im Mittelpunkt; die gemeißelten Reliefs auf diesem Altar waren so sonderbar, daß er nähertrat, um sie im Schein der Taschenlampe zu studieren. Doch als er sah, was sie darstellten, prallte er schaudernd zurück und nahm sich nicht mehr die Zeit, die dunklen Flecken zu untersuchen, die die Altarplatte verunzierten und sich an mehreren Stellen in dünnen Linien die Seiten hinab ausgebreitet hatten. Statt dessen suchte er den Weg bis zur jenseitigen Wand und folgte ihrem gigantischen Rund, das durchbrochen war von gelegentlichen schwarzen Türöffnungen und Myriaden flacher Zellen mit Eisengittern und Hand- und Fußschellen an Ketten, die an den Steinen der konkav gemauerten Rückwände befestigt waren. Diese Zellen waren leer, doch der schreckliche Geruch und das elende Gestöhn dauerten immer noch an, hartnäckiger als je zuvor, und anscheinend von Zeit zu Zeit von einem dumpf-glitschigen Fallgeräusch begleitet.

3

Diesen gräßlichen Geruch und diesen unheimlichen Lärm konnte Willett nicht länger aus seinem Bewußtsein verdrängen. Beides war in der großen Säulenhalle deutlicher und schrecklicher als anderswo und erweckte den vagen Eindruck, als käme es von weit unten, selbst in dieser dunklen Welt unterirdischer Geheimnisse. Bevor er einen der schwarzen Bogengänge auf weiter nach unten führende Treppen hin untersuchte, ließ der Doktor den Lichtschein der Taschenlampe über den Steinfußboden gleiten. Er war sehr locker gepflastert, und in unregelmäßigen Abständen entdeckte Willett Platten mit kleinen Löchern in unbestimmter Anordnung, während an einer Stelle eine achtlos umgeworfene, sehr lange Leiter lag. Diese Leiter schien merkwürdigerweise besonders stark mit jenem schrecklichen Geruch behaftet, der alles umfing. Während er langsam umherging, glaubte Willett plötzlich zu bemerken, daß der Geruch wie auch der Lärm direkt über den sonderbar durchlöcherten Platten am stärksten waren, so als seien es klobige Falltüren, die noch weiter hinab in eine andere Region des Entsetzens führten. Er kniete vor einer dieser Platten nieder, rüttelte daran und entdeckte, daß er sie mit größter Anstrengung tatsächlich hochheben konnte. Als die Platte bewegt wurde, verstärkte sich das Gestöhn von unten, und nur unter Zittern und Zagen konnte er sich überwinden, den schweren Stein vollends hochzuheben. Ein unbeschreiblich widerwärtiger Gestank schlug ihm jetzt aus der Tiefe entgegen, und der Kopf drehte sich ihm benommen, während er die Steinplatte beiseite legte und den Strahl der Lampe auf den freigelegten Quadratmeter gähnender Finsternis richtete.

Wenn er erwartet hatte, eine Treppe zu finden, die in irgendeinen weiten Abgrund äußerster Abscheulichkeiten hinabführte, so sollte Willett enttäuscht werden; denn inmitten des Gestanks und des irrwitzigen Geheuls erblickte er nur den oberen, aus Ziegeln gemauerten Teil eines zylindrischen Schachtes von vielleicht anderthalb Meter Durchmesser und bar jeder Leiter oder anderer Abstiegshilfen. Als das Licht in den Schacht fiel, verwandelte sich das Geheul augenblicklich in eine Folge gräßlicher, jaulender Schreie, und gleichzeitig ließen sich wieder jene Geräusche wie von blindem, vergeblichem Tappen und schlüpfrigem Fallen vernehmen. Der Kundschafter zitterte, nicht willens, sich auch nur vorzustellen, welch verderbliches Ding in diesem Schlund lauern mochte; doch einen Augenblick später brachte er den Mut auf, über den roh behauenen Rand hinabzuspähen, wozu er sich der Länge nach auf den Boden legte und die Lampe mit ausgestrecktem Arm nach unten hielt. Eine Sekunde lang konnte er nichts erkennen als die glitschigen, moosbewachsenen Mauern, die endlos in das halb greifbare Miasma von Düsternis und Fäulnis und rasender Pein hinabsanken; doch dann sah er, daß irgend etwas Dunkles unbeholfen und wie wahnsinnig auf dem Grunde des engen Schachtes an der Mauer hochsprang, ungefähr zwanzig bis fünfundzwanzig Fuß unter dem Steinfußboden, auf dem er lag. Die Taschenlampe in seiner Hand zitterte, aber er schaute noch einmal hinunter, um zu sehen, welche Art von Lebewesen es sein mochte, das in der Finsternis dieses widernatürlichen Schachtes eingekerkert war, von dem jungen Ward dem Hungertod überlassen, seit ihn die Ärzte vor einem ganzen langen Monat abgeholt hatten, und offensichtlich nur einer von unzähligen Gefangenen in ähnlichen Schächten, mit deren durchlöcherten Steindeckeln der Boden der großen überwölbten Höhle dicht übersät war. Was für Wesen auch immer es waren, sie konnten sich in ihren engen Löchern nicht niederlegen, sondern mußten sich gekrümmt und geheult und gewartet und ohnmächtige Sprünge vollführt haben, all die schrecklichen Wochen seit ihr Herr und Meister sie im Stich gelassen hatte.

Aber Marinus Bicknell Willett sollte es bereuen, ein zweites Mal hinabgeschaut zu haben; denn obschon Chirurg und Veteran des Sezierraumes, ist er seither nicht mehr der alte. Es ist schwer zu erklären, wie ein einziger Blick auf ein greifbares Objekt von meßbaren Dimensionen einen Mann so erschüttern und verändern kann; und wir können nur sagen, daß manchen Umrissen und Erscheinungen eine suggestive Symbolkraft innewohnt, die sich schrecklich auf die Phantasie eines empfindsamen Denkers auswirkt und hinter den schützenden Illusionen des normalen Sehens furchtbare Andeutungen von obskuren kosmischen Beziehungen und unnennbaren Wirklichkeiten aufglimmen läßt. Bei jenem zweiten Hinsehen nahm Willett solch einen Umriß oder solch eine Erscheinung wahr, denn in den darauffolgenden Augenblicken war er zweifellos nicht weniger dem schieren Wahnsinn verfallen als irgendeiner der Insassen von Dr. Waites Privat-Irrenanstalt. Die Taschenlampe fiel ihm aus der jeder Muskelkraft oder nervlicher Koordination beraubten Hand, und er achtete nicht auf das knirschende Beißgeräusch, das über ihr Schicksal am Boden der Grube Aufschluß gab. Er schrie und schrie und schrie in einer Stimme, die in ihrer überschnappenden Panik keiner seiner Bekannten wiedererkannt hätte, und da er sich nicht zu erheben vermochte, kroch und wälzte er sich von dem Loch fort, über den feuchten Fußboden, während aus Dutzenden von Höllenschlünden erschöpftes Jammern und Heulen als Antwort auf seine eigenen irrsinnigen Schreie erscholl. Er riß sich an den rauhen, losen Steinen die Hände blutig und stieß oft mit dem Kopf an eine der zahlreichen Säulen, hielt aber trotzdem nicht inne. Dann schließlich kam er in der pechschwarzen, stinkenden Finsternis langsam wieder zu sich und hielt sich vor dem dröhnenden Geheul die Ohren zu. Er war schweißgebadet und hatte keine Möglichkeit, Licht zu machen; heimgesucht und enerviert in diesem schwarzen Abgrund des Grauens, niedergedrückt von einer Erinnerung, die er nie würde aus seinem Gedächtnis löschen können. Unter ihm waren Dutzende von diesen Wesen noch am Leben, und von einem dieser Schächte war der Deckel entfernt worden. Er wußte, daß das Wesen, das er gesehen hatte, niemals die schlüpfrigen Mauern erklettern konnte, schauderte aber bei dem Gedanken, daß vielleicht doch irgendwelche Stufen in die Wände gehauen sein konnten.

Was für ein Wesen es war, hat er nie verraten. Es war wie manche der gemeißelten Figuren auf dem höllischen Altar, aber es lebte. Die Natur hatte es niemals in dieser Form erschaffen, denn es war zu offensichtlich *unvollendet.* Die Mängel waren von höchst überraschender Art, und die abnormen Proportionen entzogen sich jeder Beschreibung. Willett findet sich nur zu der Erklärung bereit, daß es sich bei diesem Ding um einen Vertreter jener Wesen gehandelt haben müsse, die Ward aus *unvollkommenen Salzen* erweckt habe und die er für Dienstleistungs- und rituelle Zwecke hielt. Hätte es nicht eine gewisse Bedeutung gehabt, sein Abbild wäre nicht in jenen fluchwürdigen Stein gemeißelt worden. Es war nicht das schlimmste der auf diesem Stein abgebildeten Wesen – aber die anderen Gruben hatte Willett nicht geöffnet. In jenem Augenblick kam ihm, als er endlich wieder einen klaren Gedanken fassen konnte, als erstes ein scheinbar bedeutungsloser Absatz aus irgendeiner der alten Schriften Curwens in den Sinn, die er vor langer Zeit gelesen hatte; ein Satz, der in jenem monströsen konfiszierten Brief von Simon oder Jedediah Orne an den verblichenen Hexenmeister gestanden hatte:

»Fürwahr, es lag nichts als schieres Entsetzen in dem, was H. aus dem heraufbeschwor, wovon er nur einen Theil bekommen konnte.«

Dann stellte sich, dieses geistige Bild eher auf schreckliche Art ergänzend als verdrängend, eine Erinnerung an jene hartnäckigen alten Gerüchte über den verbrannten und entstellten Leichnam ein, der eine Woche nach der Strafexpedition gegen Curwen auf dem Acker gefunden worden war. Charles Ward hatte dem Doktor einmal berichtet, was der alte Slocum von diesem Objekt gesagt hatte, nämlich daß es weder ganz menschlich gewesen sei noch irgendeinem Tier geglichen habe, das die Leute von Pawtuxet jemals zu Gesicht bekommen oder in einem Buch gefunden hätten.

Diese Worte gingen dem Doktor durch den Kopf, während er auf dem salpetrigen Boden hockte und den Oberkörper hin und her wiegte. Er versuchte, sie zu verscheuchen, und sprach ein Vaterunser; allmählich verlor er sich in einem Wirrwarr verschiedenster Erinnerungen ähnlich dem modernistischen Buch »Das wüste Land« von Herrn T. S. Eliot und kam schließlich auf die oft wiederholte Doppelformel zurück, die er vor einer Weile erst in Wards unterirdischer Bibliothek gefunden hatte: *»Y'ai'ng'ngah, Yog-Sothoth«* und so fort bis hin zu dem abschließenden, unterstrichenen »Zhro«. Das schien ihn zu beruhigen, und nach einer Weile erhob er sich taumelnd; er beklagte bitter den Verlust seiner Taschenlampe und hielt verzweifelt Ausschau nach einem Lichtschimmer in der beklemmenden Finsternis der eiskalten Gruft. Denken wollte er lieber nicht; aber er spähte angestrengt in alle Richtungen, ob sich nicht doch vielleicht ein schwacher Widerschein der hellen Beleuchtung entdecken ließe, die er in der Bibliothek zurückgelassen hatte. Nach einer Weile glaubte er, in unendlicher Ferne die Andeutung eines Lichtschimmers wahrzunehmen, und dorthin begann er inmitten des Gestanks und Geheuls auf Händen und Knien zu kriechen, mit angstvoller Vorsicht seinen Weg ertastend, um sich nicht an einer der zahlreichen großen Säulen zu stoßen oder in den entsetzlichen Schacht zu stürzen, den er aufgedeckt hatte.

Einmal berührten seine zitternden Finger etwas, von dem er wußte, daß es die Stufen des höllischen Altars sein mußten, und vor dieser Stelle schauderte er mit Abscheu zurück. Ein andermal stieß er auf die durchlöcherte Steinplatte, die er abgehoben hatte, und hier wurde seine Vorsicht beinahe erbarmungswürdig. Aber die gefürchtete Öffnung selbst berührte er nicht, und es entstieg diesem Loch auch nichts, was ihn aufgehalten hätte. Was dort unten gewesen war, rührte sich nicht und gab keinen Laut von sich. Offenbar war es ihm nicht bekommen, daß es seine Zähne in die herabfallende Taschenlampe geschlagen hatte. Jedesmal, wenn Willetts Hände eine der durchlöcherten Steinplatten fühlten, zitterte er. Manchmal verstärkte sich das Stöhnen darunter, wenn er darüberkroch, doch meistens blieb jede Reaktion aus, denn er bewegte sich fast lautlos. Während er so dahinkroch, wurde der Lichtschein vor ihm mehrmals merklich schwächer, und es wurde ihm klar, die die verschiedenen Kerzen und Lampen, die er zurückgelassen hatte, eine nach der anderen ausgehen mußten. Der Gedanke, daß er plötzlich ohne Zündhölzer in dieser unterirdischen Welt nachtmahrhafter Labyrinthe von absoluter Finsternis umgeben sein könnte, zwang ihn, sich zu erheben und zu laufen, was er nun, da er das offene Loch passiert hatte, gefahrlos tun konnte; denn er wußte, daß, sollte das Licht gänzlich verlöschen, seine einzige Hoffnung auf Rettung und Überleben in einer Rettungsmannschaft liegen würde, die Mr. Ward nach einer angemessenen Wartezeit wahrscheinlich losschicken würde, um den Vermißten zu suchen. Gleich darauf jedoch kam er aus der offenen Halle in den schmaleren Gang und bemerkte, daß der Lichtschein aus einer Tür zu seiner Rechten fiel. Im Nu hatte er sie erreicht und stand abermals in der Geheimbibliothek des jungen Ward, bebend vor Erleichterung, und betrachtete die letzte, schon blakende Lampe, die ihm den Weg zur Rettung gewiesen hatte.

4

Einen Augenblick später war er schon dabei, in aller Eile die ausgebrannten Lampen aus einem Ölvorrat aufzufüllen, den er schon beim erstenmal bemerkt hatte, und als der Raum wieder hell erleuchtet war, schaute er sich nach einer Laterne um, die bei der weiteren Suche dienlich sein konnte. Denn sosehr ihm auch der Schreck noch in den Gliedern saß, behielt doch sein eiserner Wille die Oberhand, und er war fest entschlossen, bei seiner Suche nach den schrecklichen Tatsachen hinter Charles Wards bizarrem Wahnsinn nichts, aber auch gar nichts unversucht zu lassen. Als er keine Laterne fand, beschloß er, die kleinste der Lampen mitzunehmen; außerdem füllte er sich die Taschen mit Kerzen und Zündhölzern und nahm einen Kanister mit einer Gallone Öl mit, das er als Notvorrat benutzen wollte, falls er jenseits der schrecklichen offenen Halle mit dem besudelten Altar und den namenlosen verschlossenen Schächten irgendein geheimes Labor entdecken sollte. Diesen Raum abermals zu durchqueren, würde ihm den letzten Mut abverlangen, aber er war sich darüber im klaren, daß es sein mußte. Glücklicherweise lagen weder der gräßliche Altar noch der offene Schacht an der Wand mit den vielen Zellen, die die Höhlung begrenzte und deren mysteriöse schwarze Bogengänge logischerweise das nächste Ziel seiner systematischen Suche darstellten.

Willett ging also zurück in jene große Säulenhalle des Gestanks und des verzweifelten Geheuls, drehte die Lampe klein, um den höllischen Altar oder die aufgedeckte Grube mit der durchlöcherten Steinplatte neben dem Loch nicht sehen zu müssen, und sei es auch nur aus der Ferne. Die meisten Bogengänge führten lediglich in kleine Kammern, von denen manche leer waren und manche offenbar als Lagerräume benutzt wurden; und in einigen von den letzteren sah er höchst merkwürdige Ansammlungen verschiedener Gegenstände. Der eine war mit vermodernden, staubbedeckten Bündeln alter Kleider vollgestapelt, und Willett schauderte, als er sah, daß es sich unverkennbar um Kleidung handelte, wie man sie vor anderthalb Jahrhunderten getragen hat. In einem anderen Raum fand er große Mengen moderner Kleidungsstücke jeglicher Art, so als seien nach und nach Vorbereitungen getroffen worden, um eine große Zahl von Männern einzukleiden. Am stärksten mißfielen ihm jedoch die riesigen Fässer, die hier und da auftauchten, und ganz besonders die unheimlichen Verkrustungen, mit denen sie bedeckt waren. Sie gefielen ihm sogar noch weniger als die mit sonderbaren Figuren verzierten zerbrochenen Bleischalen, an denen so widerwärtige Rückstände klebten und die abstoßende Gerüche ausströmten, die ihm trotz des allgemeinen Gestanks der Krypta scharf in die Nase stiegen. Als er ungefähr die Hälfte des gesamten Rundes der Wand abgeschritten hatte, fand er einen Gang ähnlich dem, aus dem er gekommen war, von dem aus sich viele Türen öffneten.

Er machte sich daran, diesen Gang zu untersuchen, und nachdem er in drei Kammern von mittlerer Größe und ohne bedeutsamen Inhalt gewesen war, kam er schließlich zu einem großen, länglichen Raum, dessen geschäftlich-nüchterne Tanks und Tische, Öfen und moderne Instrumente, herumliegende Bücher und endlose Regale mit Krügen und Flaschen ihn tatsächlich als das lang gesuchte Laboratorium von Charles Ward auswiesen – das vor ihm zweifellos bereits Joseph Curwen benutzt hatte.

Nachdem er die drei Lampen angezündet hatte, die er gefüllt und brennfertig vorfand, untersuchte Dr. Willett den Raum und alle Einrichtungsgegenstände mit höchstem Interesse; aus den relativen Mengen verschiedener Reagenzien in den Regalen zog er den Schluß, daß der junge Ward sich vorwiegend mit irgendeinem Zweig der organischen Chemie beschäftigt haben müsse. Alles in allem bot die wissenschaftliche Apparatur, zu der auch ein unheimlich aussehender Seziertisch gehörte, wenig Anhaltspunkte, so daß der Raum im Grunde eher eine Enttäuschung war. Unter den Büchern war auch ein in schwarzen Lettern gedrucktes Exemplar von Borellus, und Willett bemerkte mit leisem Schaudern, daß Ward dieselbe Passage unterstrichen hatte, deren Hervorhebung den guten Mr. Merritt vor über anderthalb Jahrhunderten auf Curwens Bauernhof so sehr verwirrt hatte. Jenes ältere Exemplar mußte natürlich damals zusammen mit der übrigen okkulten Bibliothek Joseph Curwens bei der abschließenden Strafexpedition vernichtet worden sein. Drei weitere Bogengänge mündeten in das Laboratorium, und auch diese nahm der Doktor nacheinander in Augenschein. Bei der ersten, oberflächlichen Musterung sah er, daß zwei davon lediglich in kleine Lagerräume führten; diese jedoch durchsuchte er sorgfältig, wobei er Stapel von Särgen in unterschiedlichen Stadien des Verfalls entdeckte und heftig schauderte, als er die Inschriften auf einigen der Sargdeckel entzifferte. Außerdem waren in diesen Räumen auch größere Mengen Kleidung sowie mehrere fest vernagelte neuere Kisten gelagert, mit deren Untersuchung er sich nicht aufhielt. Am interessantesten waren vielleicht ein paar nicht mehr benutzte Gegenstände, die er für Teile von Instrumenten aus dem alten Laboratorium Joseph Curwens hielt. Diese waren von den Eindringlingen beschädigt worden, aber zum Teil noch immer als Ausrüstungsgegenstände eines Chemikers der georgianischen Periode erkennbar.

Der dritte Bogengang führte in ein sehr geräumiges Zimmer mit Regalen an allen Wänden und einem Tisch mit zwei Lampen in der Mitte. Diese Lampen zündete Willett an, und in ihrem hellen Schein musterte er die endlosen Regale, die ihn umgaben. Manche der oberen Borde waren ganz leer, doch den meisten Raum nahmen kleine, merkwürdig aussehende Bleikrüge von zwei verschiedenen Grundtypen ein; der eine groß und henkellos wie ein griechischer Ölkrug, eine Lekythos, der andere mit einem Henkel und in der Form wie ein Krug aus Phaleron. Sie hatten alle Metallpropfen und waren mit eigentümlichen, in die Oberfläche eingeritzten Symbolen bedeckt. Der Doktor sah sofort, daß diese Krüge nach einem sehr strengen System klassifiziert waren, denn alle Lekythen befanden sich auf der einen Seite des Raumes unter einem hölzernen Schild mit der Aufschrift »Custodes«, alle Phaleronkrüge dagegen auf der anderen Seite unter einem entsprechenden Schild mit der Aufschrift »Materia«. Jeder Krug, gleich welcher Art, mit Ausnahme einiger weniger auf den obersten Borden, die sich als leer erwiesen, trug ein Pappetikett mit einer Nummer, die sich offenbar auf einen Katalog bezog; und Willett beschloß, sich alsbald auf die Suche nach diesem Katalog zu machen. Im Augenblick interessierte er sich jedoch mehr für das System der Anordnung insgesamt und öffnete auf gut Glück mehrere Lekythen und Phaleronkrüge, mit der Absicht, einen ersten flüchtigen Überblick zu gewinnen. Das Ergebnis war immer dasselbe. Beide Arten von Krügen enthielten kleine Mengen von ein und derselben Substanz – ein feines Pulver von sehr geringem Gewicht und einer blassen, neutralen Färbung in vielen Schattierungen. Die Farben, die das einzige Unterscheidungsmerkmal darstellten, lieferten jedoch keinen Hinweis auf irgendein Ordnungssystem oder auch nur auf den Unterschied zwischen dem Inhalt der Lekythen und dem der Phaleronkrüge. Das hervorstechendste Merkmal des Pulvers war sein fehlendes Haftvermögen. Wenn Willett es sich auf die Hand schüttete und dann wieder in den Krug zurücktat, blieb auf seiner Handfläche nicht der geringste Rückstand.

Die Bedeutung der beiden Schilder gab ihm Rätsel auf, und er fragte sich, warum diese Batterie von Chemikalien so radikal von jenen in den Glaskrügen in den Regalen des eigentlichen Laboratoriums getrennt war. »Custodes«, »Materia« – das waren die lateinischen Wörter für »Wächter« und »Material« – und dann durchzuckte ihn die Erinnerung daran, wo er das Wort Wächter im Zusammenhang mit diesem schrecklichen Geheimnis schon einmal gesehen hatte. Es hatte natürlich in dem jüngst eingetroffenen Brief an Dr. Allen gestanden, der angeblich von dem alten Edward Hutchinson geschrieben war, und der Satz hatte gelautet: »Es war nicht nothwendig, die Wächter in ihrer Gestalth zu lassen, so daß sie sich die Köpfe abfraßen, denn man geräth in arge Bedrängniß, so man mit ihnen betroffen wird, wie Ihr wohl wisset.« Was hatte das zu bedeuten? Doch halt – war da nicht noch ein *anderer* Hinweis auf »Wächter« in dieser Angelegenheit gewesen, an den er sich beim Lesen des Briefes von Hutchinson nur unvollständig erinnert hatte? Vor langer Zeit, als Charles Ward noch nicht so verschwiegen gewesen war, hatte er ihm einmal von Eleazar Smith's Tagebuch erzählt, in dem von Smith's und Weedens Spionieren auf Curwens Hof die Rede war, und in dieser schrecklichen Chronik waren auch die Gespräche erwähnt, die von den beiden belauscht worden waren, bevor der alte Hexenmeister ganz unter die Erde gegangen war. Es habe, so hätten Smith und Weeden versichert, gewisse Unterredungen gegeben, in denen Curwen, Gefangene von ihm *und die Wächter dieser Gefangenen* eine Rolle gespielt hätten. Schenkte man nun Hutchinson oder seinem Avatar Glauben, so hatten diese Wächter »ihre Köpfe abgefressen«, weshalb Dr. Allen sie jetzt nicht mehr *in ihrer Gestalt* ließ. Wenn aber nicht *in Gestalt,* wie anders dann als in Form der »Salze«, zu denen diese Zaubererbande offenbar so viele menschliche Körper und Skelette reduzierte wie sie nur konnte?

Das war es also, was diese Lekythen enthielten; die monströsen Früchte unseliger Riten und Taten, vermutlich durch Überredung oder Zwang zu solcher Unterwürfigkeit gebracht, daß sie sich aufgrund irgendeiner höllischen Beschwörung bereit fanden, bei der Verteidigung ihrer blasphemischen Meister oder der Befragung jener zu helfen, die nicht so willig waren! Willet schauderte bei dem Gedanken, was er aus einer Hand in die andere hatte rieseln lassen, und einen Augenblick verspürte er den Drang, Hals über Kopf aus diesem Kellerloch mit den ungeheuerlichen Regalen und den schweigenden, vielleicht ihn beobachtenden Wächtern zu fliehen. Dann dachte an die »Materia« – in den unzähligen Phaleronkrügen auf der anderen Seite des Raumes. Auch dort Salze – und wenn nicht die Salze von »Wächtern«, wessen Salze dann? Gott! War es möglich, daß hier die sterblichen Überreste von der Hälfte der titanischen Denker aller Zeitalter lagen; von äußerst geschickten Grabschändern aus Krypten entwendet, in denen die Welt sie sicher wähnte, hilflos dem Willen von Wahnsinnigen ausgeliefert, die sich ihres Wissens bemächtigen wollten, um ein noch abenteuerlicheres Ziel zu erreichen, das in seinen letzten Auswirkungen, wie der arme Charles in seinem verzweifelten Brief angedeutet hatte, »die gesamte Zivilisation, das gesamte Naturgesetz, vielleicht sogar das Schicksal des Sonnensystems und des Universums« in Mitleidenschaft ziehen würde? Und Marinus Bicknell Willett hatte ihren Staub durch seine Finger rieseln lassen!

Dann fiel ihm eine kleinere Tür am anderen Ende des Raumes auf, und er beruhigte sich so weit, daß er hinübergehen und das plumpe Zeichen studieren konnte, das in die Mauer über dieser Tür gemeißelt war. Es war nur ein Symbol, aber es erfüllte ihn mit einer vagen, spirituellen Furcht; denn ein zu morbiden Träumen neigender Freund hatte es ihm einmal auf ein Stück Papier gezeichnet und ihm einige der Bedeutungen erklärt, die es in den dunklen Abgründen des Schlafes hat. Es war das Zeichen von Koth, das Träumende unverrückbar über dem überwölbten Eingang eines bestimmten Turmes erblicken, der für sich allein im Dämmerlicht steht – und Willett hatte es gar nicht gefallen, was sein Freund Randolph Carter über die Macht gesagt hatte, die dieses Zeichen besaß. Aber schon im nächsten Augenblick vergaß er das Symbol, als er einen neuen scharfen Gestank in der von üblen Gerüchten gesättigten Luft wahrnahm. Diesmal war es mehr ein chemischer als ein animalischer Geruch, und er kam eindeutig aus dem Raum jenseits der Tür. Es war unverkennbar derselbe Geruch, der in Charles Wards Kleidern gehangen hatte, an dem Tage, da die Ärzte ihn abgeholt hatten. Hier also hatte der junge Mann gearbeitet, als der ungebetene Besuch ihn unterbrach? Er war klüger als der alte Joseph Curwen, denn er hatte keinen Widerstand geleistet. Fest entschlossen, jedem Wunder oder Schrecknis auf die Spur zu kommen, das dieses unterirdische Reich bergen mochte, nahm er die kleine Lampe und trat über die Schwelle. Eine Welle namenloser Angst rollte auf ihn zu, aber er setzte sich über solche Anwandlungen und alle bösen Vorahnungen hinweg. Hier gab es nichts Lebendiges, ihm ein Leid anzutun, und nichts konnte ihn davon abhalten, diesen dunklen Schleier zu zerreißen, der seinen Patienten umfangen hielt.

Der Raum hinter der Tür war mittelgroß und ohne Mobiliar, abgesehen von einem Tisch, einem einzelnen Stuhl und zwei Gruppen sonderbarer Maschinen mit Klammern und Rädern, in denen Willet sogleich mittelalterliche Folterinstrumente erkannte. Auf der einen Seite stand ein Gestell mit furchtbaren Peitschen, und darüber befanden sich ein paar Borde mit Reihen leerer, flacher Bleischalen mit Füßen, geformt wie griechische Becher. Auf der anderen Seite stand der Tisch mit einem starken Argandbrenner, Block und Bleistift sowie zwei der zugestöpselten Lekythen aus dem anderen Raum, die offenbar nur vorläufig oder in Eile auf der Tischplatte abgestellt worden waren. Willet zündete die Lampe an und inspizierte sorgfältig den Block, um zu sehen, was der junge Ward gerade geschrieben hatte, als er unterbrochen wurde; aber er fand nichts Verständliches außer den folgenden zusammenhanglosen Bruchstücken in der verschnörkelten Handschrift Joseph Curwens, die kein Licht in die Angelegenheit als solche brachten:

»B. nicht gestorben. Entwich in die Wände und fand Platz unten.« »Sah den alten V. den Sabaoth sagen und lernte die Arth und Weyse.« »Erweckte *Yog-Sothoth* dreymal und ward am folgenden Tag befreiet.« »F. suchte all jene auszulöschen, die wußten, wie Jene von Draußen zu erwecken seien.«

Als der starke Argandbrenner das ganze Zimmer erleuchtete, sah der Doktor, daß in die Wand gegenüber der Tür, zwischen den beiden Gruppen von Folterinstrumenten in den Ecken, Haken geschlagen waren, an denen mehrere formlos aussehende Roben von ziemlich düsterer, gelblich-weißer Farbe hingen. Viel interessanter aber waren die beiden leeren Wände, die dicht mit mystischen Symbolen und Formeln bedeckt waren, die man auf grobe Art in die schön geglätteten Steinflächen gemeißelt hatte. Auch der feuchte Fußboden wies Meißelspuren auf, und Willett entzifferte mit nur wenig Mühe ein riesiges Pentagramm in der Mitte sowie je einen einfachen Kreis von etwa drei Fuß Durchmesser auf halbem Weg zwischen dem Pentagramm und jeder Ecke. In einem dieser vier Kreise, dicht neben einer achtlos hingeworfenen Robe, stand ein flacher griechischer Becher von der Art, wie sie sich auf den Borden über dem Peitschenständer befanden; und gerade außerhalb der Umfangslinie stand einer der Phaleronkrüge aus dem anderen Raum, mit der Nummer 118 auf dem Etikett. Dieser Krug war nicht zugestöpselt und erwies sich bei näherem Hinsehen als leer; doch schaudernd mußte Willett feststellen, daß dies bei dem griechischen Becher nicht der Fall war. In der flachen Schale lag ein kleines Häufchen trockenes, stumpf-grünliches, effloreszierendes Pulver, das aus dem Krug stammen mußte und nur deshalb nicht aufgewirbelt worden war, weil sich in dieser abgelegenen Katakombe kein Lüftchen regte; Willett taumelte beinahe unter dem Ansturm der Gedanken und Schlußfolgerungen, die sich ihm aufdrängten, als er im Geiste die verschiedenen Elemente und Voraussetzungen der Szene zu einem Ganzen zusammenfügte. Die Peitschen und die Folterinstrumente, die Pulver oder Salze aus dem Regal mit der Aufschrift »Materia«, die zwei Lekythen vom Bord der »Custodes«, die Roben, die Formeln an den Wänden, die Notizen auf dem Block, die Hinweise aus den Briefen und Legenden, und die tausend Beobachtungen, Zweifel und Vermutungen, die den Freunden und Eltern von Charles Ward zur Qual geworden waren – all dies schlug wie eine Woge des Grauens über dem Doktor zusammen, als er auf das Häufchen trockenen grünlichen Staubs in dem bleiernen Becher auf dem Fußboden hinabschaute.

Aber Willett riß sich schließlich doch zusammen und fing an, die Formeln an den Wänden zu studieren. Die fleckigen und verkrusteten Buchstaben waren offensichtlich in Joseph Curwens Zeit in den Stein gemeißelt worden, und der Text war von solcher Art, daß er einem, der eine Menge Material über Curwen gelesen oder sich ausgiebig mit der Geschichte der Magie befaßt hatte, irgendwie vertraut vorkommen mußte. Einen Spruch erkannte der Doktor zweifelsfrei als denselben, den Mrs. Ward an jenem unheilvollen Karfreitag ihren Sohn hatte rezitieren hören und bei dem es sich, wie ein Fachmann ihm versichert hatte, um eine schreckliche Beschwörungsformel zur Anrufung geheimer Götter außerhalb der normalen Sphären handelte. Der Wortlaut stimmte zwar weder mit Mrs. Wards Niederschrift aus dem Gedächtnis noch mit der Fassung genau überein, die ihm jener Fachmann in dem verbotenen Werk des »Eliphas Levi« gezeigt hatte, doch die Identität war unverkennbar, und Worte wie *Sabaoth, Metraton, Almonsin* und *Zariathnatmik* ließen den forschenden Betrachter erschauern, der nur wenige Meter von dieser Stelle entfernt soviel kosmische Greuel gesehen und gespürt hatte.

Das war auf der vom Eingang her gesehen linken Seite des Raums. Die gegenüberliegende Wand war nicht weniger dicht mit Zeichen bedeckt, und Willett zuckte zusammen, als er an einer Stelle das Formelpaar wiederfand, auf das er so häufig in den Aufzeichnungen aus jüngerer Zeit in der Bibliothek gestoßen war. Es waren im wesentlichen dieselben Formeln: überschrieben mit den alten Symbolen des »Drachenkopfes« und »Drachenschwanzes«, genau wie in Wards Aufzeichnungen. Die Schreibweise wich allerdings erheblich von der der modernen Versionen ab, so als habe der alte Curwen eine andere Lautschrift benutzt oder als hätten spätere Studien zu stärkeren und vollkommeneren Varianten der in Frage stehenden Beschwörungen geführt. Der Doktor versuchte, die gemeißelte Fassung mit der in Einklang zu bringen, die ihm unablässig durch den Kopf ging, und fand, daß dies gar nicht leicht war. Während der Text, den er auswendig kannte, mit den Worten *»Y-ai'ng'ngah, Yog-Sothoth«* begann, standen am Beginn dieses Epigrammes die Worte *»Aye, cngengah, Yogge-Sothotha«,* und daran störte ihn vor allem die abweichende Silbenzahl des zweiten Wortes.

Da der spätere Text sich ihm schon so stark ins Bewußtsein geprägt hatte, verwirrte ihn diese Diskrepanz, und unwillkürlich rezitierte er plötzlich mit lauter Stimme die erste der beiden Formeln, um den Klang der Worte in Übereinstimmung zu bringen mit den Buchstaben, die in den Stein gemeißelt waren. Unheimlich und bedrohlich hallte seine Stimme durch diesen Abgrund uralter Blasphemie, und ihr Klang hatte sich zu einem dröhnenden Singsang verwandelt, entweder durch den Zauber der Vergangenheit und des Unbekannten, oder aber durch das höllische Vorbild des dumpfen, gottlosen Geheuls aus den Gruben, dessen unmenschliche Kälte rhythmisch an- und abschwellend aus der Ferne durch Gestank und Finsternis herüberdrang.

»Y'AI'NG'NGAH
YOG-SOTHOTH
H'EE-L'BEG
F'AI'THRODOG
UAAAH!«

Doch was war das für ein kalter Wind, der sich gleich nach den ersten Tönen des Singsangs erhob? Die Lampen blakten bedenklich, und es wurde so düster im Raum, daß die Lettern an den Wänden kaum noch zu erkennen waren. Auch war da plötzlich Rauch und ein beißender Geruch, der den Gestank der fernen Schächte gänzlich überlagerte; ein Geruch, wie er ihn schon zuvor einmal wahrgenommen hatte, doch unendlich viel stärker und schärfer. Er wandte den Inschriften den Rücken zu, um den Raum mit seinen bizarren Gegenständen überblicken zu können, und sah, daß dem Becher auf dem Fußboden, in dem sich das ominöse effloreszierende Pulver befunden hatte, eine Wolke dichten, schwärzlich grünen Qualms von erstaunlicher Größe und Undurchsichtigkeit entstieg. Dieses Pulver – großer Gott! Es stammte aus dem Regal der »Materia« – was tat es jetzt, und was war die Ursache? Die Formel, die er rezitiert hatte – die erste von beiden – Drachenkopf, *aufsteigender Knoten* – Allmächtiger, war es möglich...

Der Doktor taumelte, und in seinem Kopf jagten sich in wilder Folge unzusammenhängende Bruchstücke von allem, was er von dem furchtbaren Fall des Joseph Curwen und des Charles Ward gesehen, gehört und gelesen hatte. »Ich sage Euch abermals, erwecket keinen, den ihr nicht auszutreiben vermöget... Haltet die Worte des Gegenzaubers allzeit bereit, und stehet nicht an, Euch zu vergewissern, so Ihr zweifelt, Wen Ihr habet... drey Gespräche mit dem gehabt, welches darinnen begraben war...« *Barmherziger Himmel, was für eine Gestalt tritt dort aus dem Rauch hervor?*

5

Marinus Bicknell Willett kann nicht hoffen, daß außer seinen besten Freunden jemand seiner Geschichte auch nur teilweise Glauben schenken wird, weshalb er keinen Versuch gemacht hat, sie außerhalb seines engeren Bekanntenkreises zu erzählen. Nur wenige Außenstehende haben über Dritte davon erfahren, und die meisten von ihnen lachen und meinen, der Doktor scheine jetzt wirklich alt zu werden. Man hat ihm geraten, einen längeren Urlaub zu machen und in Zukunft Fälle von Geistesgestörtheit nicht mehr zu übernehmen. Doch Mr. Ward weiß, daß der alte Doktor die Wahrheit, eine schreckliche Wahrheit sagt. Denn sah er nicht mit eigenen Augen die unheimliche Öffnung im Keller des Bungalows? Und schickte Willett ihn an jenem furchtbaren Vormittag nicht nach Hause, weil Übelheit ihn übermannt hatte? Rief er nicht an jenem Abend vergeblich den Doktor an, und ebenso am folgenden Tag, und fuhr er nicht selbst tags darauf gegen Mittag zum Bungalow hinaus, und fand er dort nicht seinen Freund in einem Bett im Parterre vor, bewußtlos, aber unversehrt? Willett hatte unregelmäßig geatmet und langsam seine

Augen aufgeschlagen, als Mr. Ward ihm ein bißchen Brandy einflößte, den er aus dem Auto geholt hatte. Dann schauderte er und schrie, und rief aus »*Dieser Bart... diese Augen... mein Gott, wer sind Sie?*« Fürwahr eine sonderbare Begrüßung für einen gutgekleideten, blauäugigen, glattrasierten Gentleman, den er von Jugend auf kannte.

In der hellen Mittagssonne wies der Bungalow gegenüber dem Vortag keine Veränderungen auf. Abgesehen von ein paar Flekken und abgescheuerten Stellen an den Knien, waren Willetts Kleider nicht in Unordnung geraten, und nur ein schwacher chemischer Geruch erinnerte Mr. Ward daran, wie sein Sohn an dem Tag gerochen hatte, als man ihn in die Heilanstalt eingewiesen hatte. Die Taschenlampe des Doktors war verschwunden, aber sein Koffer war noch da, genauso leer, wie er ihn hergebracht hatte. Bevor er mit seiner Erzählung begann, stolperte Willett erst einmal benommen und offenbar mit ungeheurer Willensanstrengung in den Keller hinunter und rüttelte an der schicksalhaften Plattform vor den Zubern. Doch sie gab nicht nach. Er ging zu seinem Werkzeugkasten hinüber, der noch dort stand, wo er ihn abgestellt hatte, holte einen Meißel hervor, und hebelte die kräftigen Bohlen eine nach der anderen ab. Darunter war noch immer der glatte Beton zu sehen, aber keine Spur von einer Öffnung. Diesmal tat sich nichts gähnend auf, wovon dem erstaunten Vater hätte übel werden können, der dem Doktor die Treppen hinab gefolgt war; nichts als der nackte Beton unter den Bohlen – kein übelriechender Schacht, keine Welt unterirdischer Schrecknisse, keine Geheimbibliothek, keine Curwen-Papiere, keine nachtmahrhaften Gruben voller Gestank und Geheul, kein Laboratorium, keine Regale, keine gemeißelten Formeln, nein... Dr. Willett wurde blaß und faßte den Jüngeren am Arm. »Gestern«, fragte er leise, »haben Sie da hier etwas gesehen... und gerochen?« Und als Mr. Ward, auch er starr vor Angst und Verwunderung, die Kraft fand, zu nicken, stieß der Arzt einen Seufzer aus, der beinahe wie ein Stöhnen klang, und nickte seinerseits. »Dann erzähle ich Ihnen alles«, sagte er.

Sie begaben sich in das sonnigste Zimmer, das sie oben finden konnten, und der Doktor erzählte eine Stunde lang dem verwunderten Vater mit gesenkter Stimme seine schreckliche Geschichte. Von dem Augenblick an, da jene Gestalt sich aus dem grünlich-schwarzen Rauch gelöst hatte, der dem griechischen

Becher entstiegen war, gab es nichts mehr zu erzählen, und Willett war zu müde, um sich zu fragen, was wirklich geschehen war. Beide Männer schüttelten immer wieder resigniert und verwundert den Kopf, und einmal wagte Mr. Ward einen schüchternen Vorschlag zu machen: »Meinen Sie, es würde einen Sinn haben zu graben?« Der Doktor schwieg, denn es schien kaum menschenmöglich, eine solche Frage zu beantworten, zu einem Zeitpunkt, da Mächte aus unbekannten Sphären so weit auf diese Seite des großen Abgrunds vorgedrungen waren. Noch einmal fragte Mr. Ward: »Aber wohin ging es? Es hat Sie hierher gebracht, das wissen Sie doch, und hat irgendwie den Zugang verschlossen.« Aber Willett antwortete wieder nur mit Schweigen.

Trotz allem war aber die Geschichte damit nicht zu Ende. Als nämlich Dr. Willett sein Taschentuch hervorholen wollte, bevor er sich erhob, um zu gehen, fand er in seiner Tasche zwischen den Kerzen und Zündhölzern, die er in der unzugänglich gewordenen Krypta an sich genommen hatte,ein Stück Papier, das er nicht selber eingesteckt hatte. Es war ein ganz normaler Zettel, offenbar von dem billigen Block in jener Schreckenskammer irgendwo unter der Erde abgerissen, und mit einem ganz gewöhnlichen Bleistift beschrieben – zweifellos dem, der neben dem Block gelegen hatte. Er war sehr achtlos gefaltet und wies, abgesehen von dem etwas scharfen Geruch der kryptischen Kammer, keine Spuren auf, die auf eine Herkunft aus einer anderen Welt hätten schließen lassen. Doch der Text selbst war in der Tat höchst verwunderlich; denn es waren keine Schriftzüge aus einem aufgeklärten Zeitalter, sondern vielmehr die unbeholfenen Zeichen des finsteren Mittelalters, kaum leserlich für die Laien, die sich jetzt angestrengt darüber beugten, doch immerhin Kombinationen von Symbolen enthaltend, die auf vage Art vertraut schienen.

Die schnell hingekritzelte Mitteilung ist links unten abgebildet, und ihr Geheimnis gab den beiden Männern ihre Entschlossenheit wieder; unverzüglich gingen sie mit festen Schritten zu Wards Auto hinaus, und der Chauffeur erhielt den Auftrag, sie zunächst in ein ruhiges Gasthaus zum Mittagessen und sodann in die John-Hay-Bibliothek auf dem Hügel zu bringen.

In der Bibliothek waren gute Handbücher der Paläographie schnell gefunden, und über diesen brüteten die beiden Männer, bis der große Kandelaber in abendlichem Glanz erstrahlte. Zu guter Letzt fanden sie, was sie brauchten. Die Buchstaben waren tatsächlich keine phantastische Erfindung, sondern die normale Schrift einer sehr dunklen Epoche. Es waren die spitzigen Minuskeln des achten oder neunten Jahrhunderts nach Christus, und sie weckten Erinnerungen an eine rauhe Zeit, in der sich unter dem noch frischen Anstrich des Christentums uralter Aberglaube und uralte Riten verstohlen regten und der bleiche Mond Britanniens zuweilen auf sonderbare Taten in den römischen Ruinen von Caerleon und Hexhaus und unter den verfallenen Türmen des Hadrianwalls hinabschaute. Der Text war in einem solchen Latein verfaßt, wie es sich bis in ein barbarisches Zeitalter erhalten hatte – »*Corwinus necandus est. Cadaver aq(ua) forti dissolvendum, nec aliq(uid) retinendum. Tace ut potes.*« – was ungefähr wie folgt zu übersetzen ist: »Curwen muß getötet werden. Sein Körper muß in Ätzwasser aufgelöst und nichts darf zurückbehalten werden. Schweig, so gut du kannst.«

Willett und Mr. Ward waren sprachlos vor Verwunderung. Sie waren mit dem Unbekannten in Berührung gekommen und spürten, daß ihnen nicht die Gefühle zu Gebote standen, um so zu reagieren, wie sie es aufgrund einer vagen Intuition für richtig gehalten hätten. Besonders Willett war kaum noch fähig, neue beklemmende Eindrücke aufzunehmen, und die beiden Männer blieben reglos und ruhig sitzen, bis sie gehen mußten, weil die Bibliothek geschlossen wurde. Resigniert fuhren sie zu Wards Haus in der Prospect Street und unterhielten sich ziellos bis spät in die Nacht hinein. Der Doktor legte sich gegen Morgen zur Ruhe, doch er ging nicht nach Hause. Und er war noch immer im Haus, als am Sonntagmittag ein Anruf von den Detektiven kam, die beauftragt worden waren, Dr. Allen ausfindig zu machen.

Mr. Ward, der nervös in einem Morgenmantel auf und ab ging, nahm selbst den Hörer ab und wies die Leute an, am folgenden

Tag frühmorgens vorbeizukommen, nachdem er erfahren hatte, daß der Bericht fast fertiggestellt sei. Willett war genauso erfreut wie er, daß die Angelegenheit wenigstens in dieser Hinsicht Gestalt annahm, denn woher auch immer die sonderbare, in Minuskeln verfaßte Botschaft stammen mochte, es schien klar, daß es sich bei jenem »Curwen«, der zu töten sei, nur um den bärtigen, brillentragenden Fremden handeln konnte. Charles hatte diesen Mann gefürchtet und in seiner verzweifelten Nachricht gesagt, er müsse getötet und in Säure aufgelöst werden. Überdies hatte Allen unter dem Namen Curwen Briefe von den merkwürdigen Hexenmeistern aus Europa erhalten und betrachtete sich offenbar als Avatar des verblichenen Nekromanten. Der Zusammenhang war zu deutlich, um bloß Phantasie zu sein; und plante Allen nicht außerdem, Ward auf den Rat einer Kreatur namens Hutchinson hin zu ermorden? Natürlich hatte der Brief, den sie gelesen hatten, den bärtigen Fremden nie erreicht, doch dem Inhalt war zu entnehmen, daß Allen schon Vorkehrungen für den Fall getroffen hatte, daß der junge Mann zu »zimperlich« würde. Allen mußte unbedingt gefaßt werden; und wenn auch die drastischen Anweisungen nicht befolgt wurden, mußte er doch zumindest an einen Ort gebracht werden, von dem aus er Charles nicht mehr schaden konnte.

An diesem Nachmittag fuhren der Vater und der Doktor über die Bucht – entgegen aller Vernunft von der Hoffnung beseelt, wenigstens den Anflug einer Auskunft von dem einzigen Menschen zu bekommen, der sie zu erteilen in der Lage gewesen wäre – und besuchten den jungen Charles in der Irrenanstalt. Mit einfachen, ernsten Worten schilderte Willett ihm alles, was er erlebt hatte, und bemerkte, wie blaß der junge Mann wurde, als jede neue Beschreibung des Doktors ihn mehr von der Wahrheit seines Berichts überzeugte. Der Doktor arbeitete mit soviel dramatischen Effekten, wie er konnte, und er wollte sehen, ob Charles zusammenzucken würde, wenn er auf die verschlossenen Schächte und die namenlosen Kreaturen darin zu sprechen kam. Doch Ward zuckte mit keiner Wimper. Willett hielt inne, und seine Stimme klang empört, als er davon sprach, wie diese Wesen dem Hungertod ausgeliefert seien. Er wollte den jungen Mann durch die Schilderung dieser schockierenden Unmenschlichkeit auf die Probe stellen und schauderte, als dieser ihm nur mit einem sardonischen Lachen antwortete. Denn da er gemerkt hatte, daß es zwecklos war, die Existenz der Krypta abzustreiten, schien Charles die ganze Sache als einen gespenstischen Scherz hinstellen zu wollen; er kicherte heiser über irgend etwas, das ihn zu amüsieren schien. Dann sagte er mit flüsternder und wegen ihrer Rauheit doppelt widerwärtiger Stimme: »Zur Hölle mit ihnen, sie essen ja, aber sie *brauchen* nicht zu essen! Ihr macht mir Spaß! Einen Monat ohne Essen, sagt Ihr? Fürwahr, Sir, Ihr seid bescheiden. Hört zu, ein böser Streich wurde dem guten alten Whipple mit seiner selbstgefälligen Rechtschaffenheit gespielt! Alles umgebracht hätte er, wie? Nun, verdammt will ich sein, halb taub war er von dem Lärm draußen und sah und hörte nichts von den Schächten. Er hätt' es sich nicht träumen lassen, daß es sie überhaupt gab! Teufel noch mal, *diese verdammten Dinger haben dort unten geheult, seit es Curwen vor hundert Jahren an den Kragen ging!*«

Doch mehr konnte Willett nicht aus ihm herausbekommen. Entsetzt, und trotzdem fast gegen seinen Willen überzeugt, fuhr er in seiner Erzählung fort, in der Hoffnung, irgendeine Einzelheit würde den Zuhörer doch noch aus seiner schwachsinnigen Selbstsicherheit aufrütteln. Wenn er dem jungen Mann ins Gesicht sah, erschrak der Doktor unwillkürlich über die Veränderungen, die sich in den letzten Monaten vollzogen hatten. Fürwahr, der Junge hatte namenlose Schrecken vom Himmel herabgeholt. Als der Raum mit den Formeln und dem grünlichen Pulver erwähnt wurde, zeigte Charles zum erstenmal eine Regung. Ein spöttischer Ausdruck trat auf sein Gesicht, als er hörte, was Willett auf dem Block gelesen hatte, und er wagte beiläufig zu erklären, dabei handle es sich um alte Notizen, von keinerlei Bedeutung für jemanden, der nicht sehr vertraut mit der Geschichte der Magie sei. »Aber«, so fuhr er fort, »hättet Ihr die Worte gewußt, um das zu beschwören, was ich dort in dem Becher hatte, Ihr wärt nicht hier, um mir davon zu berichten. Es war die Nummer 118, und ich meine, es wäre Euch bange geworden, hättet Ihr in meiner Liste in dem anderen Raum nachgesehen. Ich hab's nie erweckt, doch ich wollte es beschwören an dem Tag, da Ihr kamt, um mich hierher einzuladen.«

Dann erzählte Willett von der Formel, die er gesprochen, und dem grünlich-schwarzen Rauch, der dem Becher entstiegen sei; und dabei bemerkte er zum erstenmal einen Anflug echter Angst auf Charles Wards Gesicht. »Es *kam*, und Ihr seid hier und lebt!«

Während Ward diese Worte hervorkrächzte, schien seine Stimme sich fast von ihren Fesseln zu befreien und in hohle Abgründe unheimlicher Resonanz abzusinken. Einer plötzlichen Eingebung folgend, hielt Willett den rechten Augenblick für gekommen, um in seine Antwort eine Warnung einfließen zu lassen, an die er sich aus einem der Briefe erinnerte. »Nummer 118 sagen Sie? Vergessen Sie nicht, *daß die Steine heute in neun von zehn Friedhöfen alle vertauscht sind. Man ist nie sicher, bevor man es nicht probiert hat!*« Und dann holte er ohne Vorwarnung den Zettel mit der Minuskelschrift hervor und schwenkte ihn vor den Augen des Patienten. Er hätte sich keine stärkere Wirkung wünschen können, denn Charles Ward fiel auf der Stelle in Ohnmacht.

Die ganze Unterhaltung war natürlich unter strengster Geheimhaltung geführt worden, um den Nervenärzten im Hause keinen Anlaß zu dem Vorwurf zu geben, sie bestärkten einen Geistesgestörten noch in seinem Wahn. Ununterstützt auch hoben Dr. Willett und Mr. Ward den zusammengebrochenen Patienten auf und legten ihn auf die Couch. Als er allmählich wieder zu sich kam, murmelte Ward immer wieder von einer Nachricht, die er unverzüglich Orne und Hutchinson übermitteln müsse; deshalb sagte Willett ihm, als er wieder ganz bei klarem Bewußtsein schien, daß zumindest eine dieser sonderbaren Kreaturen sein Todfeind sei und Dr. Allen geraten habe, ihn umzubringen. Diese Enthüllung zeitigte keine erkennbare Reaktion, doch auch schon vorher konnten die Besucher sehen, daß ihr Gastgeber das Aussehen eines gehetzten Mannes hatte. Danach wollte er sich nicht mehr mit ihnen unterhalten, so daß die beiden Männer sich sogleich verabschiedeten, nicht ohne noch einmal eine Warnung vor dem bärtigen Allen auszusprechen, worauf der junge Mann nur entgegnete, daß dieser Mensch sich an einem sehr sicheren Ort befände und niemandem ein Leid antun könne, selbst wenn er dies wollte. Diese Worte waren von einem bösartigen unterdrückten Lachen begleitet, das beinahe schmerzlich anzuhören war. Sie machten sich keine Gedanken darüber, ob Charles noch in Korrespondenz mit den beiden Monstren in Europa stünde, denn sie wußten, daß die Leitung der Irrenanstalt alle ausgehende Post zensierte und keine überspannte oder verworrene Nachricht würde passieren lassen.

In der Angelegenheit Orne und Hutchinson gab es jedoch noch ein seltsames Nachspiel, falls es sich bei den exilierten Hexenmeistern tatsächlich um diese beiden handelte. Einer vagen Vorahnung inmitten all der Schrecknisse dieser Zeit folgend, hatte Willett ein internationales Zeitungsausschnittbüro beauftragt, ihm Artikel über aufsehenerregende Verbrechen und Unglücksfälle in Prag und Ost-Transsilvanien zu schicken, und nach sechs Monaten glaubte er, zwei sehr bedeutsame Resultate in den mannigfachen Ausschnitten entdeckt zu haben, die er zugeschickt bekam und übersetzen ließ. Der eine betraf die nächtliche Zerstörung eines Hauses im ältesten Viertel von Prag sowie das Verschwinden eines bösen alten Mannes namens Josef Nadeh, der das Gebäude seit Menschengedenken allein bewohnt hatte. In dem anderen Artikel war die Rede von einer gewaltigen Explosion in den transsilvanischen Bergen östlich von Rakus, durch die das berüchtigte Schloß Ferenczy mit all seinen Bewohnern vom Erdboden getilgt worden sei; der Schloßherr, so hieß es, habe bei Bauern wie auch Soldaten in einem so schlechten Ruf gestanden, daß er in Kürze zu einem strengen Verhör nach Bukarest bestellt worden wäre, hätte nicht vorher diese Katastrophe einer Karriere ein Ende gesetzt, die schon so lange gedauert hatte, daß kein Lebender sich mehr erinnern konnte, wann sie begonnen hatte. Willett beharrt darauf, daß die Hand, die jene Minuskeln schrieb, auch stark genug gewesen sein müsse, schwerere Waffen zu führen; zwar habe der Verfasser dieser Nachricht ihn, Willett, mit der Beseitigung Curwens beauftragt, sich aber andererseits vielleicht in der Lage gefühlt, sich selbst um Orne und Hutchinson zu kümmern. Welches Schicksal die beiden ereilt haben mochte, daran will der Doktor lieber gar nicht denken.

6

Am nächsten Morgen begab Dr. Willett sich eilig zum Haus der Wards, um beim Eintreffen der Detektive zugegen zu sein. Er war der Ansicht, daß Allen – oder auch Curven, wenn man der taktischen Behauptung von der angeblich stattgefundenen Reinkarnation Glauben schenken wollte – um jeden Preis beseitigt oder eingesperrt werden müsse, und er unterrichtete Mr. Ward von dieser seiner Überzeugung, als sie auf die Detektive warteten. Sie saßen diesmal in einem Parterrezimmer, denn die oberen Stockwerke wurden jetzt nach Möglichkeit gemieden, weil sich in ihnen eine ekelerregende Atmosphäre breitgemacht hatte, die von den älteren Dienstboten mit irgendeinem Fluch erklärt wurde, den das verschwundene Porträt Curwens zurückgelassen habe.

Um neun Uhr erschienen die drei Detektive und erstatteten unverzüglich Bericht über alles, was sie herausgefunden hatten. Leider war es ihnen doch nicht gelungen, den Mulatten Tony Gomes aufzuspüren, und auch Dr. Allens Herkunft und derzeitiger Aufenthaltsort waren nach wie vor ein Rätsel, doch sie hatten immerhin eine ganze Reihe von Fakten und Eindrücken über den zurückhaltenden Fremden zusammengetragen. Dr. Allen war den Leuten in Pawtuxet als ein irgendwie unnatürlicher Mensch aufgefallen, und es herrschte Einmütigkeit darüber, daß der dichte, dunkle Bart entweder gefärbt oder falsch sei – eine Ansicht, die vollauf bestätigt worden war, als die Detektive einen solchen falschen Bart sowie eine dunkle Brille in Allens Zimmer in dem schicksalhaften Bungalow gefunden hatten. Seine Stimme, und das konnte Mr. Ward aufgrund seines Telefongesprächs bestätigen, hatte einen tiefen, hohlen Klang gehabt, der unvergeßlich war; und sein Blick war als bösartig empfunden worden, obwohl er seine Augen hinter der dunklen Hornbrille verborgen hatte. Ein Ladenbesitzer hatte einmal bei Verhandlungen ein paar von Allen geschriebene Zeilen zu Gesicht bekommen und erklärt, die Handschrift sei sehr sonderbar und verschnörkelt gewesen; dies war durch Bleistiftnotizen unklaren Inhalts bestätigt worden, die man in seinem Zimmer gefunden und dem Kaufmann zur Identifikation vorgelegt hatte.

Im Zusammenhang mit den empörenden Fällen von Vampirismus im Sommer des Vorjahres waren die meisten Leute der Meinung, Allen und nicht Ward sei der eigentliche Vampir gewesen. Befragt wurden auch die Beamten, die nach der unangenehmen Affäre mit dem Raubüberfall auf den Lastwagen Ward in seinem Bungalow verhört hatten. Sie hatten nicht so viel von den unheimlichen Seiten Dr. Allens bemerkt, ihn aber doch als die beherrschende Figur in dem schattigen Häuschen erkannt. Es war zu dunkel gewesen, um ihn genau zu mustern, doch sie würden ihn wiedererkennen, wenn er ihnen unter die Augen käme. Sein Bart war ihnen komisch vorgekommen, und sie glaubten sich an eine kleine Narbe über seinem rechten Auge zu erinnern. Was die Durchsuchung von Allens Zimmer betraf, so war dabei nichts zutage gefördert worden, außer dem Bart, der Brille und mehreren Zetteln mit Bleistiftnotizen in verschnörkelter Schrift, die Willett sofort als dieselbe erkannte, die er in den alten Manuskripten

Curwens sowie in den umfangreichen jüngeren Aufzeichnungen Wards in den nunmehr unzugänglichen Katakomben des Grauens festgestellt hatte. Etwas wie eine tiefe, unerklärliche und heimtückische kosmische Furcht beschlich Dr. Willett und Mr. Ward, während diese Untersuchungsergebnisse nach und nach zur Sprache kamen, und sie zitterten beinahe, als sie den ungeheuerlichen, wahnsinnigen Gedanken weiterspannen, der ihnen beiden gleichzeitig gekommen war. Der falsche Bart und die Brille, die verschnörkelte Handschrift Curwens – das alte Porträt und die winzige Narbe – *und genau dieselbe Narbe auf dem Gesicht des veränderten jungen Mannes in der Heilanstalt* die tiefe, hohle Stimme am Telefon – war sie es nicht, an die Mr. Ward sich erinnert fühlte, wenn sein Sohn dieses bedauernswerte Krächzen ausstieß, das angeblich eine Folge seiner Stimmerkrankung war? Wer hatte jemals Charles und Allen zusammen gesehen? Gewiß, die Beamten, aber wer nach ihnen? Hatte Charles nicht nach Allens Verschwinden plötzlich seine wachsende Angst verloren und von da an ständig im Bungalow gelebt? Curwen – Allen – Ward – was für ein gotteslästerliche und abscheuliche Verschmelzung waren zwei Zeitalter und zwei Personen eingegangen? Diese unheimliche Ähnlichkeit zwischen dem Bild und Charles – hatte es nicht unverwandt herabgestarrt, und war es nicht dem jungen Mann mit den Augen gefolgt, wenn er im Zimmer umherging? Und warum kopierten Allen und Charles beide Joseph Curwens Handschrift, selbst wenn sie allein und unbeobachtet waren? Und dann die furchtbare Arbeit dieser Leute – die unzugängliche Schreckenskrypta, die den Doktor über Nacht hatte altern lassen; die verhungernden Monstren in den stinkenden Gruben; die schreckliche Formel, die zu so unsäglichen Resultaten geführt hatte; die in Minuskelschrift abgefaßte Botschaft in Willetts Tasche; die Papiere und Briefe und all das Gerede von Gräbern und »Salzen« und Entdeckungen – wohin führte das alles? Am Schluß tat Mr. Ward das einzig Vernünftige. Jeden Gedanken an die Folgen seines Tuns beiseite schiebend, gab er den Detektiven einen Gegenstand, mit dem Auftrag, ihn denjenigen Ladenbesitzern in Pawtuxet zu zeigen, die den unheimlichen Dr. Allen gesehen hatten. Dieser Gegenstand war ein Photo seines unglücklichen Sohnes, in das er jetzt sorgsam mit Tinte den schwarzen Spitzbart und die dicke Hornbrille einzeichnete, die die Männer aus Allens Zimmer mitgebracht hatten.

Zwei Stunden lang wartete er mit dem Doktor in dem bedrükkenden Haus, in dem Furcht und Miasma langsam wuchsen, während das leere Paneel in der Bibliothek im oberen Stockwerk blind von der Wand herab starrte und starrte und starrte. Dann kamen die Männer zurück. *Ja, das veränderte Photo stelle ein ganz passables Porträt des Dr. Allen dar.* Mr. Ward wurde bleich, und Willett wischte sich mit dem Taschentuch über die plötzlich feucht gewordene Stirn. Allen – Ward – Curwen – die Sache wurde allmählich zu grauenhaft, als daß man noch einen klaren Gedanken hätte fassen können. Was hatte der Junge aus dem Nichts heraufbeschworen, und was hatte dies ihm angetan? Was war wirklich mit ihm vom Anfang bis zum Ende geschehen? Wer war dieser Allen, der Charles als zu »zimperlich« umzubringen trachtete, und warum hatte sein ausersehenes Opfer im Postskriptum zu seinem verzweifelten Brief geschrieben, er müsse vollständig in Säure aufgelöst werden? Warum hatte weiterhin jene Minuskel-Botschaft, über deren Herkunft niemand nachzudenken wagte, verlangt, daß Curwen auf eben diese Weise beseitigt werden solle? Worin bestand die *Veränderung,* und wann war sie in die letzte Phase getreten? Jener Tag, an dem Willett den verzweifelten Brief erhielt – er war den ganzen Vormittag nervös gewesen, dann hatte es einen Umschwung gegeben. Er war unbemerkt aus dem Haus geschlichen und, als er wiederkam, hochmütig an den Männern vorbeistolziert, die ihn bewachen sollten. In der Zeit mußte es passiert sein, als er außer Haus war. Doch halt – hatte er nicht entsetzt aufgeschrien, als er sein Arbeitszimmer betrat? – Was hatte er hier gefunden? Oder sollte man fragen – *wer oder was hatte ihn gefunden?* Dieses Trugbild, das mit raschem Schritt ins Haus ging, ohne es vorher verlassen zu haben – war es ein fremder Schatten und ein Geist gewesen, der sich auf eine zitternde Gestalt stürzte, die überhaupt nicht hinausgegangen war? Hatte nicht der Butler von sonderbaren Geräuschen gesprochen?

Willett klingelte nach dem Mann und stellte ihm mit leiser Stimme ein paar Fragen. Ja, gewiß, es habe sich schrecklich angehört. Verschiedene Geräusche seien zu hören gewesen – ein Schrei, ein Stöhnen, ein Gurgeln und eine Art Klappern oder Quietschen oder Plumpsen oder all dies gleichzeitig. Und Mr. Charles sei nicht der alte gewesen, als er wortlos aus dem Zimmer kam. Der Butler schauderte, während er sprach, und sog schnuppernd die schwere Luft ein, die aus einem offenen Fenster im Stockwerk darüber herabwehte. Das Grauen hatte sich endgültig dieses Hauses bemächtigt, und nur die nüchternen Detektive bemerkten nicht allzuviel davon. Doch auch sie waren unruhig, denn dieser Fall war von einer vagen Hintergründigkeit, die ihnen gar nicht gefiel. Dr. Willett dachte angestrengt nach, und seine Gedanken waren schrecklich. Hin und wieder fing er fast zu stammeln an, während er im Geiste eine neue, erschreckende und zunehmend folgerichtige Kette alptraumhafter Ereignisse durchging.

Dann machte Mr. Ward eine Geste, zum Zeichen, daß die Konferenz beendet sei, und alle außer ihm und dem Doktor verließen den Raum. Es war jetzt Mittag, doch Schatten wie bei Anbruch der Nacht schienen das von Gespenstern heimgesuchte Haus zu umfangen. Willett begann, sehr ernst mit seinem Gastgeber zu sprechen, und drängte ihn, einen Großteil der künftigen Nachforschungen ihm zu überlassen. Man würde, so prophezeite er, auf bestimmte widerwärtige Dinge stoßen, die ein Freund der Familie eher ertragen könne als ein Verwandter. Als Hausarzt müsse er freie Hand haben, und als erstes müsse er sich jetzt eine Zeitlang allein und ungestört in der leeren Bibliothek aufhalten, in der sich um die uralte Täfelung über dem Kamin ein Dunstkreis widerwärtigen Grauens gebildet hatte, abscheulicher noch als zu der Zeit, da die Züge von Joseph Curwen selbst tückisch von dem bemalten Paneel herabgestarrt hatten.

Ganz benommen von der Flut grotesker Morbiditäten und undenkbarer, geistverwirrender Vermutungen, die von allen Seiten über ihn hereinbrachen, konnte Mr. Ward sich nur einverstanden erklären, und eine halbe Stunde später hatte sich der Doktor in dem ängstlich gemiedenen Raum mit der Täfelung aus Olney Court eingeschlossen. Der Vater, der draußen lauschte, hörte, wie Willett hin und her ging und stöberte und kramte, und schließlich, nachdem einige Zeit verstrichen war, kam ein Krachen und Quietschen, so als sei eine klemmende Schranktür aufgerissen worden. Dann ein erstickter Schrei, ein gurgelndes Stöhnen und ein hastiges Zuschlagen der Tür, die eben erst geöffnet worden war. Fast unmittelbar darauf knirschte der Schlüssel im Schloß, und Willett trat auf den Flur hinaus, verstört und geisterbleich, und verlangte nach Holz für den echten Kamin an der Südwand des Zimmers. Der Ofen reiche nicht aus, sagte er, und das elektrische Kaminfeuer nütze ohnehin nichts. Obwohl er darauf brannte, wagte Mr. Ward nicht, ihm Fragen zu stellen, sondern gab nur die notwendigen Anweisungen, und ein Mann brachte ein paar große Kiefernscheite, schaudernd, als er die von übelriechender Luft erfüllte Bibliothek betrat, um das Holz auf den Rost zu legen. Willett war unterdessen in das ausgeräumte Laboratorium hinaufgegangen und brachte allerlei Kram mit, der bei dem Umzug im Juli des Vorjahres zurückgeblieben war. Die Sachen waren in einem bedeckten Korb, und Mr. Ward erfuhr nie, worum es sich dabei gehandelt hatte.

Sodann schloß sich der Doktor wieder in der Bibliothek ein, und an den Rauchwolken, die aus dem Schornstein kamen und an den Fenstern vorüberzogen, konnte man sehen, daß er Feuer gemacht hatte. Später ließ sich nach lautem Papiergeraschel wieder das Krachen und Quietschen vernehmen, und gleich darauf ein plumpsendes Geräusch, das keinem der Ohrenzeugen gefallen wollte. Dann hörte man Willett zweimal unterdrückt aufschreien, und unmittelbar darauf kam ein unendlich widerwärtiges, raschelndes Knistern. Schließlich wurde der Rauch, den der Wind auf den Boden hinabdrückte, sehr dicht und beißend, und alle wünschten sich, das Wetter hätte ihnen die Einnebelung mit giftigem, zum Husten reizendem Qualm erspart. Mr. Ward wurde schwindlig, und die Dienstboten standen alle auf einem Haufen beisammen und sahen zu, wie der gräßliche schwarze Rauch herabquoll. Nach einer Ewigkeit des Wartens schienen die Schwaden sich zu lichten, und hinter der Tür ließen sich undeutliche Geräusche wie von Kratzen, Fegen und anderen kleineren Verrichtungen vernehmen. Schließlich wurde drinnen die Schranktür wieder zugeschlagen und Willett tauchte auf, betrübt, bleich und verstört, auf den Armen den mit einem Tuch bedeckten Korb, den er aus dem Laboratorium geholt hatte. Er hatte das Fenster offengelassen, und frische, reine Luft strömte jetzt reichlich in den bisher mit Abscheu gemiedenen Raum und vermischte sich mit einem neuen, merkwürdigen Geruch nach Desinfektionsmitteln. Die alte Täfelung über dem Kamin war noch immer da; doch sie schien jetzt ihrer Bösartigkeit beraubt und sah mit ihren weißen Paneelen so stattlich und harmlos aus, als hätte sie nie das Bild Joseph Curwens getragen. Die Nacht brach an, doch diesmal brachten ihre Schatten keine unbestimmte Furcht, sondern nur sanfte Melancholie. Was er getan hatte, darüber hat der Doktor nie gesprochen. Zu Mr. Ward sagte er: »Ich kann keine Fragen beantworten, aber ich möchte sagen, daß es verschiedene Arten von Magie gibt. Ich habe eine große Säuberung vollbracht. Fortan wird man in diesem Hause besser schlafen.«

7

Daß Dr. Willetts »Säuberung« in ihrer Art eine fast ebenso nervenzerrüttende Prüfung gewesen war wie seine grausige Wanderung durch die verschwundene Krypta, mag man daraus ersehen, daß der ältliche Arzt völlig am Ende seiner Kräfte war, als er an jenem Abend nach Hause kam. Drei Tage lang ruhte er sich in seinem Zimmer aus, obwohl die Dienstboten später flüsternd herumerzählten, sie hätten am Mittwoch nach Mitternacht gehört, wie er vorsichtig die Haustür geöffnet und unglaublich leise wieder zugezogen habe. Glücklicherweise verfügen Dienstboten nur über begrenzte Phantasie, denn sonst hätten sie wohl Verdacht geschöpft, als am Donnerstag im *Evening Bulletin* die folgende Meldung zu lesen war:

Friedhofsschänder vom Nordend wieder am Werk

Zehn Monate nach dem feigen Akt von Vandalismus am Familiengrab der Weedens auf dem Nordfriedhof wurde heute in den frühen Morgenstunden ein Herumtreiber auf demselben Friedhof von Robert Hart, dem Nachtwächter, beobachtet. Als er gegen zwei Uhr morgens zufällig aus seinem Unterstand schaute, bemerkte Hart den Schein einer Laterne oder Taschenlampe im nördlichen Teil des Friedhofs. Er öffnete die Tür und entdeckte die Gestalt eines Mannes mit einem Spaten, die sich deutlich als Silhouette vor dem Schein einer dicht neben ihm stehenden Lampe abzeichnete. Hart, der sofort losrannte, um den Eindringling zu stellen, sah diesen eilends zum Haupteingang davonlaufen. Im nächsten Augenblick hatte der Unbekannte die Straße erreicht und war im Dunkeln verschwunden, bevor Hart sich ihm nähern konnte.

Wie die ersten Friedhofsschänder, die im vorigen Jahr ihr Unwesen trieben, wurde auch dieser Mann überrascht, bevor er Schaden anrichten konnte. Eine leere Stelle neben dem Familiengrab der Wards wies Spuren von leichten Spatenstichen auf, doch offenbar wurde weder versucht, ein Grab auszuheben, noch war ein bestehendes Grab in Mitleidenschaft gezogen.

Hart, der zur Beschreibung des Täters nur angeben kann, daß es sich um einen kleineren Mann handelte, der wahrscheinlich einen Vollbart trägt, neigt zu der Auffassung, daß ein Zusammenhang zwischen allen drei Vorfällen besteht; die Beamten von zweiten Revier sind anderer Meinung, und zwar wegen der ungleich ernsteren Natur des zweiten Vorfalls. Damals war ein sehr alter Sarg ausgegraben und der Grabstein gewaltsam zerstört worden.

Der erste Vorfall, bei dem wahrscheinlich ein Versuch, etwas zu vergraben, vereitelt wurde, ereignete sich im März letzten Jahres; als Täter vermutete man Schmuggler, die ein Versteck suchten. Sergeant Riley äußerte, es sei möglich, daß dieser dritte Fall ähnliche Hintergründe hat. Die Beamten des Zweiten Reviers wollen alles daransetzen, die gewissenlosen Elemente zu fassen, die diese wiederholten Freveltaten begangen haben.

Den ganzen Donnerstag ruhte Dr. Willett sich aus, so als müsse er sich von einer vergangenen Anstrengung erholen oder Kräfte für eine bevorstehende Aufgabe sammeln. Am Abend schrieb er einen Brief an Mr. Ward, der am nächsten Morgen zugestellt wurde und den halb benommenen Vater in langes, angestrengtes Grübeln versinken ließ. Mr. Ward war seit dem Schock des vergangenen Montags mit seinen verblüffenden Berichten und der unheimlichen »Säuberung« nicht in der Lage gewesen, seinen Geschäften nachzugehen, doch in gewisser Weise beruhigte ihn der Brief des Doktors, trotz der Verzweiflung, die er anzukündigen, und trotz der neuen Mysterien, die er zu beschwören schien.

10 Barnes St.,
Providence, R. I.,
12. April 1928

Lieber Theodore!

Ich glaube, ich muß Ihnen ein paar Zeilen schreiben, bevor ich das tue, was ich mir für morgen zu tun vorgenommen habe. Zwar wird damit die furchtbare Sache, die wir durchgemacht haben, ein Ende finden (denn ich ahne, daß wahrscheinlich nie ein Spaten jenen ungeheuerlichen Ort erreichen wird, von dem wir wissen), doch ich fürchte, Sie würden trotzdem Ihren Seelenfrieden nicht wiederfinden, wenn ich Ihnen nicht ausdrücklich erkläre, daß dies der unwiderrufliche, endgültige Schluß sein wird.

Sie kennen mich, seit Sie ein kleiner Junge waren, und deshalb glaube ich, Sie werden mir nicht mißtrauen, wenn ich Ihnen sage, daß manche Dinge besser ungelöst und unerforscht bleiben. Es ist besser, wenn Sie nicht weiter über Charles' Fall nachzugrübeln versuchen, und es ist beinahe unumgänglich, daß Sie seiner Mutter nicht mehr mitteilen, als sie ohnehin schon vermutet. Wenn ich Sie morgen besuche, wird Charles entkommen sein. Das ist alles, was wir im Gedächtnis behalten sollten. Er war geistesgestört, und er entkam. Über die Geisteskrankheit können Sie seine Mutter nach und nach behutsam aufklären, sobald Sie ihr nicht mehr die mit Maschine geschriebenen Mitteilungen in seinem Namen schicken. Ich würde Ihnen den Rat geben, sie in Atlantic City aufzusuchen und sich selbst eine Weile auszuruhen. Gott weiß, daß Sie das nach diesem Schock genauso nötig haben wie ich selbst. Ich fahre für ein paar Wochen in den Süden, um meine Ruhe und meine Kräfte zurückzugewinnen.

Stellen Sie mir dehalb keine Fragen, wenn ich morgen zu Ihnen komme. Es kann sein, daß etwas schiefgeht, aber in diesem Fall werde ich Sie unterrichten. Es wird keinen Anlaß zur Beunruhigung mehr geben, denn Charles wird in Sicherheit sein – absolut in Sicherheit. Er ist es jetzt schon – mehr, als Sie sich träumen lassen. Sie brauchen sich nicht vor Allen zu fürchten und sich keine Gedanken darüber zu machen, wer oder wo ist er. Er gehört ebensosehr der Vergangenheit an wie Curwens Bild, und wenn ich an der Haustür klingle, können Sie sicher sein, daß es diese Person nicht mehr gibt. Und das Wesen, das jene Botschaft in Minuskelschrift verfaßte, wird niemals Sie oder die Ihren belästigen.

Doch Sie müssen sich gegen die Schwermut wappnen und Ihrer Frau helfen, dasselbe zu tun. Ich muß Ihnen offen sagen, daß Charles' Entkommen nicht bedeutet, daß er Ihnen wiedergegeben wird. Er hat sich eine eigenartige Krankheit zugezogen, was Sie sicherlich schon aufgrund der merkwürdigen physischen wie auch geistigen Veränderungen an ihm vermutet haben, und Sie dürfen nicht hoffen, ihn wiederzusehen. Nur diesen Trost kann ich Ihnen spenden – er war nie ein Besessener oder gar Wahnsinniger, sondern nur ein eifriger, vorwitziger und lernbegieriger Junge, dessen Liebe zum Geheimnisvollen und Vergangenen sein Unglück war. Er stieß auf Dinge, die kein Sterblicher jemals wissen sollte, und er ging so weit in die Vergangenheit zurück, wie niemand es je wagen sollte; und irgend etwas kam aus diesen längst vergangenen Jahren, um ihn zu verderben.

Und jetzt komme ich zu der Angelegenheit, in der ich Sie bitten muß, mir mehr als in allen anderen Dingen zu vertrauen. Denn es wird in der Tat keine Ungewißheit über Charles' Schicksal geben. Wenn Sie es für richtig halten, können Sie etwa in einem Jahr eine geeignete Erklärung für sein Verschwinden verbreiten, denn Ihr Sohn wird nicht mehr unter den Lebenden weilen. Sie können ihm auf dem Nordfriedhof auf Ihrer Parzelle einen Grabstein errichten, genau zehn Fuß vom Grab Ihres Herrn Vaters entfernt und an demselben Weg; dort liegt die wirkliche Ruhestätte Ihres Sohnes. Sie brauchen auch keine Angst zu haben, daß dieser Stein irgendeiner Abnormität oder einem Wechselbalg gehören wird. Die Asche in diesem Grab wird die von Ihrem eigenen Fleisch und Blut sein – die Asche des wirklichen Charles Dexter Ward, dessen geistige Entwicklung Sie von seiner Kindheit an verfolgt haben – des wirklichen Charles mit dem olivgrünen Leberfleck auf der Hüfte und ohne das schwarze Hexenmal auf der Brust oder die Narbe auf der Stirn. Jenes Charles, der nie etwas wirklich Böses tat und für seine »Zimperlichkeit« mit dem Leben bezahlen mußte.

Das ist alles. Charles wird entkommen sein, und heute in einem Jahr können Sie den Grabstein aufstellen lassen. Fragen Sie mich morgen nicht. Und glauben Sie fest daran, daß die Ehre ihrer alten Familie von nun an unangetastet bleiben wird, so wie sie es zu allen Zeiten in der Vergangenheit gewesen ist.

Mit dem tiefsten Mitgefühl und der Ermahnung zu Tapferkeit, Ruhe und Resignation bin ich stets

Ihr aufrichtiger Freund
Marinus B. Willett

So betrat dann am Freitag, dem 13. April 1928, Marinus Bicknell Willett das Zimmer von Charles Dexter Ward in Dr. Waites privater Heilanstalt auf der Insel Conanicut. Der junge Mann machte zwar keinen Versuch, sich dem Besucher zu entziehen, war aber recht mürrisch gelaunt und schien nicht geneigt, sich in das Gespräch einzulassen, das Willett offensichtlich mit ihm führen wollte. Daß der Doktor die Krypta entdeckt und darin so furchtbare Dinge erlebt hatte, war natürlich eine neue Quelle der Verlegenheit, so daß beide mit sichtlichem Unbehagen schwiegen, nachdem sie ein paar gezwungene Floskeln ausgetauscht hatten. Und dann schien ein neues Element der Zurückhaltung ins Spiel zu kommen, als Ward auf des Doktors maskenhaft unbewegtem Antlitz einen Ausdruck furchtbarer Entschlossenheit wahrzunehmen schien, den er nie zuvor bemerkt hatte. Der Patient verzagte, denn er wußte, daß sich seit dem letzten Besuch ein Wandel vollzogen hatte, der aus dem umgänglichen Hausarzt einen erbarmungslosen und unversöhnlichen Rächer gemacht hatte.

Ward wurde regelrecht bleich, und der Doktor sprach als erster. »Wir haben«, sagte er, »noch mehr herausgefunden, und ich muß Sie allen Ernstes warnen – es ist Zeit abzurechnen.«

»Wieder mal gegraben und noch mehr verhungernde Tierchen gefunden?« war die ironische Antwort. Offenbar war der junge Mann entschlossen, bis zum Schluß unnachgiebig zu bleiben.

»Nein«, entgegnete Willett bedächtig, »diesmal brauchte ich nicht zu graben. Wir haben Leute auf Dr. Allens Spur gesetzt, und sie haben im Bungalow den falschen Bart und die Brille gefunden.«

»Ausgezeichnet!« rief der beunruhigte Gastgeber mit verletzendem Spott aus, »sicher waren sie kleidsamer als der Bart und die Brille, die Sie tragen!«

»Ihnen hätte sie besser zu Gesicht gestanden«, kam ruhig und unbeirrbar die Antwort, *»was ja wohl tatsächlich auch der Fall war.«* Als Willett dies sagte, schien es fast, als sei die Sonne plötzlich hinter einer Wolke verschwunden; doch die Schatten auf dem Fußboden hatten sich nicht verändert. Ward riskierte viel:

»Das also verlangt so dringend nach einer Abrechnung? Und darf man es nicht für nützlich halten, ab und zu ein zweites Ich zu haben?«

»Nein«, sagte Willett mit Nachdruck, »Sie haben schon wieder unrecht. Es geht mich nichts an, wenn einer zwei Gesichter haben möchte; *vorausgesetzt, er hat überhaupt ein Recht, am Leben zu sein, und vorausgesetzt, er vernichtet nicht denjenigen, der ihn aus dem All heraufbeschworen hat.«*

Hier fuhr Ward heftig zusammen. »Nun denn, Sir, was habt Ihr wirklich gefunden und was wollt Ihr von mir?«

Der Doktor ließ ein wenig Zeit verstreichen, bevor er antwortete, so als suche er nach den richtigen Worten für eine treffende Entgegnung.

»Ich habe«, begann er schließlich, »etwas in einem Schrank hinter einer alten Kaminvertäfelung gefunden, wo früher ein Bild war, und ich habe es verbrannt und die Asche dort beigesetzt, wo das Grab des Charles Dexter Ward sein sollte.«

Der Verrückte rang nach Luft und sprang von seinem Stuhl auf: »Zur Hölle mit Euch, wer hat Euch gesagt – und wer wird Euch glauben, daß er es war, nach vollen zwei Monaten, zumal ich am Leben bin? Was habt Ihr vor?«

Obwohl Willett von kleiner Statur war, hatte die Geste, mit der er den Patienten zum Schweigen brachte, etwas Majestätisches.

»Ich habe keinem etwas gesagt. Das ist kein gewöhnlicher Fall – es ist ein Wahnsinn aus der Vergangenheit, ein Schrecknis von außerhalb der Sphären, das keine Polizei und kein Rechtsanwalt, kein Gerichtshof und kein Nervenarzt je ergründen oder bekämpfen könnte. Mit Gottes Hilfe hat ein glücklicher Zufall es gefügt, daß mir genug Phantasie erhalten geblieben ist, um diese Sache zu Ende zu denken. *Du kannst mich nicht täuschen, Joseph Curwen, denn ich weiß, daß deine verfluchte Magie Wirklichkeit ist!* Ich weiß, wie du den Zauber ausgeheckt hast, der jenseits von Zeit und Raum weiterschwelte und sich auf deine Doppelgänger und Nachkommen herabsenkte; ich weiß, wie du ihn in die Vergangenheit zurückholtest und ihn dazu brachtest, dich aus deinem verwünschten Grab heraufzubeschwören; ich weiß, wie du dich in seinem Laboratorium verbargst, während du moderne Schriften studiertest und in der Nacht als Vampir dein Unwesen triebst, und wie du dich später mit Bart und Brille zeigtest, damit niemand sich über deine gottlose Ähnlichkeit mit ihm wunderte; ich weiß, was du zu tun beschlossest, als er sich gegen deine monströsen Plünderungen der Gräber der Welt wandte, *und was du danach plantest,* und ich weiß, wie du es getan hast.

Du ließest deinen Bart und die Brille zu Hause und konntest die Wächter am Haus hinters Licht führen. Sie dachten, er sei es, der hineinging, und sie dachten, er sei es, als du herauskamst, nachdem du ihn erdrosselt und versteckt hattest. Aber du hast nicht mit den anderen Ausdrucksformen des menschlichen Geistes gerechnet, du warst ein Narr, Curwen, dir einzubilden, die bloße optische Identität würde ausreichen. Warum hast du nicht an die Sprache und die Stimme und die Handschrift gedacht? Nun ist deine Rechnung doch nicht aufgegangen, siehst du. Du weißt besser als ich, wer oder was jene Botschaft in Minuskeln geschrieben hat, doch ich warne dich, sie wurde nicht vergebens geschrieben. Es gibt Greuel und Blasphemien, die ausgerottet werden müssen, und ich glaube, der Verfasser jener Zeilen wird sich um Orne und Hutchinson kümmern. Eine dieser Kreaturen schrieb dir einmal, ›erweckt keinen, den Ihr nicht zu bezwingen vermögt‹. Du wurdest einmal bezwungen, vielleicht auf eben diese Weise, und es kann sein, daß deine eigene schwarze Magie dich wieder zu Fall bringen wird. Curwen, ein Mensch kann nur bis zu einer bestimmten Grenze der Natur ins Handwerk pfuschen, und jedes Schrecknis, das du ausgeheckt hast, wird sich erheben, um dich auszulöschen.«

Doch hier wurde der Doktor durch einen krampfhaften Schrei der Kreatur vor ihm unterbrochen. Hoffnungslos in die Enge getrieben, waffenlos und wissend, daß auf jede Anwendung physischer Gewalt hin sofort eine ganze Schar von Wärtern dem Doktor zu Hilfe eilen würde, nahm Joseph Curwen Zuflucht zu dem einen uralten Verbündeten und fing an, mit seinen Zeigefingern eine Reihe kabbalistischer Bewegungen zu machen, während seine tiefe, hohle Stimme, jetzt ohne das vorgetäuschte Krächzen, die Anfangsworte einer schrecklichen Formel in den Raum brüllte.

»PER ADONAI ELIOM, ADONAI JEHOVA, ADONAI SABAOTH, METRATON...« Aber Willett war schneller. Obwohl die Hunde im Hof zu jaulen anfingen und obwohl ein kalter Wind plötzlich von der Bai herüberwehte, intonierte der Doktor feierlich und gemessen jenen Spruch, den aufzusagen er von Anfang an vorgehabt hatte, Auge um Auge – Zauber gegen Zauber – das Ergebnis würde zeigen, wie gut er seine Lektion in der Krypta gelernt hatte! So sprach also Marinus Bicknell Willett mit klarer Stimme die *zweite* jener beiden Formeln, deren erste den Schreiber jener Minuskeln heraufbeschworen hatte – die kryptische Anrufung, die überschrieben war mit dem Drachenschwanz, dem Zeichen des *absteigenden Knotens*. –

»OGTHROD AI'F
GEB'L – EE'H
YOG – SOTHOTH
'NGAHNG AI'Y
ZHRO!«

Schon bei den ersten Worten aus Willetts Mund verstummte der Patient, der mit seiner Formel eher begonnen hatte. Der Sprache beraubt, schlug das Ungeheuer wild mit den Armen um sich, bis auch diese vom Krampf gelähmt waren. Als der schreckliche Name »*Yog-Sothoth*« ausgesprochen wurde, begann die entsetzliche Verwandlung. Es war nicht einfach eine *Auflösung,* sondern eher eine *Transformation* oder *Rekapitulation;* und Willett schloß die Augen, um nicht in Ohnmacht zu fallen, bevor er die ganze Beschwörungsformel ausgesprochen hatte.

Aber er fiel nicht in Ohnmacht, und jener Mann aus einer unseligen Zeit verbotener Geheimnisse hat nie mehr die Welt heimgesucht. Der Wahnsinn aus der Vergangenheit war in sich zusammengesunken, und der Fall Charles Dexter Ward war abgeschlossen. Als er die Augen aufmachte, bevor er aus dem Zimmer wankte, sah Dr. Willett, daß sein Gedächtnis ihn nicht im Stich gelassen hatte. Es hatte, wie er vorhergesagt, keiner Säure bedurft. Denn gleich seinem Bild ein Jahr zuvor war Joseph Curwen jetzt über den Fußboden vertreut als eine dünne Schicht feinen, bläulich-grauen Staubes.

Schatten über Innsmouth

I

Im Winter 1927-28 führten Beamte der Bundesregierung eine geheime Untersuchung über gewisse Zustände in dem alten Seehafen Innsmouth in Massachusetts durch. Die Öffentlichkeit erfuhr zum erstenmal im Februar davon, als zunächst eine Serie von Razzien und Verhaftungen stattfand und bald darauf unter entsprechenden Vorkehrungen eine sehr große Zahl morscher, wurmstichiger und offenbar leerstehender Häuser in dem verlassenen Hafenbezirk niedergebrannt oder gesprengt wurde. Harmlose Gemüter sahen in den Vorfällen nichts weiter als einen der schweren Zusammenstöße in dem immer wieder aufflackernden Kampf gegen den Alkoholschmuggel.

Wer dagegen die Nachrichten aufmerksamer verfolgte, wunderte sich über die zahllosen Verhaftungen, die ungewöhnlich große Zahl von Männern, die dafür eingesetzt, und die Heimlichkeit, mit der die Gefangenen fortgeschafft wurden. Über irgendwelche Prozesse oder auch nur definitive Anklagen gegen die Verhafteten las man nichts; auch ist keiner der Gefangenen jemals in einem der normalen Gefängnisse des Landes gesehen worden. Man munkelte von Krankheit und Konzentrationslagern und später von einer Aufteilung der Inhaftierten auf verschiedene Marine- und Militärgefängnisse, doch all das blieb unbestätigt. Innsmouth selbst hatte fast keine Einwohner mehr, und auch heute lassen sich nur schwache Anzeichen für ein nach und nach wiedererwachendes Leben in der Stadt entdecken.

Beschwerden von seiten zahlreicher liberaler Organisationen führten zu langen vertraulichen Besprechungen, und ihre Vertreter durften bestimmte Lager und Gefängnisse besichtigen. Daraufhin verhielten sich diese Gesellschaften überraschend passiv und zurückhaltend. Mit den Zeitungsleuten hatte man es nicht so leicht, doch auch sie schienen sich schließlich weitgehend auf die Seite der Regierung zu schlagen. Nur ein einziges Blatt – eine Boulevardzeitung, die wegen ihrer unseriösen Berichterstattung von niemandem ernst genommen wurde – brachte einen Artikel über ein Unterseeboot, das angeblich Torpedos in den Tiefseegraben unmittelbar hinter dem Teufelsriff abgeschossen habe.

Die Nachricht, die dem Korrespondenten der Zeitung in einem Fischernest zugetragen wurde, schien ein bißchen an den Haaren herbeigezogen; denn das niedrige, schwarze Riff liegt volle anderthalb Meilen vor dem Hafen von Innsmouth.

Die Leute in den umliegenden Städten und Dörfern erzählten sich gegenseitig allerhand dunkle Geschichten, ließen aber kaum etwas gegenüber Fremden verlauten. Sie hatten seit fast einem Jahrhundert über das sterbende und halb verlassene Innsmouth gesprochen, und nichts Neues konnte abenteuerlicher und schrecklicher sein als das, was sie schon seit Jahren hinter vorgehaltener Hand herumerzählten. Sie hatten allen Grund, verschwiegen zu sein, und es bestand kein Anlaß, sie unter Druck zu setzen. Außerdem wußten sie tatsächlich nur wenig; denn die ausgedehnten Salzsümpfe, die öde und unbewohnt sind, schirmen Innsmouth auf der Landseite gegen seine Nachbarn ab.

Ich aber will nun endlich das amtlich verordnete Schweigen in dieser Angelegenheit brechen. Die Maßnahmen, dessen bin ich sicher, waren seinerzeit so erfolgreich, daß der Öffentlichkeit kein anderer Schaden erwachsen kann als ein durch Abscheu hervorgerufener Schock, wenn sie erfährt, was jene entsetzten Regierungsbeamten damals in Innsmouth vorfanden. Überdies könnte es für diese Funde mehr als eine Erklärung geben. Ich weiß nicht einmal, wieviel selbst mir von der ganzen Geschichte mitgeteilt wurde, und ich habe meine guten Gründe, wenn ich der Sache lieber nicht weiter nachgehen möchte. Denn ich kam in engere Berührung mit dieser Sache als irgendein anderer Privatmann, und ich habe Eindrücke empfangen, die mich noch zu drastischen Maßnahmen treiben werden. Ich war es, der in den frühen Morgenstunden des 16. Juli 1927 Hals über Kopf aus Innsmouth floh und dessen verzweifeltes Drängen auf eine Untersuchung und Intervention von seiten der Regierung die Vorfälle auslöste, über die ich berichtet habe. Ich war nur allzugern bereit, mein Wissen für mich zu behalten, solange die Angelegenheit noch neu und der Ausgang ungewiß war; aber nun, da es eine alte Geschichte ist und das Interesse und die Neugier der Öffentlichkeit abgeebbt sind, verspüre ich ein sonderbares Verlangen, von jenen schrecklichen Stunden zu sprechen, die ich in diesem berüchtigten, von bösen Schatten erfüllten Hafen des Todes und der blasphemischen Abnormität verbrachte. Wenn ich nur darüber sprechen kann, so hilft mir das schon, Vertrauen in meine eigenen Fähigkeiten wiederzugewinnen und die Befürchtung zu zerstreuen, ich sei nur einfach das erste Opfer einer ansteckenden, alptraumhaften Halluzination geworden. Auch wird es mir helfen, den letzten Entschluß im Hinblick auf einen furchtbaren Schritt zu fassen, den ich zu tun gedenke.

Ich hatte nie von Innsmouth gehört, bis zu dem Tage, an dem ich es zum ersten und bisher auch letzten Male sah. Ich feierte meine eben erlangte Volljährigkeit mit einer Reise durch Neuengland – um das Land kennenzulernen und außerdem historische und genealogische Studien zu treiben – und hatte eigentlich direkt von dem uralten Newburyport aus nach Arkham fahren wollen, wo die Familie meiner Mutter herstammt. Ich hatte keinen Wagen, sondern reiste mit der Eisenbahn, der Straßenbahn oder mit Autobussen, wobei ich mir immer die billigsten Möglichkeiten aussuchte. In Newburyport sagte man mir, der Dampfzug sei das richtige Verkehrsmittel, um nach Arkham zu gelangen, und von Innsmouth hörte ich erst am Fahrkartenschalter auf dem Bahnhof, als ich mich über den hohen Fahrpreis beschwerte. Der untersetzte, pfiffig dreinblickende Beamte, dessen Sprache ihn als Ortsfremden auswies, schien Verständnis für meine Sparsamkeit aufzubringen und machte mir einen Vorschlag, den ich von meinen bisherigen Informanten nicht gehört hatte.

»Sie könnten natürlich den alten Bus nehmen«, sagte er zögernd, »aber die Leute hier halten nicht viel davon. Er fährt über Innsmouth – vielleicht haben Sie schon davon gehört –, und deswegen mögen ihn die Leute nicht. Der Besitzer ist einer aus Innsmouth – Joe Sargent heißt er –, aber ich glaube nicht, daß schon mal jemand von hier mitgefahren ist, und von Arkham auch nicht. Ein Wunder, daß er überhaupt fährt. Wahrscheinlich ist er ziemlich billig, aber ich hab' noch nie mehr als zwei oder drei Leute drin gesehn – alle aus Innsmouth. Abfahrt am Stadtplatz – vor Hammonds Drugstore – um zehn und abends um sieben, wenn sie's nicht in letzter Zeit geändert haben. Ist wie's scheint 'ne fürchterliche Klapperkiste – bin nie mitgefahren.«

Das war das erstemal, daß ich von dem geheimnisvollen Innsmouth hörte. Jeder Hinweis auf eine Stadt, die nicht auf normalen Landkarten oder in neueren Reiseführern zu finden war, hätte mich ohnehin interessiert, und die vielsagenden Andeutungen des Beamten weckten so etwas wie echte Neugier in mir. Eine Stadt, so überlegte ich, die bei den Einwohnern der Nachbarstädte eine solche Abneigung hervorrief, mußte zumindest recht ungewöhnlich sein und das Interesse eines Touristen verdienen. Wenn sie vor Arkham lag, würde ich dort Station machen; ich bat also den Beamten, mir etwas über diesen Ort zu erzählen. Er war sehr bedächtig, und ich hatte den Eindruck, daß er mehr wußte, als er mir sagen wollte.

»Innsmouth? Na ja, das ist ein sonderbares Nest, unten an der Mündung des Manuxet. War mal 'ne ganz hübsche Stadt – und vor dem Krieg von 1812 ein wichtiger Hafen, aber in den letzten hundert Jahren oder so ist alles verkommen. Keine Eisenbahn mehr – B. & M. ist sowieso nie durchgegangen, und die Nebenstrecke von Rowley rüber ist schon vor Jahren stillgelegt worden. Die haben dort mehr leere Häuser als Menschen, glaub' ich, und abgesehen vom Fisch- und Hummernfang, kein nennenswertes Gewerbe. Der Handel findet praktisch ausschließlich hier oder in Arkham oder Ipswich statt. Früher mal hatten sie 'ne ganze Menge Fabriken, aber heute ist nichts mehr übrig außer einer einzigen Goldraffinerie, und die läuft auch nur ein paar Stunden am Tag.

Diese Raffinerie war aber mal 'ne ganz große Sache, und der alte Marsh, der Besitzer, ist bestimmt reicher als Krösus. Aber er ist ein komischer alter Kerl, der sich fast nie blicken läßt. Angeblich hat er auf seine alten Tage 'ne Hautkrankheit oder so was bekommen und deshalb traut er sich nicht mehr auf die Straße. Er ist der Enkel von Kapitän Obed Marsh, der den Laden gegründet hat. Seine Mutter war anscheinend 'ne Art Ausländerin – 'ne Südseeinsulanerin, sagen die Leute –, und deshalb gab's einen ganz schönen Krach, als er vor fünfzig Jahren ein Mädchen aus Ipswich heiratete. Das ist immer so, wenn's um die Leute aus Innsmouth geht, und hier in der Gegend gibt keiner gern zu, daß seine Vorfahren aus Innsmouth stammen. Dem Marsh seine Kinder und Enkel sehen aber ganz normal aus, so wie ich das beurteilen kann. Hab' sie schon ein paarmal hier gesehen – allerdings, wenn ich mir's überlege, muß ich sagen, daß die älteren Kinder schon lange nicht mehr aufgetaucht sind. Den Alten selber hab' ich nie gesehen.

Warum in Innsmouth alles so runtergekommen ist? Wissen Sie, junger Mann, Sie dürfen nicht allzuviel drauf geben, was die Leute hier so erzählen. Man kriegt sie nicht so leicht zum Reden, aber wenn das Eis erst mal gebrochen ist, hören sie auch nicht so bald wieder auf. Über Innsmouth erzählen sie, glaub' ich, schon seit hundert Jahren so komische Sachen, wenn's auch wohl hauptsächlich nur Gerüchte sind, und ich glaube, sie haben alle miteinander mehr Angst als Vaterlandsliebe. Über manche von den Geschichten würden Sie bloß lachen – zum Beispiel, daß der alte Kapitän Marsh einen Pakt mit dem Teufel geschlossen und Geister aus der Hölle nach Innsmouth gebracht hat, oder daß 'ne Art Teufelsanbetung und grausige Opfer an irgendeiner Stelle bei den Kais stattgefunden haben, und die Leute sind 1845 oder so zufällig draufgekommen – aber ich bin aus Panton, Vermont, und mir kann man mit solchen Geschichten nicht kommen.

Sie sollten sich aber mal anhören, was ein paar von den Alten über das schwarze Riff vor der Küste wissen wollen – Teufelsriff nennen sie's. Es schaut die meiste Zeit ein ganzes Stück aus dem Wasser heraus und ist nie besonders tief drunter, aber man könnt' es kaum 'ne Insel nennen. Angeblich kann man auf diesem Riff manchmal 'ne ganze Legion Teufel sehen – sie sollen rumliegen oder aus irgendwelchen Höhlen am oberen Rand rausflitzen und wieder drin verschwinden. Es ist ein zackiges, unebnes Ding, über 'ne Meile weit draußen, und damals, als die Schiffe noch Innsmouth anliefen, machten sie große Umwege, um bloß nicht dran vorbeizukommen.

Natürlich nur die Schiffe, die nicht aus Innsmouth waren. Eine von diesen komischen Geschichten über den alten Kapitän Marsh war, daß er angeblich manchmal in der Nacht auf dem Riff gelandet ist, wenn die Flut günstig war. Vielleicht hat er das wirklich gemacht, denn die Felsformation ist wirklich interessant, möchte ich sagen, und es ist gut möglich, daß er nach Piratenbeute gesucht und sie vielleicht auch gefunden hat; aber es wurde gemunkelt, daß er dort was mit Dämonen zu tun hatte. In Wirklichkeit wird es so gewesen sein, daß das Riff nur wegen dem Kapitän so einen schlechten Ruf gekriegt hat.

Das war vor der Epidemie von 1846, die über die Hälfte der Einwohner von Innsmouth dahingerafft hat. Sie haben eigentlich nie so recht herausgefunden, was es für eine Krankheit gewesen ist, aber wahrscheinlich war's irgendeine ausländische Seuche, die von den Schiffen aus China oder sonstwo eingeschleppt worden war. Jedenfalls war's 'ne ganz böse Sache – es gab Tumulte und alle Arten fürchterlicher Vorkommnisse, von denen man draußen, glaub' ich, gar nicht so viel mitgekriegt hat – und als es vorbei war, sah's schrecklich aus in der Stadt. Hat sich nie mehr erholt – heute wohnen da höchstens noch 300 bis 400 Menschen.

Aber der eigentliche Grund für die Abneigung der Leute ist einfach ein Rassenvorurteil – und ich kann es ihnen nicht mal verübeln. Ich kann das Volk aus Innsmouth selber nicht ausstehen und hab' keine Lust hinzufahren. Ich nehme an, Sie wissen – wenn Sie auch der Sprache nach aus dem Westen kommen –, wieviel die Schiffe aus Neuengland mit sonderbaren Häfen in Afrika, Asien, der Südsee und überall auf der Welt zu tun hatten und was für komische Sorten von Leuten sie manchmal mitbrachten. Wahrscheinlich haben sie schon mal von dem Mann aus Salem gehört, der mit einer chinesischen Frau heimkam, und vielleicht wissen Sie auch, daß irgendwo in der Nähe von Cape Cod noch eine Gruppe Fidschi-Insulaner lebt.

Ja, und irgend so was muß bei den Leuten von Innsmouth auch im Hintergrund sein. Der Ort war immer durch Salzsümpfe und Flüsse ziemlich vom Hinterland abgetrennt, und man kann natürlich keine Einzelheiten wissen; es ist aber ziemlich klar, daß der alte Kapitän Marsh ein paar recht sonderbare Exemplare mitgebracht hat, als in den zwanziger und dreißiger Jahren drei Schiffe von ihm auf See waren. Die Leute aus Innsmouth haben heute tatsächlich was Komisches an sich – ich weiß nicht, wie ich's erklären soll, aber man kriegt eine Gänsehaut davon. Sie werden es auch an diesem Sargent feststellen, wenn Sie mit seinem Bus fahren. Manche von ihnen haben sonderbar schmale Schädel mit flachen Nasen und hervortetenden, starren Augen, die sie anscheinend nie zumachen, und ihre Haut ist irgendwie nicht in Ordnung. Sie ist rauh und schuppig, und der Hals ist auf beiden Seiten eingeschrumpft oder faltig. Außerdem kriegen sie in ziemlich jungen Jahren eine Glatze. Die Älteren sehen am schlimmsten aus – ich glaub' sogar, daß ich noch nie einen ganz alten Mann von dieser Rasse zu sehen gekriegt habe. Wahrscheinlich sterben sie früh, weil sie zu tief ins Glas geschaut haben. Die Tiere haben Angst vor ihnen – als es noch keine Autos gab, hatten sie 'ne Menge Schwierigkeiten mit ihren Pferden.

Hier oder in Arkham will keiner was mit ihnen zu tun haben, und sie selber verhalten sich auch ziemlich reserviert, wenn sie in die Stadt kommen oder wenn irgendeiner versucht, auf ihrem Gebiet zu fischen. Merkwürdig, wie viele Fische es immer vor Innsmouth gibt, wenn man woanders kaum welche findet – aber

Sie brauchen bloß mal versuchen, selbst dort zu fischen, und Sie werden erleben, wie dieses Volk Sie wegjagt! Früher kamen sie mit der Eisenbahn hierher – sie gingen zu Fuß nach Rowley und nahmen dort den Zug, nachdem die Nebenstrecke stillgelegt worden war –, aber heute fahren sie mit dem Bus.

Ja, es gibt ein Hotel in Innsmouth. Es heißt Gilman House, aber ich glaub' kaum, daß viel damit los ist. Ich würde Ihnen nicht raten, es auszuprobieren. Bleiben Sie lieber die Nacht hier, und nehmen Sie dann den Zehn-Uhr-Bus morgen früh; dann können Sie um acht Uhr abends einen Bus nach Arkham bekommen. Vor zwei Jahren ist mal ein Gewerbeinspektor im Gilman abgestiegen, und er machte hinterher ein paar ganz merkwürdige Andeutungen über das Hotel. Muß inzwischen ein seltsames Volk dort sein, denn dieser Mann hörte Stimmen in anderen Räumen – obwohl die meisten leerstanden –, die ihn schaudern ließen. Es war eine fremde Sprache, meinte er, aber das Schlimme daran war die Art der Stimmen. Sie hörten sich so unnatürlich an – irgendwie platschend, so drückte er sich aus –, daß er sich nicht traute, sich auszuziehen und zu Bett zu gehen. Er blieb wach und machte sich beim ersten Morgengrauen davon. Die Stimmen waren fast die ganze Nacht hindurch zu hören.

Dieser Mann – er hieß Casey – hatte auch 'ne Menge zu erzählen, wie die Leute in Innsmouth ihn beobachteten und irgendwie auf der Hut zu sein schienen. Die Raffinerie von Marsh kam ihm sonderbar vor – es ist eine alte Mühle am unteren Fall des Manuxet. Was er sagte, stimmte mit dem überein, was ich selber gehört hatte. Wissen Sie, es war immer ein bißchen rätselhaft, wo die Marshes das Gold herbekommen, das sie verfeinern. Eingekauft haben sie nie besonders viel von dem Zeug, aber vor Jahren verschickten sie einmal eine riesige Menge fertiger Goldbarren.

Es hat mal viel Gerede gegeben um eine ausländische Art von Schmuck, den die Matrosen und die Arbeiter heimlich verkauften und den man auch ein- oder zweimal an Frauen aus der Verwandtschaft der Marshes gesehen hatte. Die Leute meinten, daß der alte Kapitän Obed diese Schmucksachen vielleicht in irgendeinem heidnischen Hafen eintauschte, besonders weil er immer Unmengen von Glasperlen und anderem Tand bestellte, wie ihn die Seeleute für den Tauschhandel mit Eingeborenen verwenden. Andere dachten und denken auch heute noch, daß er einen alten Piratenschatz draußen auf dem Teufelsriff gefunden hatte. Aber jetzt kommt das Sonderbare. Der alte Kapitän ist jetzt schon seit sechzig Jahren tot, und nach dem Sezessionskrieg hat kein größeres Schiff mehr vor Innsmouth geankert; trotzdem kaufen die Marshes noch immer solche Tauschartikel – hauptsächlich Flitterkram aus Glas und Gummi, heißt es. Vielleicht finden die Leute von Innsmouth jetzt selber Gefallen an solchem Zeug – der Himmel weiß, daß sie nicht mehr viel besser sind als die Südseekannibalen oder die Wilden in Guinea.

Diese Seuche von 1846 muß die besten Familien in der Stadt ausgerottet haben. Jedenfalls sind sie heute ein dubioser Haufen, und die Marshes und andere reiche Leute sind genauso schlimm wie die andern. Wie ich Ihnen schon gesagt habe, leben in der ganzen Stadt wahrscheinlich nicht mehr als 400 Leute, trotz der vielen Straßen, die sie dort haben sollen. Ich glaube, sie sind das, was man in den Südstaaten »weißes Gesindel« nennen würde – gesetzlos, gerissen und voller finstrer Machenschaften. Sie fangen eine Menge Fische und Hummer, die sie mit Lastwagen abtransportieren. Komisch, daß es ausgerechnet dort und nirgendwo anders Fische in rauhen Mengen gibt. Bis jetzt ist es kaum gelungen, diesen Leuten auf die Finger zu schauen, und die Beamten der Schulbehörde und die Männer von der Volkszählung haben nichts zu lachen. Sie können sich drauf verlassen, daß neugierige Fremde in Innsmouth nicht gern gesehen sind. Ich habe selbst von mehr als einem Geschäftsmann oder Regierungsbeamten gehört, der dort verschwunden ist, und man munkelt auch von einem, der den Verstand verloren hat und jetzt in Danvers ist. Sie müssen dem armen Kerl eine Heidenangst eingejagt haben.

Deshalb würde ich an Ihrer Stelle lieber nicht über Nacht dort bleiben. Ich war nie dort, und es zieht mich auch gar nicht hin, aber ich glaube, tagsüber können Sie sich ruhig mal umschauen – obwohl die Leute hier Ihnen abraten werden. Wenn sie die Gegend kennenlernen wollen und nach altem Kram suchen, dürfte Innsmouth für Sie genau das Richtige sein.«

So brachte ich denn einen Teil des Abends damit zu, in der Stadtbibliothek von Newburyport nachzulesen, was ich über Innsmouth finden konnte. Als ich versucht hatte, die Einheimischen in den Läden, im Gasthaus, in den Autowerkstätten und auf der Feuerwache auszufragen, hatte ich gemerkt, daß sie noch schwerer zum Reden zu bringen waren, als der Beamte am Fahrkartenschalter mir prophezeit hatte, und mir wurde klar, daß ich nicht genug Zeit hatte, ihre anfängliche Zurückhaltung zu überwinden. Sie waren irgendwie mißtrauisch, so als sei von vornherein jeder verdächtig, der sich allzu sehr für Innsmouth interessierte. Im Y.M.C.A., wo ich übernachtete, riet mir der Heimleiter lediglich davon ab, einen so trostlosen, heruntergekommenen Ort zu besuchen; und die Leute in der Bibliothek verhielten sich nicht viel anders. In den Augen der Gebildeten war Innsmouth offensichtlich nichts weiter als ein besonders krasser Fall eines degenerierten Gemeinwesens.

Auch die Bücher über die Geschichte der Grafschaft Essex in den Regalen der Bibliothek wußten lediglich zu berichten, daß die Stadt im Jahre 1643 gegründet wurde, vor dem Freiheitskrieg für ihren Schiffbau bekannt und Anfang des 19. Jahrunderts eine wohlhabende Hafenstadt gewesen war und sich später zu einem kleinen Industriezentrum entwickelt hatte, das den Manuxet als Energiequelle ausnutzte. Die Epidemie und die Tumulte von 1846 wurden nur sehr beiläufig erwähnt, als stellten sie eine Schande für die ganze Grafschaft dar.

Hinweise auf den Niedergang fand ich nur wenige, doch die Entwicklung in neuerer Zeit war vielsagend genug. Seit dem Sezessionskrieg war der einzige Industriebetrieb die Marsh Refining Company, und der Absatz von Goldbarren stellte neben dem nach wie vor einträglichen Fischfang die letzte größere Einnahmequelle dar. Der Fischfang warf zwar immer weniger ab, weil die Preise sanken und die Konkurrenz von Großunternehmen fühlbar wurde, doch in der Umgebung von Innsmouth gab es immer Fische in Hülle und Fülle. Ortsfremde ließen sich hier nur selten nieder, und ich fand einige diskret verschleierte Hinweise darauf, daß eine Anzahl von Polen und Portugiesen, die es dennoch versucht hatten, auf besonders drastische Weise wieder vertrieben worden waren.

Am interessantesten war ein kurzer Artikel über den eigenartigen Schmuck, der auf unbestimmte Weise mit Innsmouth in Verbindung gebracht wurde. Offenbar hatte die Angelegenheit in der ganzen Gegend erhebliches Aufsehen erregt, denn es wurde darauf hingewiesen, daß einzelne Stücke sich sowohl im Museum der Miskatonic-Universität in Arkham als auch im Ausstellungsraum der Historischen Gesellschaft von Newburyport befänden. Die bruchstückhaften Beschreibungen dieser Juwelen waren dürftig und prosaisch, doch ich glaubte in ihnen einen Unterton zu entdecken, der mir immer merkwürdiger vorkam. Irgend etwas an ihnen schien so außergewöhnlich und provozierend, daß sie mir nicht aus dem Sinn gehen wollten, und so beschloß ich trotz der verhältnismäßig späten Stunde, das hier aufbewahrte Stück – bei dem es sich um ein großes Objekt von eigenartigen Proportionen handeln sollte, das offenbar als Tiara gedacht war – unbedingt noch anzuschauen, falls es sich irgendwie arrangieren ließ.

Der Bibliothekar gab mir ein kleines Empfehlungsschreiben an den Kustos der Gesellschaft mit, eine Miss Anna Tilton, die ganz in der Nähe wohnte, und nach einer kurzen Erklärung war diese nette Dame so freundlich, mich in das verschlossene Gebäude zu führen, da es ja noch nicht allzu spät war. Die Sammlung war wirklich bemerkenswert, doch in meiner gegenwärtigen Stimmung hatte ich nur Augen für das bizarre Objekt, das in einem Eckschrank unter elektrischen Lampen glitzerte.

Es hätte gar keiner besonderen Aufgeschlossenheit für schöne Dinge bedurft, um buchstäblich den Atem anzuhalten angesichts der seltsamen, überirdischen Pracht des fremdartigen, verschwenderischen Phantasiegebildes, das dort auf einem purpurnen Samtkissen ruhte. Selbst jetzt kann ich kaum beschreiben, was ich sah, obwohl es ganz offensichtlich eine Art von Tiara war, was ich ja schon aus der Beschreibung wußte. Sie war vorne hoch und hatte eine sehr große und sonderbar unregelmäßige Umfangslinie, so als sei sie für einen Kopf von fast mißgestalteter elliptischer Form bestimmt. Das Material schien überwiegend Gold zu sein, obwohl ein unheimlicher, heller Glanz auf eine ungewöhnliche Legierung mit einem ebenso schönen und kaum identifizierbaren Metall schließen ließ. Sie war nahezu vollkommen erhalten, und man hätte Stunden mit dem Studium der faszinierenden und merkwürdig unkonventionellen Verzierungen zubringen können, die mit unglaublicher Grazie und Meisterschaft als Hochrelief in das Metall getrieben waren und von denen manche rein geometrische Muster, andere dagegen Darstellungen aus der Meeresfauna waren.

Je länger ich schaute, um so mehr faszinierte mich das Gebilde, und in diese Faszination mischte sich ein seltsam beunruhigendes Element, das kaum zu klassifizieren und zu erklären war. Zunächst dachte ich, es sei der merkwürdig außerirdische Stil, der mich beunruhigte. Alle anderen Kunstwerke, die ich kannte, gehörten entweder zu irgendeinem vertrauten Kulturkreis oder standen als modernistische Experimente in bewußtem Gegensatz zu jeder bekannten Kunstrichtung. Diese Tiara war keines von beidem. Sie war einerseits ein Produkt einer langen Tradition von unendlicher Reife und Vollkommenheit, doch diese Tradition war andererseits weit von jeder östlichen oder westlichen, antiken oder modernen Kunstrichtung entfernt, von der ich je gehört oder Beispiele gesehen hatte. Es war, als sei sie das Werk der künstlerischen Tradition eines anderen Planeten.

Ich bemerkte jedoch bald, daß mein Unbehagen noch eine zweite und vielleicht ebenso starke Ursache hatte, die von den bildlichen und mathematischen Elementen der eigenartigen Verzierungen herrührte. Die Figuren riefen Ahnungen von fernen Geheimnissen und unvorstellbaren Abgründen von Zeit und Raum hervor, und die eintönig aquatische Natur der Reliefs wirkte beinahe bedrückend. Unter den dargestellten Figuren waren monströse Fabelwesen von abschreckender Absurdität und Bösartigkeit – halb fisch- und halb froschähnlich –, bei denen man sich des bedrückenden Gefühls einer unbewußten Erinnerung nicht erwehren konnte, so als riefen sie irgendein Bild aus tiefen Zellen und Geweben wach, deren bewahrende Funktionen ganz und gar urzeitlich und von frühesten Vorfahren ererbt sind. Hin und wieder bildete ich mir sogar ein, jeder einzelne Umriß dieser blasphemischen Froschfische enthalte die letzte Quintessenz unbekannten und unmenschlichen Unheils.

In einem merkwürdigen Gegensatz zu dem Aussehen der Tiara stand ihre kurze und prosaische Geschichte, wie Miss Tilton sie mir erzählte. Sie war im Jahre 1873 für eine lächerliche Summe in einem Laden in der State Street versetzt worden, und zwar von einem betrunkenen Mann aus Innsmouth, der kurze Zeit später bei einer Schlägerei umkam. Die Gesellschaft hatte sie direkt von dem Pfandleiher erworben und sofort in einer ihrer Bedeutung entsprechenden Weise ausgestellt. Als wahrscheinliche Herkunft wurde Ostindien oder Indochina angegeben, obwohl diese Einordnung eingestandenermaßen keineswegs gesichert war.

Miss Tilton, die alle möglichen Hypothesen über die Herkunft der Tiara mit ihrem Auftauchen in Neuengland in Einklang zu bringen versuchte, neigte zu der Annahme, daß sie einen Teil eines exotischen Piratenschatzes bilde, den der alte Kapitän Obed Marsh gefunden haben müsse. Und von dieser Theorie ging sie natürlich erst recht nicht ab, als die Marshes, sobald sie von der

Aufstellung der Tiara erfuhren, beharrliche Kaufangebote zu einem sehr hohen Preis machten und sie bis in die Gegenwart ständig wiederholten, trotz der unbeirrbaren Ablehnung der Gesellschaft.

Als die gute Frau mich hinausgeleitete, erklärte sie mir, daß die Theorie, die Marshes verdankten ihren Reichtum einem Piratenschatz, unter den intelligenten Leuten dieser Gegend recht verbreitet sei. Ihre eigene Einstellung zu dem geheimnisumwitterten Innsmouth, das sie nie gesehen hatte, war gekennzeichnet durch den Abscheu vor einem Gemeinwesen, das einem solchen sozialen Niedergang verfallen war, und sie versicherte mir, die Gerüchte über eine Teufelsanbetung fänden teilweise ihre Bestätigung in einem eigenartigen Geheimkult, der sich dort breitgemacht und alle orthodoxen Kirchen verdrängt habe.

Dieser Kult, so sagte sie mir, werde »Der esoterische Orden von Dagon« genannt und sei zweifellos eine verderbte, beinahe heidnische Lehre, die vor einem Jahrhundert aus dem Osten eingeführt worden sei, zu einer Zeit also, als es schien, daß der Fischfang in Innsmouth sich bald nicht mehr auszahlen würde. Daß diese Lehre bei den einfachen Leuten so beliebt wurde, sei ganz natürlich, da die Fischer sich von da an wieder einer reichen Beute erfreuen konnten, und zwar bis zum heutigen Tage. Sie erlangte bald den stärksten Einfluß in der Stadt, verdrängte die Freimaurerei völlig und übernahm deren bisherigen Tempel auf dem Neuen Kirchplatz als Versammlungsort.

Für die fromme Miss Tilton war all dies Grund genug, die alte Stadt des Verfalls und der Verlassenheit zu meiden, doch für mich stellte es nur einen neuen Anreiz dar. Zu meinen architektonischen und historischen Erwartungen gesellte sich jetzt noch anthropologischer Eifer; ich konnte in meinem kleinen Zimmer im »Y. M. C. A.« kaum schlafen und wünschte sehnlich den Tagesanbruch herbei.

II

Am nächsten Morgen stand ich kurz vor zehn Uhr mit meinem Köfferchen vor Hammonds Drugstore auf dem Alten Marktplatz und wartete auf den Bus nach Innsmouth. Als die Stunde der Ankunft näherrückte, bemerkte ich, wie die Müßiggänger sich lansam die Straße hinauf zu anderen Plätzen oder auf die andere

Seite des Marktplatzes ins Ideal Lunch verzogen. Offensichtlich hatte der Beamte am Fahrkartenschalter die Abneigung der Einheimischen gegenüber Innsmouth und seinen Bewohnern nicht übertrieben. Einige Augenblicke später ratterte ein kleiner, äußerst klappriger Bus von schmutziggrauer Farbe die State Street entlang, wendete und hielt vor mir am Rand des Bürgersteigs. Ich spürte sofort, daß es der richtige war, eine Vermutung, die sogleich durch das halb unleserliche Schild *Arkham-Innsmouth-Newburyport* an der Windschutzscheibe bestätigt wurde.

Es saßen nur drei Fahrgäste drin – finstere, ungepflegte Kerle mit mürrischem Gesichtsausdruck und etwas jugendlichem Äußeren. Als das Fahrzeug hielt, kamen sie unbeholfen herausgewatschelt und gingen mit leisen, beinahe verstohlenen Bewegungen die State Street hinauf. Der Fahrer stieg ebenfalls aus, und ich beobachtete ihn, während er in den Drugstore ging, um etwas einzukaufen. Das, so überlegte ich, mußte der Joe Sargent sein, den der Mann am Fahrkartenschalter erwähnt hatte; und noch bevor ich irgendwelche Einzelheiten wahrnehmen konnte, stieg eine Welle des Abscheus in mir auf, die ich weder niederkämpfen noch erklären konnte. Plötzlich kam es mir ganz natürlich vor, daß die Einheimischen kein Verlangen hatten, mit dem Bus zu fahren, den ein solcher Mann besaß und lenkte, oder öfter als unbedingt nötig den Wohnort eines solchen Mannes und anderer seines Schlages zu besuchen.

Als der Fahrer aus dem Laden kam, sah ich ihn mir genauer an und versuchte, hinter den Grund für meinen unangenehmen Eindruck zu kommen. Er war ein magerer Mann mit hängenden Schultern, fast sechs Fuß groß, in schäbigen blauen Zivilkleidern und mit einer verschlissenen Golfmütze auf dem Kopf. Er war vielleicht fünfunfdreißig Jahre alt, aber die sonderbaren, tiefen Falten rechts und links an seinem Hals ließen ihn älter erscheinen, wenn man nicht sein stumpfes, ausdrucksloses Gesicht ansah. Er hatte einen schmalen Kopf, hervortretende, wäßrig-blaue Augen, die nie zu blinzeln schienen, eine flache Nase, eine fliehende Stirn und ein ebensolches Kinn, und auffallend unterentwickelte Ohren. Seine lange, dicke Oberlippe und die großporigen, grauen Wangen schienen fast bartlos, bis auf ein paar dürftige gelbe Härchen, die in vereinzelten krausen Büscheln hervorsproßten; und an manchen Stellen schien die Hautoberfläche sonderbar uneben, als schäle sie sich infolge irgendeiner Hautkrankheit. Seine

Hände, an denen die Adern stark hervortraten, waren groß und von sehr ungewöhnlicher graublauer Farbe. Die Finger waren im Verhältnis zum übrigen Knochenbau der Hand auffallend kurz und hatten anscheinend die Neigung, sich in die riesige Handfläche zu krümmen. Während er auf den Bus zuging, fiel mir sein eigenartig watschelnder Gang auf, und ich sah, daß seine Füße unheimlich groß waren. Je länger ich sie anschaute, um so mehr wunderte ich mich, wie es ihm gelang, passende Schuhe zu finden.

Außerdem war der Bursche irgendwie ein bißchen schmierig, was meine Abneigung noch vertiefte. Offenbar verbrachte er die meiste Zeit mit Arbeit oder Müßiggang an den Anlegestellen der Fischerboote und trug deshalb den charakteristischen Geruch mit sich herum. Was für eine Beimischung von fremdländischem Blut in seinen Adern floß, konnte ich nicht einmal vermuten. Seine eigenartigen Merkmale schienen weder asiatisch noch polynesisch, weder levantinisch noch negroid, und doch war mir klar, warum die Leute ihn sonderbar fanden. Ich selbst hätte eher an biologische Degeneration als fremdländische Abstammung gedacht.

Mir kamen Bedenken, als ich sah, daß ich der einzige Passagier sein würde. Irgendwie konnte ich mich nicht mit dem Gedanken anfreunden, daß ich mit diesem Fahrer allein auf die Reise gehen sollte. Doch als es Zeit wurde abzufahren, schob ich meine Befürchtungen beiseite, kletterte nach dem Mann in den Bus und hielt ihm eine Dollarnote hin, wobei ich das einzige Wort »Innsmouth« murmelte. Er sah mich eine Sekunde lang neugierig an, während er mir vierzig Cent Wechselgeld herausgab. Ich nahm mehrere Reihen hinter ihm Platz, doch auf derselben Seite, denn ich wollte während der Fahrt die Küste sehen.

Schließlich fuhr das uralte Vehikel mit einem Ruck los und ratterte in einer Wolke von Auspuffgasen die State Street mit ihren alten Ziegelbauten entlang. Ich betrachtete die Leute auf den Bürgersteigen und glaubte zu bemerken, daß sie so taten, als sähen sie den Bus gar nicht. Dann bogen wir nach links in die High Street ab, wo der Bus sogleich besser vorankam; wie im Fluge huschten die stattlichen alten Herrenhäuser der frühen Republik und die noch älteren Bauernhäuser aus der Kolonialzeit vorbei, dann passierten wir Lower Green und den Parker-Fluß und fuhren schließlich in das offene Küstenland hinaus, das sich monoton vor uns ausbreitete.

Es war ein warmer, sonniger Tag, aber die Landschaft aus Sand, Riedgras und verkümmertem Gebüsch wurde immer trostloser, je weiter wir in sie vordrangen. Durch das Fenster konnte ich das blaue Wasser und die sandige Linie der Insel Plum sehen, und gleich darauf kamen wir ganz nahe an die Küste heran, nachdem unsere schmale Straße von der Hauptstraße nach Rowley und Ipswich abgezweigt war. Es waren keine Häuser zu sehen, und der Zustand der Straße verriet, daß in dieser Gegend kaum Verkehr herrschte. Die kleinen, verwitterten Telegraphenstangen trugen nur zwei Drähte. Ab und zu überquerten wir auf plumpen Holzbrücken Flüsse, die nur bei Flut Wasser führten und sich weit ins Land hinein schlängelten, wodurch die Gegend noch zusätzlich von der Außenwelt abgeschnitten wurde.

Hin und wieder gewahrte ich vertrocknete Baumstümpfe und zerbröckelnde Grundmauern, die aus dem Treibsand herausragten, und entsann mich der in einem der Geschichtsbücher zitierten Überlieferung, daß dies einmal ein fruchtbarer und dichtbesiedelter Landstrich gewesen sei. Die Wende, so hatte es dort geheißen, sei gleichzeitig mit der Epidemie von 1846 in Innsmouth gekommen, und bei einfachen Leuten sei der Glaube an einen dunklen Zusammenhang mit verborgenen bösen Mächten recht verbreitet. Der wirkliche Grund war die kurzsichtige Abholzung der Wälder an der Küste gewesen, durch die der Boden seines besten Schutzes vor Wind und Treibsand beraubt worden war.

Schließlich verloren wir die Insel Plum aus den Augen, und zu unserer Linken erstreckte sich bis zum fernen Horizont der Atlantische Ozean. Unser schmaler Fahrweg begann jetzt anzusteigen, und ich empfand ein einzigartiges Gefühl der Beunruhigung, als ich vor uns den einsamen Kamm der Anhöhe erblickte, dort, wo die ausgefahrene Straße den Horizont berührte. Es war, als wolle der Bus immer weiter aufwärts fahren, die sichere Erde hinter sich lassen und in die unbekannten Geheimnisse der oberen Luftschichten und des kryptischen Himmels eintauchen. Der Geruch des Meeres weckte schlimme Vorahnungen, und der steife Rücken und der schmale Kopf des Fahrers wurden mir immer widerwärtiger. Als ich ihn genauer betrachtete, sah ich, daß sein Hinterkopf fast genauso haarlos war wie sein Gesicht und nur ein paar schüttere gelbe Strähnen hier und da die graue, schuppige Haut verdeckten.

Dann erreichten wir den Gipfel der Anhöhe und sahen in das dahinterliegende Tal hinab, wo der Manuxet ins Meer mündet, unmittelbar nördlich der langen Kette von Klippen, die in Kingsport Head ihre größte Höhe erreicht, um sich dann in einem weitgespannten Bogen bis zum Cape Ann hin fortzusetzen. Am fernen, diesigen Horizont konnte ich gerade noch den Umriß von Kingsport Head ausmachen, mit dem sonderbaren alten Haus darauf, von dem man sich so viele Legenden erzählt; doch im Augenblick galt meine ganze Aufmerksamkeit dem näheren Panorama, das sich unmittelbar vor uns entfaltete. Ich erkannte, daß ich nun endlich dem von Gerüchten überschatteten Innsmouth von Angesicht zu Angesicht gegenüberstand.

Es war eine Stadt von großer Ausdehnung und gedrängter Bauweise, aber mit einem gespenstischen Mangel an sichtbaren Lebenszeichen. Aus den zahllosen Kaminen stieg kaum ein Rauchwölkchen auf, und die drei hohen Türme zeichneten sich nackt und ungetüncht vor dem Himmel über dem Meer ab. Einer von ihnen bröckelte an der Spitze ab, und in diesem oder einem anderen waren nur schwarze, gähnende Löcher, wo eigentlich die Zeiger der Turmuhr hätten sein müssen. Das endlose Gewirr durchhängender Walmdächer und spitzer Giebel rief mit erschreckender Eindringlichkeit die Vorstellung wurmstichigen Verfalls hervor, und als wir auf der nunmehr abfallenden Straße näherkamen, konnte ich sehen, daß viele Dächer gänzlich eingestürzt waren. Es gab auch ein paar große, viereckige, georgianische Häuser mit Walmdächern, Kuppeln und Erkern. Diese waren größtenteils ziemlich weit vom Meer entfernt, und eines oder zwei davon schienen einigermaßen gut erhalten. Von dort aus erstreckten sich die verrosteten, grasüberwucherten Schienen der stillgelegten Eisenbahnlinie ins Hinterland, mit schiefen Telegraphenstangen, die jetzt keine Drähte mehr trugen, und daneben sah ich die fast verwischten Linien der alten Fahrwege nach Rowley und Ipswich.

Am schlimmsten war der Verfall unmittelbar am Meer, doch gerade dort konnte ich den weißen Glockenturm eines ziemlich gut erhaltenen Steingebäudes erkennen, das wie eine kleine Fabrik aussah. Der längst versandete Hafen war von einem uralten Wellenbrecher umschlossen, auf dem ich nach und nach die Umrisse von ein paar sitzenden Fischern ausmachen konnte und an dessen Ende ich noch die Grundmauern eines einstigen Leuchtturms zu erkennen glaubte. Auf der Innenseite dieser Barriere hatte sich ein Sanddamm gebildet, und auf diesem sah ich ein paar verfallene Hütten, vertäute Boote und herumliegende Hummerkörbe. Die einzige Stelle mit tiefem Wasser schien dort zu sein, wo der Fluß an dem Gebäude mit dem Glockenturm vorbeifloß und einen Bogen nach Süden machte, um am Ende des Wellenbrechers in den Ozean zu münden.

Hier und da waren am Ufer noch die ehemaligen Piere erhalten, die jedoch weiter draußen schon völlig zerbröckelt waren, und der Verfall war bei den am weitesten südlich gelegenen am stärksten fortgeschritten. Weit draußen auf dem Meer erkannte ich trotz der Flut eine lange, schwarze Linie, die sich kaum über die Wasserfläche erhob und doch irgendwie unheimlich und bösartig aussah. Das mußte das Teufelsriff sein. Und während ich hinausschaute, schien sich in meinen Abscheu ein sonderbares Gefühl der Verlockung zu mischen; und merkwürdigerweise fand ich diesen Unterton verwirrender als den primären Eindruck.

Auf der Straße war kein Mensch zu sehen, aber wir fuhren jetzt an verlassenen Bauernhöfen in unterschiedlichen Stadien des Verfalls vorbei. Dann gewahrte ich ein paar bewohnte Häuser, deren zerbrochene Fenster mit Lumpen verhängt waren und in deren verwahrlosten Höfen Muscheln und tote Fische herumlagen. Ein- oder zweimal sah ich mürrische Leute, die in unfruchtbaren Gärten arbeiteten oder unten an dem nach Fischen riechenden Ufer nach Muscheln gruben, sowie Gruppen schmutziger, affengesichtiger Kinder, die auf den mit Unkraut überwucherten Vortreppen spielten. Irgendwie schienen diese Menschen beunruhigender als die trostlosen Gebäude, denn fast bei jedem von ihnen wies das Gesicht oder die Art, sich zu bewegen, absonderliche Merkmale auf, die mir instinktiv mißfielen, ohne daß ich sie näher definieren konnte. Eine Sekunde lang glaubte ich, dieser typische Körperbau erinnere mich an irgendein Bild, das ich unter besonders schrecklichen oder traurigen Umständen irgendwo, vielleicht in einem Buch, gesehen hatte; doch diese Schein-Erinnerung ging schnell wieder vorbei.

Als der Bus den Talgrund erreicht hatte, vernahm ich immer deutlicher das gleichmäßige Rauschen eines Wasserfalls in der unnatürlichen Stille. Die windschiefen, ungetünchten Häuser standen näher beisammen, säumten zu beiden Seiten die Straße und wirkten städtischer als diejenigen, die wir hinter uns ließen.

Das Panorama vor uns hatte sich zu einer Straßenszene verdichtet, und an manchen Stellen konnte man sehen, daß es dort früher einmal Kopfsteinpflaster und befestigte Bürgersteige gegeben haben mußte. Die Häuser waren offenbar alle verlassen, und hin und wieder gab es Lücken, in denen zusammengestürzte Kamine und Kellerwände die einzigen Überbleibsel der Häuser waren, die früher dort gestanden hatten. Geradezu allgegenwärtig aber war der ekelhafteste Fischgestank, den man sich vorstellen kann.

Bald tauchten Straßenkreuzungen auf; die nach links abzweigenden Seitenstraßen führten in die küstennahen Bezirke ungepflasterten Schmutzes und Verfalls, während die auf der rechten Seite den Blick auf vergangene Größe freigaben. Bis jetzt hatte ich keinen Menschen in der Stadt gesehen, doch nun entdeckte ich erste Anzeichen dafür, daß sie nicht ganz unbewohnt war – hier und da Vorhänge hinter den Fenstern, und gelegentlich ein klappriges Auto am Straßenrand. Pflaster und Bürgersteige waren nach und nach immer besser erhalten und obwohl die meisten Häuser ziemlich alt waren – Holz- und massive Häuser aus dem frühen 19. Jahrhundert –, wurden sie offenbar doch bewohnbar gehalten. Als Amateur-Altertumsforscher verlor ich meinen Abscheu vor dem widerwärtigen Geruch und das Gefühl der Bedrohung und des Widerwillens angesichts dieser reichen, unveränderten Zeugen der Vergangenheit.

Doch bevor ich mein Ziel erreichte, hatte ich noch ein Erlebnis, das einen ausgesprochen unangenehmen Eindruck hinterließ. Der Bus war auf einem offenen, kreisförmigen Platz angekommen, mit je einer Kirche auf zwei Seiten und den verstaubten Überresten einer runden Grünfläche in der Mitte, und ich besah gerade eine große Säulenhalle an der rechts vor uns liegenden Abzweigung. Der ehemals weiße Anstrich des Gebäudes war jetzt grau und blätterte ab, und das schwarz-goldene Schild auf dem Giebelfeld war so verwaschen, daß ich nur mit Mühe die Worte »Esoterischer Orden von Dagon« entziffern konnte. Das also war der einstige Freimaurer-Tempel, den der degenerierte Kult übernommen hatte. Während ich noch damit beschäftigt war, die Inschrift zu entziffern, wurde meine Aufmerksamkeit durch die rauhen Töne einer gesprungenen Glocke auf der anderen Seite abgelenkt, und ich wandte mich schnell um und schaute auf meiner Seite aus dem Fenster.

Das Geräusch kam aus einer Steinkirche mit einem gedrungenen Turm, die offenbar wesentlich jüngeren Datums war als die meisten Häuser; sie war in plumpem gotischem Stil erbaut und hatte ein unverhältnismäßig hohes Kellergeschoß, dessen Fenster mit Läden verschlossen waren. Obwohl auf der Seite, die ich sah, die Zeiger der Turmuhr fehlten, wußte ich, daß diese heiseren Töne die elfte Stunde schlugen. Dann wurde plötzlich jeder Gedanke an die Uhrzeit durch ein Trugbild von scharfer Intensität und unerklärlicher Schrecklichkeit verdrängt, das über mich hereinbrach, bevor ich überhaupt wußte, was es war. Die Kellertür der Kirche stand offen und gab den Blick auf ein schwarzes Rechteck im Inneren frei. Und während ich hinschaute, schien mir, daß ein Objekt durch dieses Rechteck huschte; und dieser Anblick schien mir einen Moment lang der Inbegriff alptraumhaften Schreckens, was mich um so mehr verwirrte, als ich bei nüchterner Analyse keine einzige alptraumhafte Eigenschaft daran feststellen konnte.

Es war ein Lebewesen – außer dem Fahrer das einzige, das ich bisher in der Innenstadt gesehen hatte –, und wäre ich nicht in einer so überreizten Stimmung gewesen, so hätte ich überhaupt nichts Schreckliches darin entdeckt. Offenbar war es der Pastor, wie mir schon im nächsten Augenblick klar wurde; gekleidet in irgendwelche eigentümlichen Gewänder, die man zweifellos eingeführt hatte, als der Orden von Dagon die Riten für die örtlichen Kirchen abgewandelt hatte. Was wahrscheinlich als erstes unwillkürlich mein Auge gefesselt und mir jenen bizarren Schreck eingeflößt hatte, war vermutlich die hohe Tiara gewesen, die er trug, ein fast genaues Gegenstück zu dem Exemplar, das Miss Tilton mir am Abend zuvor gezeigt hatte. Diese Wahrnehmung hatte meine Phantasie angeregt und dem nichtssagenden Gesicht und der von der Robe umhüllten, watschelnden Gestalt, der es gehörte, dieses unsagbar unheimliche Aussehen verliehen. Ich kam sogleich zu dem Schluß, daß ich keinen Grund gehabt hatte, mich von dieser Erinnerung so aus der Fassung bringen zu lassen. War es nicht ganz natürlich, daß ein lokaler Mysterienkult für seine Priester eine außergewöhnliche Kopfbedeckung wählte, die den Gemeindemitgliedern auf irgendeine außergewöhnliche Art – vielleicht als Teil eines Schatzes – vertraut geworden war?

Sehr vereinzelt ließen sich jetzt abstoßend wirkende jüngere Einheimische auf den Bürgersteigen sehen – einzeln oder in schweigenden Gruppen von zwei bis drei Leuten. Die unteren Stockwerke der verfallenden Häuser beherbergten manchmal kleine Läden mit dunklen Schildern, und während wir weiterfuhren, sah ich auch den einen oder anderen geparkten Lastwagen. Das Rauschen des Wasserfalls wurde immer deutlicher, und gleich darauf sah ich vor uns ein ziemlich tiefes Flußtal, das von einer breiten, mit Geländern versehenen Straßenbrücke überspannt wurde und auf dessen anderer Seite sich ein großer Platz öffnete. Als wir über die Brücke ratterten, schaute ich auf beiden Seiten aus dem Fenster und bemerkte mehrere Fabrikgebäude am oberen Rand des grasbewachsenen Steilufers oder ein Stückchen weiter unten. Der Fluß tief unten in der Schlucht führte sehr viel Wasser, und ich konnte flußaufwärts zu meiner Rechten zwei mächtige Wasserfälle und zumindest einen flußabwärts zu meiner Linken ausmachen. Von hier aus war das Rauschen geradezu ohrenbetäubend. Dann erreichten wir den großen, halbkreisförmigen Platz jenseits des Flusses, und der Bus hielt auf der rechten Seite vor einem großen, von einer Kuppel gekrönten Gebäude mit Resten eines ehemals gelben Anstrichs, dessen halb verwischtes Schild es als das Gilman House auswies.

Ich war froh, dem Bus entkommen zu sein, und betrat gleich die schäbige Hotelhalle, um meinen Koffer dort unterzustellen. Es war nur ein Mensch zu sehen – ein ältlicher Mann, der nicht den »Innsmouth-Look« hatte, wie ich es inzwischen bei mir selbst nannte –, und ich beschloß, ihm keine der Fragen zu stellen, die mir auf der Seele brannten, eingedenk der seltsamen Dinge, die man mir von diesem Hotel berichtet hatte. Statt dessen schlenderte ich auf den Platz hinaus, von dem der Bus schon verschwunden war, und betrachtete aufmerksam und interessiert die Szenerie.

Auf der einen Seite wurde der kopfsteingepflasterte, offene Platz von der geraden Linie des Flußufers begrenzt; die andere Seite war ein Halbkreis aus spitzgiebligen, massiven Gebäuden aus der Zeit um 1800, von dem aus strahlenförmig mehrere Straßen nach Südosten, Süden und Südwesten ausgingen. Lampen gab es bedrückend wenige – außerdem waren sie alle klein und mit schwachen Birnen bestückt –, und ich war froh, daß ich die Weiterfahrt noch vor Einbruch der Nacht antreten würde, obwohl ich wußte, daß heller Mondschein sein würde. Die Gebäude waren alle in gutem Zustand und beherbergten vielleicht ein

Dutzend geöffneter Läden, von denen einer ein Lebensmittelgeschäft einer bekannten Ladenkette war, während es sich bei drei anderen um ein trübes Restaurant, einen Drugstore und eine Fischgroßhandlung handelte; am östlichen Ende des Halbkreises, nahe beim Fluß, befand sich schließlich ein Büro des einzigen Industriebetriebes der Stadt – der Marsh Refining Company. Es waren vielleicht zehn Leute zu sehen, und vier oder fünf Personen- und Lastautos standen herum. Man brauchte mir nicht zu sagen, daß ich mich in der Stadtmitte von Innsmouth befand. Im Osten konnte ich blau den Hafen durchschimmern sehen, vor dem sich die verfallenden Ruinen dreier einstmals schöner georgianischer Türme abhoben. Und nahe der Küste am anderen Ufer des Flusses sah ich den weißen Glockenturm des Gebäudes, das ich für die Marsh Refining Company hielt.

Aus irgendeinem Grunde beschloß ich, mit meinen Nachforschungen in dem Kettenladen zu beginnen, dessen Personal wahrscheinlich nicht aus Innsmouth stammen würde. Es stellte sich heraus, daß ein junger Mann von ungefähr siebzehn Jahren allein den Laden führte, und ich war sogleich von seinem aufgeweckten, liebenswürdigen Wesen angetan, das auf ein angenehmes und aufschlußreiches Gespräch hoffen ließ. Er brannte förmlich darauf, mit mir zu sprechen, und ich merkte bald, daß er den Ort mit seinem Fischgeruch und seinen verschlagenen Einwohnern nicht mochte. Für ihn war es eine Erholung, mit einem Ortsfremden ein paar Worte wechseln zu können. Er war aus Arkham, wohnte bei einer Familie, die aus Ipswich stammte und fuhr nach Hause, sooft er ein paar freie Stunden hatte. Seine Familie war nicht damit einverstanden, daß er hier arbeitete, aber er war an diesen Ort versetzt worden und wollte seine Stellung nicht aufgeben.

Er sagte mir, es gebe in Innsmouth weder eine öffentliche Bibliothek noch eine Handelskammer, aber ich würde mich wahrscheinlich schon zurechtfinden. Die Straße, auf der ich gekommen war, sei die Federal Street. Westlich davon lägen die Straßen des schönen alten Wohnviertels – Broad, Washington, Lafayette und Adams Street –, während sich östlich bis zum Hafen die Elendsviertel befänden. Ich diesen Vierteln – entlang der Main Street – würde ich die alten georgianischen Kirchen finden, die jedoch alle schon seit langer Zeit leerstünden. Es sei ratsam, sich nicht allzu auffällig in diesen Bezirken zu bewegen – insbesondere nördlich vom Fluß –; denn die Leute seien mürrisch und feindselig. Dort seien sogar schon Fremde verschwunden.

An manchen Stellen sei der Zutritt praktisch verboten, was er am eigenen Leibe erfahren habe. Man dürfe sich beispielsweise nicht lange in der Nähe der Marsh Refinery oder irgendeiner der noch benützten Kirchen aufhalten, und das gleiche gelte für die Säulenhalle des Esoterischen Ordens von Dagon. Diese Kirchen seien sehr eigenartig – sie würden samt und sonders von den betreffenden Konfessionen anderswo nicht anerkannt und hätten offenbar die absonderlichsten Zeremonien und liturgischen Gewänder. Ihr Glaube sei heterodox und mysteriös und enthalte Andeutungen über bestimmte wunderbare Verwandlungen, die zu einer Art irdischer Unsterblichkeit führen sollten. Der Pastor des jungen Mannes – Dr. Wallace von der Ashbury M. E. Church in Arkham – habe ihn eindringlich davor gewarnt, einer Kirche in Innsmouth beizutreten.

Was die Leute hier anginge, so wisse er kaum, was er von ihnen halten solle. Sie seien so selten zu sehen wie Tiere, die in Erdlöchern leben, und man könne sich kaum vorstellen, womit sie sich die Zeit vertrieben, abgesehen von ihrer planlosen Fischerei. Nach den Mengen geschmuggelten Alkohols zu urteilen, die sie konsumierten, lägen sie wahrscheinlich fast den ganzen Tag im Delirium. Sie seien anscheinend durch eine Art Bruderschaft und eine mürrische Art von gegenseitigem Einvernehmen miteinander verbunden und verachteten die Welt, als hätten sie Zugang zu anderen, höheren Sphären des Daseins. Ihr Aussehen – insbesondere die starren, nie blinzelnden Augen, die man nie geschlossen sah – sei wirklich abstoßend; außerdem hätten sie widerwärtige Stimmen. Es sei schrecklich, ihre nächtlichen Gesänge in den Kirchen zu hören, besonders während ihrer wichtigsten Feste oder Erweckungsversammlungen, die sie zweimal jährlich, am 30. April und am 31. Oktober, abhielten.

Sie seien sehr gern im Wasser und gingen oft im Fluß oder im Hafen zum Schwimmen; Wettschwimmen zum Teufelsriff würden sehr häufig ausgetragen, und anscheinend sei hier jedermann in der Lage, diese anstrengende Sportart auszuüben. Wenn man es sich recht überlege, so müsse man sagen, daß sich eigentlich nur die jüngeren Leute in der Öffentlichkeit blicken ließen, von denen wiederum die älteren das abstoßende Äußere hätten. Fände sich einmal eine Ausnahme, so handle es sich dabei meist um eine Person, die keinerlei Merkmale einer Mißbildung aufwies, wie zum Beispiel der alte Hotelpförtner. Man müsse sich fragen, wo eigentlich die Leute hinkämen, und ob nicht der »Innsmouth-Look« eine sonderbare und heimtückische Krankheit sei, die sich mit der Zahl der Lebensjahre verschlimmere.

Natürlich könne nur ein sehr außergewöhnliches Leiden solche weitgreifenden und radikalen Veränderungen bei einem reifen Individuum herbeiführen – Veränderungen, die sogar so grundlegende Merkmale wie die Schädelform betrafen –, doch sei letzten Endes nicht einmal dieser Aspekt so überraschend und ungewöhnlich wie das gesamte Erscheinungsbild der Krankheit. Es würde schwerfallen, so meinte der junge Mann, in dieser Hinsicht irgend etwas Definitives herauszubekommen, denn man lerne die Einheimischen nie persönlich kennen, ganz gleich, wie lange man in Innsmouth lebe.

Der junge Mann war fast sicher, daß viele Leute, die noch schlimmer aussähen als die abstoßendsten Gestalten, die sich auf die Straße wagten, irgendwo hinter Schloß und Riegel versteckt würden. Man könne manchmal die absonderlichsten Geräusche hören. Die baufälligen Hütten am Meer, auf der Nordseite des Flusses, seien angeblich durch unterirdische Gänge miteinander verbunden und stellten förmlich eine Brutstätte für nie gesehene Abnormitäten dar. Welche Art fremdländisches Blut – wenn überhaupt – in den Adern dieser Wesen flösse, könne man unmöglich sagen. Manchmal versteckten sie einige der widerwärtigsten Exemplare, wenn Regierungsbeamte oder andere Ortsfremde in die Stadt kämen.

Es würde keinen Zweck haben, meinte mein Informant, den Einheimischen irgendwelche Fragen über ihre Stadt zu stellen. Der einzige, der vielleicht sprechen würde, sei ein sehr alter, aber normal aussehender Mann, der im Armenhaus am Nordrand der Stadt lebe und seine Zeit damit zubringe, in der Stadt herumzulaufen oder in der Nähe der Feuerwache herumzulungern. Dieser wunderliche Alte, Zadok Allen, habe 96 Jahre auf dem Buckel und sei nicht mehr ganz richtig im Kopf, außerdem ein stadtbekannter Trunkenbold. Er sei ein merkwürdiger, scheuer Mensch, der sich ständig umblicke, als habe er vor etwas Angst, und im nüchternen Zustand könne man ihn nicht dazu bringen, auch nur ein Wort mit einem Fremden zu wechseln. Er könne jedoch nie widerstehen, wenn man ihm seinen Lieblingsstoff anbiete, und wenn er erst einmal betrunken sei, erzähle er einem mit flüsternder Stimme die erstaunlichsten Dinge aus alten Zeiten.

Letzlich könne man von ihm allerdings kaum etwas Vernünftiges erfahren, denn alle seine Geschichten seien verrückte, unvollständige Andeutungen über unmögliche Wunder und Schrecken, die nur seiner eigenen wirren Phantasie entsprungen sein könnten. Kein Mensch glaube ihm auch nur ein Wort, aber die Einheimischen sähen es nicht gerne, wenn er trinke und mit Fremden spreche; und man solle sich besser nicht dabei beobachten lassen, daß man ihm Fragen stelle. Wahrscheinlich sei er es gewesen, der einige der abenteuerlichsten Gerüchte und Wahnvorstellungen hier in die Welt gesetzt habe.

Mehrere nicht aus Innsmouth gebürtige Einwohner hätten von Zeit zu Zeit über monströse Dinge berichtet, die sie gesehen haben wollten, aber es sei kein Wunder, daß Leute, die zwischen den Geschichten des alten Zadok und den mißgestalteten Einheimischen leben mußten, solchen Sinnestäuschungen erlägen. Von den Nicht-Einheimischen bleibe keiner jemals bis spät in die Nacht draußen, weil sie es nicht für ratsam hielten. Außerdem seien die Straßen abscheulich dunkel.

Was die Erwerbsquellen angehe, so sei der Fischreichtum tatsächlich fast unheimlich, doch die Einheimischen nutzten ihn immer weniger aus. Überdies sänken die Preise und die Konkurrenz verschärfe sich. Natürlich lebe die Stadt in erster Linie von der Raffinerie, deren kaufmännisches Büro sich auf diesem Platz befinde, von unserem Standort aus nur ein paar Häuser weiter. Den alten Marsh bekomme man nie zu sehen, er lasse sich aber manchmal in einem geschlossenen Wagen mit verhängten Fenstern in die Fabrik fahren.

Es gebe alle möglichen Gerüchte darüber, wie Marsh sich im Aussehen verändert habe. Er sei früher ein großer Dandy gewesen, und die Leute behaupteten, er trage noch immer die Gehröcke aus der Zeit König Edwards, die er dergestalt habe abändern lassen, daß sie ihm trotz gewisser Mißbildungen paßten. Seine Söhne hätten früher das Büro auf dem Platz geleitet, doch in letzter Zeit hätten sie sich immer seltener in der Öffentlichkeit gezeigt und die Hauptarbeit der jüngeren Generation überlassen. Die Söhne und ihre Schwestern hätten im Laufe der Zeit immer absonderlicher ausgesehen, besonders die älteren, und es hieße, sie seien nicht bei bester Gesundheit.

Eine der Marsh-Töchter sei eine abstoßende, reptilienhaft aussehende Frau, die sich immer über und über mit Schmuck behänge, der eindeutig von derselben Art sei wie die sonderbare Tiara. Mein Informant hatte diese Juwelen viele Male gesehen und hatte gehört, sie stammten aus irgendeinem geheimen Schatz, entweder von Piraten oder von Dämonen. Die Kleriker – oder Priester oder wie immer man sie jetzt nenne – trügen ebenfalls solchen Schmuck als Kopfbedeckung, aber man bekomme nur selten einen von ihnen zu sehen. Andere Exemplare hatte der junge Mann nicht gesehen, obwohl es angeblich viele davon in und um Innsmouth geben solle.

Die Marshes und auch die anderen drei vornehmen Familien der Stadt – die Waites, die Gilmans und die Eliots – lebten sehr zurückgezogen. Sie bewohnten riesige Häuser an der Washington Street, und von einigen erzähle man sich, sie hielten gewisse lebende Verwandte versteckt, deren Aussehen ein Auftreten in der Öffentlichkeit verbiete und die offiziell als verstorben gälten.

Der junge Mann sagte mir zur Warnung, daß viele Straßenschilder abgerissen seien, und fertigte mir eine grobe, doch ausführliche und sorgfältige Skizze von der Stadt an, in die er die wesentlichen Punkte einzeichnete. Nach kurzer Betrachtung war ich sicher, daß sie mir eine große Hilfe sein würde, steckte sie ein und bedankte mich überschwenglich bei dem jungen Mann. Da mir das eine Restaurant, das ich gesehen hatte, einen gar zu trostlosen Eindruck machte, kaufte ich mir einen ansehnlichen Vorrat an Käseplätzchen und Ingwerwaffeln, die mir später das Mittagessen ersetzen sollten. Als Programm für den Tag nahm ich mir vor, die wichtigsten Straßen entlangzugehen, mit jedem Nicht-Einheimischen zu sprechen, den ich treffen würde, und mit dem Acht-Uhr-Bus nach Arkham weiterzufahren. Ich sah bald, daß die Stadt ein typisches und besonders krasses Beispiel für ein heruntergekommenes Gemeinwesen darstellte, doch da ich kein Soziologe war, wollte ich meine ernsthaften Studien auf das Gebiet der Architektur beschränken.

So machte ich mich also auf meinen systematischen, wenn auch von gemischten Gefühlen begleiteten Rundgang durch die engen, schattendunklen Gassen von Innsmouth. Nachdem ich die Brücke überquert und meine Schritte in Richtung auf das Rauschen des unteren Wasserfalls gelenkt hatte, kam ich nahe an der Marsh Refinery vorbei, aus der merkwürdigerweise überhaupt kein Fabriklärm herausdrang. Das Gebäude stand auf dem Rande des steilen Flußufers in der Nähe einer Brücke und eines Platzes, in den mehrere Straßen einmündeten und von dem ich annahm, daß er früher der Mittelpunkt der Stadt gewesen war, bis er nach dem Freiheitskrieg von dem jetzigen Stadtplatz abgelöst wurde.

Als ich über die Main Street-Brücke wieder auf die andere Seite des Flusses hinüberging, befand ich mich plötzlich in einem völlig vereinsamten Viertel, das mich irgendwie schaudern ließ. Das Gewirr der verfallenden Walmdächer zeichnete sich als phantastische zackige Linie vor dem Himmel ab, überragt von dem gespenstischen, an der Spitze abbröckelnden Turm einer alten Kirche. Manche Häuser an der Main Street waren bewohnt, doch die meisten waren fest mit Brettern vernagelt. In den ungepflasterten Seitengassen sah ich die schwarzen, gähnenden Fensterhöhlen verlassener Hütten, von denen manche wegen der teilweise abgesunkenen Fundamente bedenklich schief standen. Diese Fensterhöhlen sahen so gespenstisch aus, daß ich meinen ganzen Mut zusammennehmen mußte, um mich nach Osten zu wenden, in Richtung auf das Meer. Das Grauen, das uns ein verlassenes Haus einflößt, wächst sicherlich in geometrischer und nicht nur arithmetischer Proportion, wenn viele solche Häuser beisammenstehen und eine Stadt von äußerster Trostlosigkeit bilden. Der Anblick solch endloser Straßen toter, fischäugiger Leere und der Gedanke an die zahllosen finsteren Kammern, in denen Spinnweben, Erinnerungen und der gefräßige Wurm das Regiment übernommen haben, wecken in uns halb unbewußte Ängste und Abneigungen, gegen die auch die stärkste Philosophie nichts auszurichten vermag.

Die Fish Street war genau so verlassen wie die Main Street, doch es gab hier immerhin viele Lagerhäuser in massiver Bauweise, die noch in sehr gutem Zustand waren. Beinahe genau dasselbe Bild bot sich mir in der Water Street, nur daß hier die Häuserreihen große Lücken aufwiesen, wo früher die Piere gewesen waren. Keine lebende Seele war zu sehen, außer den vereinzelten Fischern weit draußen auf dem Wellenbrecher, und kein Laut war zu hören außer dem Schwappen der Wellen im Hafen und dem Rauschen der Wasserfälle des Manuxet. Die Stadt ging mir mehr und mehr auf die Nerven, und ich blickte mich verstohlen um, als ich über die baufällige Water Street-Brücke den Rückweg antrat.

Die Fish Street-Brücke war laut meiner Skizze nur noch eine Ruine.

Nördlich des Flusses gab es bei aller Verwahrlosung Anzeichen von Leben – in der Water Street waren Fischhallen in Betrieb, hier und da quoll Rauch aus Kaminen auf ausgebesserten Dächern, Geräusche unbekannter Herkunft ließen sich ab und zu vernehmen, und gelegentlich watschelte eine Gestalt über die trostlosen Straßen und ungepflegten Gassen. Doch ich fand es hier noch bedrückender als in den einsamen südlichen Vierteln. Vor allem waren die Leute hier noch abstoßender und abnormaler als die in der Stadtmitte, so daß ich mich mehrmals auf unangenehme Weise an irgend etwas ganz und gar Phantastisches erinnert fühlte, das ich nicht näher bestimmen konnte. Zweifellos waren die fremdartigen Merkmale der Einheimischen hier stärker ausgeprägt als in den anderen Stadtteilen – es sei denn, der »Innsmouth-Look« war mehr eine Krankheit als ein Rassenmerkmal, was bedeutet hätte, daß in diesem Viertel die schwereren Fälle auftraten.

Eine Einzelheit, die mich beunruhigte, war die Verteilung der wenigen schwachen Geräusche, die an mein Ohr drangen. Sie hätten eigentlich nur aus den sichtlich bewohnten Häusern kommen dürfen, doch in Wirklichkeit waren sie oft hinter den am stärksten vernagelten Fassaden am lautesten. Das quietschte und schlurfte und machte alle Arten von unerklärlichen dumpfen Geräuschen; und mir wurde unbehaglich, als ich an die verborgenen Tunnel dachte, von denen der junge Mann in dem Lebensmittelgeschäft gesprochen hatte. Plötzlich wurde mir bewußt, daß ich mich fragte, wie wohl die Stimmen dieser Leute klingen mochten. Bisher hatte ich in diesem Viertel noch niemanden reden hören, und merkwürdigerweise hatte ich auch gar kein Verlangen danach.

Ich verweilte gerade lange genug, um einen Blick auf zwei schöne, aber verfallene alte Kirchen in der Main Street und der Church Street zu werfen, und verließ dann eiligst dieses heruntergekommene Hafenviertel. Mein nächstes Ziel mußte logischerweise der neue Kirchplatz sein, aber aus irgendeinem Grund schien es mir unerträglich, nochmals an der Kirche vorbeizugehen, in deren Keller ich die auf unerklärliche Weise furchterregende Gestalt des Priesters oder Pastors mit dem sonderbaren Diadem erblickt hatte. Überdies hatte mir der junge

Mann gesagt, daß man sich als Fremder nicht zu nahe an die Kirchen sowie die Halle des Ordens von Dagon heranwagen sollte.

Dementsprechend ging ich die Main Street weiter bis zur Martin Street, wandte mich sodann landeinwärts, überquerte die Federal Street ein gutes Stück nördlich des Kirchplatzes und erreichte so das verfallende Patrizierviertel der nördlichen Broad, Washington, Lafayette und Adams Street. Obwohl diese stattlichen alten Alleen heruntergekommen und lange nicht mehr instand gesetzt worden waren, war ihre von Ulmen beschattete Stattlichkeit noch nicht ganz geschwunden. Jede einzelne dieser Villen erregte meine Aufmerksamkeit, aber die meisten von ihnen waren verwittert und mit Brettern vernagelt, die Vorgärten verwildert; immerhin schienen in jeder Straße eine oder zwei bewohnt zu sein. An der Washington Street standen in einer Reihe vier oder fünf solcher Häuser, die alle in sehr gutem Zustand waren und gepflegte Gärten und Rasenflächen hatten. Das prächtigste von ihnen – es war von ausgedehnten, terrassenförmig angelegten Blumenbeeten umgeben, die bis hinüber zur Lafayette Street reichten – hielt ich für die Residenz des alten Marsh, des leidenden Besitzers der Raffinerie.

In all diesen Straßen war kein lebendes Wesen zu sehen, und ich wunderte mich darüber, daß es in Innsmouth offensichtlich weder Katzen noch Hunde gab. Weiter fiel mir auf, daß selbst bei einigen der gepflegtesten Gebäude an vielen Fenstern im dritten Stock oder im Dachgeschoß die Läden verschlossen waren. Heimlichkeit und Verstohlenheit schienen allgegenwärtig in dieser schweigenden Stadt der Befremdung und des Todes, und ich konnte mich nicht des Gefühls erwehren, daß mich an allen Ekken wachsam spähende Augen, die nie geschlossen waren, aus dem Hinterhalt beobachteten.

Ich schauderte, als es von einem Turm zu meiner Linken mit dumpfem Klang drei Uhr schlug. Nur zu gut erinnerte ich mich an die gedrungene Kirche, von der diese Glockenschläge kamen. Als ich jetzt auf der Washington Street auf den Fluß zuging, stand ich plötzlich wieder vor einem früheren Industrie- und Handelsviertel; vor mir sah ich die Ruinen einer Fabrik, während ich weiter flußaufwärts inmitten weiterer Ruinen die Überreste eines alten Bahnhofs sowie einer überdachten Eisenbahnbrücke entdeckte.

Vor der wackligen Brücke, an die ich jetzt kam, war ein Warnschild aufgestellt, aber ich nahm das Risiko auf mich und erreichte abermals das Südufer, wo die Straßen wieder etwas belebter waren. Verstohlen watschelnde Gestalten starrten geheimnisvoll in meine Richtung, und Leute mit normaleren Gesichtern musterten mich kalt und neugierig. Innsmouth wurde mir immer unerträglicher, und ich bog in die Paine Street ein, um auf den Platz zurückzugelangen, wo ich ein Fahrzeug zu finden hoffte, das mich noch vor der späten Abfahrtszeit des unheimlichen Busses nach Arkham bringen würde.

Und da sah ich zu meiner Linken die baufällige Feuerwache und bemerkte den in schäbigen Lumpen gehüllten alten Mann mit dem roten Gesicht, dem buschigen Bart und den wäßrigen Augen, der auf einer Bank vor dem Gebäude saß und sich mit zwei ungepflegten, aber nicht abnormal aussehenden Feuerwehrmännern unterhielt. Das mußte natürlich Zadok Allen sein, der halbverrückte, neunzigjährige Trunkenbold, dessen Geschichten vom alten Innsmouth und seinen Schatten so schrecklich und unglaublich sein sollten.

III

Es muß mich irgendein Teufel geritten haben – oder vielleicht war es auch eine zynische Macht aus dunklen, verborgenen Regionen, die mich unwiderstehlich anzog; wie dem auch sei, ich änderte jedenfalls meine Pläne. Ich hatte mich längst entschlossen, meine Beobachtungen ganz auf die Bauwerke der Stadt zu beschränken, und überdies wollte ich gerade auf den Platz zurückkehren, um so schnell wie möglich ein Transportmittel zu finden, das mich aus dieser modernden Stadt des Todes und des Verfalls wegbringen würde; doch der Anblick des alten Zadok Allen brachte mich auf andere Gedanken und ließ mich unschlüssig meine Schritte verlangsamen.

Man hatte mir versichert, daß ich von dem alten Mann nichts anderes erwarten konnte als Andeutungen über abenteuerliche, unzusammenhängende und unglaubliche Legenden, und man hatte mich gewarnt, daß es gefährlich sei, sich von den Einheimischen im Gespräch mit ihm beobachten zu lassen, doch der Gedanke an diesen alten Zeugen des Verfalls der Stadt, dessen Erinnerungen bis in die gute alte Zeit der Schiffe und Fabriken zurückreichen mußten, war eine Verlockung, der ich trotz aller rationalen Überlegungen nicht widerstehen konnte. Schließlich sind ja die seltsamsten und verrücktesten Mythen oft nichts anderes als Allegorien, die auf Wahrheit beruhen – und der alte Zadok mußte alles miterlebt haben, was sich in den letzten neunzig Jahren in und um Innsmouth zugetragen hatte. Die Neugier gewann die Oberhand über Vernunft und Vorsicht, und in meinem jugendlichen Ehrgeiz bildete ich mir ein, ich könnte doch einen wahren historischen Kern in dem konfusen, überspannten Wortschwall finden, den ich dem Alten wahrscheinlich mit Hilfe von billigem Whiskey würde entlocken können.

Ich wußte, daß ich mich ihm in diesem Augenblick und an dieser Stelle nicht nähern durfte, denn die Feuerwehrleute würden es sicher bemerken und dazwischentreten. Statt dessen, so überlegte ich, würde ich die nötigen Vorbereitungen treffen, indem ich mir in einem Laden, den mir der junge Verkäufer bezeichnet hatte, eine Flasche geschmuggelten Whiskey besorgte. Dann würde ich mich möglichst unauffällig in der Nähe der Feuerwache postieren und dem alten Zadok folgen, wenn er sich auf einen seiner häufigen Rundgänge machte. Der junge Mann hatte gesagt, er sei sehr ruhelos und bliebe nur selten länger als eine oder zwei Stunden vor der Feuerwache sitzen.

Eine Literflasche Whiskey bekam ich anstandslos – wenn auch keineswegs billig – im Hinterzimmer eines düsteren Kramladens ganz in der Nähe des Platzes in der Eliot Street zu kaufen. Der ungewaschene Kerl, der mich bediente, hatte auch etwas von dem abstoßenden »Innsmouth-Look« an sich, war aber auf seine Art ganz manierlich, vielleicht, weil er an den Umgang mit ortsfremden Kunden – Lastwagenfahrern, Goldkäufern und ähnlichen Leuten – gewöhnt war, die hin und wieder in die Stadt kamen. Als ich wieder auf dem Platz angelangt war, sah ich, daß das Glück mir geneigt war; denn gerade schlurfte eine Gestalt aus der Paine Street um die Ecke des Gilman House, bei der es sich um niemand anderes als den hochgewachsenen, mageren und zittrigen alten Zadok Allen höchst persönlich handelte. Meinem Plan folgend, lenkte ich seine Aufmerksamkeit auf mich, indem ich die soeben erstandene Flasche schwenkte, und merkte alsbald, daß er angebissen hatte und hinter mir herschlurfte, als ich in die Waite Street einbog, um in die verlassendste Gegend zu gelangen, an die ich mich erinnern konnte.

Ich hielt mich an die Kartenskizze, die der junge Verkäufer mir gezeichnet hatte, und suchte den Weg in ein völlig einsames Viertel am südlichen Teil der Küste, durch das ich vorher schon einmal gekommen war. Die einzigen Menschen in Sichtweite waren dort die Fischer auf dem fernen Wellenbrecher gewesen, und wenn ich noch ein paar Straßen weiter nach Süden ging, würden auch diese Männer keine Gefahr mehr darstellen, und ich brauchte dann nur noch ein geeignetes Plätzchen auf einem alten Pier ausfindig zu machen, um völlig ungestört und solange ich wollte, den alten Zadok nach Herzenslust ausfragen zu können. Noch bevor ich die Main Street erreicht hatte, hörte ich hinter mir ein schwaches, keuchendes »Hallo, Mister!«, worauf ich den alten Mann sofort aufholen und ein paar kräftige Schluck Whiskey aus meiner Flasche tun ließ.

Ich begann vorzufühlen, während wir durch die allgegenwärtigen verlassenen Häuser und irrwitzigen Ruinen gingen, aber ich mußte feststellen, daß die Zunge des Alten sich nicht so schnell lösen wollte, wie ich erwartet hatte. Schließlich sah ich einen grasüberwucherten Durchschlupf zum Meer zwischen zerbröckelnden Ziegelmauern, und dahinter eine aus Erde und Mauerwerk bestehende, mit Unkraut bewachsende Mole. Haufen bemooster Steine nahe am Wasser versprachen bequeme Sitzgelegenheiten, und der Platz war durch ein verfallenes Lagerhaus im Norden gegen alle neugierigen Blicke abgeschirmt. Dies, so dachte ich, war der ideale Ort für ein langes, heimliches Gespräch, und deshalb lotste ich meinen Begleiter die Gasse hinunter und suchte uns auf den moosbewachsenen Steinen zwei Stellen aus, auf denen man einigermaßen bequem sitzen konnte. Ringsum atmete alles auf gespenstische Weise Tod und Verwesung, und der Fischgestank war fast unerträglich; aber ich war entschlossen, mich durch nichts abschrecken zu lassen.

Es blieben mir noch ungefähr vier Stunden für das Gespräch, wenn ich den Acht-Uhr-Bus nach Arkham noch erreichen wollte, und ich reichte dem betagten Zecher immer häufiger die Flasche, während ich selbst mein frugales Mittagsmahl verzehrte. Bei meinen Zuteilungen achtete ich darauf, daß ich nicht des Guten zuviel tat, denn ich mußte vermeiden, daß Zadoks zu erwartende schnapsselige Geschwätzigkeit allzu schnell in dumpfe Apathie überging. Nach einer Stunde schien er endlich bereit, seine vorsichtige Schweigsamkeit aufzugeben, aber zu meinem Verdruß wich er noch immer meinen Fragen über Innsmouth und seine geheimnisträchtige Vergangenheit aus. Er faselte nur von aktuellen Ereignissen und erwies sich dabei als eifriger Zeitungsleser wie auch als ein Philosoph mit einer ausgeprägten Neigung zu sentenziösen Dorfweisheiten.

Als die zweite Stunde schon fast herum war, befürchtete ich bereits, der eine Liter Whiskey würde noch nicht ausreichen, um die gewünschten Resultate zu zeitigen, und fragte mich, ob ich nicht besser den alten Zadok allein lassen und Nachschub holen sollte. Doch gerade in diesem Augenblick bewirkte ein Zufall das, was ich mit meinen Fragen vergeblich herbeizuführen versucht hatte, und das Geschwafel des keuchenden Alten nahm eine Wende, die mich veranlaßte, mich vorzubeugen und ihm gespannt zu lauschen. Ich saß mit dem Rücken zum Wasser, doch er schaute aufs Meer hinaus, und irgend etwas hatte seinen Blick auf die niedrige, ferne Linie des Teufelsriffs gelenkt, das jetzt deutlich und beinahe faszinierend über der Wasserfläche zu sehen war. Der Anblick schien ihm zu mißfallen, denn er fing an, eine Reihe leiser Flüche auszustoßen, die in einem vertraulichen Flüstern und einem vielsagenden Blick endete. Er beugte sich zu mir, faßte mich am Rockaufschlag und stieß mit zischender Stimme ein paar Andeutungen hervor, die unmißverständlich waren.

»Da drüm hat's alles angefang – da wo das gottverdammte tiefe Wasser anfängt. Tor zur Hölle – da geht's steil runter bis auf'n Grund, wo kein Lot nich runterkommt. Der alte Käpt'n Obed hat's getan – wie er auf'n Südseeinseln mehr gefunden hat, wie ihm bekommen ist.

Damals isses allen dreckich gegang. Mit'm Handel war nischt mehr los, die Fabriken ham auch keine Geschäfte nich mehr gemacht – nich mal die neuen – un die besten von unsern Männern war'n im Krieg von 1812 als Freibeuter draufgegang oder mit der Brigg *Elizy* und der Schute *Ranger* abgesoff'n – ham beide dem Gilman gehört. Der Obed Marsh, der hat drei Schiffe gehabt – die Brigantine *Columby,* die Brigg *Hetty* un die Bark *Sumatry Queen.* Er is der einzichste gewes'n, der noch mit'm Ostindjen- und Passifikhandel weitergemacht hat – na ja, achtundzwanzig hat's der Esdras Martin mit seiner Schonerbark *Malay Bride* nochmal probiert.

So ein'n wie den Käpt'n Obed gibt's kein zweites Mal nich – der alte Satansbraten. Ho, ho! Ich weiß noch gut, wie er immer von fremde Länder erzählt hat un die Leute für blöd erklärt hat, weilse inde christliche Kirche gegang sind und sich demütich mit ihr'm Schicksal abgefund'n hab'n. Soll'n sich bessere Götter anschaffen, sagt er, wie die Völker auf'n Westindischen – solche Götter, wo ihn'n für ihre Opfer jede Menge Fisch geb'n und wirklich die Gebete von'n Leuten erhörn.

Der Matt Eliot, was sein erster Maat gewes'n is, hat auch 'ne Menge gered't, bloß daß der nich mochte, daß die Leute was Heidnisches tun. Der hat uns von 'ner Insel erzählt, östlich von Othaheite, wo's jede Menge Ruinen gab, so alt, daß keiner nischt darüber gewußt hat, so wie die auf Ponape, auf'n Karolin'n, aber mit eingemeißelt'n Gesichtern wie die groß'n Figuren auf'n Osterinseln. Un dicht dabei war auch 'ne kleine Vulkaninsel, auf der gab's wieder andre Ruinen mit andern Bildern – so abgewetzt war'n die Ruinen, als wär'n se früher mal unterm Meer gewesen, un ganz voller Bilder von grausig'n Ungeheuern.

Also, Herr, der Matt sagt, die Eingebornen dort ham soviel Fische, wie se nur fang'n könn', un herrliche Ringe und Armreife un Kopfputz aus 'ner komischen Sorte Gold un ganz voller Bilder von Ungeheuern genau wie die auf den Ruinen auf der klein'n Insel – 'ne Art Fischfrösche oder Froschfische in allen möglichen Stellungen, so als wärn's menschliche Wesen. Keiner konnt' aus ihnen rausbring, wo se das Zeug alles herhatt'n, un die ganz'n andern Eingebornen ham sich gewundert, wieso die soviel Fische gefang ham, wo doch bei den nächsten Inseln fast keine nich zu finden warn. Den Matt hat das auch gewundert, un auch den Käpt'n Obed. Un der Obed merkt außerdem, daß die hübsch'n jung Leute Jahr um Jahr massenweise verschwind'n und daß fast keine ältern Leute zu sehn sind. Un außerdem meint er, daß manche von den Leuten sogar für Kanaken verdammt komisch aussehn.

's mußte schon einer wie Obed kommen, um die Wahrheit aus den Heiden rauszukrieg'n. Ich hab keine Ahnung, wie er das geschafft hat, aber er hat angefangen, ihnen die Golddinger abzuhandeln, die se getrag'n ham. Hat se gefragt, woher se komm, ob se mehr davon ranschaffen könn, und am Schluß hat er dem Häuptling die ganze Geschichte aus der Nase gezog'n – Walakea hat er geheißen. Keiner außer Obed hätt dem alten gelben Teufel geglaubt, aber der Käpt'n konnt in den Leuten lesen grad, als wärn's Bücher. Ho, ho! Keiner glaubt mir was, wenn ich's ihn'n heut erzähl, Sie wahrscheins auch nich, junger Mann – aber wenn ich mir Ihn'n genauer anseh, Sie ham grad solche scharf'n Augen wie der Obed.«

Der alte Mann senkte die Stimme noch mehr, und ich ertappte mich dabei, wie ich schauderte angesichts der furchtbaren und aufrichtigen Ungeheuerlichkeit seiner Erzählung, obwohl ich wußte, daß es sich nur um die Phantastereien eines Betrunkenen handeln konnte.

»Ja, also der Obed hat erfahrn, daß es auf unsrer Erde Dinge gibt, von den'n die meist'n Leute noch nie nischt gehört ham – und se würden's sowieso nich glaub'n, auch wenn's ihn'n einer erzählen tät. Also 's scheint, daß die Kanaken ihre jungen Männer und Mädchens massenweise irgendwelche Gottwesen geopfert ham, die unter dem Meer gehaust ham, und daß die ihn'n dafür alle möglichen schön'n Dinge gegeb'n ham. Sie sind mit den andern Wesen auf dem Inselchen mit den komischen Ruinen zusammengekomm, un die grausigen Bilder von den Froschfisch-Ungeheuern solln Bilder von den Dingern gewesen sein. Vielleicht warn das die Kreaturen, die mit den ganzen Geschichten von den Seejungfrauen un so angefang'n ham. Auf'm Meeresgrund hatt'n se alle möglichen Städte, un die Insel war früher auch mal unterm Wasser gewesen; 'n paar von den Biestern warn scheint's noch am Leben, wie die Insel auf einmal aufgetaucht ist. Auf die Art ham die Kanaken Wind davon bekomm, daß sie da unten warn. Wie der erste Schreck vorbei war, ham se sich mit den'n in Zeichensprache unterhalten, un dann hat's nich mehr lange gedauert, un der Handel war perfekt.

Die Biester ham Menschenopfer gern gemocht. Hatten schon mal viel früher welche gehabt, aber nach 'ner Zeit die Verbindung mit der oberen Welt verlorn. Was se mit den Opfern angestellt ham, kann ich nich sag'n, und der Obed war bestimmt auch nich scharf drauf, se zu frag'n. Aber für de Heiden war's gut, denn's war ihn'n schlecht gegang, un se warn ganz verzweifelt gewes'n. Zweimal im Jahr ham se 'ne bestimmte Anzahl von ihrn jung'n Leut'n den Seeungeheuern geopfert – am Abend vorm erst'n Mai un am Abend vor Allerheiljen – regelmäßig jedes Jahr. Außerdem ham se ihn'n was von dem geschnitzten Trödelkram gegeb'n, den se gemacht ham. Un dafür hamse von den Biestern jede Menge Fische bekomm – die hamse aus'm ganzen Meer zusammengetrieb'n – un ab und zu 'n paar von den Golddingern. Die

Eingebornen, sag ich, ham sich mit den Biestern auf der klein'n Vulkaninsel getroff'n – da sind se mit den Opfern un dem andern Zeug in Kanus rübergefahrn un auf'm Rückweg hamse die Goldjuwel'n mitgebracht, wenn se welche gekriegt hatt'n. Am Anfang sind die Biester nie auf die Hauptinsel gegang, aber nach'ner Weile wollten se dann. Warn wahrscheins scharf darauf, sich mit'n Menschen zu vermischen un mit ihn'n zusamm Feste zu feiern an den beiden großen Tag'n – erster Mai un Allerheiljen. Wissen Se, die konnten nämlich im Wasser un aufm Land leb'n – Amphibjen heißt man so was wohl. Die Kanaken ham ihn'n gesagt, daß de Leute vonne andern Inseln se womöglich ausrott'n würd'n, wenn se Wind davon bekomm würd'n, aber die Biester ham gesagt, das is ihn'n ganz egal, weilse de ganze Menschenbrut ausrott'n könnt'n, wenn se sich de Mühe mach'n würd'n – jednfalls alle, wo nich bestimmte Zeichen hatt'n, wie se früher mal die Alten Wes'n verwendet ham solln – was das für welche warn, weiß ich auch nich. Aber se wollt'n kein'n Ärger machen und würd'n verschwind'n, wenn Fremde auf der Insel sein sollt'n.

Wie nu die Kanaken sich mit den krötigen Fischen paaren sollt'n, wollt'n se nich so recht, aber dann hamse was erfahren, was die ganze Sache in'n andres Licht gestellt hat. Die Menschen ham scheint's ne Art Verwandtschaft mit solch'n Wasserviechern, weil alle Lebewes'n früher mal aus'm Wasser gekomm sind un sich bloß'n bißchen verändern brauchen un wieder zurückkönn. Diese Biester ham nu den Kanaken erzählt, daß, wenn se sich mit ihn vermisch'n würd'n, die Kinder am Anfang ganz wie Menschen aussehn würd'n, aber später würd'n se immer mehr den Viechern gleichsehn und am Schluß für immer ins Wasser gehn un dort drunten mit ihn' zusammen weiterleb'n. Un nu kommt das Wichtigste, junger Mann – wennse sich erst mal in Fische verwandelt hätt'n, und ins Wasser gegang wärn, würd'n se nie sterben. Die Biester starb'n nämlich nich, wenn se nich mit Gewalt umgebracht wurd'n.

Ja, also 's scheint, daß die Kanaken voller Fischblut von den Biestern aus'm Meer warn, wie Obed hingekomm is. Wenn se alt wurd'n und man's ihn'n schon ansehn konnte, ham se sich versteckt bis se für immer ins Wasser gehn konnt'n. Bei manchen war's stärker wie bei den andern un manche ham sich überhaupt nich genug verändert, um für immer ins Wasser zu gehn; aber meistenteils sind se so geword'n, wie's die Biester gesagt hatt'n.

Einer, der bei der Geburt mehr wie die Biester aussah, hat sich früher verändert, aber die, die fast wie Menschen warn, sind manchmal auf der Insel geblieb'n bis se über siebzich warn, allerdings sind se oft probeweise für ne Weile unters Meer gegang. Die Leute, die schon unten warn, sind oft zum Besuch zurückgekomm, und so isses gekomm, daß ein Mensch sich mit seim eigenen Ururgroßvater unterhalt'n konnte, der vor hundert Jahrn oder so vom Land ins Meer gegang war.

Ans Sterb'n hat kein Mensch nich mehr gedacht – umgekomm sind se höchstens noch in Kanu-Kriegen mit den andern Eingebornen oder als Opfer für die Meergötter oder durch 'nen Schlangenbiß oder 'ne galoppierende Seuche oder so was, bevor se ins Meer gegang sind – sondern si ham sich nur auf 'ne Art Verwandlung gefaßt gemacht, die nach 'ner Weile als was ganz Normales angesehn wurde. Sie ham gemeint, daß das, was se gekriegt ham, viel mehr war als alles, was se aufgeb'n mußten – und ich könnt mir vorstell'n, daß der Obed sich genau dasselbe gedacht hat, wie er sich dem Walakea seine Geschichte hat durch'n Kopf gehn lassen. Der Walakea war allerdings einer von den wenigen, die überhaupt kein Fischblut nich hatt'n – weil er aus einem königlichen Geschlecht war, das sich nur mit königlichen Geschlechtern von andern Inseln vermischt.

Walakea hat dem Obed 'ne Menge Zauberformeln und Beschwörungen beigebracht, die was mit den Viechern aus dem Meer zu tun hatt'n, un ihm 'ne Menge von den Leuten im Dorf gezeigt, die schon fast gar nich mehr wie Menschen ausgesehn ham. Aber irgendwie hat er ihn nie eins von den richtigen Ungeheuern aus'm Meer sehn lass'n. Am Schluß hat er ihm so'n komisches Zauberding aus Blei oder so was Ähnliches gegeb'n und gesagt, daß er damit die Froschfische aus'm Meer hochholn kann, überall wo ein Nest von ihn'n is. Er braucht's nur ins Wasser fall'n lass'n un die richtigen Gebete oder so was Ähnliches dabei sprechen. Walakea hat gemeint, daß die Biester über die ganze Welt verstreut sind und jeder, wenn er die Augen aufmacht, ein Nest find'n und sie hochhol'n kann, wenn se gebraucht werd'n.

Dem Matt hat das Geschäft überhaupt nicht gefall'n un er hat gemeint, der Obed sollt' nich mehr auf die Insel gehn; aber der Käpt'n war habgierig und hat gemerkt, daß er die Golddinger so billig gekriegt hat, daß es sich gelohnt hat, sich bloß noch dadrum zu kümmern. So isses dann jahrelang weitergegang, un der Obed hat so viel von dem goldartigen Zeug gekriegt, daß er in dem Wait seiner alt'n morsch'n Fabrik die Raffinerie eingericht' hat. Er hat sich nich getraut, die Dinger so zu verkauf'n wie se warn, weil die Leute sonst bloß dumme Frag'n gestellt hätt'n. Seine Männer ham aber doch ab und zu so'n Ding in die Finger gekriegt un ham's verkauft, trotzdem se schwör'n ham müss'n, daß sie keim nischt sag'n; un er selber hat manche von den Dingern, die 'n bißchen menschlicher ausgesehn ham, sein'n Weibern gegeben, un die ham se sich umgehängt.

Ja, un wie nu das Jahr achtunddreißich gekomm ist – ich war da grad sieb'n – da hat der Obed gemerkt, daß die Leute auf der Insel alle ausgerottet word'n warn, seit er das letztemal dort gewes'n war. Die andern Eingebornen hatt'n scheint's Wind bekomm von der ganzen Sache und was dageg'n unternomm. Die müss'n wahrscheins doch die alten magisch'n Zeichen gehabt ham, die das einzige warn, wo die Meerungeheuer Angst vor gehabt ham. Weiß der Himmel, was die Kanaken alles in die Finger bekomm ham, wie die Insel vom Meeresgrund aufgetaucht is, mit den Ruinen drauf, die älter warn als die Sündflut. Un die Kerle ham gleich richtich aufgeräumt – nischt hamse stehngelass'n, nich auf der Hauptinsel un auch nich auf der klein'n Vulkaninsel, außer die Ruinen, die so groß warn, daß se se nich kaputtmach'n konnt'n. An manchen Stellen ham viele kleine Steine rumgeleg'n – wie Fetische – mit eim Zeichen darauf, wo man heute Hakenkreuz zu sag'n tät. Wahrscheins warn das die Zeichen von den Alt'n Wes'n. Die Leute warn alle wie weggeblas'n, keine Spur von den Golddingern, un keiner von den Kanaken in der ganzen Gegend hat ein'n Ton gesagt. Se wollt'n nich mal zugeb'n, daß es auf der Insel mal Mensch'n gegeb'n hatte.

Das hat den Obed natürlich ganz schön mitgenomm, weil mit seim übrigen Handel überhaupt nich viel los war. Und außerdem hat ganz Innsmouth den Schad'n gehabt, weil was dem Besitzer von eim Schiff genutzt hat, hat meistens auch der Mannschaft genutzt. Die meist'n Leute in der Stadt ham sich wie die Schafe mit ihr'm Schicksal abgefund'n, aber es ist ihn' dreckich gegang, weil se immer weniger Fische gefang ham, un die Fabriken ham auch nich mehr viel gebracht.

Un zu der Zeit hat der Obed angefang, mit den Leuten zu fluch'n, weil se blöd wie die Schafe sind un den christlichen Gott anbet'n, der ihn'n überhaupt nich hilft. Un hat ihn'n gesagt, daß er Menschen kennt, die andere Götter anbet'n, wo ihn'n was geb'n, was se wirklich brauch'n könn; un wenn ihm die andern Männer helf'n, sagt er, dann kann er vielleicht solche Götter ruf'n, die ihn'n jede Menge Fische un auch 'n hübschen Haufen Gold geben. Natürlich ham die Männer, was auf der *Sumatry Queen* gedient und die Insel gesehn ham, gewußt, was er meint, un warn nich scharf drauf, mit den Meerungeheuern zusammenzukomm, von den'n se gehört hatt'n, aber die andern, die keine Ahnung gehabt ham, was der Obed meint, warn ganz begeistert un ham ihm gefragt, was er tun kann, damit se an den Glaub'n komm, der ihn'n wirklich hilft.«

Hier brach der alte Mann plötzlich ab, murmelte etwas Unverständliches und versank in grüblerisches, ängstliches Schweigen; er schaute nervös über seine Schulter, wandte sich dann wieder um und blickte fasziniert zu dem fernen schwarzem Riff hinüber. Als ich ihn ansprach, gab er keine Antwort, und ich wußte, daß ich ihm den restlichen Whiskey geben mußte. Die verrückte Geschichte, die er mir erzählte, interessierte mich ungeheuer, weil ich mir einbildete, sie enthielte im Kern doch eine Art Allegorie, die sich auf die seltsamen Vorfälle in Innsmouth gründete und von einer Phantasie ausgeschmückt war, die gleichzeitig schöpferisch und voller Bruchstücke exotischer Legenden war. Keinen Augenblick lang glaubte ich, daß die Erzählung auch nur den geringsten realen Hintergrund hätte, trotzdem hatte der Bericht einen Unterton echten Grauens, wenn auch vielleicht nur wegen der Anspielungen auf seltsame Juwelen von derselben Art wie die unheimliche Tiara, die ich in Newburyport gesehen hatte. Vielleicht stammte dieser Schmuck letzten Endes doch von irgendeiner fernen Insel, und möglicherweise stammte das abenteuerliche Seemannsgarn von dem verblichenen Obed selbst und nicht von dem alten Säufer, der jetzt vor mir saß.

Ich reichte Zadok die Flasche, und er leerte sie bis zum letzten Tropfen. Es war erstaunlich, wieviel er vertragen konnte, denn ich konnte in seiner hohen, keuchenden Stimme nicht das geringste Anzeichen von Heiserkeit entdecken. Er leckte den Flaschenhals ab und ließ die leere Flasche in seiner Tasche verschwinden. Dann fing er an, zu nicken und leise vor sich hinzumurmeln. Ich beugte mich dicht zu ihm hinüber, um mir keines der verständlichen Worte entgehen zu lassen, und glaubte, unter dem fleckigen, buschigen Schnurrbart ein sardonisches Lächeln zu erkennen. Ja, seine Lippen formten tatsächlich Worte, und ich konnte sogar die meisten davon verstehen.

»Der arme Matt – er war immer dageg'n gewes'n un hat versucht, die Leute auf seine Seite zu bringen un hat lange mit den Predigern geredet, aber alles umsonst – den Pastor von der freien Gemeinde ham se aus der Stadt gejagt, un der von den Methodisten is von alleine gegang, un den Resolved Babcock, was der Pastor von den Baptisten war, hab ich nie mehr gesehn – der Zorn Jehovas – ich war noch'n verdammt kleiner Kerl, aber was ich gehört hab, hab ich gehört, un was ich gesehn hab, hab ich gesehn – Dagon un Asthoreth – Belial un Beelzebub – 's Goldne Kalb un die Götzen von den Philistern – babylonische Lästerung – *Mene, mene, tekel, upharsin* –.«

Er brach wieder ab, und der Blick seiner wasserblauen Augen ließ mich befürchten, daß er nun doch jeden Augenblick in tiefe Apathie verfallen würde. Aber als ich ihn sanft an der Schulter rüttelte, wandte er sich mir mit überraschender Lebhaftigkeit zu und stieß wieder ein paar geheimnisvolle Sätze hervor.

»Sie glaub'n mir nich, eh? Ho, ho, ho – dann sagen Se mir doch, junger Mann, warum der Käpt'n Obed so oft mit zwanzich andern in pechschwarzer Nacht zum Teufelsriff hinausgerudert is un se dort so laut gesung hab'n, daß man se in der ganzen Stadt hör'n konnte, wenn der Wind richtich gestanden hat? Was sagen Se dazu, he? Un sagen Se mir doch, warum der Obed immer so schwere Dinger versenkt hat in dem tiefen Wasser auf der andern Seite von dem Riff, wo der Grund so steil wie 'ne Klippe abfällt un so tief, daß man's nich auslot'n kann? Sagen Se mir, was er mit dem komischen Dingsda aus Blei gemacht hat, was der Walakea ihm gegeben hatte? Na, Sie Grünschnabel? Un was hamse in der Nacht vorm ersten Mai alle miteinander da drauß'n gesung un dann wieder in der Nacht vor Allerheiljen? Un warum ham die neuen Pastoren, was früher mal Seeleute gewes'n warn, so komische Roben angehabt und die Golddinger getrag'n, die der Obed gebracht hatte, he?«

Die wasserblauen Augen blickten jetzt wild und wie im Delirium, und der schmutzige weiße Bart knisterte wie elektrisiert. Der alte Zadok bemerkte wahrscheinlich, wie ich zurückprallte, denn er fing bösartig zu kichern an. »Ho, ho, ho, ho! Geht Ihn'n jetzt langsam 'n Licht auf, ja? Vielleicht wärn Se gern an meiner Stelle gewes'n damals, wie ich von der Kuppel von unserm Haus die Dinger draußen auf'm Meer gesehn hab? Ich kann Ihn'n sag'n, kleine Jungs ham große Ohr'n un mir is nischt entgang von dem, was die Leute über den Käpt'n Obed und die andern draußen auf'm Riff getuschelt ham! He, he, he! Un was war in der Nacht, wo ich den Fernstecher von meim Vater mit in die Kuppel raufgenomm hab und gesehn hab, wie's auf'm Riff gewimmelt hat von Gestalt'n, die haste was kannste untergetaucht sind, wie der Mond aufgegang ist? Obed un seine Leute warn im Boot, aber die Gestalt'n sin auf der andern Seite im tief'n Wasser untergetaucht und nimmer raufgekomm... Wie tät Ihn'n das gefall'n, 'n kleiner Pimpf, der alleine oben in der Kuppel sitzt un *Gestalt'n sieht, was keine menschlich'n Gestalt'n nich sind?*... Hi, hi, hi?«

Der Alte wurde allmählich hysterisch, und ich schauderte, ohne zu wissen, weshalb. Er legte mir seine knorrige Klaue auf die Schulter, und ich spürte, daß er zitterte – ganz bestimmt nicht vor Freude.

»Stell'n Se sich vor, Se würd'n sehn, wie auf der andern Seite vom Riff was Schweres aus Obeds Boot gehievt wird, un am nächsten Tag hör'n Se, daß'n junger Bursch nich nach Hause gekomm' is. He! Hat irgend jemand nochmal was von Hiram Gilman gehört? Na? Un Nick Pierce, und Luelly Waite, un Adoniram Southwick und Henry Garrison, he? Hi, hi, hi, hi... Gestalt'n, die mit den Händ'n red'n wenn se überhaupt richtige Hände hatt'n...

Ja, Herr, das war die Zeit, wo's dem Obed allmählich wieder besser gegang is. Die Leute ham gesehn, daß seine drei Töchter Schmuck aus Gold oder so was Ähnlichem getrag'n ham, den se noch nich lange ham konnt'n, un aus dem Schornstein von der Raffinerie is Rauch gekomm. Andern Leut'n ging's auch auf 'n Mal wieder besser – Fische gab's in rauhen Mengen, un der Himmel weiß, was für Ladungen davon nach Newburyport, Arkham un Boston ging. Un dann hat Obed durchgesetzt, daß die Nebenstrecke von der Eisenbahn gebaut word'n is. Fischer aus Kingsport ham gehört, was es bei uns zu fang gibt, un sind mit ihr'n Schaluppen gekomm, aber se sind alle verschwund'n. Niemand hat se mehr gesehn. Un genau zu der Zeit ham unsre Leute den Esoterisch'n Ord'n von Dagon gegründet un ham dafür der Kalvarien-Loge den Freimaurertempel abgekauft... hi, hi, hi! Matt Eliot war selber 'n Freimaurer un gegen den Verkauf, aber er is grad um die Zeit verschwund'n.

Aber ich will garnich sag'n, daß der Obed alles so ham wollt, wie's auf der Kanakeninsel gewes'n war. Am Anfang wollt' er bestimmt nich, daß die Leute sich mit den da unt'n vermischen und Kinder krieg'n, die ins Wasser gehn un sich in Fische verwandeln un ewig leb'n. Er wollt' bloß die Golddinger un wollt' viel dafür bezahl'n, un ich glaub, die Biester war'n für 'ne Weile zufrieden...

Wie dann das Jahr sechsunvierzich gekomm is, ham die Leute in der Stadt sich inzwisch'n schon ihre eignen Gedank'n gemacht gehabt – die Sonntagspredigten sin immer komischer geword'n – un immer mehr Klatsch über das Riff. Ich glaub, ich hab selber was dazu getan, wie ich dem Selectman Mowry erzählt hab, was ich von der Kuppel aus gesehn hatte. Un eines Nachts is 'n Trupp von Männern dem Obed un sein'n Leut'n zum Riff raus nachgefahrn un ich hab zwischen den Boot'n Schüsse gehört. Am nächsten Tag warn Obed un zweiundreißich andre im Gefängnis un alle Welt hat sich gefragt, was los war un was se verbroch'n hatt'n. Mein Gott, wenn nur einer hätt' in die Zukunft schaun könn... vierzehn Tage später, als die ganze Zeit nischt mehr ins Meer geworfen word'n war...«

Zadok sah verängstigt und erschöpft aus, und ich ließ ihn sich eine Weile ausruhen, schaute aber ängstlich auf meine Uhr. Inzwischen hatte der Gezeitenwechsel stattgefunden; es war jetzt Flut, und das Rauschen der Wellen schien ihn wieder aufzuwekken. Ich war froh darüber, daß das Wasser stieg, denn bei Flut würde der Fischgestank vielleicht nicht mehr ganz so widerwärtig sein. Wieder mußte ich mich anstrengen, um sein Gemurmel zu verstehen.

»Diese schreckliche Nacht... ich hab se gesehen. Ich war in der Kuppel oben... Horden von ihn'n... ganze Scharen... auf dem ganzen Riff warnse un im Hafen un im Manuxet sind se geschwomm... Gott, was in der Nacht in den Straß'n von Innsmouth passiert is... sie ham an unser Tür gerüttelt, aber mein Vater hat ihn'n nich aufgemacht... un dann is er aus'm Küchenfenster geklettert mit seiner Muskete un wollt' sehn, wo Selectman Mowry war un was er tun könnt... un drauß'n Haufen von Toten und Sterbenden... Schüsse un Schreie... Rufe auf'm Alten Platz un auf'm Stadtplatz un auf'm Neuen Kirchplatz – Gefängnis aufgebroch'n... – Proklamation... Verrat... un dann hamse gesagt, ne Seuche wär's gewes'n, als Fremde gekomm sind und gesehn ham, daß die Hälfte von unsern Leuten verschwund'n war... niemand war mehr übrig außer den'n, die zu Obed un den Ungeheuern gehalt'n oder wenigstens nischt verrat'n ham... von meim Vater hab ich nischt mehr gehört...«

Der alte Mann rang nach Luft und war in Schweiß gebadet. Er packte mich noch fester an der Schulter.

»In der Früh' war alles weggeräumt – aber *Spuren* warn noch da... Obed hat das Kommando übernomm un gesagt, alles wird anders... *andre* wer'n mit uns zusamm in die Kirche gehn, sagt er, un manche Häuser müss'n *Gäste* aufnehm... sie wollt'n sich vermischen, wie sie's mit den Kanaken gemacht hatt'n, un er jedenfalls wollt' se nich davon abhalt'n. Ziemlich weit is er gegang, der Obed... ganz verrückt war er, wenn's dadrum ging. Die andern ham uns Fische un Schmuck gebracht, sagt er, un wir müss'n ihn dafür geb'n, was sie unbedingt ham woll'n...

Nach außen soll sich gar nischt ändern, aber wir soll'n nich mit Fremden reden, wenn uns unser Leb'n lieb is. Alle müss'n wir den Eid auf Dagon schwör'n, un manche später noch'n zweit'n und dritt'n Eid. Wer am meisten hilft, kriegt auch am meisten – Gold und solches Zeugs – un keiner kann nischt dagegen tun, weil von den andern Millionen da unten sind. Den andern isses lieber, wenn se nich raufkomm un die ganze Menschheit ausrott'n brauch'n, aber wenn se einer *zwingt*, könn se genau das vielleicht doch mach'n. Wir ham nich die Zaubermittel, sagt der Obed, um se uns vom Hals zu halt'n, wie's die in der Südsee gemacht ham, un die Kanaken verrat'n keim ihr Geheimnis.

Wir brauch'n bloß genug Opfer un Trödelkram geb'n un se in der Stadt aufnehm, wenn se das woll'n, un se lass'n uns in Ruh. Un Fremden werd'n se nischt tun, damit die draußen nischt rumerzähle'n, aber nur, wenn se nich neugierig werd'n. Un alle sind wir dem Ord'n von Dagon treu ergeb'n, un die Kinder soll'n nie sterb'n, sondern zur Mutter Hydra un zum Vater Dagon zurückkehr'n wo wir alle früher mal hergekomm sind... *Iä! Iä! Cthulhu fhtagn! Ph'nglui mglw' nafh Cthulhu R'lyeh wgah-nagl fhtaga* –«

Der alte Zadok schien jetzt immer schneller in blanke Raserei zu verfallen, und ich hielt den Atem an. Bejammernswerte Kreatur – in welche Abgründe der Halluzinationen hatten der Alkohol und der Haß auf Verfall, Fremdheit und Krankheit diesen einst fruchtbaren, schöpferischen Geist gestürzt! Er fing jetzt zu stöhnen an, und Tränen rollten ihm über die zerfurchten Wangen in den Bart.

»Mein Gott, was ich gesehn hab, seit ich fünfzehn war – *Mene, mene tekel, upharsin!* –, die Leute, die verschwund'n sind, un die, die sich umgebracht ham – un wenn einer in Arkham oder Ipswich oder solchen Orten was erzählt hat, ham se ihn für verrückt erklärt, genauso, wie Sie's jetzt mit mir mach'n – aber Herrgott nochmal, was ich gesehn hab – Se hätt'n mich schon längst umgebracht, weil ich zuviel weiß, aber ich hab den erst'n un zweit'n Eid auf Dagon geschwört un das schützt mich, wenn nich ein Gericht von ihn'n beweist, daß ich mit Bewußtsein un absichtlich Sachen 'rumerzähl... aber den dritt'n Eid leg ich nich ab – lieber sterb ich, als daß ich das mach –

In der Zeit um den Bürgerkrieg isses dann noch schlimmer geword'n, *wie die Kinder aufgewachs'n sind, die seit sechsunvierzich gebor'n warn* – jedenfalls manche von ihn'n. Ich hab Angst gehabt – bin seit der schrecklich'n Nacht nie mehr neugierich gewes'n un hab mein ganzes Leben kein'n von... den andern... aus der Nähe gesehn, jedenfalls kein'n reinrassigen. Ich bin im Krieg gewes'n, un wenn ich bloß'n bißchen Grips gehabt hätt', wär ich nie zurückgekomm, sondern woanders geblieb'n. Aber die Leute ham mir geschrieb'n, 's wär nich mehr so schlimm. Das war wahrscheins deswegen, weil nach dreiunsechzich Regierungstruppen in der Stadt warn. Nach'm Krieg war's genau so schlimm wie vorher. Den Leuten isses immer dreckicher gegang – Fabriken un Läden ham zugemacht – Schiffe kamen keine mehr, un der Hafen is versandet – die Eisenbahn hamse stillgelegt – aber *die* – die sind immer noch von dem verdammten Riff rübergeschwomm un den Manuxet rauf – un immer mehr Dachfenster sind vernagelt word'n, un immer mehr Geräusche hat man aus Häusern gehört, wo alle gedacht ham, daß kein Mensch nich drin is...

Die Leute draußen erzähl'n sich Geschicht'n über uns – wahrscheins ham se auch ne Menge davon gehört, wenn ich so hör', was für Fragen Se stell'n – Geschichten über Dinge, die se ab un zu gesehn ham, un über die komischen Juwel'n, die noch immer irgendwo herkomm un noch nich alle eingeschmolz'n sind – aber keiner weiß was Genaues. Und keiner glaubt eim nischt. Se mein'n, daß die Golddinger aus 'nem Piratenschatz sind un daß die Leute in Innsmouth fremdes Blut ham oder ne Krankheit oder so. Außerdem scheuchen die Einheimischen die Fremden weg, sooft se nur könn, un sorg'n dafür, daß die andern nich allzu neugierich werd'n, besonders in der Nacht. Die Hunde bell'n die Kreatur'n an un die Pferde scheu'n vor ihn'n – aber seit's die Autos gibt, macht das ja nischt mehr aus.

Im Jahr sechsunvierzich hat sich der Käpt'n Obed ne zweite Frau genomm, *die kein Mensch in der Stadt nie nich zu sehn gekriegt hat* – manche sag'n, er wollte gar nich, sondern ist gezwung word'n von den'n, die er geruf'n hatte. Drei Kinder hat er von ihr gehabt – zwei sind schon als Kinder verschwund'n, aber ein Mädchen hat ganz normal ausgesehn un is in Europa erzog'n word'n. Der Obed hat se dann mit ein Mann aus Arkham verheirat't, der keine Ahnung gehabt hat. Aber draußen will heut niemand nischt mit den Leuten aus Innsmouth zu tun ham. Barnabas Marsh, dem jetzt die Raffinerie gehört, is Obeds Enkel von der erst'n Frau – ein Sohn vom Onesiphorus, seinem ältsten Sohn, *aber seine Mutter war auch eine von denen, die man nie auf der Straße gesehn hat.*

Barnabas hat sich grad jetz in letzter Zeit verwandelt. Kann seine Augen nich mehr zumach'n, un hat 'ne ganz andre Körperform. Se sag'n er trägt noch Kleidung, aber er wird bald ins Wasser gehn. Vielleicht hat er's schon probiert – manchmal gehnse schon für ne kleine Weile runter, bevor se für immer runtergehn. Hat sich gut zehn Jahre nich mehr in der Stadt blick'n lass'n. Keine Ahnung, wie seine arme Frau sich wohl vorkommt – sie is aus Ipswich, un se hätt'n den Barnabas fast gelyncht, als er vor fuffzich Jahr oder so um ihre Hand angehalt'n hat. Obed is achtundsiebzich gestorb'n – die Kinder von der *erst'n* Frau sind tot, un die andern... weiß der Himmel...«

Das Rauschen der steigenden Flut wurde immer lauter, und ganz allmählich schien die Stimmung des alten Mannes sich aus tränenreicher Melancholie in ängstliche Vorsicht zu verwandeln. Hin und wieder brach er ab, um nervös hinter sich oder auf das Riff hinaus zu schauen, und trotz der Absurdität seiner abenteuerlichen Geschichte konnte ich nichts dagegen tun, daß seine unbestimmte Angst sich auch auf mich übertrug. Er sprach jetzt lauter, wahrscheinlich, um sich selber Mut zu machen.

»He, he, warum sagen Se denn nischt? Wie würd's Ihn'n gefall'n, in soner Stadt zu leb'n, wo alles vermodert un stirbt un versteckte Ungeheuer an jeder Ecke in dunklen Kellern un Dachkammern rumkriechen und blöken und quaken un springen? He?

wie würd's Ihn'n gefall'n, sich Nacht für Nacht das Geheul anzuhör'n, was aus den Kirch'n un der Halle vom Orden von Dagon kommt, *un zu wissen, aus was für Kehlen das Geheul kommt?* Möcht'n Se nich gern wiss'n, was jedes Jahr vorm ersten Mai un vor Allerheiljen von dem verdammten Riff rübergeschwomm kommt? He? Se denk'n sich, der Alte ist verrückt? *Dann muß ich Ihn'n sag'n, daß se das Schlimmste noch gar nich gehört ham!*«

Zadok schrie jetzt förmlich, und der irre Klang seiner Stimme beunruhigte mich mehr, als ich mir eingestehen wollte.

»Verdammich, sitzen Se nich einfach da, un glotzen Se mich nich mit *den* Augen an – ich sag, Obed Marsh is in der Hölle, un da muß er auch bleib'n. Hi, hi... in der Hölle sag ich! Kann mich nich krieg'n – hab nischt getan un keim nischt gesagt –

Also, junger Mann? Ich hab bis jetzt noch keim nischt gesagt, aber jetzt tu ich's. Un hör'n Se gut zu, Sie Grünschnabel – das hab ich noch keim nich erzählt... ich hab gesagt, seit der Nacht bin ich nie mehr neugierich gewes'n – *aber ich hab trotzdem alles rausgekriegt!*

Möcht'n gern wiss'n, was das Schlimmste is, he? Also gut, es is das – es is nich das, was diese Fischteufel *getan haben, sondern, was se noch tun werd'n!* Sie bringen Sachen von da unt'n, wo se herkomm, mit in die Stadt – seit Jahr'n schon, un in letzter Zeit ham se 'n bißchen langsamer gemacht. Die Häuser auf der Nordseite vom Fluß, zwischen der Walter Street un der Main Street, sind voll davon – voll von den Teufeln *und dem, was se mitgebracht ham* – un wenn se sich fertigmachen – ich sag, *wenn se sich fertigmachen*... ham Se schon mal was von einem *Schoggothen* gehört?

He, ham Se gehört? Ich sag Ihn'n, ich *weiß, was das für Dinger sind – ich hab se mal in der Nacht gesehn, als*... eh-aaaahhh! e'yaaahh...« Der gräßliche Schrei des alten Mannes kam so plötzlich und war so unmenschlich, daß ich fast die Besinnung verlor. Seine Augen, die an mir vorbei auf die übelriechende See hinaus starrten, traten förmlich aus den Höhlen, während sein Gesicht sich in eine starre Maske der Furcht verwandelt hatte, die einer griechischen Tragödie würdig gewesen wäre. Seine knochige Klaue grub sich krampfhaft in meine Schulter, und er regte sich nicht, als ich meinen Kopf drehte, um zu sehen, welch ein Anblick ihn so erschreckt hatte.

Aber ich sah nichts. Nichts als die heranrauschende Flut, und nur eine einzige Stelle, die vielleicht etwas stärker aufgewühlt war als die langgezogenen Schaumkronen der Wellen. Aber nun schüttelte Zadok mich, und ich drehte mich wieder und sah gerade noch, wie das in Furcht erstarrte Gesicht in ein Chaos aus zuckenden Augenlidern und zitternden Lippen zerfiel. Im nächsten Augenblick hatte er seine Stimme wiedergefunden – doch es wurde nur noch ein schwaches Flüstern.

»*Verschwinden Se hier, schnell!* Verschwinden Se! *Se ham uns gesehn* – laufen Se um Ihr Leb'n! Nu machen Se schon – *sie ham uns gesehn* – schnell, laufen Se davon – *aus der Stadt raus* –«

Eine Woge brach sich an dem lockeren Mauerwerk des einstigen Piers und verwandelte das Geflüster des verrückten Alten in einen weiteren unmenschlichen, markerschütternden Schrei. »E-yaaaahh!... yhaaaaaaa...«

Bevor ich überhaupt begriff, was geschah, ließ er meine Schulter los, rannte Hals über Kopf auf die Häuser zu und verschwand in nördlicher Richtung hinter dem verfallenen Lagerhaus.

Ich sah noch einmal auf das Meer hinaus, aber da war nichts. Und als ich in die Water Street einbog und nach allen Richtungen Ausschau hielt, war nichts mehr von Zadok Allen zu sehen.

IV

Es läßt sich kaum beschreiben, in welcher Stimmung ich mich nach diesem schaurigen Erlebnis befand, einem Erlebnis, das zugleich verrückt und erbarmungswürdig, grotesk und furchterregend gewesen war. Der junge Lebensmittelverkäufer hatte mich darauf vorbereitet, doch die Wirklichkeit hatte mich trotzdem bedrückt und verstört. So kindlich die Geschichte war, der wahnwitzige Ernst und das Entsetzen des alten Zadok hatten mich mit einer wachsenden Unruhe erfüllt, die den schon vorher verspürten Abscheu vor dieser von unfaßbaren Schatten heimgesuchten Stadt noch verstärkte.

Später wollte ich mir die Geschichte noch einmal durch den Kopf gehen lassen und herauszufinden suchen, ob sie einen historischen Kern haben konnte; aber im Augenblick wollte ich nicht mehr daran denken. Es war bedenklich spät geworden – auf meiner Uhr war es viertel nach sieben, und der Bus nach Arkham fuhr um acht auf dem Stadtplatz ab –, und ich versuchte, meine

Gedanken mit möglichst neutralen und praktischen Dingen zu beschäftigen. Unterdessen ging ich mit schnellen Schritten durch die verlassenen Straßen mit den klaffenden Dächern und windschiefen Häusern, in Richtung auf das Hotel, wo ich meinen Koffer abgestellt hatte und den Bus finden würde.

Obwohl das goldene Abendlicht die uralten Dächer und zerbröckelten Kamine in einen mystischen Glanz voller Anmut und Frieden tauchte, konnte ich nicht umhin, mich ab und zu einmal umzuschauen. Ich war wirklich froh, daß ich jetzt bald dieses übelriechende und angstüberschattete Innsmouth verlassen konnte, und ich hätte viel darum gegeben, wenn ich mit einem anderen Fahrzeug als dem Bus hätte fahren können, den dieser finstere Sargent lenkte. Trotz allem beeilte ich mich aber nicht übermäßig, denn es gab an jeder Ecke der unbelebten Straßen noch architektonische Details zu bewundern, und ich rechnete mir aus, daß ich die Strecke mühelos in einer halben Stunde zurücklegen konnte.

Ich nahm mir noch einmal die Kartenskizze vor, um einen Weg zu finden, auf dem ich bisher noch nicht gegangen war, und beschloß, mich diesmal dem Stadtplatz auf der Marsh Street statt der State Street zu nähern. An der Kreuzung mit der Fall Street fielen mir die ersten verstreuten Gruppen verstohlen flüsternder Müßiggänger auf, und als ich schließlich den Platz erreicht hatte, sah ich, daß anscheinend fast alle Herumtreiber der Stadt sich vor der Tür des Hotels versammelt hatten. Es schien mir, als starrten mich viele hervortretende, wäßrige, lidlose Augen unverwandt an, als ich meinen Koffer in der Hotelhalle abholte, und ich hoffte, daß keine dieser merkwürdigen Kreaturen im Bus mitfahren würde.

Der Bus kam kurz vor acht, also etwas zu früh, angerattert; es saßen drei Fahrgäste drin, und ein übler Kerl sprach vom Bordstein verstohlen ein paar unverständliche Worte mit dem Fahrer. Sargent warf einen Postsack und ein Bündel Zeitungen heraus und ging in das Hotel; die Passagiere – es waren dieselben Männer, die ich am Vormittag bei der Ankunft in Newburyport gesehen hatte – stolperten unterdessen aus dem Bus und wechselten auf dem Bürgersteig mit einem Müßiggänger ein paar gutturale Worte, und ich hätte beschwören können, daß sie nicht englisch sprachen. Ich bestieg den leeren Bus und setzte mich auf denselben Platz wie am Vormittag, aber ich saß noch gar nicht richtig, als Sargent wieder auftauchte und mit einer eigenartig abstoßenden, kehligen Stimme zu nuscheln anfing.

Anscheinend hatte ich ganz besonderes Pech. Irgend etwas war mit dem Motor nicht in Ordnung gewesen, obwohl man die Strecke von Newburyport in so kurzer Zeit zurückgelegt hatte, und der Bus konnte nicht nach Arkham weiterfahren. Nein, heute abend könne er auf keinen Fall mehr repariert werden, und es gebe auch kein anderes Verkehrsmittel, das mich nach Arkham oder woandershin bringen könne. Es täte ihm leid, meinte Sargent, aber ich müsse wohl die Nacht im Gilman verbringen. Man würde mir wahrscheinlich einen niedrigen Preis machen, aber sonst könne man leider nichts tun. Ich war bestürzt über diesen unverhofften Aufenthalt und sah dem Anbruch der Nacht in dieser verfallenden, fast unbeleuchteten Stadt mit tausend Ängsten entgegen. Aber ich stieg aus und ging wieder in die Hotelhalle zurück. Der mürrische, sonderbar dreinblickende Nachtportier sagte mir, ich könne für einen Dollar das Zimmer 428 im vorletzten Stock haben; es sei groß, habe aber kein fließendes Wasser.

Trotz alledem, was ich in Newburyport über dieses Hotel gehört hatte, trug ich mich ins Register ein, bezahlte meinen Dollar, gab dem Portier meinen Koffer und stieg hinter diesem griesgrämigen Faktotum drei knarrende Treppen hinauf, vorbei an verstaubten Korridoren, die völlig verödet schienen. Von dem trostlosen Zimmer, das zwei Fenster hatte und mit billigen Möbeln schlecht und recht eingerichtet war, sah man in einen düsteren, auf den anderen Seiten von niedrigen, leerstehenden Ziegelbauten umschlossenen Hof hinab; dahinter erstreckten sich die verfallenen Dächer nach Westen, und in der Ferne war gerade noch das offene Sumpfland zu erkennen. Am Ende des Korridors war ein Badezimmer – eine entmutigende Reliquie mit einer uralten Marmorschüssel, einer Zinnwanne, schwacher elektrischer Beleuchtung und modrigen Holzverkleidungen an allen Installationsrohren.

Da es noch hell war, ging ich auf den Platz hinunter, um zu sehen, wo ich ein Abendessen bekommen würde; dabei bemerkte ich, daß die herumlungernden Kerle mich mit sonderbaren Blikken musterten. Da der Lebensmittelladen geschlossen war, blieb mir nichts anderes übrig, als nun doch in das Restaurant zu gehen, das ich am Mittag gemieden hatte; ein gebückter, schmalköpfiger

Mann mit unverwandt starrenden Augen und eine plattnasige Schlampe mit unglaublich dicken, plumpen Händen bedienten mich. Das Essen wurde hinter der Theke zubereitet, und ich stellte mit Erleichterung fest, daß die meisten Sachen offenbar aus Büchsen und Packungen stammten. Eine Terrine Gemüsesuppe mit Zwieback reichte mir vollauf, und bald darauf begab ich mich wieder in mein unfreundliches Zimmer im Gilman; von dem mürrischen Portier ließ ich mir noch eine Abendzeitung und ein mit Fliegendreck verunziertes Magazin aus dem wackligen Zeitungsstand neben der Theke geben.

Als es zu dunkeln begann, knipste ich die schwache Glühbirne über dem billigen Eisenbett an und versuchte, so gut es ging, meine begonnene Lektüre fortzusetzen. Ich hielt es für ratsam, meine Gedanken mit normalen Dingen zu beschäftigen, denn es hätte nichts eingebracht, über die Abnormitäten dieser uralten, von einem Pesthauch überschatteten Stadt nachzugrübeln, solange ich mich noch in ihren Mauern befand. Die irrsinnigen Geschichten, die der betagte Säufer mir erzählt hatte, versprachen keine allzu angenehmen Träume, und ich spürte, daß ich die Erinnerung an seine wilden, wäßrigen Augen so gut wie möglich aus meinem Bewußtsein verdrängen mußte.

Auch durfte ich nicht andauernd daran denken, was dieser Gewerbeinspektor dem Fahrkartenverkäufer in Newburyport über das Gilman und die Stimmen seiner nächtlichen Bewohner erzählt hatte – genausowenig wie an das Gesicht unter der Tiara in der dunklen Kirchentür, jenes Gesicht, für dessen Abscheulichkeit ich noch immer keine plausible Erklärung gefunden hatte. Es wäre mir wahrscheinlich leichter gefallen, mich aller beunruhigenden Gedanken zu erwehren, wenn das Zimmer nicht so grauenhaft muffig gewesen wäre. So aber vermischte sich diese tödliche Muffigkeit auf schreckliche Weise mit dem allgegenwärtigen Fischgeruch der Stadt und ließ mich an nichts anderes als Tod und Verwesung denken.

Was mich außerdem beunruhigte, war die Tatsache, daß die Tür zum Korridor keinen Riegel hatte. Es war früher einmal einer daran gewesen, was man noch deutlich sehen konnte, doch er mußte vor kurzem abmontiert worden sein. Zweifellos war er kaputt gewesen, wie so vieles andere auch in diesem baufälligen Gemäuer. In meiner Nervosität schaute ich mich im Zimmer um und entdeckte am Kleiderschrank einen Riegel, der nach den

Spuren zu urteilen dieselbe Größe haben mußte, wie der, den man von der Zimmertür entfernt hatte. Um mich wenigstens für eine Weile abzulenken, beschäftigte ich mich damit, diesen Riegel loszumachen und an der Zimmertür anzuschrauben, wobei mir ein kleiner Schraubenzieher zustatten kam, den ich zusammen mit einem Dorn und einem Bohrer an meinem Schlüsselbund trug. Der Riegel paßte genau, und es beruhigte mich ein wenig, daß ich nun vor dem Zubettgehen die Tür sicher verriegeln konnte. Zwar befürchtete ich im Grunde nicht, daß dies nötig sein würde, aber ein solches Symbol der Sicherheit war in einer Umgebung wie dieser recht angenehm. Die Riegel an den beiden Verbindungstüren zu den angrenzenden Zimmern waren intakt, und ich schob sie auch sogleich vor. Ich zog mich nicht aus, sondern beschloß zu lesen, bis ich schläfrig würde, und mich dann nur meiner Jacke, des Kragens und der Schuhe zu entledigen. Ich nahm eine Taschenlampe aus meinem Koffer und steckte sie in die Hosentasche, um auf die Uhr schauen zu können, wenn ich später im Dunkeln aufwachen sollte. Doch es wollte sich keine Müdigkeit einstellen, und als ich einmal innehielt, um über das nachzudenken, was ich gerade gelesen hatte, wurde mir klar, daß ich die ganze Zeit unbewußt auf etwas gehorcht hatte – etwas, das ich nicht definieren konnte, wovor ich aber trotzdem Angst hatte. Die Geschichte von diesem Inspektor mußte meine Phantasie doch mehr beschäftigen, als ich vermutet hatte. Ich versuchte weiterzulesen, kam aber nicht voran.

Nach einer Weile glaubte ich zu hören, wie die Treppen und die Dielen auf dem Korridor unter Fußtritten knarrten, und ich fragte mich, ob wohl jetzt die anderen Gäste nach und nach ihre Zimmer aufsuchten. Ich hörte jedoch keine Stimmen, und es schien mir plötzlich, daß das Knarren etwas Verstohlenes hatte. Es war mir nicht geheuer, und ich ging mit mir zu Rate, ob ich überhaupt versuchen sollte zu schlafen. In dieser Stadt gab es sonderbare Leute, und es waren hier ohne Zweifel schon öfter Fremde verschwunden. War dies eine jener Herbergen, in denen die Gäste ihres Geldes wegen erschlagen werden? Aber ich sah gewiß nicht gerade wohlhabend aus. Oder nahmen es die Einheimischen wirklich so übel, wenn ein Ortsfremder sich in ihrer Stadt umsah? War ich bei meiner Stadtbesichtigung unangenehm aufgefallen, vielleicht weil ich so oft auf meine Karte gesehen hatte? Mir kam der Gedanke, daß es mit meiner nervlichen Verfassung nicht zum besten stehen konnte, wenn ich gleich so zu grübeln anfing, nur weil irgendwo ein paar Dielen geknarrt hatten – aber ich bedauerte trotzdem, keine Waffe bei mir zu haben.

Als ich schließlich Müdigkeit verspürte, ohne jedoch schläfrig zu sein, schob ich den neu angebrachten Riegel vor, machte das Licht aus und warf mich auf das harte, durchgelegene Bett – vollständig angezogen, einschließlich Jacke, Kragen und Schuhen. In der Dunkelheit kam mir jedes kleine Nachtgeräusch laut vor, und eine Flut doppelt unangenehmer Gedanken brach über mich herein. Ich bereute es, das Licht ausgemacht zu haben, war aber zu müde, um aufzustehen und es wieder anzuknipsen. Und dann, nach einer langen, ermüdenden Pause, knarrten wieder die Stiegen und die Dielen im Korridor, und ich hörte jenes unmißverständliche Geräusch, das wie eine bösartige Bestätigung all meiner Befürchtungen schien. Es konnte auch nicht den Schatten eines Zweifels geben, daß jemand vorsichtig und verstohlen mit einem Schlüssel an meinem Türschloß herumprobierte.

Meine Empfindungen in dem Augenblick, da ich dieses Anzeichen akuter Gefahr wahrnahm, waren vielleicht eher weniger heftig als vorher, weil ich die ganze Zeit Angst vor dem Ungewissen gehabt hatte, Ich war, wenn auch ohne bestimmten Grund, instinktiv auf der Hut gewesen, und das kam mir jetzt in dieser neuen und realen Krise zustatten, wie immer diese sich auch entwickeln mochte. Trotzdem versetzte mir dieser Übergang von einer vagen Vorahnung zu unmittelbarer Bedrohung einen heftigen Schock und traf mich mit der Wucht eines Faustschlages. Daß das Gefummel an der Tür vielleicht nur auf ein Versehen zurückzuführen war, kam mir überhaupt nicht in den Sinn. Ich konnte nur an zielbewußte Bösartigkeit denken und lag mucksmäuschenstill, während ich auf den nächsten Schritt des vermeintlichen Eindringlings wartete.

Nach einer Weile hörte das vorsichtige Rütteln auf, und ich hörte, wie jemand sich mit einem Hauptschlüssel in das nördliche Nebenzimmer Eintritt verschaffte. Dann wurde vorsichtig an der Verbindungstür gerüttelt. Der Riegel hielt natürlich stand, und ich hörte den Fußboden knarren, als der Eindringling das Zimmer verließ. Nach einer Weile hörte ich wieder das leise Knirschen eines Schlüssels und wußte, daß jemand das südliche Nebenzimmer betreten hatte. Abermals vorsichtiges Rütteln an der Verbindungstür und gleich darauf sich entfernende Schritte.

Diesmal konnte ich das Knarren den Korridor entlang und die Treppe hinunter verfolgen, woraus ich schloß, daß der Eindringling gemerkt hatte, daß meine Türen verriegelt waren, und seine Versuche für eine kürzere oder längere Zeitspanne aufschieben würde; für wie lange, das blieb abzuwarten.

Die Schnelligkeit, mit der ich mir einen Plan zurechtlegte, beweist, daß ich schon vorher irgendeine Bedrohung befürchtet und über einen möglichen Fluchtweg nachgedacht haben mußte. Von Anfang an spürte ich, daß der unbekannte Störenfried eine Gefahr darstellte, der ich mich nicht stellen durfte, sondern vor der ich nur so rasch wie möglich flüchten konnte. Es kam jetzt nur darauf an, auf dem schnellsten Wege das Hotel zu verlassen, wobei die Haupttreppe und die Halle nicht in Betracht kommen konnten.

Ich stand vorsichtig auf und knipste meine Taschenlampe an, um die Glühbirne über meinem Bett anzuschalten und ein paar von meinen Habseligkeiten für eine kofferlose Flucht auszuwählen und einzustecken. Aber es tat sich nichts, offenbar war der Strom abgeschaltet worden. Es waren zweifellos irgendwelche dunklen, bösen Machenschaften im Gange – was für welche, konnte ich mir nicht vorstellen. Während ich noch mit der Hand an dem nutzlos gewordenen Schalter dastand und überlegte, was zu tun sei, hörte ich unter mir ein gedämpftes Knarren von Dielen und glaubte außerdem, die Stimmen mehrerer Leute zu vernehmen. Einen Augenblick später war ich schon nicht mehr so sicher, daß es sich bei den tieferen Tönen um Stimmen handle, da das heisere Gebell und abgehackte Gequake wenig mit normaler menschlicher Sprache gemeinsam hatte. Dann erinnerte ich mich wieder lebhaft an das, was der Gewerbeinspektor in jener Nacht in diesem vermodernden und verpesteten Gebäude gehört hatte.

Nachdem ich mit Hilfe der Taschenlampe ein paar Sachen zusammengesucht hatte, schlich ich auf Zehenspitzen ans Fenster, um meine Chancen für ein Entkommen abzuschätzen. Trotz der staatlichen Sicherheitsvorschriften hatte das Hotel auf dieser Seite keine Feuerleiter, und ich sah, daß zwischen meinen Fenstern und dem drei Stockwerke tiefer liegenden, gepflasterten Hof nur die nackte Mauer war. Rechts und links jedoch schlossen sich alte, massiv gebaute Wirtschaftsgebäude an das Hotel an, deren steile Dächer so hoch hinaufreichten, daß man sie vom vierten Stock aus, in dem ich mich befand, halbwegs sicher hätte im Sprung erreichen können. Um über eine dieser beiden Gebäudereihen zu gelangen, hätte ich zwei Zimmer weiter südlich oder nördlich sein müssen, und ich begann sofort zu kalkulieren, wie groß meine Chancen waren, einen dieser Räume zu erreichen. Auf den Korridor hinauszugehen, schien mir zu gewagt, denn man würde sicherlich meine Schritte hören, und überdies würde es sich als schwierig, wenn nicht sogar unmöglich erweisen, vom Gang aus in das betreffende Zimmer zu gelangen. Wenn überhaupt, blieb mir also nur der Weg durch die weniger stabilen Verbindungstüren zwischen den Zimmern, die ich gewaltsam mit der Schulter würde aufbrechen müssen, wenn Schlösser und Riegel sich auf der anderen Seite befinden würden. Das dürfte, so überlegte ich, angesichts der Altersschwäche des Hauses und all seiner Einrichtungsgegenstände nicht allzu schwierig sein; es war mir klar, daß es dabei nicht ohne Lärm abgehen würde. Ich mußte mich ganz auf meine Schnelligkeit verlassen, denn ich würde nur eine Chance haben, wenn es mir gelang, ein Fenster zu erreichen, bevor die feindlichen Kräfte sich so weit gesammelt hatten, um die richtige Tür mit einem Hauptschlüssel zu öffnen. Die Außentür meines eigenen Zimmers verbarrikadierte ich mit einer Kommode, die ich Stück für Stück weiterschob, um möglichst wenig Lärm zu machen.

Ich wußte, daß meine Aussichten sehr gering waren, und bereitete mich auf jeden möglichen Zwischenfall vor. Auch wenn ich eines der Dächer erreichen sollte, würden damit noch längst nicht alle Probleme gelöst sein, denn dann würde sich mir erst die Hauptaufgabe stellen, auf den Erdboden hinunter zu gelangen und aus der Stadt zu fliehen. Günstig für mich waren der verlassene und ruinöse Zustand der Anbauten und die große Zahl weit offener Dachluken in jeder Reihe.

Nachdem ich auf der Kartenskizze des jungen Verkäufers festgestellt hatte, daß der günstigste Fluchtweg aus der Stadt nach Süden führen würde, untersuchte ich zunächst die Verbindungstür in der Südwand des Zimmers. Aber sie war auch von der anderen Seite verriegelt, und da sie so angebracht war, daß sie sich in mein Zimmer geöffnet hätte, eignete sie sich nicht besonders gut zum Aufbrechen. Dementsprechend schloß ich sie als möglichen Fluchtweg aus und schob vorsichtig das Bettgestell davor, um einen möglichen Angriff zu erschweren, der vielleicht später von dem Nebenzimmer aus unternommen würde. Die Tür in der

Nordwand war so eingehängt, daß sie sich in das andere Zimmer öffnete, und obwohl es sich herausstellte, daß sie von der anderen Seite verschlossen oder verriegelt war, kam nur sie in Frage. Wenn es mir gelang, auf das Dach der Nebengebäude in der Paine Street hinunterzuspringen und von dort aus den Boden zu erreichen, würde ich vielleicht über den Hof und durch die anschließenden oder gegenüberliegenden Gebäude auf die Washington oder Bates Street hinauslaufen – oder aber in der Paine Street herauskommen und mich nach Süden zur Washington Street durchschlagen. Auf jeden Fall würde ich versuchen, irgendwie die Washington Street zu erreichen und mich so schnell wie möglich aus der Gegend um den Stadtplatz zu entfernen. Die Paine Street wollte ich nur im Notfall benutzen, denn die Feuerwache dort war vielleicht die ganze Nacht hindurch besetzt.

Während ich mir all dies durch den Kopf gehen ließ, schaute ich aus dem Fenster über das schmutzige Meer verfallender Dächer unter mir, das jetzt von den Strahlen eines Mondes erleuchtet war, der gerade erst abzunehmen anfing. Zur Rechten durchschnitt die schwarze Rinne des Flußtales das Panorama, an deren Steilwände stillgelegte Fabriken und der verlassene Bahnhof sich wie Entenmuscheln anklammerten. Weiter draußen zogen sich die verrosteten Eisenbahngleise und die Straße nach Rowley durch flaches, sumpfiges Gelände, das mit einzelnen trockenen und mit Büschen bewachsenen Hügeln durchsetzt war. Auf der linken Seite war das von Flüßchen durchzogene Flachland nicht so weit weg, und die schmale Straße nach Ipswich glänzte weiß im Mondlicht. Die südliche Route nach Arkham, die ich nehmen wollte, konnte ich von dieser Seite des Hotels aus nicht sehen.

Ich überlegte noch unschlüssig, wann ich die nördliche Tür in Angriff nehmen sollte und wie ich dabei unnötigen Lärm vermeiden könnte, als ich bemerkte, daß die schwachen Geräusche unter mir durch ein abermaliges, stärkeres Knarren der Treppenstufen abgelöst wurden. Durch das Oberlicht meiner Tür sah ich einen flackernden Lichtschein, und die Dielen des Korridors ächzten unter einer schweren Last. Gedämpfte Laute, menschlichen Stimmen nicht ganz unähnlich, näherten sich, und schließlich klopfte es laut an meine Gangtür. Einen Moment lang hielt ich nur den Atem an und wartete. Ewigkeiten schienen zu vergehen, und der widerwärtige Fischgeruch schien sich mit einemmal auffällig zu verstärken. Dann wiederholte sich das Klopfen – immer wieder und mit ständig wachsender Heftigkeit. Ich wußte, daß es Zeit war zu handeln, schob den Riegel an der nördlichen Verbindungstür zurück und nahm all meine Kraft zusammen, um sie aufzubrechen. Das Pochen wurde immer lauter, und ich hoffte, daß es den Lärm, den ich machte, übertönen würde. Der Augenblick war gekommen – wieder und wieder warf ich mich mit der linken Schulter gegen die Türfüllung, ohne auf Schmerz oder Erschütterung zu achten. Die Tür war noch widerstandsfähiger, als ich erwartet hatte, aber ich ließ nicht ab. Unterdessen wurde draußen auf dem Gang das Gepolter immer lauter.

Endlich gab die Verbindungstür nach, aber mit einem solchen Krach, daß die anderen draußen auf dem Gang es gehört haben mußten. Das Pochen steigerte sich augenblicklich zu einem wilden Trommelfeuer, während gleichzeitig in den Schlössern der beiden Zimmer rechts und links von mir unheilverkündend Schlüssel knirschten. Ich stürzte durch die soeben geschaffene Öffnung in das Nebenzimmer und konnte gerade noch den Riegel an der Gangtür vorschieben, bevor der Schlüssel herumgedreht wurde; doch noch während ich dies tat, hörte ich, wie schon an der Gangtür des dritten Zimmers – aus dessen Fenster ich auf das Dach hinunterspringen wollte – mit einem Schlüssel herumprobiert wurde.

Einen Augenblick lang wollte ich verzweifeln, da ich mich schon hoffnungslos in einem Zimmer eingesperrt sah, das über kein Fenster verfügte. Eine Welle unsagbaren Entsetzens ergriff mich und verlieh den Spuren, die der Eindringling im Staub vor der Tür hinterlassen hatte und die ich im Licht meiner Taschenlampe eine Sekunde lang sah, eine unerklärliche, aber grauenerregende Abnormität. Doch dann rannte ich trotz der Hoffnungslosigkeit meiner Lage in blindem Automatismus an die nächste Verbindungstür, um sie aufzubrechen und, falls der Riegel noch genauso intakt war wie der in dem zweiten Zimmer, die Gangtür von innen zu verriegeln, bevor sie von draußen aufgeschlossen werden konnte.

Doch da kam mir ein glücklicher Zufall zu Hilfe – die Verbindungstür war nicht nur unverschlossen, sondern stand sogar offen. Im Nu war ich im nächsten Zimmer und stemmte mich mit Knie und Schulter gegen die Gangtür, die sich gerade nach innen öffnete. Der andere mußte auf meinen Gegendruck nicht gefaßt gewesen sein, denn die Tür ging wieder zu, und ich konnte den kräftigen Riegel vorschieben, wie ich es schon an der anderen Tür getan hatte. Als ich mir diesen Aufschub verschafft hatte, hörte ich, wie das Getrommel an den anderen beiden Türen verstummte, während sich hinter der Verbindungstür, die ich mit dem Bettgestell abgesichert hatte, ein konfuses Geklapper vernehmen ließ. Offenbar war die Masse meiner Angreifer in das südliche Zimmer eingedrungen und formierte sich zu einer Attacke von der Flanke her. Doch im selben Moment knirschte ein Schlüssel in der Tür des nächsten nördlichen Zimmers, und ich erkannte, daß mir unmittelbare Gefahr drohte.

Die nördliche Verbindungstür stand weit offen, aber es war nicht mehr daran zu denken, die Gangtür zu verriegeln, in deren Schloß sich bereits der Schlüssel herumdrehte. Ich konnte nicht mehr tun, als die offene Verbindungstür zu schließen und zu verriegeln, ebenso ihr Gegenstück auf der anderen Seite; dann verbarrikadierte ich die eine mit einem Bett und die andere mit einer Kommode und schob ein Waschgestell vor die Gangtür. Ich sah, daß ich mich auf solche provisorischen Hindernisse verlassen mußte, bis ich aus dem Fenster auf das Dach des Blocks an der Paine Street hinunterspringen konnte. Doch selbst in diesem Augenblick akuter Bedrohung graute es mir am meisten vor etwas anderem, das mit der unmittelbaren Schwäche meiner Verteidigungsposition nichts zu tun hatte. Ich schauderte deshalb, weil kein einziger von meinen Verfolgern auch nur ein einziges verständliches Wort von sich gab; was ich hörte, war nur schreckliches Gestöhn und Gegrunze und in unregelmäßigen Abständen ein gedämpftes Quaken.

Als ich die Möbel vor die Tür geschoben hatte und ans Fenster stürzte, hörte ich ein fürchterliches Getrappel in Richtung auf das Zimmer nördlich von mir, wogegen das Getrommel auf der Südseite verstummt war. Offenbar konzentrierten sich die meisten meiner Widersacher auf die schwache Verbindungstür, hinter der sie mich wußten. Draußen umspielte das Mondlicht den First des Daches unter mir, und ich erkannte, daß der Sprung verzweifelt riskant sein würde, weger der starken Neigung der Fläche, auf der ich landen mußte.

Nach kurzem Überlegen wählte ich das südlichere der beiden Fenster als Fluchtweg; ich würde auf die Innenseite des Daches springen und dann zu der nächsten Dachluke kriechen. Sobald ich im Innern der baufälligen Gemäuer war, würde ich mit Verfolgung rechnen müssen; aber ich hoffte, es würde mir gelingen, das Erdgeschoß zu erreichen und den dunklen Hof zu überqueren, wobei ich mich immer wieder in einer der finsteren Türöffnungen würde verstecken können; sodann mußte ich mich zur Washington Street durchschlagen und in südliche Richtung schleichen.

Das Gepolter an der nördlichen Verbindungstür war jetzt ohrenbetäubend, und ich sah, daß die schwache Türfüllung schon zu splittern begann. Offensichtlich benutzten die Belagerer jetzt einen schweren Gegenstand als Rammbock. Doch das Bettgestell hielt noch stand, so daß ich zumindest eine kleine Chance hatte, doch noch aus dem Hotel zu entkommen. Als ich das Fenster öffnete, bemerkte ich, daß es mit schweren Veloursvorhängen drapiert war, die an Messingringen von einer Gardinenstange herabhingen; außerdem war draußen an der Mauer ein solider Eisenhaken zur Befestigung des Fensterladens. Ich erkannte sogleich die Möglichkeit, den riskanten Sprung zu vermeiden, zerrte mit meinem ganzen Gewicht an den Vorhängen und holte sie mitsamt der Gardinenstange herunter; dann hängte ich rasch zwei von den Ringen in den Eisenhaken und schwenkte die Vorhänge nach draußen. Sie reichten bis auf das Dach hinunter, und ich vertraute darauf, daß die Ringe und der Haken mein Gewicht aushalten würden. Ich kletterte also aus dem Fenster, hangelte mich die improvisierte Strickleiter hinab und hatte damit das morbide, grauenerregende Gemäuer des Gilman House ein für allemal hinter mich gebracht.

Ich landete unversehrt auf den lockeren Ziegeln des steilen Daches und erreichte, ohne auszurutschen, die gähnend schwarze Dachluke. Als ich zu dem Fenster hinaufschaute, durch das ich entkommen war, sah ich, daß es noch immer dunkel war, doch weit hinter den zerbröckelnden Kaminen im Norden sah ich ominös flackernde Lichter hinter den Fenstern der Halle des Ordens von Dagon, der Baptistenkirche und der Kirche der freien Gemeinde, an die ich mit Schaudern zurückdachte. Im Hof war dem Anschein nach niemand gewesen, und ich hoffte, ich würde entkommen können, bevor allgemeiner Alarm gegeben wurde. Ich leuchtete mit der Taschenlampe in die Dachluke hinab und sah, daß keine Treppe da war. Die Höhe war jedoch gering, deshalb stieg ich in die Luke und ließ mich fallen; ich landete auf einem staubbedeckten Fußboden, auf dem vermodernde Kisten und Fässer herumstanden.

Es war ein gespenstischer Ort, aber auf solche Eindrücke konnte ich jetzt nicht mehr achten; nach einem hastigen Blick auf meine Uhr – es war zwei Uhr morgens – kletterte ich gleich die Treppe hinunter, die ich im Licht meiner Taschenlampe entdeckt hatte. Die Stufen knarrten, schienen aber noch hinlänglich stabil. An einem scheunenartigen zweiten Stockwerk vorbei stieg ich hastig bis ins Erdgeschoß hinab. Ringsum regte sich nichts, und das einzige Geräusch war der Widerhall meiner eigenen Schritte. Schließlich gelangte ich in eine niedrigere Halle, an deren einem Ende ich ein schwach erleuchtetes Rechteck wahrnahm, bei dem es sich um die abbröckelnde Türöffnung zur Paine Street handeln mußte. Ich ging in die andere Richtung, fand auch die Hintertür offen, hastete hinaus und gelangte über fünf Steinstufen hinunter auf das grasüberwucherte Pflaster des Hofes.

Der Mond stand hinter den Häusern, doch ich fand mich trotzdem auch ohne die Taschenlampe zurecht. Einige Fenster auf der Seite des Hotels waren schwach erhellt, und ich glaubte, drinnen ein Stimmengewirr zu hören. Ich schlich mich auf der Seite der Washington Street hinüber, entdeckte mehrere offene Türen und entschied mich für die nächstliegende. Drinnen war es stockfinster, und als ich am anderen Ende des Ganges angelangt war, fand ich die Tür zur Straße fest verschlossen. In der Absicht, es mit einem anderen Gebäude zu versuchen, tappte ich im Dunkeln wieder zurück, blieb aber kurz vor der Tür zum Hof wie angewurzelt stehen.

Denn aus einer Tür des Hotels Gilman strömten scharenweise dubiose Gestalten hervor – Laternen tanzten in der Dunkelheit, und ich hörte Zurufe in fürchterlich quakenden Stimmen und einer Sprache, die ganz bestimmt nicht Englisch war. Die Gestalten liefen unschlüssig hierhin und dorthin, und ich merkte zu meiner Erleichterung, daß sie nicht wußten, wohin ich entkommen war; doch ich schauderte trotzdem am ganzen Körper. Ihre Umrisse waren nicht zu erkennen, aber ihr gebückter, watschelnder Gang war unbeschreiblich widerwärtig. Und was das Schlimmste war – eine der Gestalten war in eine eigenartige Robe gehüllt und trug auf dem Kopf eine Tiara, deren Form mir nur allzu bekannt vorkam. Während die Gestalten nach und nach über den ganzen Hof ausschwärmten, spürte ich, wie meine Angst wuchs. Wenn ich nun keinen Durchgang zur Straße entdeckte? Der Fischgestank war ekelerregend, und ich fragte mich, wie lange ich ihn noch ertragen würde, ohne die Besinnung zu verlieren. Vorsichtig zog ich mich wieder zurück, fand in einer Seitenwand eine offene Tür und gelangte in einen leeren Raum mit Fenstern, die keine Scheiben mehr hatten, aber fest mit Läden verschlossen waren. Ich rüttelte im Schein meiner Taschenlampe an einem der Läden und es gelang mir, ihn aufzustoßen. Einen Augenblick später war ich hinausgeklettert und hatte die Öffnung hinter mir wieder sorgfältig verschlossen.

Ich stand auf der Washington Street und sah zunächst kein lebendes Wesen und kein Licht außer dem des Mondes. In der Ferne konnte ich jedoch aus mehreren Richtungen krächzende Stimmen hören, begleitet von dem Geräusch vieler Schritte und einem sonderbaren Trappeln, das auf keinen Fall von menschlichen Füßen herrühren konnte. Es war klar, daß ich keine Zeit zu verlieren hatte. Die Himmelsrichtungen waren mir bekannt, und ich war froh, daß die Straßenlampen alle ausgeschaltet waren, wie es in ärmeren ländlichen Gemeinden in mondhellen Nächten oft der Brauch ist. Manche der Geräusche kamen von Süden, doch ich blieb bei meinem Entschluß, in dieser Richtung aus der Stadt zu fliehen. Ich wußte, daß ich genügend finstere Hauseingänge finden würde, in denen ich mich verstecken konnte, falls mir irgendeine Gestalt oder mehrere Gestalten über den Weg liefen, die wie Verfolger aussahen.

Ich ging rasch, leise und immer an den verfallenen Häusern entlang. Ohne Hut und zerzaust wie ich seit der anstrengenden Hangelei war, würde ich wohl kein sonderliches Aufsehen erregen und hatte gute Aussichten, unbeachtet zu entkommen, falls mir zufällig jemand über den Weg lief. Auf der Höhe der Bates Street versteckte ich mich in einem offenen Vorhof, als vor mir zwei watschelnde Gestalten über die Straße gingen, aber gleich darauf setzte ich meinen Weg fort und näherte mich dem offenen Platz, wo an der Kreuzung mit der South Street die Eliot Street in spitzem Winkel die Washington Street schneidet. Obwohl ich diesen Platz nie zuvor gesehen hatte, wußte ich von meiner Kartenskizze her, daß er mir gefährlich werden konnte, weil er im vollen Mondschein daliegen mußte. Es hätte keinen Sinn gehabt, ihn zu umgehen, weil jede andere mögliche Route Umwege bedeutet hätte, die zu Verzögerungen oder gar zur Entdeckung geführt hätten. Es blieb mir nichts anderes übrig, als mit dreister Unbekümmertheit den Platz zu überqueren, den typischen Gang der Einheimischen so gut ich konnte zu imitieren und darauf zu hoffen, daß niemand – oder zumindest keiner meiner Verfolger – mir in die Quere kommen würde.

Wie gut die Verfolgungsjagd organisiert war und welchen Zweck man überhaupt damit verfolgte, davon konnte ich mir kein Bild machen. Die Stadt schien von außerordentlicher Unruhe erfüllt, aber ich nahm an, daß die Nachricht von meiner Flucht aus dem Hotel sich noch nicht herumgesprochen hatte. Ich würde natürlich über kurz oder lang von der Washington Street auf eine andere nach Süden führende Straße überwechseln müssen, denn diese Gestalten aus dem Hotel würden mir bald auf den Fersen sein. Sicherlich hatten sie an den Spuren, die ich im Staub des letzten alten Gebäudes hinterlassen haben mußte, gesehen, auf welchem Weg ich auf die Straße gelangt war.

Der offene Platz lag erwartungsgemäß im hellen Mondlicht, und in seiner Mitte sah ich die Reste einer parkartigen, mit einem Eisengeländer umfriedeten Grünfläche. Glücklicherweise war niemand in der Nähe, obwohl sich vom Stadtplatz her ein immer lauter werdendes Summen oder Dröhnen vernehmen ließ. Die South Street war sehr breit und führte mit leichtem Gefälle direkt zum Hafen hinunter, so daß man weit aufs Meer hinausschauen konnte. Ich hoffte, es möchte niemand aus der Ferne diese Straße hinaufschauen, während ich sie im hellen Mondlicht überquerte.

Ich ging unbehindert weiter und hörte nichts, was darauf hätte schließen lassen, daß man mich entdeckt hatte. Ich schaute nach allen Richtungen und verlangsamte unwillkürlich für einen Augenblick meine Schritte, als ich unten am Ende der Straße das Meer sah, das phantastisch im gleißenden Mondlicht glitzerte. Weit draußen hinter dem Wellenbrecher war die dunkel schimmernde Linie des Teufelsriffs, und ich konnte nicht umhin, an alle die schrecklichen Legenden zu denken, die ich in den letzten vierunddreißig Stunden gehört hatte – Legenden, nach denen dieser rauhe Felsen ein veritables Tor zu Regionen unergründlichen Grauens und unvorstellbarer Abnormität war.

Und dann sah ich plötzlich auf dem fernen Riff in Abständen ein Licht aufblitzen. Es war ohne Zweifel eine Art Blinklicht, und bei seinem Anblick erfaßte mich blindes, von keinerlei Vernunft gebändigtes Entsetzen. Ich spannte unwillkürlich meine Muskeln, um in panischer Angst zu fliehen, und nur eine gewisse unbewußte Vorsicht und eine beinahe hypnotische Faszination hielten mich zurück. Zu allem Unglück sandte jetzt die hohe Kuppel des Hotels, das hinter mir gegen Nordosten aufragte, eine Serie analoger, jedoch in anderen Abständen aufblinkender Lichtblitze aus, die nichts anderes sein konnten als ein Antwortsignal.

Ich gewann die Kontrolle über meine Muskeln zurück und machte mir aufs neue klar, wie deutlich ich zu sehen sein mußte; sogleich verfiel ich wieder in die raschere und vorgetäuscht watschelnde Gangart, schaute aber weiter auf das höllische, unheildrohende Riff hinaus, solange noch die South Street den Blick auf das Meer freiließ. Was das Ganze zu bedeuten hatte, konnte ich mir nicht vorstellen, es sei denn, es handelte sich um irgendeinen seltsamen Ritus im Zusammenhang mit dem Teufelsriff oder um Leute, die mit einem Boot zu diesem unheimlichen Felsen hinausgefahren waren. Ich wandte mich jetzt nach links, an der verwahrlosten Grünfläche vorbei, und schaute noch immer auf den gespenstisch im Licht des Sommermondes glänzenden Ozean hinaus und beobachtete das geheimnisvolle Blinken dieser namenlosen, unerklärlichen Leuchttürme.

Und dann kam jener Eindruck, der schrecklicher war als alles andere, der mich vollends meiner Selbstbeherrschung beraubte und mich wie wahnsinnig in südlicher Richtung losrennen ließ, vorbei an den schwarzen, gähnenden Türöffnungen und fischäugig starrenden Fenstern dieser alptraumhaften Straße. Denn als ich genauer hinschaute, sah ich, daß die mondbeschienene Wasserfläche und das Ufer alles andere als leer waren. Vielmehr wimmelte es überall von unzähligen Gestalten, die auf die Stadt zuschwammen; und selbst aus der großen Entfernung und in dem einen kurzen Augenblick konnte ich erkennen, daß die auf und ab tanzenden Köpfe und wirbelnden Arme in einer Weise fremdartig und anormal waren, wie man es kaum beschreiben oder bewußt formulieren kann.

Doch meine kopflose Flucht war zu Ende, bevor ich auch nur die nächste Kreuzung erreicht hatte, denn zu meiner Linken hörte ich jetzt das Geschrei und Getrappel organisierter Verfolgung. Ich vernahm Schritte und gutturale Rufe, und ein Auto keuchte mit ratterndem Motor die Federal Street entlang. Im Nu hatte ich all meine Pläne umgestoßen – denn falls die Straße nach

Süden vor mir blockiert wurde, mußte ich natürlich einen anderen Ausweg aus Innsmouth finden. Ich verbarg mich in einem Hauseingang und überlegte, was für ein Glück ich gehabt hatte, daß ich den mondhellen Platz hinter mich gebracht hatte, bevor die Verfolger die Parallelstraße entlanggekommen waren.

Eine zweite Überlegung war weniger tröstlich. Da die Verfolger auf einer anderen Straße waren, bestand kein Zweifel, daß sie nicht unmittelbar hinter mir her waren. Sie hatten mich nicht gesehen, sondern hatten einfach die Absicht, mir jeden Fluchtweg abzuschneiden. Das aber bedeutete, daß alle Straßen, die aus Innsmouth hinausführten, von ähnlichen Patrouillen überwacht wurden, denn die Leute konnten nicht wissen, in welcher Richtung ich fliehen würde. Wenn dies der Fall war, würde ich mich fernab von jeder Straße querfeldein durchschlagen müssen. Wie aber sollte ich das bewerkstelligen angesichts des sumpfigen Charakters der ganzen Umgebung und der vielen Flüsse, die sie durchschnitten? Einen Augenblick lang war ich wie betäubt, sowohl durch die Hoffnungslosigkeit meiner Lage als auch durch den zusehends stärker werdenden, allgegenwärtigen Fischgestank.

Dann fiel mir die stillgelegte Eisenbahnlinie nach Rowley ein, die sich noch immer auf ihrem soliden, mit Unkraut überwucherten Erddamm von dem verfallenden Bahnhof am Rande des steilen Flußufers nach Nordwesten erstreckte. Es war immerhin möglich, daß die Städter daran nicht denken würden, denn die Strecke war wegen des Dornengestrüpps fast unpassierbar und deshalb die unwahrscheinlichste Route für eine Flucht aus der Stadt. Ich hatte sie vom Hotelfenster aus deutlich gesehen und wußte ungefähr, wo sie lag. Das erste Stück war leider zum größten Teil von der Straße nach Rowley und höhergelegenen Punkten der Stadt aus gut zu übersehen, aber vielleicht konnte ich das Unterholz als Deckung benutzen. Auf jeden Fall stellte sie meine letzte Fluchtmöglichkeit dar, und es blieb mir nichts anderes übrig, als es zu versuchen.

Ich zog mich in den Innenraum meines verlassenen Verstecks zurück und studierte noch einmal mit Hilfe der Taschenlampe meine Kartenskizze. Das unmittelbare Problem war, wie ich die alte Eisenbahnstrecke erreichen sollte, und ich kam zu dem Schluß, daß ich am besten zunächst zur Babson Street ging, dann in westlicher Richtung zur Lafayette Street – wo ich um einen ähnlichen Platz wie den anderen herumgehen würde, ohne ihn zu überqueren – und schließlich abwechselnd in nördlicher und westlicher Richtung in einer Zickzacklinie durch die Lafayette, Bates und Bank Street – diese letztere zog sich am Fluß entlang – bis hin zu dem verlassenen und zerbröckelnden Bahnhof, den ich von meinem Fenster aus gesehen hatte. Bis zur Babson Street gehen wollte ich deshalb, weil ich weder noch einmal den offenen Platz überqueren noch meine Flucht nach Westen auf einer so breiten Querstraße wie der South Street beginnen wollte.

Ich machte mich wieder auf und ging auf die rechte Straßenseite hinüber, um möglichst unauffällig in die Babson Street einbiegen zu können. Von der Federal Street drang noch immer der Lärm herüber, und als ich mich umblickte, glaubte ich einen Lichtschein in der Nähe des Gebäudes wahrzunehmen, durch das ich entkommen war. Um möglichst bald die Washington Street verlassen zu können, fiel ich in einen leisen Hundetrab und hoffte, daß kein wachsames Auge mich beobachten möge. Kurz vor der Kreuzung mit der Babson Street stellte ich beunruhigt fest, daß eines der Häuser noch bewohnt war, denn es hatte Gardinen an den Fenstern; aber drinnen war alles dunkel, und ich kam ohne Zwischenfall vorbei.

In der Babson Street, die die Federal Street kreuzt und mich deshalb der Gefahr aussetzte, von meinen Verfolgern entdeckt zu werden, schlich ich mich so dicht wie möglich an den windschiefen Häusern entlang; zweimal versteckte ich mich in einem Torbogen, als der Lärm hinter mir für kurze Zeit anschwoll. Der offene Platz vor mir lag vereinsamt im Mondschein da, aber ich war nicht gezwungen, ihn zu überqueren. Während der zweiten Pause vernahm ich von irgendwoher ein neues Geräusch, und als ich vorsichtig aus meiner Deckung hervorspähte, erblickte ich ein Auto, das in schneller Fahrt den Platz überquerte und auf der Eliot Street, die sowohl die Babson Street als auch die Lafayette Street kreuzt, stadtauswärts davonfuhr.

Der Fischgestank, der einen Augenblick lang nachgelassen hatte, wurde plötzlich wieder unerträglich, und ich erblickte eine Horde unheimlicher, gebückter Gestalten, die hüpfend und watschelnd in derselben Richtung wie das Auto verschwanden; das mußte die Patrouille für die Landstraße nach Ipswich sein, die Verlängerung der Eliot Street. Zwei der Gestalten waren in wallende Roben gehüllt, und eine trug ein hohes Diadem, das weißlich im Mondlicht glitzerte. Der Gang dieses Wesens war so sonderbar, daß mich ein Schauder überlief, denn es schien mir fast, als hüpfe die Kreatur.

Als die Horde außer Sichtweite war, schlich ich mich weiter, huschte um die Ecke in die Lafayette Street und überquerte in höchster Eile die Eliot Street, falls sich womöglich noch einige Nachzügler auf dieser Durchgangsstraße herumtrieben. Vom Stadtplatz her vernahm ich tatsächlich in der Ferne quakende und schnatternde Geräusche, aber ich erreichte unbehelligt die andere Seite. Die meiste Angst hatte ich vor der erneuten Überquerung der breiten und mondhellen South Street, von der aus man aufs Meer hinuntersah, und ich bereitete mich innerlich auf diese Nervenprobe vor. Es hätte gut sein können, daß irgend jemand in meine Richtung schaute, und eventuelle Herumtreiber hätten mich von zwei Punkten der Eliot Street aus unweigerlich bemerkt. Im letzten Augenblick sagte ich mir, daß ich besser meine Schritte verlangsamen und wie zuvor den watschelnden Gang des durchschnittlichen Einheimischen imitieren würde, solange ich möglichen Späherblicken ausgesetzt war.

Als sich abermals die Aussicht auf das Meer öffnete, diesmal zu meiner Rechten, war ich beinahe entschlossen, nicht mehr hinzuschauen. Doch ich konnte der Versuchung nicht widerstehen und blickte verstohlen zur Seite, während ich vorsichtig auf den schützenden Schatten vor mir loswatschelte. Ich hatte fast erwartet, ein Schiff zu sehen, aber statt dessen entdeckte ich nur ein kleines Ruderboot, das auf die verlassenen Piere zuhielt und dessen voluminöse Ladung mit einer Plane zugedeckt war. Die Ruderer sahen selbst aus der großen Entfernung ganz besonders abstoßend aus. Auch konnte ich immer noch mehrere Schwimmer ausmachen, während draußen auf dem schwarzen Riff ein schwaches, gleichmäßiges Glimmen zu erkennen war, das sich deutlich von dem zuvor bemerkten Blinklicht unterschied und von einer sonderbaren Farbe war, die ich nicht genau identifizieren konnte. Auf der rechten Seite überragte die große Kuppel des Hotels Gilman die spitzgiebligen Dächer, aber sie war jetzt vollständig dunkel. Der Fischgeruch, den für einen Augenblick eine wohltätige Brise etwas zerstreut hatte, stieg mir wieder mit fürchterlicher Intensität in die Nase.

Ich hatte noch nicht ganz die andere Straßenseite erreicht, als ich das Gemurmel einer Gruppe von Leuten hörte, die sich auf der Washington Street von Norden her näherten. Als sie den großen offenen Platz erreicht hatten, von dem aus ich den ersten beunruhigenden Blick aufs mondhelle Meer hinaus getan hatte, konnte ich sie deutlich weniger als einen Block von mir entfernt sehen – und erschrak zu Tode über die bestialische Abnormität ihrer Gesichter und die hündische Untermenschlichkeit ihres kriechenden Ganges. Einer der Männer bewegte sich genau wie ein Affe, und seine langen Arme baumelten bis auf die Erde. Eine andere Gestalt, angetan mit Robe und Tiara, schien sich dagegen beinahe hopsend vorwärts zu bewegen. Ich glaubte, in dieser Gruppe dieselbe zu erkennen, die ich im Hof des Hotels gesehen hatte und die mir deshalb am dichtesten auf den Fersen sein mußte. Als einige der Gestalten sich umwandten und zu mir herschauten, war ich beinahe starr vor Schreck, doch es gelang mir trotzdem, meinen unauffälligen, watschelnden Gang beizubehalten. Bis heute weiß ich nicht, ob sie mich sahen oder nicht. Falls sie mich sahen, muß meine List sie getäuscht haben, denn sie zogen weiter über den mondhellen Platz, ohne die Richtung zu ändern, und quakten und schnatterten dabei in irgendeinem abscheulichen Dialekt, den ich nicht identifizieren konnte.

Als ich wieder im Schatten war, begann ich aufs neue an den verfallenen Häusern entlangzutraben, die mit blinden Fenstern in die Nacht starrten. Nachdem ich auf den westlichen Bürgersteig hinübergegangen war, bog ich um die nächste Ecke in die Bates Street ein, wo ich mich immer dicht an die Gebäude auf der Südseite hielt. Ich passierte zwei dem Anschein nach bewohnte Häuser, von denen das eine schwach erleuchtete Fenster im obersten Stockwerk aufwies, stieß aber auf keine Hindernisse. Ich bog in die Adams Street ein und glaubte mich schon halb in Sicherheit, als plötzlich ein Mann aus einem schwarzen Torbogen direkt vor mir auftauchte. Ich prallte erschrocken zurück, doch im nächsten Augenblick merkte ich, daß er hoffnungslos betrunken war und keine Bedrohung darstellte. Unbehelligt erreichte ich dann die Ruinen der Lagerhäuser in der Bank Street.

Nichts regte sich in dieser toten Straße am Fluß, und das Rauschen der Wasserfälle übertönte meine Schritte. Es war noch ein weiter Weg bis zu der Bahnhofsruine, und die hohen Ziegelmauern der Lagerhäuser schienen noch furchterregender zu sein als die Fassaden der Privathäuser. Endlich erkannte ich vor mir die Arkaden des Bahnhofsgebäudes – oder was davon übriggeblieben war – und steuerte gleich auf die Gleise los, die am anderen Ende anfingen.

Die Schienen waren verrostet, aber im wesentlichen noch intakt, und nicht mehr als die Hälfte der Schwellen war verrottet. Auf einer solchen Grundlage zu gehen oder zu laufen, war sehr beschwerlich, aber ich tat mein Bestes und kam recht gut voran. Eine Weile liefen die Gleise am Fluß entlang, doch dann gelangte ich an die lange überdachte Brücke, wo sie in schwindelnder Höhe die Schlucht überquerten. Der Zustand dieser Brücke war ausschlaggebend für meinen nächsten Schritt. Wenn es nach menschlichem Ermessen zumutbar war, würde ich hinübergehen; wenn nicht, würde ich mich erneut auf die Straße wagen und die nächste Straßenbrücke nehmen müssen.

Die riesige, scheunenartige Brücke glänzte in ihrer ganzen Länge gespenstisch im Mondschein, und ich sah, daß die Schwellen zumindest auf den ersten Metern begehbar waren. Also ging ich hinein, knipste die Taschenlampe an und wäre beinahe gestürzt, als mich plötzlich eine Wolke von Fledermäusen umflatterte. Ungefähr in der Mitte der Brücke wiesen die Schwellen eine gefährliche Lücke auf, und ich glaubte schon, ich würde nicht mehr weiterkommen, aber schließlich riskierte ich einen verzweifelten Sprung und erreichte zum Glück unversehrt die andere Seite.

Ich war froh, wieder das Mondlicht zu sehen, als ich aus diesem makabren Tunnel auftauchte. Die alten Schienen kreuzten die River Street auf gleicher Höhe und machten gleich darauf einen Bogen in Richtung auf ein zunehmend ländliches Gebiet, in dem der entsetzliche Fischgeruch von Innsmouth zusehends schwächer wurde. Hier behinderte mich das dichte Gestrüpp aus Unkraut und Dornbüschen, und ich zerriß mir die Kleider; doch ich war trotzdem froh, daß sie mir im Falle der Gefahr Deckung bieten würden. Ich wußte, daß ein Großteil der Strecke von der Landstraße nach Rowley her einzusehen war.

Sehr bald fing das sumpfige Gelände an; das Gleis verlief hier auf einem niedrigen, grasbewachsenen Damm, auf dem das Unkraut etwas weniger dicht wucherte. Dann kam ein Hügel, der wie eine Insel aus dem umgebenden flachen Gelände aufragte. Der Durchstich, den man hier für die Bahnlinie angelegt hatte, war mit Büschen und Dornengestrüpp fast zugewachsen. Ich war sehr froh, wenigstens hier vor Blicken sicher zu sein, denn an dieser

Stelle kam die Landstraße nach Rowley, wie ich vom Hotel aus gesehen hatte, dem Bahndamm bedenklich nahe. Am Ende des Durchstichs würde sie die Gleise kreuzen und sich von der Bahnlinie entfernen; vorerst aber mußte ich besonders vorsichtig sein. Inzwischen konnte ich, gottlob!, sicher sein, daß die Bahnlinie selbst nicht überwacht wurde.

Als ich unmittelbar vor dem Durchstich angelangt war, blickte ich zurück, konnte aber keine Spur von einem Verfolger entdekken. Die uralten Türme und Dächer des verfallenden Innsmouth schimmerten anmutig und ätherisch im zauberhaft gelben Mondlicht, und ich dachte daran, wie es in früheren Zeiten ausgesehen haben mußte, bevor der Schatten darüberfiel. Als ich dann meinen Blick von der Stadt wieder aufs Land hinauswandern ließ, erregte etwas weniger Friedliches mein Augenmerk und ließ mich einen Moment reglos dastehen.

Was ich mit Beunruhigung sah – oder zu sehen meinte –, war so etwas wie eine Wellenbewegung weit südlich von mir, eine Wahrnehmung, die mich zu dem Schluß kommen ließ, daß eine große Horde die flache Straße nach Ipswich entlang aus der Stadt strömte. Die Entfernung war groß, und ich konnte keine Einzelheiten erkennen; doch das Aussehen dieser Kolonne wollte mir gar nicht gefallen. Sie bewegte sich allzu wellenförmig und glänzte allzu hell im Licht des Mondes, der sich schon nach Westen zu neigen begann. Auch meinte ich Geräusche wahrzunehmen, obwohl der Wind nicht von dorther wehte – Geräusche wie von tierischem Krächzen und Brüllen, schlimmer noch als das Gestammel der Gruppen, die ich bisher belauscht hatte.

Alle Arten unerfreulicher Vermutungen gingen mir durch den Sinn. Ich dachte an jene extremsten Typen unter den Einheimischen von Innsmouth, die angeblich in den verfallenden, jahrhundertealten Hütten am Meer versteckt gehalten wurden. Und auch an jene namenlosen Schwimmer, die ich gesehen hatte. Wenn ich die Gruppen miteinrechnete, die ich bis jetzt gesehen hatte, sowie diejenigen, die auf den übrigen Straßen patrouillieren mußten, so war die Zahl meiner Verfolger für eine so entvölkerte Stadt wie Innsmouth erstaunlich groß.

Woher konnten die vielen Leute gekommen sein, aus denen diese Kolonne bestand? Wimmelte es in diesen uralten, unergründeten Pferchen von ungestaltem, nicht katalogisiertem, ungeahntem Leben? Oder hatte tatsächlich irgendein Schiff insgeheim eine Legion unbekannter Fremder auf diesem höllischen Riff abgesetzt? Wer waren sie? Warum waren sie hier? Und wenn eine solche Kolonne von ihnen die Straße nach Ipswich entlangzog, würde man dann nicht die Patrouillen auf den anderen Landstraßen in gleicher Weise verstärken?

Ich war in das Gestrüpp des Durchstichs eingedrungen und arbeitete mich mühsam vorwärts, als der abscheuliche Fischgeruch abermals überhandnahm. Hatte sich der Wind plötzlich nach Osten gedreht, so daß er jetzt vom Meer her über die Stadt wehte? Das mußte die Erklärung sein, denn ich hörte jetzt auch furchterregendes, gutturales Gemurmel aus dieser Richtung, in der es bisher still gewesen war. Auch war da noch ein anderes Geräusch – eine Art Klatschen oder Flattern wie von unzähligen kolossalen Flügeln oder Flossen, das irgendwie Assoziationen der fürchterlichsten Art heraufbeschwor. Es ließ mich unwillkürlich an die Kolonne auf der fernen Straße nach Ipswich mit ihren wellenförmigen Bewegungen denken.

Und dann verstärkten sich Gestank und Geräusche gleichzeitig, so daß ich schaudernd stehenblieb, dankbar für den Schutz, den der Durchstich mir bot. An dieser Stelle, so erinnerte ich mich, kam die Straße nach Rowley so nahe an die alte Bahnlinie heran, bevor sie sie in westlicher Richtung kreuzte und sich von ihr entfernte. Irgend etwas kam diese Straße entlang, und ich mußte mich flach hinlegen, bis es vorbei war und in der Ferne verschwand. Gottlob verwendeten diese Kreaturen keine Spürhunde – aber das hätte bei dem allgegenwärtigen Gestank in dieser Gegend wohl ohnehin keinen Zweck gehabt. Ich kauerte mich im Gestrüpp dieser sandigen Spalte nieder und fühlte mich einigermaßen sicher, obwohl ich wußte, daß meine Verfolger kaum hundert Meter vor mir das Gleis überqueren mußten. Ich würde sie sehen können, aber sie würden mich nicht entdecken, wenn nicht irgendein unerwartetes Unglück geschah.

Ich hatte jetzt schon Angst davor, sie zu sehen, während sie vorüberzogen. Ich sah die Stelle im Mondlicht nahe vor mir liegen, und machte mir sonderbare Gedanken über die untilgbare Verunreinigung dieses Ortes. Wahrscheinlich waren sie die schlimmste Sorte der Bewohner von Innsmouth – Gestalten, an die man sich nicht gerne erinnern würde.

Der Gestank wurde unerträglich, und der Lärm schwoll zu einem bestialischen Durcheinander von Gekrächz, Gequake und

Gebell an, das nichts mit menschlicher Sprache gemein hatte. Waren dies tatsächlich die Stimmen meiner Verfolger? Oder hatten sie etwa doch Hunde? Bisher hatte ich noch keine Säugetiere in Innsmouth gesehen. Dieses Klatschen oder Flügelschlagen war monströs – ich würde keinen Blick auf die Kreaturen werfen, die es erzeugten. Ich würde meine Augen geschlossen halten, bis der Lärm sich nach Westen entfernte. Die Horde war jetzt sehr nahe herangekommen – die Luft dröhnte von ihrem heiseren Geknurr, und die Erde erzitterte beinahe unter dem absonderlichen Rhythmus ihrer Tritte. Ich wagte kaum noch zu atmen und bot meine ganze Willenskraft auf, um meine Augenlider geschlossen zu halten.

Ich möchte auch heute noch nicht mit Bestimmtheit sagen, ob das, was dann folgte, schreckliche Wirklichkeit oder nur eine alptraumhafte Halluzination gewesen ist. Die spätere Intervention der Regierung auf meine verzweifelten Bitten hin spricht dafür, daß es monströse Wahrheit war; aber hätte sich nicht eine Halluzination unter dem beinahe hypnotischen Bann dieser uralten, heimgesuchten und überschatteten Stadt jederzeit wiederholen können? Solche Orte verfügen über geheimnisvolle Kräfte, und das Vermächtnis wahnwitziger Legenden könnte durchaus auch die Phantasie anderer Menschen beeinflußt haben, inmitten dieser toten, von Gestank erfüllten Straßen und dieses Gewirrs zerfallender Dächer und abbröckelnder Türme. Wäre es nicht möglich, daß in den Tiefen jenes Schattens über Innsmouth der Keim eines ansteckenden Irrsinns lauert? Wer kann noch sicher sein, was Wirklichkeit ist, wenn er Dinge wie die Erzählung des alten Zadok Allen gehört hat? Die Leute von der Regierung haben den armen Zadok nicht gefunden und keine Vermutungen über seinen Verbleib angestellt. Wo hört der Wahnsinn auf, und wo fängt die Wirklichkeit an? Ist es möglich, daß auch meine jüngsten Ängste bloße Trugbilder sind?

Aber ich muß berichten, was ich in jener Nacht unter dem kalten gelben Mond zu sehen meinte – was dicht vor mir hüpfend die Straße nach Rowley entlangströmte, während ich mich in die wilden Dornbüsche dieses abgelegenen Bahndurchstichs kauerte. Natürlich war ich meinem Vorsatz, die Augen nicht aufzumachen, schließlich doch untreu geworden. Er war von vornherein zum Scheitern verurteilt, denn wer brächte es fertig, sich blind hinzuducken, während eine Legion krächzender, bellender, stinkender Kreaturen von unbekannter Herkunft kaum hundert Meter entfernt vorbeiwatschelt!

Ich dachte, ich sei auf das Schlimmste gefaßt, und ich hätte in Anbetracht dessen, was ich schon gesehen hatte, auch wirklich darauf gefaßt sein müssen. Meine anderen Verfolger waren auf unheimliche Weise abnorm gewesen – hätte ich also nicht in der Lage sein müssen, den Anblick noch schlimmerer Abnormitäten zu ertragen und Gestalten anzusehen, die überhaupt nichts Normales mehr an sich hatten? Ich machte die Augen nicht auf, bis das heisere Geschrei deutlich von vorne kam. Da wußte ich, daß ein großer Teil der Kolonne an der Stelle zu sehen sein mußte, wo die Seiten des Durchstichs ins Flache ausliefen und die Straße den Bahnkörper kreuzte – und ich konnte mich nicht mehr beherrschen, ich mußte einfach hinsehen, was für Schreckgestalten auch immer der tückische gelbe Mond enthüllen mochte.

Das war für den Rest meiner Tage auf der Oberfläche dieses Planeten das Ende jeglichen Seelenfriedens, das Ende meines Vertrauens in die Integrität der Natur und des menschlichen Geistes. Nichts, was ich mir hätte vorstellen können – auch nichts, was ich hätte folgern können, hätte ich der Erzählung des alten Zadok in denkbar wörtlichstem Sinne Glauben geschenkt –, wäre auf irgendeine Weise der dämonischen, blasphemischen Wirklichkeit vergleichbar, die ich sah – oder zu sehen meinte. Ich habe anzudeuten versucht, was es gewesen ist, um den schrecklichen Augenblick, da ich es ohne Umschweife niederschreiben muß, möglichst lange hinauszuschieben. Ist es möglich, daß dieser Planet tatsächlich solche Wesen ausgebrütet hat, daß Menschenaugen wirklich und leibhaftig etwas gesehen haben, was der Mensch bisher nur aus Fieberträumen und dunklen Legenden gekannt hat?

Und doch sah ich sie – ein nicht enden wollender Strom watschelnder, hopsender, quakender, blökender Gestalten, der sich unmenschlich unter dem gespenstischen Mond wie in einer grotesken, bösartigen Sarabande aus einem phantastischen Alptraum dahinwälzte. Und manche von ihnen hatten Tiaren aus jenem namenlosen, weißlich-goldenen Metall... und manche trugen sonderbare Roben... und einer, der den Zug anführte, war in einen gespenstisch buckligen schwarzen Mantel und gestreifte Hosen gekleidet und trug einen normalen Filzhut auf dem formlosen Gebilde, das ihm den Kopf ersetzte.

Ich glaube, ihre vorherrschende Farbe war graugrün, doch die Bäuche waren weiß. Sie waren überwiegend glänzend und glitschig, aber die Wülste auf ihren Rücken waren schuppig. Ihre Gestalt erinnerte entfernt an menschliche Wesen, doch ihre Köpfe waren die Köpfe von Fischen, mit grotesk glotzenden Augen, die sich nie schlossen. Am Halse hatten sie auf beiden Seiten pochende Kiemen, und ihre langen Klauen hatten Schwimmhäute. Sie hopsten unregelmäßig, manchmal auf zwei Beinen und manchmal auf allen vieren. Ich war irgendwie erleichtert, daß sie nicht mehr als vier Glieder hatten. Ihre quakenden, bellenden Stimmen, die sie offensichtlich für artikulierte Sprache benutzten, waren all der dunklen Schattierungen des Ausdrucks fähig, die ihren starrenden Gesichtern versagt blieben.

Doch bei aller Monstrosität waren sie mir nicht ganz fremd. Ich wußte zu gut, daß es sie geben mußte, denn war mir nicht die Erinnerung an die unheimliche Tiara in Newburyport frisch im Gedächtnis? Sie waren die blasphemischen Froschfische jener namenlosen Verzierungen – lebendig und schrecklich –, und als ich sie sah, wußte ich auch, woran mich der bucklige Priester mit der Tiara im dunklen Keller jener Kirche auf so furchterregende Weise erinnert hatte. Ihre Zahl hätte ich nicht einmal schätzen können. Es schien mir, als seien die Schwärme unübersehbar – und dabei konnte ich doch in diesem kurzen Augenblick nur einen ganz geringen Bruchteil davon gesehen haben. Einen Moment später wurde alles durch einen wohltätigen Ohnmachtsanfall ausgelöscht – den ersten, den ich je gehabt hatte.

V

Ein sanfter Tagesregen weckte mich aus meiner Betäubung, und als ich aus dem Gestrüpp des Bahndurchstichs auf die Straße hinaus wankte, sah ich keinerlei Spuren in dem frischen Schlamm. Auch der Fischgeruch war verschwunden, und die morschen Dächer und abbröckelnden Türme von Innsmouth ragten grau in den Südwesthimmel, doch auf all den öden Salzsümpfen ringsum konnte ich kein lebendes Wesen entdecken. Meine Uhr ging noch, und ich stellte fest, daß die Mittagsstunde schon vorüber war.

Ich war mir ganz und gar nicht sicher, ob das, was ich erlebt zu haben meinte, Wirklichkeit gewesen war, aber ich spürte, daß irgend etwas Schreckliches hinter mir lag. Ich mußte von dem geheimnisträchtigen Innsmouth fortkommen, und begann deshalb, meine müden, verkrampften Glieder zu lockern. Nach einer Weile stellte sich heraus, daß ich trotz Schwäche, Hunger, Grauen und Verwirrung noch gehen konnte; also setzte ich mich langsam auf der schlammigen Straße in Richtung Rowley in Bewegung. Ich erreichte das Dorf noch vor dem Abend, aß etwas und besorgte mir ordentliche Kleider. Dann fuhr ich mit dem Abendzug nach Arkham, und am nächsten Tag unterhielt ich mich dort lange und ernst mit Regierungsbeamten; dasselbe tat ich später noch einmal in Boston. Über die wichtigsten Ergebnisse dieser Unterhaltungen ist die Öffentlichkeit heute im Bilde – und ich wünschte, im Interesse der Normalität, daß es darüber hinaus nichts zu berichten gäbe. Vielleicht hält Wahnsinn mich jetzt gefangen – aber vielleicht greift auch ein größerer Schrecken – oder ein größeres Wunder – nach mir.

Man kann sich vorstellen, daß ich auf die meisten Dinge verzichtete, die ich mir für den Rest meiner Rundreise vorgenommen hatte – die landschaftlichen, architektonischen und heimatkundlichen Eindrücke, auf die ich mich so gefreut hatte. Auch wagte ich nicht, mir jenes eigenartige Kleinod anzuschauen, das sich im Museum der Miskatonic-Universität befinden sollte. Ich nutzte jedoch meinen Aufenthalt in Arkham zur Beschaffung einiger genealogischer Daten, die ich seit langem schon besitzen wollte; meine Nachforschungen waren zwar sehr oberflächlich und hastig, doch ich würde das gewonnene Material später gut gebrauchen können, wenn ich Zeit haben würde, es zu vergleichen und in eine systematische Ordnung zu bringen. Der Kustos der dortigen Historischen Gesellschaft, Mr. E. Lapham Peabody, war sehr bemüht, mich zu unterstützen, und zeigte außerordentliches Interesse, als ich ihm sagte, ich sei ein Enkel von Eliza Orne aus Arkham, die im Jahre 1867 geboren worden war und im Alter von siebzehn Jahren James Williamson aus Ohio geheiratet hatte.

Es schien, daß ein Onkel mütterlicherseits vor vielen Jahren schon einmal mit demselben Anliegen wie ich hierher gekommen war und daß die Familie meiner Großmutter hier eine gewisse lokale Berühmtheit genoß. Kurz nach dem Sezessionskrieg, so sagte mir Mr. Peabody, wurde viel über die Heirat ihres Vaters Benjamin Orne geredet, da die Abstammung der Braut höchst rätselhaft war. Sie war angeblich Waise, eine Marsh aus New Hampshire – und eine Cousine der Marshes aus der Grafschaft Essex –, war aber in Frankreich erzogen worden und wußte sehr wenig von ihrer Familie. Ihr Vormund hatte bei einer Bostoner Bank ein Konto eingerichtet, aus dem sie und ihre französische Gouvernante ihren Lebensunterhalt bestritten; aber dieser Vormund war in Arkham unbekannt gewesen, und nach einiger Zeit verschwand er, so daß die Gouvernante auf einen Gerichtsbeschluß hin seine Rolle übernahm. Die Französin – sie war längst gestorben – war sehr schweigsam gewesen, und manche Leute meinten, sie hätte mehr gewußt, als sie habe sagen wollen.

Das Merkwürdigste aber war, daß niemand wußte, aus welcher bekannten Familie die Eltern der jungen Frau – Enoch und Lydia (geb. Meserve) Marsh – stammten. Viele waren der Meinung, sie sei eine uneheliche Tochter eines prominenten Marsh – denn sie hatte wirklich die charakteristischen Augen der Marshes. Das eigentliche Rätselraten begann aber erst nach ihrem frühen Tode; sie war bei der Geburt meiner Großmutter – ihres einzigen Kindes – gestorben. Da sich bei mir mit dem Namen Marsh inzwischen einige recht unangenehme Vorstellungen verbanden, war ich nicht erbaut, zu erfahren, daß diese Familie zu meinem eigenen Stammbaum gehörte; genausowenig gefiel mir Mr. Peabodys Behauptung, ich habe ebenfalls die charakteristischen Augen der Marshes. Ich war jedoch dankbar für das Material, das sich bestimmt als nützlich erweisen würde, und machte mir umfangreiche Notizen und Exzerpte über die in den Dokumenten häufig erwähnte Familie Orne.

Von Boston aus fuhr ich direkt heim nach Toledo, und danach erholte ich mich einen Monat lang in Maumee von den Strapazen, die ich durchgemacht hatte. Im September begann mein erstes Jahr in Oberlin, und von da an bis zum Juni des folgenden Jahres war ich mit meinen Studien und anderen erbaulichen Dingen beschäftigt; an meine schrecklichen Erlebnisse wurde ich nur hin und wieder durch offizielle Besuche von Regierungsbeamten im Zusammenhang mit der Kampagne erinnert, die auf meine Bitten und Schilderungen hin in Gang gekommen war. Etwa Mitte Juli – also genau ein Jahr nach meinem Erlebnis in Innsmouth – verbrachte ich eine Woche bei der Familie meiner verstorbenen Mutter in Cleveland; dort verglich ich meine neuen genealogischen Daten mit den Aufzeichnungen, Erinnerungen und Erbstücken der Familie und versuchte, aus all diesen Bruchstücken einen größeren Zusammenhang zu konstruieren. Im Grunde machte mir diese Arbeit kein Vergnügen, denn die Atmosphäre im Haus der Williamsons hatte mich immer deprimiert. Es hatte einen Anflug von Morbidität, und meine Mutter hatte mich, als ich klein war, nie ermuntert, ihre Eltern zu besuchen, obwohl sie sich immer freute, wenn ihr Vater zu uns nach Toledo kam. Meine in Arkham geborene Großmutter hatte auf mich immer sonderbar und beinahe furchteinflößend gewirkt, und ich glaube nicht, daß ich traurig war, als sie verschwand. Ich war damals acht Jahre alt, und man sagte mir, sie sei aus Gram über den Selbstmord meines Onkel Douglas, ihres ältesten Sohnes, fortgegangen. Er hatte sich nach einer Reise durch Neuengland erschossen – zweifellos derselben Reise, aufgrund deren man sich in der Historischen Gesellschaft von Arkham seiner erinnerte.

Dieser Onkel hatte ihr ähnlich gesehen, und ich hatte auch ihn nie gemocht. Irgend etwas an dem unverwandt starrenden Gesichtsausdruck der beiden hatte mir ein vages, unerklärliches Unbehagen eingeflößt. Meine Mutter und Onkel Walter hatten nicht so ausgesehen. Sie ähnelten ihrem Vater, obwohl der arme kleine Cousin Lawrence – Walters Sohn – seiner Großmutter wie aus dem Gesicht geschnitten war. Seit man ihn vor vier Jahren für immer in das Sanatorium in Canton hatte einliefern müssen, hatte ich ihn nicht mehr gesehen, aber mein Onkel hatte einmal angedeutet, sein Zustand sei – körperlich wie geistig – sehr bedenklich. Diese Sorge war wahrscheinlich der Hauptgrund für den Tod seiner Mutter zwei Jahre zuvor gewesen.

Mein Großvater und sein verwitweter Sohn Walter wohnten jetzt allein in dem Haus in Cleveland, doch man wurde auf Schritt und Tritt an vergangene Zeiten gemahnt. Ich fühlte mich dort noch immer unbehaglich und gab mir Mühe, meine Nachforschungen so schnell wie möglich abzuschließen. Über die Familiengeschichte der Williamsons erfuhr ich sehr viel von meinem Großvater, doch in bezug auf die Ornes war ich ganz auf meinen Onkel Walter angewiesen, der mir all seine Unterlagen, darunter Aufzeichnungen, Briefe, Ausschnitte, Erbstücke, Photos und Miniaturgemälde, zur Verfügung stellte.

Als ich nun diese Briefe und Photos der Ornes durchsah, beschlich mich zum erstenmal ein gewisses Grauen vor meiner eigenen Abstammung. Wie ich schon sagte, hatten meine Großmutter und Onkel Douglas mich immer beunruhigt. Doch jetzt, Jahre nach ihrem Hinscheiden, betrachtete ich ihre Porträts mit einem merklich stärkeren Gefühl des Abscheus und der Befremdung. Zunächst konnte ich mir diese Veränderung nicht erklären, doch nach und nach drängte sich meinem Unterbewußtsein ein fürchterlicher Vergleich auf, obwohl mein Verstand sich beharrlich weigerte, auch nur die geringste Andeutung davon zur Kenntnis zu nehmen. Mir ging auf, daß der typische Ausdruck dieser Gesichter jetzt an etwas gemahnte, was ich vorher nie bemerkt hatte – etwas, das mich in blankes Entsetzen stürzen würde, wenn ich zu offen darüber nachdachte.

Doch der schlimmste Schock traf mich, als mein Onkel mir die Juwelen der Ornes in einem Safe drunten in der Stadt zeigte. Manche der Stücke waren höchst kunstvoll gearbeitet und von begeisternder Schönheit, aber außerdem war da eine Kassette, die von meiner geheimnisvollen Urgroßmutter stammte und die mein Onkel nur widerwillig hervorholte. Diese Juwelen, so sagte er mir, seien äußerst grotesk und beinahe abstoßend und seines Wissens nie in der Öffentlichkeit getragen worden, wiewohl meine Großmutter sie gerne angeschaut habe. Dunkle Legenden rankten sich um sie, und die französische Gouvernante meiner Urgroßmutter habe gesagt, man solle sie in Neuengland nicht anlegen, obwohl man sie in Europa ohne weiteres tragen könne.

Während mein Onkel langsam und widerwillig die Schmuckstücke auszuwickeln begann, beschwor er mich, nicht über ihre sonderbaren und oft auch furchteinflößenden Formen zu erschrecken. Künstler und Archäologen, denen man sie vorgelegt habe, hätten sie einmütig als Beispiele höchster Kunstfertigkeit und erlesener Exotik gerühmt, doch anscheinend sei niemand in der Lage gewesen, ihr Material genau zu bestimmen oder sie irgendeiner bestimmten Kunstepoche zuzuordnen. Zum Vorschein kamen zwei Armreife, eine Tiara und eine Art Brustschmuck; der letztere war mit Figuren in Hochrelief verziert, die beinahe unerträglich befremdend waren.

Während seiner Beschreibung hatte ich meine Gefühle unter Kontrolle gehalten, doch mein Gesicht muß meine wachsende Angst verraten haben. Mein Onkel sah besorgt aus und hielt mit dem Auswickeln inne, um mich prüfend anzuschauen. Ich bedeutete ihm, er solle weitermachen, was er nur nach neuerlichem Zögern tat. Er schien auf irgendeine Äußerung meinerseits gefaßt zu sein, als das erste Stück – eine Tiara – sichtbar wurde, doch ich bezweifle, ob er auch auf das gefaßt war, was sich wirklich ereignete. Ich selbst war genausowenig darauf vorbereitet, denn ich hatte mir ganz bestimmte, aber falsche Vorstellungen vom Aussehen der Juwelen gemacht. Als es soweit war, fiel ich auf der Stelle in Ohnmacht, genau wie ein Jahr zuvor in jenem mit Gestrüpp zugewachsenen Bahndurchstich.

Seit diesem Tag ist mein Leben ein von ängstlichem Grübeln erfüllter Alptraum, und ich weiß nicht einmal, wieviel davon schreckliche Wahrheit und wieviel schierer Wahnsinn ist. Meine Urgroßmutter war eine Marsh gewesen, deren Eltern niemand kannte und deren Ehemann in Arkham lebte – und hatte nicht der alte Zadok gesagt, die Tochter, die Obed Marsh von einer monströsen Frau gehabt habe, sei an einen ahnungslosen Mann aus Arkham verheiratet worden? Was hatte der betagte Zecher von der Ähnlichkeit meiner Augen mit denen des Kapitäns Obed gefaselt? Auch in Arkham hatte mir der Kustos gesagt, ich hätte die charakteristischen Augen der Marshes. War Obed Marsh mein eigener Ururgroßvater? Wer – oder was – war dann meine Ururgroßmutter? Aber vielleicht war all das nur Wahnsinn. Dieses weißlich-goldene Geschmeide konnte ohne weiteres der Vater meiner Urgroßmutter, wer immer er gewesen sein mochte, von irgendeinem Seemann aus Innsmouth gekauft haben. Und dieser Ausdruck auf den starräugigen Gesichtern meiner Großmutter und des Onkels, der sich selbst umgebracht hatte, konnte reine Einbildung meinerseits sein – reine Einbildung, noch zusätzlich angefacht durch jenen Schatten über Innsmouth, der seither meine ganze Vorstellungswelt verfinsterte. Aber warum hatte mein Onkel sich umgebracht, nachdem er in Neuengland Familienforschung betrieben hatte?

Über zwei Jahre lang kämpfte ich mit wechselndem Erfolg gegen diese Überlegungen an, Mein Vater besorgte mir eine Stellung in einem Versicherungsbüro, und ich vergrub mich, so tief ich konnte, in Routinearbeiten. Doch im Winter 1930-31 begannen die Träume. Sie waren zunächst nur sehr verschwommen und heimtückisch, wurden aber in den folgenden Wochen immer häufiger und deutlicher. Große Räume unter Wasser taten sich vor mir auf, und ich glaubte durch titanische versunkene Säulenhallen und Labyrinthe mit zyklopischen, überwucherten Mauern zu wandern, begleitet von grotesken Fischen. Dann begannen die anderen Gestalten aufzutauchen, die mich im Augenblick des Erwachens mit unsagbarem Grauen erfüllten. Doch im Traum erschrak ich überhaupt nicht vor ihnen – ich war eins mit ihnen, trug ihr unmenschliches Geschmeide, beschritt ihre Wege tief unten im Wasser und verrichtete monströse Gebete in ihren unheilschwangeren Tempeln auf dem Meeresgrund.

Im Traum erlebte ich viel mehr, als mir im Gedächtnis blieb, doch schon allein das, woran ich mich am Morgen noch erinnerte, würde ausreichen, mich zum Wahnsinnigen oder zum Genie zu stempeln, wenn ich es jemals wagen würde, es niederzuschreiben. Ich spürte, daß irgendeine schreckliche Macht mich ganz allmählich aus der normalen Welt vernünftigen Lebens in unnennbare Abgründe der Finsternis und Befremdung hinabziehen wollte. Der Vorgang zehrte ungeheuerlich an meinen Kräften. Meine Gesundheit und mein Aussehen verschlechterten sich zusehends, bis ich schließlich gezwungen war, meine Stellung aufzugeben und das stille, zurückgezogene Leben eines Invaliden zu führen. Irgendein sonderbares Nervenleiden hatte mich befallen, und manchmal wollte es mir kaum gelingen, meine Augen zu schließen.

Zu jener Zeit fing ich an, mich mit wachsender Besorgnis im Spiegel zu betrachten. Die langsamen Verheerungen, die eine Krankheit anrichtet, sind nicht schön anzusehen, aber in meinem Fall stand noch etwas Diffizileres, Rätselhafteres im Hintergrund.

Auch mein Vater schien das zu bemerken, denn er fing an, mich forschend und beinahe erschrocken zu mustern. Was geschah mit mir? Konnte es sein, daß ich immer mehr Ähnlichkeit mit meiner Großmutter und Onkel Douglas bekam?

Eines Nachts hatte ich einen schrecklichen Traum, in dem ich unter dem Meer meiner Großmutter begegnete. Sie lebte in einem phosphoreszierenden Palast mit vielen Terrassen und Gärten aus leprösen Korallen und grotesk verzweigten Blüten und begrüßte mich mit einer Freundlichkeit, die vielleicht zynisch war. Sie hatte sich verwandelt, so wie jene, die für immer ins Wasser gehen, sich zu verwandeln pflegen – und sagte mir, sie sei nie gestorben. Statt dessen sei sie an einen Ort gegangen, von dem ihr toter Sohn gewußt habe, und sei in ein Reich hinabgesprungen, dessen Wunder er – wiewohl sie auch ihm bestimmt gewesen seien – mit einer rauchenden Pistole in der Hand verschmäht habe. Und das würde auch mein Reich sein – ich könne ihm nicht entrinnen. Ich würde nie sterben, sondern mit denen leben, die schon am Leben waren, als noch kein Mensch auf Erden wandelte.

Ich traf auch die, die ihre Großmutter gewesen war. Achtzigtausend Jahre hatte Pth'thya-l'yi in Y'hanthlei gelebt, und dorthin war sie zurückgekehrt, als Obed Marsh starb. Y'ha-nthlei wurde nicht zerstört, als die oberirdischen Menschen todbringende Geschosse auf den Meeresgrund schickten. Es wurde beschädigt, aber nicht zerstört. Die Tiefen Wesen konnten nie vernichtet werden, wenn sie sich auch bisweilen dem paläogenen Zauber der vergessenen Alten Wesen beugen mußten. Fürs erste würden sie sich ruhig verhalten; doch eines Tages – wenn sie sich erinnerten – würden sie wieder aufsteigen, um den Tribut zu fordern, nach dem der Große Cthulhu sich sehnte. Das nächste Mal würde es eine größere Stadt als Innsmouth sein. Sie hatten vorgehabt, sich auszubreiten, und hatten mit hinaufgenommen, was ihnen helfen würde, doch nun mußten sie abermals warten. Weil ich schuld war, daß die oberirdischen Menschen ihnen Tod gebracht hatten, würde ich Buße tun müssen, doch diese würde nicht schwer sein. Das war der Traum, in dem ich zum erstenmal einen *Schoggothen* sah, und dieser Anblick ließ mich mit einem irrsinnigen Schrei aus dem Schlaf hochfahren. An jenem Morgen sagte mir der Spiegel, daß ich endgültig den *Innsmouth-Look* angenommen hatte.

Bis jetzt habe ich mich noch nicht erschossen wie mein Onkel Douglas. Ich kaufte mir eine Selbstladepistole und hätte beinahe den Schritt gewagt, doch gewisse Träume hielten mich davon ab. Die Spannung äußersten Grauens beginnt sich zu lösen, und ich fühle mich auf sonderbare Weise in diese Meerestiefe hinabgezogen, anstatt sie zu fürchten. Ich höre und tue seltsame Dinge im Schlaf und erwache in einer Art Verzückung anstelle von Furcht und Schrecken. Ich glaube nicht, daß ich auf die vollständige Verwandlung warten muß, wie die meisten es getan haben. Würde ich es tun, so würde mein Vater mich wahrscheinlich in ein Sanatorium sperren wie meinen armen kleinen Cousin. Phantastische, nie gehörte Herrlichkeiten harren meiner dort unten, und ich werde sie bald aufsuchen. *Iä-R'lyeh! Cthulhu fhtagn! Iä! Iä!* Nein, ich werde mich nicht erschießen – nichts wird mich dazu bringen, mich zu erschießen!

Ich werde die Flucht meines Cousins aus diesem Irrenhaus in

Canton vorbereiten, und gemeinsam werden wir uns nach Innsmouth begeben, der Stadt wundervoller Geheimnisse. Wir werden hinausschwimmen zu jenem dämmrigen Riff im Meer und hinabtauchen durch schwarze Abgründe ins zyklopische und säulenumstandene Y'ha-nthlei, und an dieser Stätte der Tiefen Wesen werden wir inmitten von Pracht und Herrlichkeit in Ewigkeit leben.

Nachwort

Lovecraft – oder sich treiben lassen

Als Doktor Willett in Charles Dexter Wards unterirdische Krypta hinabsteigt, verdichten sich die Schatten der Erzählung bis zu einer kaum noch erträglichen intensiven Düsterheit. Alle rhetorischen Mittel, über die der Autor verfügt, werden bei dieser frontalen Offensive des Grauens konzentriert eingesetzt: gedämpfte Farben und im zitternden Lichtstrahl der Taschenlampe fast unsichtbare Umrisse geheimnisvoller Gegenstände, höllischer Gestank und das Heulen hunderter Ungeheuer, die aus ihren Schächten hinaus wollen, um ihren Hunger zu stillen. Es ist im Grunde die Atmosphäre einer harmlosen »gothic tale«, die hier beschworen wird, – nur wird sie ins Tausendfache gesteigert und jedweder Harmlosigkeit definitiv beraubt. Das Indirekte, das genußvolle Ahnen und leise Befürchten wird durch handgreiflich-konkretes Grauen ersetzt, die vornehm-unheimliche Szenerie eines Spukschlosses durch eine obskure »memphische Krypta«, wo es nicht nach Moos und Altertum riecht, sondern nach Fäulnis und Tod. Die Liebe zu so drastischen Details kennzeichnet das erzählerische Verfahren Lovecrafts, und es ist in erster Linie seine manchmal ausufernde Genauigkeit beim Beschreiben sekundärer Anzeichen des Grauens, die seine Prosa so eigentümlich originell macht, daß man nur einige Seiten, in manchen Fällen sogar einige Zeilen, zu lesen braucht, um gleich unfehlbar zu erkennen, mit wem man es hier zu tun hat: mit dem Papst der amerikanischen »weird story«, dem Einsiedler von Providence, oder, wie es manche seiner fanatischen Anhänger unbedingt wollen, dem »Poe und Kafka unserer Tage«.

Über Howard Phillips Lovecraft und seine Handvoll Geschichten ist in den letzten Jahren sehr viel geschrieben worden; vielleicht sogar zu viel, denn das Genre, dem sie angehören, kann das beharrliche Interpretieren kaum ertragen, ohne daß sich dabei sein innerstes Wesen – das des deklariert fiktiven Irrationalismus – irgendwo in den gescheiten Sätzen verirrt. Aus Lovecraft eine intellektuelle Erscheinung sensu stricto machen zu wollen (was die akademische Richtung des »Lovecraftismus« in den USA mit eingehenden Interpretationen seines erstaunlich großen Briefwerks oder mit psychoanalytischer Zerlegung seiner Fiktion offensichtlich erstrebt), würde bedeuten, lediglich seine etwas skurrile, innerlich verkrampfte oder sogar kranke Persönlichkeit bloßzustellen. Seine Geschichten als Krankheitssymptome schlechthin zu analysieren, hieße hingegen, den Status und die Existenzrechte der phantastischen Literatur kraß mißzuverstehen. Bei all seiner Exzentrizität, seiner Vorliebe für das Nächtliche und Sonderbare, seiner enormen Belesenheit – (der es jedoch an jedem kritischen Sinn mangelte) – und seinem gänzlich mißratenen persönlichen Leben war Lovecraft (1890-1937) in erster Linie ein begabter Autor von Horror-Geschichten – ein Poe vielleicht, bestimmt aber kein Kafka.

Die beiden Texte dieses Bandes gehören, wie ich meine, zum Besten und im spezifisch Lovecraftschen Sinne Klassischsten, was er geschrieben hat. In beiden werden typische Merkmale seiner Methode sichtbar. Sie ließ seine Erzählungen zu einer der größten Entdeckungen auf dem Gebiete der modernen Unterhaltungsliteratur werden. Das Hauptprinzip bleibt eindeutig dasselbe, es läßt sich vom rein Stofflichen sauber abtrennen und als tragendes Schema des Ganzen, vielleicht sogar der gesamten Dichtung Lovecrafts, demonstrieren. Die Mehrheit dieser Stories ist um eine von jeher bekannte, fast stereotyp anmutende Erzählachse gebaut: würde man die ganze kosmische Staffage von Cthulhu, Yogg-Sothoth und anderen außerirdischen Gottheiten mit nicht so sehr »unaussprechlichen« wie unaussprechbaren Namen einmal beiseitelassen, hätte man das Schema einer ganz normalen Gespenstergeschichte vor Augen. Was ist denn »Schatten über Innsmouth« anderes als eine Spukhaus-Geschichte oder »Der Fall Charles Dexter Ward« anderes als eine der vielen Variationen des Zauberlehrlingmotivs? Vielleicht zeigen sich hier evident die natürlichen Grenzen der Gattung, vielleicht ist es einfach nicht möglich, den Leser auf andere Weise als durch diese archetypischen Konstruktionen aus der Schatzkammer des 18. Jahrhunderts literarisch zu erschrecken... Ich glaube es kaum. Was zutage tritt, ist die alte Wahrheit, die sich Le Fanu, E. F. Benson, M. R. James, Algernon Blackwood und auch Arthur Machen angeeignet zu haben scheinen: daß es nämlich auf die Werkstatt, auf die Technik und das Instrumentarium des Erzählens ankommt und nicht so sehr auf eine ausgefallene Idee. Lovecraft paraphrasiert alte Stoffe auf eine, nennen wir es mal »maximalistische« Weise: anstelle eines vampirischen Toten gibt es bei ihm Hunderte und Tausende, anstatt eines Ungeheuers gleich ein ganzes Innsmouth-Geschlecht von Wesen, die vielleicht »...nich raufkomm un die ganze Menschheit ausrott'n brauch'n, aber wenn se einer *zwingt,* könn se genau das vielleicht doch mach'n«. Die Bedrohung, die von diesem erweiterten Horizont der »weird story« ausstrahlt, kann ihre emotionale Wirkung beim Leser kaum verfehlen, zumal der Verfasser es vorzüglich versteht, seinem Erzähler hier und da, z. B. in »Schatten über Innsmouth«, auf eine heimtückisch »beruhigende« Art zuflüstern zu lassen, daß »die Maßnahmen... seinerzeit so erfolgreich« waren, »daß der Öffentlichkeit kein anderer Schaden erwachsen kann als ein durch Abscheu hervorgerufener Schock, wenn sie erfährt, was jene entsetzten Regierungsbeamten damals in Innsmouth vorfanden«. Es ist eine äußerst hintergründige und von versteckten Zweifeln durchtränkte Erzählweise, denn der Leser spürt augenblicklich, daß hier doch etwas nicht stimmt, daß die Versicherungen zu direkt, zu jovial sind, um völlig wahr zu sein, daß es die Möglichkeit einer übernatürlichen Bedrohung gab und vielleicht immer noch gibt, denn schließlich ruft man Regierungsbeamte nicht herbei, ohne einen bitterernsten Grund, selbst nicht in einer Gespenstergeschichte... Plötzlich hat man es mit keiner harmlosen Kräftekonstellation der üblichen »ghost story« zu tun, sondern gleich mit einer Konfrontation von totalen Ausmaßen. Der Schrecken wird zu einer allgemeinen, fast internationalen Angelegenheit: in anderen Geschichten werden Armee und Teams von Okkultismus-Professoren der berüchtigten Miskatonic-Universität zu Hilfe gerufen. Überall kommt es vor, daß die Leute manche Namen nur »hinter vorgehaltener Hand« auszusprechen wagen, sie beten kollektiv ganze Nächte hindurch, um das Böse in sicherer Entfernung zu halten, fliehen auf die andere Straßenseite, wenn ein Bus aus Innsmouth kommt und würden selbst um keinen Preis das verruchte Hafenstädtchen einmal besuchen. Solche Plätze – Konzentrationspunkte des allgegenwärtigen Grauens – gibt es bei Lovecraft in Hülle und Fülle auf die gesamte Welt verteilt und scheinbar nebenbei erwähnt, wie z. B. einige Stationen von Charles Dexter Wards Europa-Reise. »Das Schloß des Barons Ferenczy«, heißt es in dieser lakonischen Schilderung, »sei wegen seiner Lage für Besuche nicht geeignet. Es stünde auf einem Felsen in den dunklen, bewaldeten Bergen, und die Gegend werde von den Einheimischen in der Weise gemieden, daß normale Leute sich dort unweigerlich unbehaglich fühlten.« Andeutungen dieser Art tragen wesentlich dazu bei, daß sich in Lovecrafts Erzählungen ein zweideutig übernatürlicher Schleier über die ganze Welt ausbreitet. Wo man hinblickt, stößt man auf beunruhigende Merkmale geheimnisvoller Aktivitäten, auf Wissen um verbotene Dinge und auf Kulte, die irgendein schreckliches Wesen zum Gegenstand haben. Der Leser wird in diese Atmosphäre von Angst und Abscheu Schritt für Schritt gebannt. In einem friedlichen Winkel der amerikanischen Ostküste wächst ein Zentrum des Grauens empor, und es gibt keinen Augenblick der Erholung, keine Möglichkeit, in die normale Welt zu flüchten, wo Leute von Zeit zu Zeit auch arbeiten, schlafen und lieben, statt sich nur ununterbrochen zu fürchten. Man wird bombardiert mit Bildern und Klängen, fremden Namen und abscheulichen Düften, täglichen Szenen mit einer eindeutig unangenehmen Färbung, Darstellungen von Degeneration, Verfall und Fäulnis paaren sich mit ihren phantastischen Entsprechungen und nur teilweise formulierten Erklärungen, selbst die Landschaften bekommen einen düster-ominösen Zug, bis man sich in einer spezifischen Art von Lese-Hysterie befindet, die einen reif macht, für den letzten Schock. Die Erzählweise Lovecrafts hat mit der unterhaltsamen, trocken-langatmigen Fabulierlust der englischen Meister der Gattung wenig gemein, sie ähnelt eher einem fast psychopathischen Accelerando von Worten und Szenen, einem immer schnelleren Strom von Eindrücken, die der Leser zusammen mit dem deutlich enervierten und fast zitternden Erzähler empfangen muß. Daß diese Geschichten in der Regel retrospektiv erzählt werden, aus der Position des »besseren Wissens« also, das ständig auf das Bevorstehende ängstlich vorausblickt, verstärkt noch ihre innere hysterische Unterströmung: von zweideutigen Formulierungen beunruhigt, durch die sich leitmotivisch wiederholenden Darstellungen grauenvoller Zeichen gewarnt und durch die Angst des Erzählers noch zusätzlich erschreckt, fühlt sich der Leser außerstande, das Buch beiseite zu legen, um bei etwas anderem Erholung zu suchen. Man muß es zu Ende lesen, denn die Distanz wird völlig aufgehoben, und es gibt nur einen Weg aus der Lovecraftschen Welt: durch die noch nicht gelesenen Seiten. Nun, nach Poe – nach seiner »Philosophie der Komposition« – soll das ein markantes Zeichen von gut konstruierten Erzählungen sein...

Man kann bei der Betrachtung der Geschichten Lovecrafts fast jede zweite positive Feststellung in ihr Gegenteil verkehren. Man kann in ihnen eine Menge von vermeintlichen Trivialitäten und Manierismen aufspüren, ihre in der Regel etwas schwächlichen Höhepunkte tadeln oder sogar behaupten, mit ihrem derwischartigen Wiederholen immer derselben Leitmotive seien sie einfach etwas eintönig. Mag sein. Geschichten wie »Der Fall Charles Dexter Ward« oder »Schatten über Innsmouth« eignen sich bestimmt kaum zum wiederholten Lesen, sie sind in dieser Hinsicht sehr typische Produkte einer Gattung, die über einen ziemlich begrenzten gedanklichen Horizont verfügen und ihre wichtigste Kraft aus dem Element der Überraschung ziehen. Die Höhepunkte sind manchmal zu schwach, oder – unnötig verdoppelt – sie verlieren ihre plastische Wirkung, indem sie zu viel erreichen wollen; sie erscheinen so bläßlich, da sich ja kaum noch etwas herausfinden läßt, was das in langen Anläufen erzeugte Potential der Spannung entsprechend effektvoll auslösen kann. Darin liegt ihr größtes Paradox: das meisterhafte Vorbereiten und Sammeln aller emotionalen Kräfte mündet in einem dramatischen Bankrott. Die Erzählungen Lovecrafts ähneln manchmal einer Flasche Champagner, die sich nach würdevollen, serviettenumschlungenen Vorbereitungen zum großen Knall dann nur mit einem leisen Zischen öffnet, und den Inhalt bescheiden um den Kork heraussprudelt.

Der Champagner bleibt indessen von erster Güte. Man darf von Lovecraft nicht mehr erwarten, als er im Rahmen seines Genres geben kann, man kann aber auch sicher sein, daß er in seinem Genre das Beste gibt. Statt klassische Konstruktionsstrenge und hintergründige Komik der englischen Gespenstergeschichte bei ihm zu suchen, tut man hier viel besser, sich Hand in Hand mit dem ängstlichen Erzähler treiben zu lassen, durch Lovecrafts Welt voller fischartiger Innsmouth-Geschöpfe und heulender Toten, die »ein gewitzter Mann« namens Joseph Curwen aus den »essentiellen Saltzen« zu erwecken wußte. Nur dann *fühlt man* den eigenartigen Reiz dieser Prosa – und Emotion ist ja bekanntlich die einzig treibende Kraft einer unheimlichen Geschichte.

Warszawa, Januar 77 — Marek Wydmuch

Der Fall Charles Dexter Ward (The Case of Charles Dexter Ward, © 1941, by Weird Tales; © 1943, by August Derleth and Donald Wandrei for »Beyond the Wall of Sleep«; © 1964, by August Derleth)
Schatten über Innsmouth (The Shadow over Innsmouth, © 1936, by Visionary Publishing Company; © 1939, by August Derleth and Donald Wandrei for »The Outsider and Others«; © 1941, by Weird Tales; © 1963, by August Derleth)

Von H. P. Lovecraft erschienen in den suhrkamp taschenbüchern

Cthulhu. Geistergeschichten. 1972. 244 S. Band 29
Berge des Wahnsinns. 1975. 216 S. Band 220
Das Ding auf der Schwelle. Unheimliche Geschichten. 1976. 212 S. Band 357
Der Fall Charles Dexter Ward. Zwei Horrorgeschichten. 1977. 256 S. Band 8

Von H. P. Lovecraft erschien in der Bibliothek des Hauses Usher im Insel Verlag

Stadt ohne Namen. Horrorgeschichten. Aus dem Amerikanischen von Charlotte Gräfin v. Klinckowstroem. 1973. 252 S. Ln.

Phantastische Bibliothek
in den suhrkamp taschenbüchern

Violetter Umschlag kennzeichnet die Bände der
»Phantastischen Bibliothek« innerhalb der *suhrkamp taschenbücher*

Band 1 Stanisław Lem, Nacht und Schimmel. Erzählungen. Aus dem Polnischen von I. Zimmermann-Göllheim. st 356

Band 2 H. P. Lovecraft, Das Ding auf der Schwelle. Unheimliche Geschichten. Deutsch von Rudolf Hermstein. st 357

Band 3 Herbert W. Franke. Ypsilon minus. st 358

Band 4 Blick vom anderen Ufer. Europäische Science-fiction. Herausgegeben von Franz Rottensteiner. st 359

Band 5 Gore Vidal, Messias. Roman. Deutsch von Helga und Peter von Tramin. st 390

Band 6 Ambrose Bierce, Das Spukhaus. Gespenstergeschichten. Deutsch von Gisela Günther, Anneliese Strauß und K. B. Leder. st 365

Band 7 Stanisław Lem, Transfer. Roman. Deutsch von Maria Kurecka. st 324

Band 8 H. P. Lovecraft, Der Fall Charles Dexter Ward. Zwei Horrorgeschichten. Aus dem Amerikanischen von Rudolf Hermstein. st 391

Band 9 Herbert W. Franke, Zarathustra kehrt zurück. st 410

Band 10 Algernon Blackwood, Besuch von Drüben. Gruselgeschichten. Aus dem Englischen von Friedrich Polakovics. st 411

Band 11 Stanisław Lem, Solaris. Roman. Aus dem Polnischen von I. Zimmermann-Göllheim. st 226

Band 12 Algernon Blackwood, Das leere Haus. Phantastische Geschichten. Deutsch von Friedrich Polakovics. st 30

Band 13 A. und B. Strugatzki, Die Schnecke am Hang. Aus dem Russischen von H. Földeak. Mit einem Nachwort von Darko Suvin. st 434

Band 14 Stanisław Lem, Die Untersuchung. Kriminalroman. Aus dem Polnischen von Jens Reuter und Hans Jürgen Mayer. st 435

Band 15 Philip K. Dick, UBIK. Science-fiction-Roman. Aus dem Amerikanischen von Renate Laux. st 440

Band 16 Stanisław Lem, Die Astronauten. Utopischer Roman. Aus dem Polnischen von Rudolf Pabel. st 441

Band 17 Phaïcon 3. Almanach der phantastischen Literatur. Herausgegeben von Rein A. Zondergeld. st 443

Band 18 Stanisław Lem, Die Jagd. Neue Geschichten des Piloten Pirx. Aus dem Polnischen von Roswitha Buschmann, Kurt Kelm, Barbara Sparing. st 302

Band 19 H. P. Lovecraft, Cthulhu. Geistergeschichten. Deutsch von H. C. Artmann. Vorwort von Giorgio Manganelli. st 29

Band 20 Stanisław Lem, Sterntagebücher. Aus dem Polnischen von Caesar Rymarowicz. Mit Zeichnungen des Autors. st 459

Band 21 Polaris 4. Ein Science-fiction-Almanach von Franz Rottensteiner. st 460

Band 22 Das unsichtbare Auge. Eine Sammlung von Phantomen und anderen unheimlichen Erscheinungen. Erzählungen. Herausgegeben von Kalju Kirde. st 477

Band 23 Stefan Grabiński, Das Abstellgleis und andere Erzählungen. Mit einem Nachwort von Stanisław Lem. Aus dem Polnischen von Klaus Staemmler. st 478

Band 24 H. P. Lovecraft, Berge des Wahnsinns. Zwei Horrorgeschichten. Deutsch von Rudolf Hermstein. st 220

Band 25 Stanisław Lem, Memoiren, gefunden in der Badewanne. Aus dem Polnischen von Walter Tiel. Mit einer Einleitung des Autors. st 508

Band 26 Gerd Maximovič, Die Erforschung des Omega-Planeten. Erzählungen. st 509

Band 27 Edgar Allan Poe, Der Fall des Hauses Ascher. Aus dem Amerikanischen von Arno Schmidt und Hans Wollschläger. st 517

Band 28 Algernon Blackwood, Der Griff aus dem Dunkel. Gespenstergeschichten. Deutsch von Friedrich Polakovics. st 518

Band 29 Stanisław Lem, Der futurologische Kongreß. Aus dem Polnischen von I. Zimmermann-Göllheim. st 534

Band 30 Herbert W. Franke, Sirius Transit. Roman. st 535

Band 31 Darko Suvin, Poetik der Science-fiction. Zur Theorie und Geschichte einer literarischen Gattung. Deutsch von Franz Rottensteiner. st 539

Band 32 M. R. James, Der Schatz des Abtes Thomas. Zehn Geistergeschichten. Aus dem Englischen von Friedrich Polakovics. st 540

Band 33 Stanisław Lem, Der Schnupfen. Kriminalroman. Autorisierte Übersetzung aus dem Polnischen von Klaus Staemmler. st 571

Band 34 Franz Rottensteiner (Hrsg.), ›Quarber Merkur‹. Aufsätze zur Science-fiction und Phantastischen Literatur. st 572

Band 35 Herbert W. Franke, Zone Null. Science-fiction-Roman. st 586

Band 36 Über Stanisław Lem. Herausgegeben von Werner Berthel. st 587 (erscheint im 2. Halbjahr 1980)

Band 37 Wie der Teufel den Professor holte. Science-fiction-Erzählungen aus Polaris 1. st 629

Band 38 Das Mädchen am Abhang. Science-fiction-Erzählungen aus Polaris 2. st 630

Band 39 Der Weltraumfriseur. Science-fiction-Erzählungen aus Polaris 3. st 631

Band 40 Die Büßerinnen aus dem Gnadenkloster. Phantastische Erzählungen aus Phaïcon 2. Herausgegeben und mit einem Vorwort von Rein A. Zondergeld. st 632

Band 41 Herbert W. Franke, Einsteins Erben. Science-fiction-Geschichten. st 603

Band 42 Edward Bulwer Lytton, Das kommende Geschlecht. Aus dem Englischen übersetzt von Michael Walter. st 609

Band 43 H. P. Lovecraft, Erzählungen. Deutsch von Michael Walter. st 625 (erscheint im September 1980)

Band 44 Phaïcon 4. Almanach der phantastischen Literatur. Herausgegeben von Rein A. Zondergeld. st 636 (erscheint im Oktober 1980)

Band 45 Johanna Braun, Günter Braun, Unheimliche Erscheinungsformen auf Omega XI. Utopischer Roman. st 646 (erscheint im November 1980)

Band 46 Bernd Ulbrich, Der unsichtbare Kreis. Utopische Erzählungen. st 652 (erscheint im Dezember 1980)

Band 47 Stanisław Lem, Imaginäre Größe. Aus dem Polnischen von Caesar Rymarowicz. st 652 (erscheint im Januar 1981)

Band 48 H. W. Franke, Paradies 3000. Science-fiction-Erzählungen. st 664 (erscheint im Februar 1981)

Band 49 Arkadi und Boris Strugatzki, Picknick am Wegesrand. Utopische Erzählung. Aus dem Russischen übersetzt von Aljonna Möckel. Mit einem Nachwort von Stanisław Lem. st 670 (erscheint im März 1981)

Band 50 Louis-Sébastien Mercier, Das Jahr 2440. Deutsch von Christian Felix Weiße (1771). Herausgegeben, mit Erläuterungen und einem Nachwort versehen von Herbert Jaumann. st 676 (erscheint im April 1981)

st 593 Zehn Gebote für Erwachsene
Texte für den Umgang mit Kindern
Zusammengestellt und mit einem Nachwort versehen von Leonhard Froese
224 Seiten
Diese Sammlung geht von zehn Postulaten aus, die der Herausgeber zum *Internationalen Jahr des Kindes* der Öffentlichkeit übergeben hat. Sie ordnet diesen Postulaten bedeutende Aussagen namhafter Autoren und Schriften der Antike, des Mittelalters und der Neuzeit zu. Dabei fällt auf, daß Äußerungen weit auseinanderliegender Zeiten und Räume häufig nicht nur dem Wortsinn, sondern gelegentlich auch der Aussageform nach übereinstimmen.

st 594 Jan Józef Szczepański
Vor dem unbekannten Tribunal
Fünf Essays
Aus dem Polnischen übersetzt und erläutert von Klaus Staemmler
160 Seiten
»... was ich jetzt schreibe, ist ein weiterer Versuch, das Schweigen zu durchbrechen, in das uns unsere kleingläubige Schwäche versetzt hat.« Dieses Zitat aus Szczepańskis »Brief an Julian Stryjkowski« könnte als Motto über den fünf Essays stehen, die dieser Band versammelt. Das Schweigen (aus Feigheit oder Dummheit) läßt Unrecht und Unmenschlichkeit zu. Jede Stimme, die es zu durchbrechen sucht, ist ein nicht zu überhörender Appell und ein Nachweis der Humanität.

st 595 Ödön von Horváth
Geschichten aus dem Wiener Wald
Ein Film von Maximilian Schell
Mit zahlreichen Abbildungen
160 Seiten
Zur Uraufführung des Maximilian-Schell-Films »Geschichten aus dem Wiener Wald« nach dem Volksstück von Ödön von Horváth liegt dieser Band mit dem Drehbuch von Christopher Hampton und Maximilian Schell und zahlreichen Fotos des 1978 in Wien und Umgebung entstandenen Films vor, der den Entstehungsprozeß des Films dokumentiert.

st 596 Hans-Georg Gadamer, Jürgen Habermas
Das Erbe Hegels
Zwei Reden aus Anlaß des Hegel-Preises
104 Seiten
»Niemand sollte für sich in Anspruch nehmen, ausmessen zu wollen, was alles in der großen Erbschaft des Hegelschen Denkens auf uns gekommen ist. Es muß einem jeden genügen, selber Erbe zu sein und sich Rechenschaft zu geben, was er aus dieser Erbschaft angenommen hat.«
Hans-Georg Gadamer

st 597 Wilhelm Korff
Kernenergie und Moraltheologie
Der Beitrag der theologischen Ethik zur Frage allgemeiner Kriterien ethischer Entscheidungsprozesse
104 Seiten
Die vorliegende Studie ist einer konkreten Herausforderung entsprungen. Im Entscheidungskonflikt um das Projekt eines Kernkraftwerks in Wyhl/Oberrhein wurde der theologische Ethiker um eine Stellungnahme angegangen. Da die gegenwärtige ethische Theorie wenig Strategien hinlänglicher Leistungsfähigkeit bereitstellt, wandte sich der Verfasser den tradierten Modellen zu, um ihnen mögliche Gesichtspunkte abzugewinnen.

st 628 Georg W. Alsheimer
Eine Reise nach Vietnam
224 Seiten
Alsheimer kehrt in seine »Wahlheimat« zurück. Die Narben des amerikanischen Alptraums sind noch allgegen-

wärtig. So gerät die Konfrontation des Damals mit dem Heute zunächst zu einem Verfolgungswahn. Erst als er durch das Vertrauen seiner Freunde das Damals mit dem Heute verknüpfen kann, verwandeln sich in dieser Krise seines politischen Credos die gläubigen Visionen in einen gemäßigten, kritischen Optimismus. Den Prozeß, der zu dieser Einsicht führte, protokolliert Alsheimer in diesem Reisetagebuch. Alsheimers *Vietnamesische Lehrjahre* liegen als st 73 vor.

st 629 Wie der Teufel den Professor holte
Science-fiction-Erzählungen aus POLARIS 1
Phantastische Bibliothek Band 37
132 Seiten
Der Band enthält Erzählungen von Stanisław Lem, Gérard Klein, Kurd Laßwitz, Fitz-James O'Brien, Vladimir Colin.

st 630 Das Mädchen am Abhang
Science-fiction-Erzählungen aus POLARIS 2
Phantastische Bibliothek Band 38
178 Seiten
Der Band enthält Erzählungen von Wadim Schefner, Sewer Gansowski, Arkadi und Boris Strugatzki, Ilja Warschawski.

st 631 Der Weltraumfriseur
Science-fiction-Erzählungen aus POLARIS 3
Phantastische Bibliothek Band 39
144 Seiten
Der Band enthält Erzählungen von Josef Nesvadba, Gerd Ulrich Weise, Sven Christer Swahn, Vladimir Colin, Frigyes Karinthy.

st 632 Die Büßerinnen aus dem Gnadenkloster
Phantastische Erzählungen aus PHAÏCON 2
Herausgegeben und mit einem Vorwort von
Rein A. Zondergeld
Phantastische Bibliothek Band 40
122 Seiten
Der Band enthält Erzählungen von Joseph Sheridan Le Fanu, Erckmann-Chatrian, Jean-Louis Bouquet, Julio Cortázar, Manfred Wirth, Jörg Krichbaum.

Alphabetisches Gesamtverzeichnis der suhrkamp taschenbücher